丹青山河卷

余耀华 著

重庆出版集团
重庆出版社

图书在版编目（CIP）数据

丹青山河卷 / 余耀华著 . — 重庆：重庆出版社，
2023.12
　　ISBN 978-7-229-18265-6

　　Ⅰ．①丹… Ⅱ．①余… Ⅲ．①长篇历史小说－中国－
当代 Ⅳ．① I247.5

中国国家版本馆 CIP 数据核字（2023）第 241808 号

丹青山河卷
DANQING SHANHE JUAN
余耀华　著

责任编辑：何　晶
策划编辑：俞凌娣
责任校对：杨　婧
封面设计：李思煜

重庆出版集团
重庆出版社　出版

重庆市南岸区南滨路 162 号 1 幢　邮编：400061　http://www.cqph.com
重庆市国丰印务有限责任公司制版、印刷
重庆出版集团图书发行有限公司发行
E-mail: fxchu@cqhp.com　邮购电话：023-61520646
全国新华书店经销

开本：890mm×1 240mm　1/32　印张：15　字数：410 千
2023 年 12 月第 1 版　2023 年 12 月第 1 次印刷
ISBN 978-7-229-18265-6
定价：65.00 元

如有印装质量问题，请向本集团图书发行有限公司调换：023-61520678

版权所有　侵权必究

目 录

导言 /1

第一章 张择端进京 /1
　　寻找名画 /2
　　汴京来了两个年轻人 /9
　　秀才救美 /15

第二章 慕名求师 /18
　　慕名求师 /19
　　张择端一怒骂范恺 /23
　　峰回路转 /32

第三章 清明上河 /37
　　汴河上船 /38
　　构想一幅绝妙之图 /43
　　如此朋友 /51

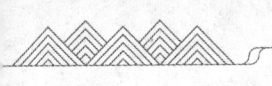

丹青山河卷

第四章 瘦马图 /55
- 剽窃创意 /56
- 瘦马图卖出了天价 /63
- 福兮祸兮 /68

第五章 一幅画的风波 /76
- 落入圈套 /77
- 瘦马图送进了皇宫 /82
- 蔡京回朝 /90

第六章 张择端失踪 /95
- 杀人灭口 /96
- 张择端死里逃生 /101
- 皇榜寻人 /105

第七章 蔡京拜相 /113
- 卖友求荣 /114
- 命题作画 /118
- 爱莫助之图 /122

第八章 倔强的画师 /129
- 醉闹宰相府 /130
- 御笔亲书元祐党人碑 /138
- 蔡京设陷阱 /144

第九章 牢狱之灾 /151
- 落入陷阱 /152
- 牢狱探监来了三拨人 /157
- 连环陷阱 /162

第十章 死里逃生 /169
- 逃亡路上 /170
- 祸国殃民的花石纲 /176
- 深山奇遇 /180

第十一章 潜回京城 /185
- 画运石图 /186
- 求李师师给皇上送画 /190
- 老鸹毁画 /197

目录

第十二章　心怀天下 / 204
化险为夷 / 205
色艺双绝的李师师 / 209
为民请命 / 213

第十三章　构思一幅长卷 / 219
逐出范府 / 220
畅谈东京繁华图 / 224
又失良缘 / 229

第十四章　君命难违 / 237
画举魁首 / 238
市井采风逆了圣意 / 243
木枷之刑 / 248

第十五章　教主道君皇帝 / 253
师徒的交流 / 254
江湖道人封为国师 / 259
皇帝掌道教 / 266

第十六章　戏弄国师 / 271
迎神图 / 272
张择端戏弄国师 / 278
道士乱朝 / 281

第十七章　喋血繁华图 / 288
金人败盟 / 289
金使觊觎东京繁华图 / 293
喋血长卷 / 297

第十八章　清明上河图 / 307
长卷更名 / 308
造假运欺骗天下人 / 312
边关历险 / 317

第十九章　金兵南侵 / 325
长驱直入 / 326
宋钦宗成了替罪羊 / 332
报国图 / 337

· 3 ·

丹青山河卷

第二十章 亡国奴 / 342
汴京沦陷 / 343
徽、钦二帝掳往五国城 / 347
罚做苦役 / 353

第二十一章 忍辱负重 / 358
奇耻大辱 / 359
忍辱负重给金人作画 / 364
因画惹祸 / 370

第二十二章 不忘国耻 / 374
能屈能伸 / 375
卧底成了患难夫妻 / 380
智救丽妃 / 384

第二十三章 痛失长卷 / 389
悔之晚矣 / 390
阉奴向金人告密 / 397
被迫交画 / 400

第二十四章 逃离五国城 / 406
贪婪的撒斯 / 407
盗路牌助张择端逃走 / 413
殒命依兰河 / 416

第二十五章 缉捕张择端 / 418
逃归汴京 / 419
京缉捕张择端 / 425
下人存大义 / 431

第二十六章 偏安一隅 / 437
献身大义 / 438
偏安一隅小朝廷 / 443
李纲之死 / 448

第二十七章 还我河山 / 455
一幅赝品 / 456
谁识破个中的秘密 / 460
还我河山 / 466

4

一部小说，成就一门学问，似乎唯有清代曹雪芹的《红楼梦》，其成就了"红学"。

一幅画卷，成就一门学问，似乎唯有北宋张择端的《清明上河图》，"清明上河学"。

世人皆知，《清明上河图》是中国十大传世名画之一，其以长卷形式，生动地记录了北宋都城东京（又称汴京，今河南开封）的城市面貌和当时社会各阶层人民的生活状况，见证了汴京当年的繁荣。

世人甚少知，《清明上河图》的背后，曾经发生的那些血和泪的故事。

从最初的《汴水上船图》，中途的《汴京繁华图》，到最终定名为《清明上河图》，张择端匠心独运，显一代宗师之风范。

从公然抗旨，甘受木枷之刑，不改初衷，为百姓作画，到最终画出《清明上河图》，张择端对艺术的追求，达如醉如痴之境界。

从被囚五国城，忍辱负重，给金人作画，暗地却完成《清明上河图》长卷，到九死一生，逃离魔窟，将《清明上河图》带回大宋。张择端的爱国情怀,激励着一代又一代的炎黄子孙。

靖康耻,犹未雪;臣子恨,何时灭。

张择端痛心疾首,身感力量微薄,复制了一幅《清明上河图》,清明时节,在大相国寺付之一炬,祭奠为保卫大宋河山而牺牲的诸位英烈!携红颜知己,撞鼎而亡,以死唤醒国人,唤醒偏安临安、纸醉金迷、声色犬马的南宋统治者。

传奇的故事情节,独特的构想,生动的演绎,无论是聚材取事,命题炼意,还是谋篇布局,《清明上河图》同金庸先生笔下的《射雕英雄传》,有异曲同工之妙。

区别是:

郭靖是金庸先生妙笔塑造出的一位民族英雄,他以博大精深的武功,在战场上与入侵之敌搏杀,大刀阔斧,轰轰烈烈。

张择端则是历史上真实存在的一位伟大艺术家,他以一幅《运石图》,反映花石纲给天下百姓带来的苦难,劝谏宋徽宗罢免花石纲,以一幅《清明上河图》,反映昔日汴京的繁华,唤醒民众,抗击入侵之敌,还我河山。可歌,可泣!

第一章 张择端进京

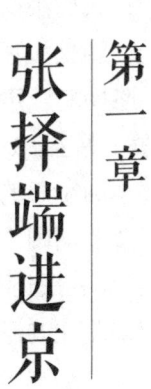

丹青山河卷

寻找名画

北宋是继汉、唐之后，科技、文化、艺术发展的又一鼎盛时期，创造了一代灿烂辉煌对后世影响深远的宋文化。都城东京既是北宋的政治、经济、文化中心，也是繁华的世界大都会，史书以"八荒争凑，万国咸通"描述当时的东京。

走进东京城，犹入画中：大街小街，车水马龙，人来人往，熙熙攘攘，汴河边，街角处，随处可见吹竽、鼓瑟、击筑、弹琴的艺人，吹、击、弹、唱，悠扬的乐声回荡在空中，吸引着一堆又一堆的围观者；斗鸡、杂耍、踢毽子、下棋，围观者一堆又一堆，不时传出叫好声、吆喝声；小商小贩的叫卖声不绝于耳，讨价还价之声，别有一番情趣，小孩的嬉闹声，更是给闹市添加了一股生机，处处呈现出一派繁荣昌盛、兴旺发达之景象。

汴河上，湖光山色，南来北往的漕船川流如梭，渔船散落在河面上，撒网捕鱼，渔家小妹一边唱歌，一边收网，处处呈现出一派勃勃生机。

一艘帆船沿着汴河北岸缓缓而行，刚驶近一片芦苇丛，突然，一艘小船从芦苇丛中疾驶而出，靠近帆船，两个蒙面贼纵身跃上帆船，手起刀落，将两名撑船的水手砍落水中。船上两名押运货物的壮汉，见有人上船抢劫，慌忙举刀上前迎战，几个回合，一名押运壮汉也被蒙面贼砍落水中。

在船舱内休息的水手海生，听到舱外有动静，探头出舱察看，恰好看见一名押运货物的壮汉被蒙面贼砍落水中，惊叫："怎么杀人了？"

蒙面贼听见叫声，回头见海生从船舱里探出头，纵身挥刀砍下去。

第一章 张择端进京

　　海生随手抓起一条小木凳挡了两刀，随之一个驴打滚，翻出了船舱，滚落到桅杆边，抱着桅杆，顺势站了起来。这时，另外一名押运货物的壮汉也被蒙面贼砍落水中。海生不及多想，抱着桅杆飞起一脚，将杀过来的蒙面贼踢落水中，另一个蒙面贼也挥刀砍向海生。几经搏斗，蒙面贼还是砍伤了赤手空拳的海生的臂膀，海生大叫一声，跃入水中，逃命去了。

　　蒙面贼扯开黑巾，露出一脸络腮胡子。络腮胡子钻进船舱，揭开一个大木箱的盖子，抓起一卷画轴，放声大笑。

　　汴河岸，芦苇边，一条小船停靠在岸边，渔家女海花蹲在船头上洗衣裳。突然，从水中冒出一个人，双手抓住了船帮。海花吓得惊叫起来，手中的衣裳掉进水里，再一看，见水中冒出来的人竟然是哥哥海生，惊慌地问："哥，哥，怎么是你呀？"

　　海花一边说，一边伸手把海生拉上小船，"哥，你怎么了？"

　　海生坐在船板上，右手捂着受伤的左臂，痛得咬牙切齿。海花下船上岸，一手拉紧船绳，一手将海生扶下船，扶着海生，向岸上走去。

　　大道上，络腮胡子骑着快马，肩上背着一个包袱，包袱里插装着几幅画轴，一路狂奔，驰进东京城。

　　海花扶着海生刚走进家门，便与几名捕快撞个正着，捕快如狼似虎扑过来，抓住海生，就要带走。

　　"哥！"海花着急地问，"他们为什么要抓你呀？"

　　"我也不知道哇！"

　　"为什么要抓我哥？"海花质问捕快。

　　海生边挣扎边质问："你们凭什么抓我？"

"凭什么抓你？"捕头刘二麻子说，"我问你，船上刘大人的画呢？"

"被强盗抢走了嘛！"

"强盗抢走了，船上的人都死了，怎么就你一个人还活着？"

"我也受伤了嘛！"

"受伤？"刘二麻子说，"是你把画抢走了吧？"

海花跑进家门，冲着自家院子大叫："爹，快！他们要抓哥哥。"

海花的爹爹海伯听到叫声，从院子里跑出来，见捕快要抓儿子，急得大呼："哎，抓人了，抓人了，大家快来呀！"

乡亲们听到喊声，各自拿着鱼叉棍棒，从家里跑出来，挡住捕快的去路。海生的妈妈也夹杂在人群中，冲着刘二麻子问："你们为什么抓我儿子？"

海伯冲着刘二麻子说："刘老弟，多日不见，你这是怎么回事呀？"

"原来是海爷呀！"刘二麻子抱拳说，"兄弟我在河面上办案，没给你打招呼，恕罪，恕罪了！"

海伯质问："办什么案子？"

"办什么案子，这你不知道吗？"刘二麻子说，"河面上不大太平，杀人盗画。"

"杀人盗画？"海伯问，"这跟我们有什么关系？"

刘二麻子指着海生说："他就是唯一的嫌疑犯，兄弟我要把他带到衙门里去交差。"

海伯说："他是一个驾船的水手，你说他盗金盗银，还说得过去，要说他盗画，谁相信呀？"

"就是，就是。"村民们跟着起哄。

刘二麻子说："谁不知道，当今圣上酷爱字画，一幅画价值千金，刘大人的这幅画，是献给圣上的，价值不菲，谁不想拿呀？"

第一章 张择端进京

海伯指着海生说:"他生性耿直,从来不做那种偷鸡摸狗的勾当,更不会杀人越货。"

"小弟办案不能只看面相呀!"

一位渔民说:"他是海伯的儿子。"

"是吗?"刘二麻子哈哈大笑,"这我就不知道了,海伯,这个人我还是要带走,公务在身,你别见怪了。"说罢,吩咐随行捕快把海生带走。

"不行,就是不行。"海伯向渔民们一挥手,"你们说是不是?"

渔民们纷纷响应,举起手中的鱼叉、棍棒,挡住了去路。

"海爷,你是个明白人,知道阻拦官府办案,是个什么罪吗?"

"可你在这码头上抓人,总得有个说法吧?"

刘二麻子反问:"他涉嫌勾结强人,盗走名画,难道说不该抓吗?"

海伯大声说:"他只是一个水手,差点还丧了命,名画被抢,你们不去抓强盗,却来抓他,是不是我们渔家人好欺负呀?"

"我们决不答应,决不答应。"渔民们纷纷呼叫。

"来!"刘二麻子吩咐众捕头,"把他们都带走。"

海伯举起鱼叉,护在海生面前,大叫:"我看你们谁敢动手?"

捕快们手持大刀逼向渔民,正在双方剑拔弩张之时,突然传来一声:"慢,不要动手。"

来者名叫蔡攸,是已贬往杭州的前宰相蔡京的儿子,跟在蔡攸身后之人,正是那个盗画贼络腮胡子。

"蔡大人!"刘二麻子上前,双手抱拳,恭敬地叫一声。

"你们这是干什么?"蔡攸对刘二麻子说,"我是让你来找画的,又不是叫你来抓人的。"

"是、是、是。"刘二麻子点头哈腰地说。

蔡攸笑着对众人说:"你们都没事吧?各位,画是在船上被

 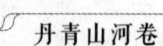

盗的，我想你们常年在水面上讨生活，一定会知道一些线索，谁要是能够提供线索，我有赏。"

小混混二愣子走出人群，大声问："赏多少？"

"如果能提供线索，赏银一百两，要是能找到画的话，赏银二百两。"

二愣子问："说话算数？"

蔡攸道："那不用说，决不食言。"

"好咧！"二愣子说罢，转身就走。

"哎、哎！"刘二麻子问，"你怎么走了呀？"

"我得赶紧找画去呀！"二愣子说罢，钻出人群，跑远了。

蔡攸大声说："大家散了吧！各人做事去。"

"大家都听见了吗？"刘二麻子冲着众人说，"蔡大人只是找画，绝不是为难你们。谁要是知道了，就赶紧来报。画是在船上丢的，要是找不着，你们都脱不了干系。"

络腮胡子骑快马，连夜赶往杭州去见蔡京。

络腮胡子将从船上抢来的画铺在桌子上，对蔡京道："老爷，画已经准备好了，就请你落款吧！"

蔡京走到桌边，看了看画，取过狼毫，在画上题上一行字：

臣蔡京呈进

题了字，盖上印章，这幅画就成了蔡京的作品。

这一天，蔡京迎来一位贵宾，态度极为谦卑，这个人就是宦官童贯。

宋徽宗为了搜罗文玩字画，在杭州设明金局，童贯以内廷供奉官的名义，被派往杭州主持明金局的事务。蔡京是一个极具野

第一章　张择端进京

心的人，虽然贬居杭州，仍然在寻找东山再起的机会，得知童贯来杭州采办宫中用品，便削尖脑袋巴结童贯，经过一番筹备之后，便邀请童贯来到府上。

童贯边走边问："蔡大人最近怎么样？"

蔡京拱手道："承蒙公公关照。"

童贯笑道："小事，不足挂齿。"

"我最近搜罗了几幅名画，请公公过目。"蔡京边说边将童贯引进藏宝阁，指着阁内琳琅满目的珍珠宝玩说，"这些都是贡品，不成敬意。"

童贯环视一周，道："蔡大人，礼重了。"

"不敢，不敢。"蔡京指着放在一边的一大堆小物件说，"这些小物件，请公公带回宫里，分送给嫔妃们，以表我对她们的孝心。"

童贯笑道："蔡大人办事，真是滴水不漏啊！"

"应该的，应该的，公公常在宫中行走，与后宫拉近关系，有这些人在圣上面前美言，有些事恐怕就事半功倍了。"

"有道理！"童贯道，"我在杭州任职，承蒙蔡大人鼎力相助，才能为圣上办好贡品，此次返京，我定会在圣上面前表奏大人之功。"

"不敢，不敢。"蔡京说，"圣上初登龙座，我乃前朝旧臣，为圣上效劳，是理所当然的，不敢言功呀！"

蔡京随手拿起一幅画轴，边说边展开，铺在桌子上。

童贯上前细看，见画面上有两人对弈，旁边有人观棋，惊叫道："五代周文矩的《重屏会棋图》？"

"正是。"蔡京有些得意。

"这可是稀世珍宝啊！"童贯道，"蔡大人真是有心之人啦！"

"我自己最近有一幅奇作，请公公代呈圣上，请多多指教。"蔡京边说边将络腮胡子从船上抢来的那幅画摊放在桌子上。

童贯上前仔细看了看,笑道:"如今的圣上是丹青圣手,最好能书善画之人,大人出手不凡,屡有佳作,令人赞叹。"

"公公过奖了。"

"不过……"童贯卖起了关子。

蔡京紧张地问:"怎么样?"

"圣上未登基之前,在宫中饱学书画,对前朝名家之作多有揣摩,眼光颇高呀!若没有惊人之笔,恐怕很难打动圣上之心啦!"

"公公的意思是说,这幅画还不够精妙?"

"是呀!大人是书画高手,给圣上过目,非神品不可哇!"

蔡京显得有些尴尬。

童贯接着说:"如今圣上重用韩忠彦、曾布二人,蔡大人想还朝,得不到圣上欢心,恐怕难啦!"

"难道这幅画还不能博得皇上欢心?"

"恕我直言,像这一类画作,宫中很多人都能画,难讨圣上欢心哟!"童贯见蔡京有些为难的样子,勉强地说,"不过,大人如果没有其他佳作,我就将这两幅画带回宫中,呈给圣上,还是可以的。"

"不、不,此乃关键时刻,不可马虎,容我重新作画,献给圣上。"

童贯笑道:"恕我直言,大人别放在心上哟!"

"多谢公公指点,我感谢都来不及,怎么会怪公公呢?这次就不带我的画去了,下次公公回宫,我一定会准备精品献给皇上。"

"若能如此,我定能保大人官复原职,重回京师。"

蔡京送走童贯,回头冲着络腮胡子大吼:"蠢材,这样的平庸之作,拿来有什么用处?快拿去给我烧掉。"

"大人!"络腮胡子道,"刘宏生乃是当今画坛高手,他的画还不行,恐怕在汴京城一时很难找到更好的画了。"

8

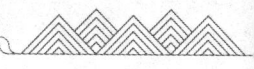

"住嘴。"蔡京呵斥道,"你回去告诉公子,不仅要寻找绝好之画,更要寻找奇才之人。让他帮我作画,这样才能打动圣上,助我还朝。"

络腮胡子吓得连连称是。

"记住。"蔡京怒吼,"要找绘画奇才,找不到,不要来见我。"

汴京来了两个年轻人

一支驴车队行走在山道上,队伍中有两位书生,左边那位姓张,名择端,字正道,山东诸城人,走在他身边的年轻人是他的同乡好友,姓韩,名海,字道明。二人是画坛后起之秀,相约前往京城,欲拜国画院正学范恺为师,提高绘画技艺。他们夹杂在驴车队中,同脚夫龙泰边走边谈,不时传出阵阵笑声。当车队走到一处山坡上,龙泰招呼道:"哎,快来看,快来看啦!"

张择端和韩海连忙凑了过去。

龙泰指着山下说:"前面就是汴京城,那些黄顶大房子,就是皇宫。"

张择端看着山下,显得很高兴。

"这就是京城呀?"韩海兴奋地说,"我们终于到京城了。"

"二位。"龙泰指着山下说,"你们要去京城,从这里下坡,向前走,过了一座桥,就到城门口了。"

张择端、韩海告别了龙泰,走下山坡,向汴京城走去。

丹青山河卷

张择端、韩海来自山东诸城，乡下人突然来到繁华的大都市，仿佛小孩进入了童话世界，处处觉得好奇，样样显得新鲜，见小孩子从身边经过，情不自禁地伸手在小孩脸上摸一下，遇到耍猴艺人牵着猴子行走，忍不住也要逗一下。忽然从前方传来一阵锣声，一大堆人围在那里看热闹，二人兴致勃勃地凑上去一看，原来是马戏团在表演：

一匹枣红马在圈子内跑圈，骑在马背上的妙龄少女突然一个翻身，双脚钩住马镫，人倒悬在马背上，探手抓起地上的一朵花，然后一个翻身，重新坐到马背上，继续跑圈。

人群中先是发出阵阵尖叫声，随后响起雷鸣般的掌声，还有叫好声。

张择端睁大了眼睛，韩海高兴得手舞足蹈。过了一会儿，张择端拍拍韩海的肩膀，示意向前走。两人继续前行，转悠到一个玩杂耍的圈子外看了一会儿，随之又跟着人流四处逛荡。

"哎！胡辣汤，又酸又香的胡辣汤，来一碗，来一碗啦！"一位头扎黑色头巾的老汉大声吆喝，招揽客人，见张择端、韩海二人迎面走过来，瞧他们一身打扮，知道是外乡人，上前拉着张择端说："客官，看情形你是外地人，第一次来京城吧？"

"你这是什么意思？"

"客官！"老汉把张择端拉到摊位前，说，"这是胡辣汤，胡辣汤呀！"

张择端凑近闻了闻，被锅里的辣味熏得咳了几声，笑道："好呛！"

老汉指着旁边的招牌说："告诉你吧，这是咱开封府的特色小吃，外地没有，喝一碗，尝尝鲜吧！"说罢，将张择端推到旁边的小桌旁坐下。

"来吧！"张择端坐下后，向韩海招招手，"道明，坐吧，正好肚子也饿了，吃一碗胡辣汤。"

10

第一章　张择端进京

老汉迅即送上两碗胡辣汤，张择端端起来喝了一口，吸了一口冷气："好辣，呛鼻子呀！"

韩海端碗正要喝，忽然看见一乘四人抬小轿从旁边经过，站起来好奇地问："那人是谁？"

老汉说："这是国画院的待诏，给皇上画画的，可神气了。"

"看见没有，什么时候有如此气派，我也就满足了。"韩海一脸羡慕之情。

张择端站起来，朝着远去的小轿看了一眼，笑着说："老师还没有找好，就想进国画院呀？快吃吧！"

二人重新坐下来，津津有味地吃起了胡辣汤。张择端边吃边说："味道还不错，就是有点辣。"

二愣子想得到蔡攸开出的赏银，正在四处寻找盗画贼，正好从卖胡辣汤的摊位旁经过，见张择端的布褡里插了几幅画轴，以为张择端就是那个盗画贼，躲在一边看了一会儿，迅速离去。

张择端、韩海吃罢胡辣汤，继续跟着人流逛荡。

前面传来叫卖声："卖画，卖画啦！"

张择端循声望去，前面有一个卖画摊子，两位老者站在摊位前叫卖，立即凑了上去。

卖画的老者见有人光顾，热情地介绍说："二位客官，买张画吧！这些都是好画。"

张择端接连看了几幅画，有些失望地说："想不到呀！偌大的京城，竟然没有几幅好画。"

"有哇，有哇，要好画，到店里面去看吧！"老者指着身边的一位老翁，"你们跟这位老先生去店里看看，店里有很多好画。"

老翁引张择端、韩海进入店内，指着墙上的一幅画说："公子你看，这幅画是孙润芳的《瑞雪图》，你看怎么样？"

张择端走近看了看，笑道："此画不过是师法旧制，没什么新意，

匠气过重。"

老翁又走到另一幅画前说:"这幅呢?这可是刘宏生、刘待诏的《畅春图》,他现在可是给圣上画画的,这可是极品呀!"

张择端看了看说:"这也难成神品。"

"公子呀!"老翁问,"你们二位是干什么的?"

"我们是学画的。"

大街上,刘二麻子带着几名官差四处巡查,似乎是在寻找什么。

张择端顺手拿起一幅画,边看边问:"老板,你这里有没有范恺的画?"

老翁一把抢下张择端手中的画,说:"有,范恺的画倒是有,就怕你还是看不上眼。"

"不!"张择端说,"你拿来我看看,我们来京师,就是想拜他为师。"

"对!"韩海一边附和。

"你说什么?"老翁道,"你想拜范恺为师?"

"嗯!"张择端点点头。

"你知道范恺是谁吗?"老翁说,"那是国画院的正学呀!找他学画的人,把门都挤破了。世风变了,现在学画画呀!倒成了当官的敲门砖,就凭你呀!"

"我怎么了?"张择端问,"你说我怎么了?"

"你没什么。你不是想拜他为师吗?"

"是呀!"张择端问,"怎么样?"

"你出门,往西,再往南拐,有一棵大柳树,那就是国画院,去吧!去吧!"

"我说呀……"张择端还想再问。

第一章　张择端进京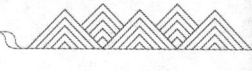

老者讥讽地说:"那边正缺个看门的,多说几句好话,也许会把你留下来。"

"哎!"韩海道,"你这人怎么能这样说话?"

张择端坚持说:"你倒是把范恺的画拿出来我看看。"

二愣子探头向店内看了看,见张择端、韩海二人在店子里,立即转身就走。

"去吧!去吧!"老翁不由分说,将张择端、韩海二人推出店门。

二愣子站在街上四处张望,见刘二麻子过来了,跑上前去对刘二麻子说:"刘大爷,偷画的人我找到了。"

"什么?"刘二麻子惊问,"在哪里?"

二愣子指着前面的画店说:"在那个画店里买画。"

"快!"刘二麻子向随行的差人一挥手,"抓住他。"

张择端出了画店,边走边对韩海说:"他如果真的有范恺的画,我倒真想看看。"

"他哪有呀!"韩海道,"一定是骗人的。"

前面又传来叫卖声:"咸水鸡,卖咸水鸡。"

张择端凑上去,低头闻了闻,赞叹道:"好香呀!"

摊主道:"客官,买一只呀!"

韩海站直身子,四处张望,见前面有一幅招引,上面写着"刘一刀"三个字,对张择端说:"看,刘一刀,刘一刀。"

"走,看看去。"张择端说罢,向前走去。

二愣子带着刘二麻子追上来了,指着张择端二人说:"就是他们,你看,画就在他们肩上的布褡里。"

"刮脸了,刮脸。"刘一刀大声揽客,见张择端、韩海过来了,

上前抱拳说，"二位公子，刮个脸吧！"

韩海指着写有"刘一刀"的布幡说："咱们也刮个脸？"

"刮脸。"张择端摸着自己的脸说，"疼不疼啦？"

"二位公子，不知道我是刘一刀吗？"刘一刀边说边取过一柄剃刀，拉张择端坐下，说道，"你在京城打听一下，谁不知道我刘一刀的手艺？我讲究的是刀快、手轻，眼要准。"刘一刀用剃刀在张择端眼前比划着说，"我这把刀，在你脸上轻轻一过，就像吹风一样，就把你的胡须刮得干干净净。"

张择端见锋利的剃刀在眼前晃动，吓得不敢动弹。

刘一刀放下剃刀，取一条围巾系在张择端脖子上。

韩海对张择端说："你就刮个脸吧！回头拜师傅也体面一点。"

"好！我倒要看看，京城的剃刀，是不是比家乡的快。"张择端说罢，取下肩上的布褡，放在旁边的椅子上。

刘一刀把一条热毛巾捂在张择端的脸上，正要下刀，刘二麻子过来了，一只手搭在张择端肩上，指着旁边椅子上的布褡问："这东西是你的吗？打开看看。"

韩海吃惊地问："为什么？"

"少废话。"二愣子气势汹汹地说。

刘一刀指着刘二麻子说："这位是开封府公爷，他要你打开，你就打开吧！"

张择端拿起布褡，正准备打开，刘二麻子指着画轴问道："这是什么？"

"这是画轴。"

"画轴。"刘二麻子一把抢过去。

"你要干什么？"张择端吃惊地问。

"京城丢了名画，我看你就像那个偷画的贼。"刘二麻子打开画轴，原来是一卷空白画轴，什么画也没有画。

第一章　张择端进京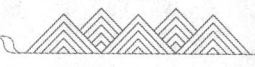

"这不是画呀！"二愣子吃惊地说。

"是你们丢的画吗？"张择端反问。

"我们怎么能偷画呢？"韩海委屈地说。

刘二麻子自知理亏，问道："哪儿来的？"

"山东。"

刘二麻子继续问："叫什么名字？"

"张择端。"

"到京城来干什么？"

张择端理直气壮地说："拜师学画。"

"这是京城，不是你们乡下，进进出出的，老实点。"刘二麻子把画轴扔给张择端，扬长而去。

"你这个人怎么这样说话？"张择端气愤地说。

刘一刀劝道："他是公门中人，走到哪儿都是理呀！"说罢，将张择端按在座位上，替他刮胡修面。

秀才救美

一位小姐在丫环的陪同下，从坡对面走上虹桥，站在桥上四处眺望，一会儿，顺坡而下，这时，一辆驴车从对面翻过虹桥顶，顺坡而下，不料拉车的驴子受了惊吓，发疯般地冲下坡，推独轮车的车夫大叫："快走开，快走开呀！驴子受惊了。"

牵驴的人拼命地拉住缰绳，仍然阻止不了驴子奔跑的脚步，眼看就要撞上正在桥上行走的小姐和丫环。

小姐带着丫环在桥上悠闲自得地行走,丝毫没有觉察到危险即将来临。

"哎!"韩海指着拱桥惊叫,"驴子受惊了,驴子受惊了。"

正在修面的张择端一把推开刘一刀的剃刀,站起来,冲上桥,将小姐扑倒在桥边,千钧一发之际,驴车与小姐擦肩而过,翻倒了。

小姐吓得魂飞魄散,睁大眼睛看着张择端。此时,张择端的脸几乎与小姐的脸贴在一起,显得很尴尬,他立即松开了手。

丫环跑上前,扶起倒在地上的小姐,着急地问:"小姐,你怎么样了?伤着了吗?"

张择端也从地上站起来,拍打着身上的灰尘。

赶车的车夫知道自己闯了祸,站在旁边不住地赔礼。

丫环责备道:"你们这些人,是怎么赶车的?"

韩海跑过去,先去问候惊魂未定的小姐:"小姐,没事吧?"接着又问张择端,"正道,你没事吧?"

"没事,没事。"张择端拍打拍打身上的灰尘,显得若无其事的样子。

韩海冲着车夫吼道:"你是怎么驾车的?"

"老爷,饶了我们吧!"车夫不住地求饶。

韩海转身问小姐和张择端:"你们没事吧?"见二人都说没事,转身冲着车夫说,"你们走吧,走吧。"

丫环问道:"小姐没事吧?"

小姐喘着粗气对张择端说:"多谢这位公子,多谢了。"

"没事,没事。"张择端连连说。

小姐感激地说:"请公子留下姓名,容图后报。"

韩海抢着说:"我姓韩,名海,他姓张,叫择端,从山东来的。"

张择端道:"区区小事,何足挂齿。"

"多谢了,多谢了。"小姐连声说。

第一章 张择端进京

张择端拉着韩海,一跛一跛地走了。小姐看着离去的二人,脸上充满了感激之情。

"公子呀!公子呀!"刘一刀迎上前去,拉张择端坐下,重新给他披上围巾,说道,"公子呀,就凭你刚才那股救人的劲头,我今天给你刮脸,不收钱。"

"不、不、不,这怎么行呢?"

"请问公子尊姓大名?"

"我姓张,叫择端。"

"好呀!"刘一刀说,"你今天刚进城,就救了范小姐。"

韩海吃惊地问:"范小姐?"

"你们还不知道呀?"刘一刀说,"她就是翰林院画师范恺的女儿范雯小姐。"

韩海惊喜地说:"她是范恺的女儿?"

刘一刀道:"对呀!"

韩海高兴地说:"这回咱们拜师学画就有望了。"

第二章 慕名求师

慕名求师

张择端和韩海二人深深地被东京的繁华所吸引，游逛了一下午，意犹未尽，接着又逛夜市，张择端兴奋地道："道明，你看，京城的晚上也这么热闹。"

韩海一想到张择端在桥上救了翰林国画院正学范恺的女儿，心里就美滋滋的，兴奋地对张择端说："缘分啦！今天我们意外地救了范小姐，明天我们去范恺的府上，他一定会收咱们为徒。"

"这让我还不好意思去了呢！"

"为什么？"韩海不解地问。

"我们拜师，凭的是才学，他认为我们行，就收下我们，认为不行，就不收我们，这与救他女儿没什么关系。要是扯上这层关系，我还真不知说什么好，我告诉你呀，我们明天去，千万不要提这档子事。"

"你这个人啦，真是怪僻。"韩海不满地说。

两人边走边聊，不知不觉间走到汴京的老字号——孙羊店的门前。

孙羊店的老板娘正在门前揽客，见张择端、韩海二人举止言论，知道他们是外地人，连忙迎上前，热情地说："二位公子里面请，我们店有好酒好菜好招待。"边说边上前抓住韩海的手，就往店里面拉，"走走走，进去吧！"

店小二也上前挽住张择端的手往店里拉。张择端、韩海二人正要找店落宿，也就没有推辞，跟着他们进了客栈。

正学府内，范恺正在书斋里作画，大臣赵挺之站在旁边观看，忍不住问："竹海兄，历来观音像都是夹臂而坐，而你这幅作品

是坐姿自然，不同往常，有什么说法没有？"

范恺笑道："作画贵在创新，而不拘俗习，世人多将观音像画得正襟危坐，其实大可不必。自然便是自然，不仅画面生动，也使画者有更多的发挥空间，画出来的画，自然也就别具一格了。"

范恺放下画笔，两人到旁边的椅子上坐下。赵挺之道："竹海兄可真是大家风范啦！"

"老朽了，若不思进取，必将落伍呀！"

"近闻竹海兄关了山门，不再收徒，这又是何故呀？"

"啊！"范恺道，"当今圣上开画学，立为科举之一项，习画者甚多，一些利欲熏心的钻营之徒，都把学画视为获取名利的便利途径。上有所好，下必效焉。今日学画者甚多，鱼龙混杂，不好分辨，我索性关门拒徒，也好安心作画呀！"

赵挺之哈哈一笑："原来如此呀！"

一大早，张择端、韩海离开孙羊店，前往正学府拜访范恺，一路走来，测字占卜的，叫卖小吃的，摆摊卖画的随处可见。张择端走近一个卖古玩字画的摊位前，向摊位主人问道："老人家，打听一下，范恺正学府怎么走？"

"你们找他干什么？"

"我们是找他拜师学艺。"韩海说。

"哎呀！"卖画的老者说，"你们别去了，去了也没用。"

"怎么了？"张择端不解地问。

"他不收徒弟了。"

"不收徒了？"张择端问，"你是怎么知道的？"

"我怎么不知道呀？我成天在这里摆摊，来正学府找范恺拜师的人多了去了，一个也没有进去。"卖画的老者指着不远处的正学府说，"你们看见了吗？那里又来了两位，正在与范府的刘

第二章 慕名求师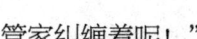

管家纠缠着呢！"

正学府门前，两位年轻人手拿画轴，苦苦地向范府的刘管家刘四请求说："老管家，帮帮忙吧！"

刘管家推辞道："年轻人，不是我不帮，是帮不了哇！"

"求求你给范大人说一声，我们是真心拜师学画。"

"不行，不行。"刘管家将两位年轻人往外推，边推边说，"走吧！走吧！快走吧！老爷不收徒。"

一位年轻人不甘心，走几步又转身回来，从怀里掏出一包银子塞给刘管家，说道："老管家，你如果能让范老先生收我为徒，我再给你一百两银子。"

刘管家掂了掂手中的银子，然后又塞回年轻人的手里，说："走吧！走吧！我真的帮不了你这个忙。"

年轻人无奈，转身垂头丧气地离去。

张择端与韩海对看了一眼，韩海说："走，看看去。"

突然，韩海又停下脚步，说："正道，咱们还是买点礼物吧！"

"你没看见吗？那些人提着礼物，还是被轰走了。"张择端打起了退堂鼓，"算了，我们还是回去吧！"

"那怎么行呀？"韩海不甘心地问，"我们大老远地来，就这么回去了？"

"那怎么办？他不收徒呀！"张择端指指刘管家，"你看。"

"哎、哎！"韩海手指前面说，"正道，你看。"

张择端顺着韩海手指的方向看去，一乘小轿在正学府门前落轿，一位小姐从轿子里缓缓走出来，定睛一看，正是在拱桥上差点被驴车撞着的范小姐。

韩海高兴地说："那不是昨天你救的那位范小姐吗？"

"是她？"

"看来，这次我们只能找她帮忙了。"韩海不待张择端说话，跑过去冲着范雯叫道："小姐，韩海拜见小姐。"

范雯愣住了，因为她并不记得在哪里见过这位年轻人。

"小姐！"韩海问道，"不认识我们了？"

范雯还是没有想起来。

"昨天！"韩海提示，"城门外，拱桥上，有一头毛驴……"

"啊！是张公子呀！昨天的事，真是多谢二位了。"范雯终于想起来了，问道，"你们有什么事吗？"

韩海说："我们从山东来，到京城拜师。"

范雯抱歉地说："我父亲已经不收徒弟了。"

"对、对、对。"刘管家上前说，"二位公子，我们家老爷不收徒弟了，你们走吧！"

"管家。"范雯轻叫一声。

"小姐！"刘管家看了范雯一眼，退到一边。

韩海道："我们是山东诸城人，千里迢迢来到京城，挺不容易了，到京城来，就是想拜令尊大人为师，请小姐在令尊大人面前美言几句，行吗？"

"你们可以拜别人为师呀！为何偏要拜我父亲为师呢？"

张择端站在旁边一直没有说话，这才开口说："我们是慕名而来，换了别人，又有何可学之处呢？"

范雯想了想，问道："你们学过画画吗？"

张择端说："已经有十年了。"

"对、对、对。"韩海附和。

"都跟谁学的？"

张择端稍停片刻,回答说："唐代的阎立本,吴道子,还有王维。"

"既然如此，那二位公子何须再拜师呢？"

张择端回答说："艺无止境，求师学艺，多多益善嘛！"

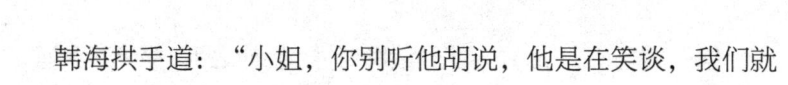

韩海拱手道:"小姐,你别听他胡说,他是在笑谈,我们就是想拜范大人为师,请小姐多多费心。"

"这样吧!"范雯想了想说,"我去给父亲说一下,能否答应,我可说不准。"

"行了,行了,两位公子。"刘管家说,"你们该走了,我家老爷是真的不再收徒了。"

范雯朝张择端嫣然一笑,转身向府内走去。

"小姐!"韩海冲着范雯的背影说,"我们住在孙羊店。"

范雯回头看了一眼,没有停步。

"我们有望了。"韩海拉着张择端,转身离去。

范雯迈步跨进府门,回头看着二人离去的背影,容光焕发,脸上充满了笑意。

 张择端一怒骂范恺

络腮胡子骑快马,从杭州返回汴京。

蔡府内,蔡攸丧气地说:"真没有想到呀!我们费这么大的劲才找到的画,还是不行。"

络腮胡子说:"老爷说了,圣上是个行家,如果没有惊人之作,恐怕,难打动圣上之心。"

"可是,现在人人爱画,真要是有了佳作,怎么能留得住呢?"蔡攸叹口气说,"那些朝中大臣,早就买走献给皇上了,我怕这以后,再难找到好画了。"

络腮胡子说:"最好能找到绘画奇才,借他之手,给老爷画画。"

"谈何容易呀!"蔡攸叹口气说,"好吧!为了老爷能返回朝中,再难,我们也得找。"

范雯在画一幅素描,停下笔,问站在身边的父亲:"爹,你看行吗?"

范恺笑道:"你不学米芾的江南小景,而学范宽的雄浑豪气,这不像是一个女孩子画的画呀!"

"这样不好吗?"

"哎!"范恺笑道,"这没有什么不好,只要你喜欢,就这么画下去。画源于灵气,强求不得呀!"

"哎,爹。"范雯放下画笔,站起来说,"那两位公子拜师的事,你想过没有呀?"

范恺说:"你让管家拿四十两银子给他们送去,感谢人家相救之恩。"

"爹!"范雯拉着父亲的手臂,撒娇地说,"人家可是慕名而来,两位公子人品不错,求师心切,你就收下他们吧!"

"雯儿,你不是不知道,我已经不收徒弟了呀!"

"爹!"范雯哀求地说,"爹,你就见见人家嘛!"

"你不必多说了,你去对管家说,叫他赶快把银子送过去,我们不能欠人家的人情。"

范雯气得噘起了小嘴。

几个太监奉宋徽宗之命,到宫外迎接从杭州满载而归的内廷供奉官童贯。一位小太监见到童贯,恭敬地说:"童大人,一路辛苦了,圣上在宫里等着你呢!"

童贯微微一笑,向身后一群太监一挥手,这些手捧礼盒,抬

第二章 慕名求师

着木箱子的太监，紧跟在童贯身后，鱼贯进入皇宫。

童贯从采办回来的众多贡品中，挑选了一把精美绝伦的小玉壶呈给坐在旁边的宋徽宗，说："圣上，你看。"

宋徽宗伸手接过玉壶，欣赏了一会儿，点点头说："不错，造型独特，做工精细，玉也是上好的和田玉，是一件不可多得的宝玩。"

童贯指着摆放在长条桌上的珍珠宝玩说："圣上，你再看看这些，可都是稀世珍宝啊！"

宋徽宗一边把玩着小玉壶，起身近前察看。

童贯奉承地说："圣上登基，万国献宝，以贺新君，臣这次在杭州，多亏蔡京蔡大人相助，才弄到了这些稀世珍宝。"

"蔡京？"宋徽宗随手摆弄着桌子上的一株珊瑚树。

童贯道："这里面有些是蔡京的家藏珍品，他都献出来，以表忠心。"

宋徽宗哼了一声说："当初罢免蔡京，也是出于政治上的需要嘛！"

"是，是，是。"童贯说，"不过，蔡京满腹经纶，如此人才，如弃之不用，实在是可惜呀！"

"蔡京有何才学呀？"

童贯说："苏、黄、米、蔡，可是当今书法界翘楚，而且，蔡京还是一位画坛高手。"

"蔡京善书画？"宋徽宗指着满屋的贡品问，"这些书画中，哪一件是蔡京的作品？"

"圣上！"童贯说，"待日后臣让蔡京献上几幅佳作，供圣上欣赏便是。"

"好！"宋徽宗说，"那就叫蔡京画上几幅，拿来给朕看看。"

25

"臣遵旨！"

蔡攸带着络腮胡子，穿梭于汴京的大街小巷，寻找绘画珍品，只要是卖画的摊位或书画店，都要进去看看，只是一张好画也没有找到，显得很失望。

"吃饭了，吃饭了，哎，来吃饭啦！"孙羊店店小二在门前招揽客人。

老板娘也站在店门口迎客，见范府的刘管家走过来，迎上前说："哎哟，刘管家，怎么有闲情到我们这小店来，来，里面请。"

"大妹子！"刘管家说，"我不是来吃饭的，是来找人的。"

"哪位贵客是你的朋友呀？"

"你们这里是不是住着两个从山东来学画的公子？"

"啊！是不是一个姓张的，一个姓韩的？"

"他们姓什么我不知道。"刘管家问，"他们在不在？"

"在，在，在，我领你去。"老板娘热情地拉着刘管家进了孙羊店，说，"原来他们是你的朋友呀，怪不得呀！我一看他们就知道不是平常人。"

老板娘走到楼梯口，冲着二楼楼口喊："张公子，韩公子，有人找。"

刘管家走上楼，从怀里掏出两锭银子放在桌子上。张择端吃惊地问："你这是什么意思？"

"没什么，这是老爷赏给你们的。"

"赏给我们的？"

"是呀！你们救了我们家小姐，给点赏钱，这不是应该的吗？"

张择端来回走了几步，没有说话。

"赏钱在这里，我走了。"刘管家起身欲走。

"等等。"张择端冷冷地说，"你把银子拿回去。"

第二章 慕名求师

"为什么?"

张择端说:"这点银子,我不会要的。"

刘管家以为张择端嫌赏钱少了,吃惊地问:"你还想要多少呀?"

"难道我救你们家小姐,是为了得到赏银吗?你们也太小看人了。"张择端愤愤地说,"你把银子拿走。"

"正道……"韩海站起来欲说话。

"既然你们不要,我也不强求。"刘管家一边收拾银子,一边嘀咕,"真是不识抬举。"

张择端问:"你说什么?"

"我说你不识抬举。"

"你……"张择端气得说不出话来。

"哎哟!这不是好事吗?"老板娘劝张择端说,"你们救了范府的小姐,范大人给你赏钱,这也是应当的嘛,你收下不就得了吗?"

老板娘见张择端不说话,转身从刘管家手里接过银子,笑着说:"要不刘大哥,这银子我就替他们收下了,你呀!也别生气了。"

"你把银子还给他。"张择端冲着老板娘没好气地说。

"公子呀!"老板娘说,"我的店钱,你还没有交呢!"

"店钱我不会少你的,你把银子还给他吧!"

"年轻人就是气盛,我这不是好心吗?"老板娘回头对刘管家说,"刘大哥,要不你就先回去吧!这银子我先替他们收下,省得你回去也不好向老爷交代,免得你为难。"

"大妹子,我不为难。"刘管家从老板娘手里拿过银子,"我回去告诉老爷,人家不稀罕要,不就完了吗。"

"不、不、不,老管家。"韩海一把拉住刘管家,"我们不是这个意思,我们不是嫌钱少,我们就是想拜范老先生为师。"

27

"我说对了吧？要不然，你怎么救我们家小姐？"刘管家哈哈大笑，转身就走。

"不要走。"张择端大吼，"你把话说清楚。"

"我说明白了。"

"你说，你说。"张择端彻底愤怒了。

"正道！"韩海赶忙拦住张择端，"少说两句，少说两句嘛！"

"不行，我今天一定要让他说明白。难道说我搭救他们家小姐，是有目的的吗？"

刘管家也火了，跳起来说："你别来这一套，要想拜师学艺，什么招都使得出来，你瞒不过我。"

张择端暴怒地说："你说什么？我救了你家小姐，还要留下闲话吗？"

"正道！"韩海死死地抱住张择端，劝说道，"我们到京城干什么来了？不就是拜师学艺吗？少说两句，不行吗？"

韩海转身又来到刘管家面前，劝说道："老管家，你千万不要介意，我这位同乡脾气不好，还请你老人家在范老先生面前多多美言几句，还望范老先生收我们为徒。"

张择端愤怒地说："算了，算了，就不要麻烦他了，免得他又生疑心。"

"你这是什么话？"

张择端站起来，冲着刘管家说："告诉你家老爷，有学施教，乃为长者之本分，他今天的成就，不也是从师学来的吗？怎么能得先人之滋养，而不反哺后人呢？这也未免过于吝啬了，似这等刻薄老朽，岂能当画坛领袖，不学，也罢了。"

"好，你有种。"刘管家一跺脚，"算你狠，我走了。"

韩海跟着刘管家，不住地说："老管家，请你老人家千万不要介意……"

第二章 慕名求师

"别说了。"刘管家打断韩海的话,扬长而去。

范恺击案而起:"什么?他们说我是刻薄老朽?"
刘管家结结巴巴地说:"他们还说、还说你徒有虚名,不配当画坛领袖。"
范雯听到响声,带着丫环也赶了过来。
范恺哼了一声,对刘管家说:"你去告诉他们,他们骂我也好,捧我也罢,这两个徒弟,我就是不收。"
"爹……"范雯欲劝阻。
"我说不收,就不收。"
刘管家附和地说:"老爷,不能收他们啦!"

张择端与韩海情绪低落,行走在汴河桥上。
韩海丧气地说:"真没有想到呀!我们大老远跑到京城来,竟然是这样一个结果。"
"他不收算了,现在画院也可以直接考入。我看京城画师的作品,也不过如此。"张择端说,"我们不妨考考试试。"
"你的才气,可以直接考。"韩海有些心酸,"可我的画,恐怕……"
张择端安慰地说:"你不必害怕,我看你能行。"
"我、我还是觉得我们拜个名师好。"

"海爷,海爷!"刘二麻子站在海伯家院子外叫唤。
"什么事?"海伯拉开院门出来了。
"我来给你提供一个为官家立功的机会。"刘二麻子拉着海伯说,"这么长时间,没有把画找着,老爷生气了,这一次官府的货船进城,必须有人领船。老爷说了,这次你把船领进来,过

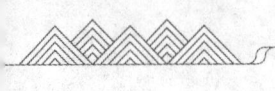

了虹桥，上次丢画的事，就一笔勾销。"

海伯冷冷地说："画也不是我们偷的。"

"可这是在你船上丢的呀！"

海伯叹口气说："我年纪大了，使不了船。"

"海爷，海爷。"刘二麻子劝说道，"你就别蒙我了，谁不知道你老人家的功夫，你要是不去，我就得找别人，万一找了个水路生的，到虹桥下面，船翻了，那可就是船毁人亡呀！海爷。"

海伯叹了口气，还是没有答应。

正在这时，海生扛着一支船桨回来了，海伯叫道："海生。"

"哎！"

"你回来了。"海伯说，"来，我给你说个事，刘大人给我说了件事。"

"爹，什么事？"

"我知道海爷是个热心肠的人，拜托了，拜托了。"刘二麻子说罢，高兴地离去。

海伯边走边向海生交代一些事宜，送到水边，临上小船的时候，嘱咐道："海生，你第一次领船，过虹桥的时候，一定要小心。"

"放心吧！不会有事的。"

"到时候，我和你妹妹到虹桥上等着你，看你过虹桥。"

"哥哥！"海花嘱咐，"你一定要小心啦！"

"知道，我走了。"海生说罢，上了等在那里的一只小船，撑船离开。

海伯喊道："过桥那天，我在桥上等你，看你过桥。"

"哥，早点回来。"海花大喊。

范恺伏案画画，总觉得心绪不宁，叹口气，干脆放下画笔，在书房里来回踱步。范雯带着丫环给父亲送茶，见父亲心事重重，

第二章 慕名求师

问道:"爹,你怎么了?"

范恺接过茶,问道:"爹真的是老朽刻薄吗?"

"爹!"范雯笑着说,"你怎么还记着那件事呀?"

范恺叹口气说:"这两个后生,话虽然说得有些尖刻,可是仔细一想,话粗理不粗,他们说得还是有一些道理。"

"爹!"范雯高兴地问,"你是不是改主意了?"

"爹当初如果不能拜师学艺,也不会有今天的成就嘛!"

"爹真的改变主意了。"

"改变什么主意?"

"收他们为徒呀!"

范恺问道:"你是说,他们还真的有过师从?"

"听他们的话,口气不小,有点傲气。"

范恺陷入了深思。

"道明,快起来吧,我们该走了。"张择端边说边将画架背在肩上。

"急什么?"韩海躺在床上,懒散地说。

"去晚了,就看不到船了。"

"船有什么好画的,你去吧,我还要睡一会儿。"

"我们昨天不是说好了吗?"张择端不满地说,"怎么又变卦了。"

韩海不耐烦地说:"你去吧,总是催,催,烦不烦啦!"

张择端见韩海躺在床上不肯起来,只得说:"好了,我先走了,去不去,你自己看着办吧!"

范雯与丫环秋菊有说有笑地出了府门,她对秋菊说:"我们要快点,不然要迟到了。"

范恺问道:"雯儿,你们这是要去哪儿?"

范雯停住脚步,回答说:"今天汴河上船,我想去看一下,爹,你有事吗?"

"你说的那两位公子,我想看看他们的画。"

"爹,你要收他们为徒了?"

"我要看了画再说,他们真的要是人才,我就可以破例。"

"那我去找他们,让他们把画送过来。"

"不用。"范恺说,"我让刘四去吧,清明上河,是京城的一景,你不要错过这个机会,这对你习画,是有好处的。"

"爹,那我走了。"

"好,你去吧!"

峰回路转

张择端背着画架子,一路小跑,来到汴河边,四下观望,见四处都是摆地摊的小商小贩,乐得像个小孩子一样。他走到一个卖烧鸡的摊子前,问道:"多少钱一份?"

"三文钱,来一份吧!"

"三文钱,不贵。"张择端只是问问,不买,见不远处有个卖水果的,上前去赞道:"桃子真不错。"

卖鲜桃的女子拿起一个鲜桃请张择端品尝,张择端却已离开了。

卖烧饼的老头见张择端过来了,招呼道:"公子,买个烧饼

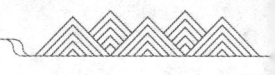

尝尝吧！"

"烧饼？"张择端问，"生意还不错吧？"

"还行吧！"

"我只看看，您老忙。"张择端说罢，又转到一边去了。

"卖鱼，汴河白鱼。"一位渔翁守着一个箩筐，正在那里叫卖。

"你这鱼新鲜吗？"张择端凑上前问。

渔翁指着身边的汴河说："刚出水的汴河白鱼，新鲜得很咧！"

张择端放眼河面，见帆船来往如梭，停泊在岸边的渔船上，渔家人有的在洗船，有的在生火做饭，叫声、笑声、水流声、摇橹声、船板敲击声，随风荡漾。张择端惊喜地说："这就是汴河？好多船呀！"

范雯小姐带着丫环秋菊，穿梭在人流中，向河边走来。

张择端放下肩上的画架，摆放好，铺好纸张，开始写生。

靠近张择端的岸边，停靠了一只渔船，这是海伯的船。海花在抹船板，洗净抹布后，端起面盆，将脏水泼向船外，丝毫没有觉察到岸边有一个人正在画画。

张择端正在写生，突然，一盆脏水泼过来，淋得他成了落汤鸡。

"你、你……"张择端气得正要训斥，抬头见是一位漂亮的渔家姑娘，将到嘴边的话强咽了回去。

海伯听到叫声，从船舱里钻出来，见女儿将一盆脏水全泼在张择端的身上，责备道："你这孩子，怎么搞的嘛，怎么将水泼到人家身上了呢？"

"爹！"海花歉疚地说，"我没注意嘛！"

海伯慌忙下船上岸，海花也跟着下船上岸。海伯见张择端的衣裳湿透了，抱歉地说："实在对不起了，公子，衣服都打湿了，到船上烤烤吧！"

"没什么。"张择端显得很大度。

海伯不住地责备海花，见张择端刚画的画也湿了，说："你看，画也打湿了。"

"我的画，我的画。"张择端也有些急了。

海伯不由分说，将张择端拉到船上去烤湿衣裳，海花将湿画卷起来，也跟着回到船上。

海伯在火炉上添了几根木柴，张择端坐在火炉边烘烤湿衣。

"公子，实在对不起，把衣裳都打湿了。"海伯再次道歉。

海花端着一碗茶，递给张择端，说："公子请喝茶。"

张择端发现，眼前这位渔家姑娘，水灵灵的，太漂亮了，双手接过茶杯，两眼却盯着海花，似乎有些醉了。

海花见张择端两眼盯着自己，羞涩地低下头。

张择端意识到自己有点失态，有些不好意思，连说："多谢了，多谢了！"

"公子！"海伯问，"你也喜欢我们的船？"

"是呀！我没见过这么大的船啦！在我们乡下，只能看到小渔船。"

"哎！"海伯说，"这算什么大船，等一会儿，你看看我们官家的船队，那才叫气派。"

"对、对、对。"海花随声附和。

"是吗？"张择端道，"我在家乡早就听说过，京城每逢清明时节，官家船队进京的时候，那是蔚为壮观，我是特地来这里等候，想在这里画一幅画。"

"你想看船啦？这里不行，要去虹桥。"

"对！"海花说，"要去虹桥，那里才看得清楚。"

"虹桥？"张择端问，"虹桥在哪里？"

第二章 慕名求师

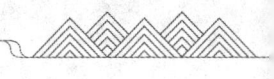

"离这里不远。"海伯抬手一指说,"顺着河边往东走,一会儿就到了。"

"啊!那我赶紧走。"

"公子,你的衣裳还没有烤干呀!"海花道,"喝完茶再走吧!"

"不了,我想去占个好位子。"张择端说罢,起身下船,临别时问,"请问大爷尊姓大名,改日登门拜访。"

"我叫海伯,这是我的闺女海花。"

"公子,你贵姓?"

"我姓张,叫择端,是来京城学画的。"张择端背起画架,匆匆离去,连刚画的画也忘了带走。

范雯带着丫环秋菊,走进汴河边的"王记"茶楼,直接上了二楼。秋菊吩咐说:"老板,来一壶茶。"

"姑娘请坐,马上就好。"店小二热情地回答。

范雯选一个靠窗的桌子边坐下,看着河面来往如梭的帆船,高兴地说:"秋菊,这个位子真的不错。"

店小二用托盘装着一壶茶,两个茶杯,送来了。壶是紫砂壶,杯是紫砂杯,摆放在桌子上后说:"姑娘,茶来了。"

秋菊道:"好,我来沏。"

范府管家刘四又来到孙羊店,直接上了二楼,问道:"公子在吗?"

"老管家!"韩海迎上去问,"你怎么来了?"

"你们的运气来了,老爷说了,让你们把自己的画,每人送一幅去,老爷要看看你们有没有可造就之处,去,把画拿来吧!"

"这……"韩海站着没动,似乎有些为难。

"你们没画?"

"有呀！"

"那就快拿来吧！"

"张公子不在。"韩海道，"要不这样，你先把我的画拿去给老爷看看。"

"那不行。"刘四说，"老爷说了，要的是你们两个人的画嘛！"

韩海道："要不，你在这里坐一会儿，我上街去找张公子。"

"我可没那闲工夫。"刘四站起来说，"这样吧，你找到他，把画给我送去，听见了吗？"

"那也行，你再坐一会儿吧！"

"不坐，不坐，我走了。"刘四说着话，人已下楼。

韩海把刘管家送到店外，回头对站在门前揽客的店小二说："小二，今天晚上有空，你多预备几个菜，我要与张公子好好喝一杯。"

"好、好，知道了。"店小二满口应承。

第三章 清明上河

汴河上船

张择端背着画架，随着人流一边走，一边向路人打听去虹桥的方向。

范雯与秋菊来到茶楼二楼的外廊，观看四周风景，突然，范雯指着人流中的张择端对秋菊说："你看，那不是张公子吗？"

"是他。"秋菊也是一声惊呼。

"快去请他上来。"

秋菊笑着朝范雯做了个鬼脸，转身欲去。

范雯一把拉住她，吩咐道："就说我有事找他。"

"知道了！"秋菊答应一声，下楼去了。

秋菊出了茶楼，紧走几步，赶上张择端，叫道："张公子！张公子！"

"是你？"张择端有些诧异。

"我们家小姐有要事，请公子过去。"

"小姐在哪儿？"

"在那儿！"秋菊指了指茶楼。

范雯站在茶楼二楼走廊上，微笑着向张择端招手。张择端向范雯招招手，算是打招呼，接着问道："有什么事吗？"

"我家小姐说，她有重要的事要告诉你。"

"有重要的事要告诉我？"

"是呀！"秋菊催道，"走吧！"

张择端跟在秋菊身后，一同走进茶楼，上了二楼。

"张公子！"范雯迎上前问道，"我爹爹派刘管家去客栈找你们要画，你给他了吗？"

第三章 清明上河

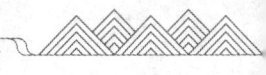

"要画?"张择端问,"要什么画?"

"你还不知道吗?"

"不知道呀!"张择端说,"我一大早就从客栈出来了,没见到刘管家呀!"

"那你赶快回去,我爹还等着看你们的画呢!"

张择端笑了,连声说好,转身欲走,突然又停下脚步,看了楼外的汴河一眼,欲言又止。

"公子!"范雯似乎明白了张择端的心思,问道,"你是来看船的吧?"

"京城汴河上船,乃京城胜景,不可错过呀!"

"那,我爹要的画怎么办呢?"

"那我就去取,这就去取。"

"公子,这样吧!"范雯阻拦说,"你先看船,看完船之后,再去取画也不迟呀!公子,你说呢?"

"好,好。"张择端高兴地放下肩上的画架。

"公子请看!"范雯带张择端来到走廊,抬手一指说,"从这里望去,汴河之景,尽收眼底。"

"你怎么找了这么一个好地方呀!"

韩海穿梭在人流中,逢人便打听有没有看见一个身背画架子的年轻人,回答都是没看见。

张择端一边往桌子上摆放着绘画用具——笔、墨、纸、砚台、笔架,一边问道:"这么说,小姐也是来作画的了?"

范雯一边帮张择端摆放画具,一边说:"公子,汴河之景,可入画者甚多,尤清明上河,最为壮观,公子,你可知道这条河的来历?"

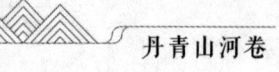

张择端笑道:"我当然知道,汴河乃隋炀帝所开,本是为他出巡游乐所用,汴京八景之一,隋堤烟柳,讲的就是汴河的故事。"

范雯吃惊地问:"这个你也知道?"

"是呀!"

秋菊笑道:"那你也跟我们说说。"

韩海在楼下逢人便打听有没有看到一个背着画架子的年轻人,多次打听无果,只得站在虹桥桥头上,扯开嗓子大呼:"正道,正道,你在哪里?听到了吗?"

韩海喊了半天,无人答应,只得转身离去。

张择端喝了一口茶,津津乐道:"隋炀帝在汴河中行船,命沿河两岸的小姑娘做纤夫,拉着大船在河中行走。成千上万的姑娘在两岸排成长队,拉船而行,当他看到姑娘们在太阳底下晒着,心中又有些不忍,于是,皇帝下了一道圣旨,命令沿岸的地方官在两岸栽种柳树,给姑娘们遮阴。"

范雯见张择端说得手舞足蹈,不时发出笑声。

张择端捧起茶杯,喝一口茶后接着说:"盛植杨柳,叠翠成行,风吹柳絮,腾起似烟。每当清晨,登堤遥望,但见晓雾蒙蒙,翠柳被笼罩在淡淡烟雾之中,苍翠欲滴,仿佛半含烟雾半含愁,景致格外妩媚,似一幅绝妙的柳色迷离的风景画。故此被誉为'隋堤烟柳'。唐代诗人白居易在《隋堤柳》诗中写道:'西自黄河东至淮,绿阴一千三百里,大业末年春暮月,柳色如烟絮如雪。'便是赞美汴河隋堤的胜景。"

范雯夸赞地说:"没有想到,你不是本地人,还知道这么多典故。"

张择端笑道:"汴河之景,天下闻名,我岂能不知晓呢?"

第三章 清明上河

"那当时的船,一定不少吧?"秋菊一边给张择端添茶,一边问。

"那个时候的船队,可谓壮观。据说呀,隋炀帝的船队的头船到了开封,可船队的尾巴,还在洛阳。你想想看,那该有多少条船?"

"是吗?"范雯说,"那也太夸大其词了吧!"

"嗯!"张择端说,"我是相信,可惜呀,我是没有看到当时的景象,我要是看见了,一定要把它画出来,我一定把它画下来,那该有多好。"

秋菊打趣地说:"那你的画,要有多长呀!难道也从洛阳摆到开封?"

张择端笑道:"我可以把洛阳到开封的景色,在画卷上浓缩起来,并不一定非要那么长呀!你说是不是?"

范雯提笔蘸墨,接口说:"世间万物,大到千里江河,万里关山,小至一山、一水、一棵树、一块石头,一抬眼、一投足,都可入画,为画者,须去粗取精,巧妙构思,为我所用,这笔下不仅要形似,更要求其神韵,这才是绘画奇妙之所在。"

张择端抱拳说:"小姐不愧出自名门,精通画理呀!"

范雯嫣然一笑,正要提笔作画,忽然外面传来一声呼唤:"船来了……"

三人向窗外望去,只见人们纷纷向虹桥跑去。

"不行,我得走近看看。"张择端慌乱地收拾起画具,背上画架,跑下楼去,匆忙之间,将画笔落下了。

范雯拿起桌子上的画笔,冲着离去的张择端的背影呼叫:"公子,你的笔。"

张择端已经下楼,没入人流中。

范雯与秋菊连忙来到走廊,见奔跑中的张择端回过头来,向她们招手，二人在楼上向张择端招手示意。

张择端招手致意之后，向虹桥跑去。

韩海回到客栈，从自己的画中精心挑选了一幅自认为满意的作品，随手取了张择端的一幅《金驴图》，出了客栈，前往范府送画。

张择端夹在人流中跑上虹桥，在桥顶找一个空位站定，这时，大队官船由远及近，缓缓向虹桥驶来。

很多船工的家属跑到河边，迎接归来的亲人。

海生站在头船上，手当话筒，向身后的船队大喊："落帆了！"

喊声刚落，整个船队的大帆小帆，哗啦啦全都落了下来。

"抛锚啦！"海生再次喊话，各条船上大大小小的铁锚，带着铁链，被抛进河里，整个船队，平稳地停了下来。

"哥，哥！"海花站在虹桥上，大声喊叫。

海生站在船头上，向虹桥上的父亲、妹妹招手。

虹桥上，汴河边，人山人海，成了一片欢乐的海洋。

张择端被这壮观、热闹的场景惊呆了。

海伯一家三口跑下虹桥，前去迎接刚下船的海生。

"爹、爹。"海生跳起脚大喊。

"哥、哥！"海花边跑边喊。

海生上前拉住母亲的手，说："娘，我可想你了。"母子俩手拉手，欢天喜地。

"爹！"海生指着汴河上的官船问道，"你看这些船怎么样？"

"壮观，壮观。"海伯竖起大拇指。

海花在一边又跳又笑。海生掐了一下海花的脸，笑道："妹子，越来越漂亮了。"

"爹！"海花拉着海伯的手，撒娇地说，"哥哥又欺负我。"

一家人大笑。

张择端站在虹桥上，看到眼前的一切，激动万分，忽然觉得脑子里有一根神经猛烈地跳动了一下，回头再想，却又没有抓住，他拍了拍脑袋，觉得很无绪，于是也就放下了。

构想一幅绝妙之图

张择端回到客栈，仍然沉醉在汴河上船的热闹场景中，重复地说："真是令人难忘，真的令人难忘啊！"

"正道。"韩海将菜盘放在桌子上，说道，"从你回来起，就傻了似的，吃饭。"

"嗨，你是没去呀！"张择端说，"你不知道呀！当时的场景，真是令人难忘哟！水面上船帆遮云蔽日，岸上人流涌动，如同千军万马……"

"吃饭。"韩海打断了张择端的话头。

"你听我说嘛！"

"你不是说过一遍吗？那个老船工的一家跑到岸边，是不是？"

"还有。"张择端绘声绘色地说，"那老船工的儿子抱起缆绳，哗的一声扔过去，他的女儿一下子把缆绳紧紧地抓在手里，这时，他的儿子大喊：'哎'……"

"吃饭、吃饭。"韩海从盘子里抓一个馒头塞进张择端的嘴里。

张择端咬了一大口馒头，接着说："真是壮观啦！震人心魄，你今天没去，真是太可惜了，太可惜了。"

"有什么可惜的。"韩海给杯子添上酒，放下酒壶，说，"你还说呢，我要是和你一起去了，人家范家派人来拿画，谁把画送去，要是错过了拜师的机会，那才可惜。"

"这个范老头，还真是有点怪，你说呀，我们好好地去拜师，他拒而不见，骂他几句嘛，他却找上门来了。这个怪老头，也真是怪脾气。"张择端坐下来，接着说，"对了，你知道吗？我今天去看船的时候，还碰到了他的女儿。"

"什么？"韩海放下酒杯，吃惊地问，"你又见到那位小姐了？"

"是呀！她也去画画呢！"张择端说，"我们还在楼上说了一阵子话呢！"

"你没跟她提我们跟她爹拜师学画的事吗？"

"没有呀！"张择端端起酒杯，喝了一口酒。

"正道！"韩海担心地说，"咱们可是一起来的，有什么好事，你可别忘了我哟！"

"看你说哪儿去了。"张择端夹菜放进嘴里。

"你看，今天范家管家来拿画，我把你的画也送去了，我就没忘了你。"

"知道，知道。"张择端仍然沉醉在汴河上船的情景中，边夹菜边说，"那个场景呀！真让人感动。"

韩海却沉醉在拜师的梦想之中，美滋滋地说："范老先生真要是能收我们为徒，我们就能进画院，进了画院，今后就能做翰林，就能一步登天。"

"先别想那么多了！"

韩海说："我是怕，他要是不收咱们呢？"

张择端放下酒杯说："这个你就放心，现在，他看了我们的画，这就好办了。我就担心他不看我们的画。"

第三章 清明上河

"我怕,他万一看不上我,怎么办?"

范恺展开管家刘四拿回的两幅画,看了第一幅,没有说什么。范雯见爹爹没有说话,紧张地问:"爹,你看怎么样?"

"那一幅呢?"范恺指着另一幅画说。

范雯展开另外一幅画,画中是一头驴。范恺眼前一亮,拿起画仔细端详起来。

"爹!"范雯问,"你看这幅画怎么样?"

"你说呢?"

范雯看了父亲一眼,说:"又要考我的眼力呀?"

"哎!你说说看。"

范雯看着画说:"这幅画粗看,极为一般,选生活中一场景,但细细观之,可见处处生奇,构思极为巧妙,绝非平庸愚钝之人所能为。"

范恺道:"画这幅画之人可成大器,这幅画的作者,可为我徒。"

范雯高兴地说:"我说他们能行,你还不信呢!"

"我只说这一个人,那一张,笔墨呆滞,构图刻板,作者追风媚俗,凭空臆想,实不足取,虽然有些功力,但无精彩之处,此人难成大器。"

"爹,他们一行两个人,你只收一个,另外一个怎么办?"

"这没有办法。"范恺说,"天资不同,秉性各异,我只能择优录取。"

范雯转身,轻声对秋菊说:"就不知道,是不是他画的。"

秋菊轻轻摇摇头,小声说:"不知道。"

范恺似乎听到了,问道:"你们说什么?"

范雯摇摇头说:"没什么。"

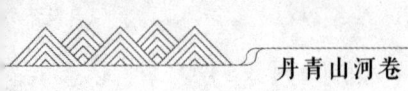

张择端在汴河边摆好画架子,专心写生。

韩海却在客栈的床上睡大觉,鼾声如雷。

范恺要去上朝,临出门时,将两幅画交给管家刘四,对他说:"我进宫去,你今天把这两幅画拿去,还给那两位公子。"

"是!"

范恺指着其中的一幅画说:"你让画此画之人,明天来府见我。"

"老爷!"刘四问,"是这幅《金驴图》的作者吗?"

"对,他们两人,你只叫这个人来,我要面试一下。"

"老爷!你真要收他们为徒弟?"

"只收一人,你去办吧!"范恺说罢,出门上朝去了。

海伯撑着渔船穿过虹桥,出河捕鱼。

海花一眼看见岸上写生的张择端,惊喜地说:"爹,你看那是谁?"

"是张公子?"

海花从船上捡起一块小石头,向张择端所在的方向抛过去,石头落水的声音惊动了张择端。

张择端抬头见是海伯父女,叫道:"海老伯,你们去哪儿?"

"公子,我们出河打鱼去。"

张择端大喊:"等一等,我跟你们一起去。"

"就怕你晕船。"

"不要紧,没事。"

"海花!"海伯说,"我看就让他去吧!"

海花羞羞答答地说:"你想让他去,就让他去吧!"

海伯会意地一笑,问道:"公子今天没别的事吧?"

"没事。"

"那好!"海伯说,"你等着,我把船撑过来。"

"不用,我自己来。"张择端说罢,抱起画架,向河边走去。

第三章 清明上河

海伯将船撑到岸边，海花接过张择端手中的画架，然后拉张择端上船，海伯撑开船。

范府管家刘四又来到孙羊店，上楼之后，将两幅画放在桌子上，对韩海说："你们的画，老爷看过了。"

"老爷怎么说？"韩海期盼地问。

刘四问道："你们不是两个人吗？"

韩海回答说："他出去了。"

"你送去了两张画，我们老爷只看中了其中的一张画。"

"哪一张？"

"就是这张《金驴图》。"刘管家说，"老爷说，让画这张《金驴图》的人，明天到府里去一趟，准备收进师门。这张画是你画的？"

韩海见老管家说的是张择端的《金驴图》，而非自己的画，如同冷水淋头，从头凉到脚了，大脑一片空白。

"这张画是你画的吗？"管家刘四再问一遍。

"是、是我画的。"韩海说了假话，没有底气，话音显得很小。

刘四没有注意到韩海的表情，大声说："我一看就知道是你画的，不像那一位，画得没有规矩，也不讨老爷喜欢，好了，明天别忘了到府里去见见老爷。"

"是，是，一定去。"韩海有点魂不守舍，送走了刘管家，回头拿起张择端的《金驴图》看了一眼，气得将画扔在桌子上。

河面上，海花在小船上教张择端摇橹，过了一会儿，二人又上了大船，海伯又教张择端撒网捕鱼。

河面上，不时传来阵阵笑声。

桌子上摆好了酒菜，韩海心事重重地坐在桌子边，等候张择端回来。

张择端提着两条刚捕到的鱼,高高兴兴地回到孙羊店,上楼进了客房。韩海起身问道:"你怎么才回来?我都等你半天了。"

"今天呀!我跟着海老伯的渔船下河捕鱼去了。"张择端摇一摇手提的鱼,说,"这就是我刚打上来的两条鱼。"

张择端没有注意韩海的表情,发现餐桌上摆上了酒菜,惊喜地问:"哟!哪来这么多菜呀?"

韩海笑道:"等会我跟你说。"

"老板娘!"张择端呼叫。

"来了,来了。"老板娘过来问道,"公子有什么吩咐?"

"麻烦你,把这两条鱼拿去,马上给我们做好送上来。"

"好,好!"老板娘提着鱼去了厨房。

韩海拉张择端坐下说:"我有话对你说,咱这有鱼,就别再做了。"

"哎,这你就不懂,这是我亲手打上来的鱼,这可是头一回呀!尝一尝,看是什么味道。"

"好,好,那你就听我说。"

"你别急。"张择端打断韩海的话,"咱们先干一杯。"说罢,斟了两杯酒,一人一杯,一饮而尽。

张择端放下酒杯:"说吧!今天有什么喜事?"

"你知道了?"韩海有些吃惊。

"我知道什么?"张择端笑道,"但我还是看得出来,你买这么多酒菜,等我回来,能没有喜事吗?"

韩海似乎有些为难,不知怎么说好。

张择端看着韩海,说:"你不说,我也能猜得出来,是不是那个范老先生又差人来了?"

"你真的知道了?"韩海紧张地问,"你是不是又见到那个

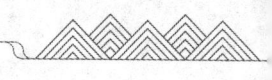

范小姐了？"

"没有，是我猜的，怎么样？"张择端问，"是不是夸我的画画得好？"

韩海低头不语。

"怎么了？怎么不说话？"

"正道，我说出来，你千万不要生气。"

"怎么了？"张择端问，"他没有夸我的画吗？"

韩海摇摇头，没有说话。

"别逗了。"张择端非常自信地说，"不可能。"

"正道，他不但没夸你，反而……唉，不说也罢。"

"你说，你说，他说什么了？"

"好，我不跟你说也不好，我实话实说吧！"

"你说，你说呀！"

"今天，范老先生派他的管家找咱们，你不在，他就让我转告你，范老先生说，你那幅《金驴图》选题粗俗，用笔过于狂放，不遵法度，认为不足为徒。"

"什么？"张择端十分惊讶，"他说我不足为徒？"

"你又急了吧？"韩海说，"开始，我也不相信，因为我知道，你的才华远远在我之上，怎么可能看中我的画，而没有看中你的画呢？"

张择端更是惊讶："他看中了你的画？"

"是呀！他让我明天去他府上，要收我为徒。"

张择端几乎不相信自己的耳朵，范恺连自己的画都看不上，竟然能看上韩海的画？他与韩海是同乡，对韩海的画知根知底，他的画与自己的画相比，差的不是一点点的问题。他心里暗想，范恺名声在外，看来也不过如此，这样想来，对于范恺没有选择他，心里也就坦然了，平淡地问："他要收你为徒吗？"

"说来惭愧,我的画技本来就不如你,可他却认为我的狩猎图选题得当,用笔工整,颇中他意,这倒让我不知如何是好了。"

张择端叹了口气,不在意地说:"他不收就不收,我也不能强求,收你就好嘛,来、来、来,干杯。"

两人干杯之后,张择端一边吃菜,一边说:"你做了他的徒弟,就跟着他学学,我倒要看看,这个范老头是个什么路数,为何说我不守规矩。"

"你看,你别在意呀!"

"不!"张择端放下筷说,"我得弄明白,我怎么就不守规矩了?画师如果不发展,和工匠有什么区别?他自己就是画界的大家,他自己就守规矩了?他自己不是常说,不能拘泥于古人,要敢于创新吗?怎么反倒说起我来了呢?"

"他呀!"韩海边斟酒边说,"也许是说你连走还没有学会,就想学跑。"

"我要光是会跑,岂不是更好吗?"

"你呀,也别太生气。"韩海举杯说,"喝酒。"

张择端碰了一下杯,满不在乎地说:"我有什么气生?"

店小二将做好的鱼送上来。

张择端起身接过鱼,放在桌子上,说:"李白说呀!天生我材必有用,一个范恺不拜,我就不画画了?来,道明,尝尝我打的鱼。"

韩海夹一块鱼送进嘴里,赞道:"新鲜,好新鲜。"

"道明兄。"张择端似乎忘记了刚才的不快,说,"这几天,汴河上船的壮观场面,一直在我脑海里闪动,今天,我在河面上打鱼的时候,突然灵光一闪,构思了一幅绝妙之图。"

"什么绝妙之图?"

张择端自信地说:"不敢说后无来者,但肯定是前无古人。"

第三章 清明上河

"什么画,这样神奇?"

"《汴水上船图》。"张择端两眼凝视着窗外,仿佛画就在眼前,说道,"我要以全景京城为主体,先画汴河两岸的风光,市井百态,亭台楼阁,车马人流,皆入画中,将汴水风光,京城胜景,尽收眼底,我要将此画画成横幅长卷,瞬景画下,不计长短,时弛时张,尽情随意,景有多长,我的画就有多长,你说如何?"

"好,好,好倒是好,可这是一个庞大工程,非一日之功,你就待在京城,不回乡了?"韩海显得有些忐忑,担心自己的谎言被戳穿,巴不得张择端赶快离开京城。

"我要在京城完成此宏愿,怎么能半途而废呢?"

"好!你有此宏愿,我敬你一杯。"韩海给张择端斟满酒杯,两人干了一杯。

如此朋友

韩海吃了一口菜,假装关心地说:"正道,要说那幅《金驴图》,画得真是不错,那范恺为何不喜欢呢?"

张择端不想再说拜师之事了,举杯说:"不管他,我们不管他,来,喝酒,喝酒。"

韩海是个心计很深的人,他知道见到范恺之后,他一定会问起《金驴图》的创作过程,他想了解一下《金驴图》真正主人的思想脉络,端起酒杯,请教地问:"正道,你说说看,你为什么要画那幅《金驴图》呢?"

"这有什么好说的嘛。"张择端放下酒杯,说,"只是一时兴之所至,那一天也是偶然,我在桥头看到那头驴从桥上冲下来的时候,就突然涌起想要把它画下来的冲动,我画的只是那头驴的神态。"

正学府内,韩海面对范恺,口若悬河:"行人纷纷躲避,就在那一瞬间,万物皆动,各具神态,我正站在桥下,忽然悟出,百物之相,虽千姿百态,但可互为因果,作画者当捉一动而生百动,犹如风吹浪,雨打湖,这样才有对比,有陪衬,有主次,有关联,构图也自在其中了。"

范恺赞许地说:"这话很有道理,看来你很用功,善思索,善观察,怪不得你能画出《金驴图》这么好的画来。"

韩海站起来,恭敬地说:"还望老师多加指点、教诲道明。"

范雯与秋菊以为是张择端来了,高兴地跑往父亲的画室,在走廊上碰到管家刘四从书房里面走出来,悄悄问道:"管家,我爹收了他?"

"收了,老爷正在安排拜师礼呢!"

"哎!是那个张公子吗?"

"姓什么?"管家刘四摇摇头说,"这我可不知道,你去看看。"

"小姐,快去吧!"秋菊在一旁催促。

范雯带着秋菊进了书房,进门叫一声:"爹!"

"雯儿,过来见见。"范恺抬手指向韩海。

范雯转过身,抬起头。

韩海连忙打招呼:"道明拜见小姐。"

"是你?"范雯看着韩海,吃惊地问,"怎么是你?"

"小姐以为是谁呀?"

第三章 清明上河

范雯问道:"那位张公子呢?"

"雯儿!"范恺插话说,"不必多问,今后要多向道明学习呀!"

"道明不敢,还望小姐多加指教。"

范雯看了韩海一眼,对父亲说:"那我先回去了。"

"好,好,好,你去吧!"

范雯瞪了韩海一眼,冷哼一声,出门离去。

范雯本以为父亲收的徒弟是张择端,不料竟然是韩海,对于张择端的落选,她既感到意外,也觉得不可思议,情绪显得十分低落。

秋菊理解范雯的心情,不解地问:"怎么不是张公子呢?"

"我怎么知道?"范雯回到闺房,坐到桌旁,拿起张择端遗落的画笔,睹物思人,一脸愁容。

秋菊沏好茶,见范雯落寞的样子,想了想,将茶送过去,体谅地说:"小姐,要不,你就走一趟,把张公子的笔还给他。"

"你怎么什么都知道?"

"反正,我不会什么都让老爷知道的。"

"你……"

秋菊嘻嘻地笑了,范雯也笑了。

"好吧,好吧,我们去找他。"

张择端提着韩海的包裹,送韩海出了孙羊店。临别时,韩海说:"我看这里也不是长久之地,花费太高。"

张择端说:"我有办法挣钱,你不必管我。"

"实在不行,你还是回山东老家吧!"

张择端道:"你不必多虑,以后有空,我去看你。"

韩海担心张择端去了范府,戳穿了他的西洋镜,连忙说:"不

· 53 ·

用,有时间我来看你。你千万不要去范家,免得见到范恺,彼此都不愉快。"

张择端失落地说:"我也不愿意见他。"

"好了。"韩海说,"那我走了,你回去吧!"

"好,慢走,保重。"张择端目送韩海离去。

第四章 瘦马图

剽窃创意

张择端在画市上转悠，寻找中意的画。

蔡攸带着络腮胡子，也在四处寻找绘画的奇才与好画。张择端在画摊上查看售卖的画，蔡攸与络腮胡子从张择端身边经过，进了旁边的画店。

孙羊店的店小二给客人端上酒菜，抬头见范雯、秋菊主仆二人走进店内，迎上前问道："哟！小姐光临小店，是要吃饭吗？"

"不！"范雯说，"我们是来找人的。"

"哟！两位小姐！"老板娘迎上去问，"你这是……"

"我来找张公子。"

"啊！你找张公子呀？"

"我找他、我找他有点事。"

"你找他有点事？"老板娘怪声怪气地说，"小姐找公子，有什么事呀？"

范雯有些不好意思，晃了晃手中的笔说："我找他还一支笔。"

"张公子一早就出去了，小姐到上面去坐坐，等张公子回来，好吗？"

"不了！"范雯带着秋菊转身就走，临出店门，回头对老板娘说，"请你告诉张公子，我在虹桥边的茶楼上等他。"

画店小二将一幅画装进盒子里，交给蔡攸，说："公子请收下。"

蔡攸接过画盒子，递给络腮胡子，然后掏出一块碎银子递

第四章 瘦马图

给店小二,小二接过银子,礼貌地说:"谢谢!公子慢走。"

蔡攸与络腮胡子起身离去。

张择端随后走进画店,店主人见是张择端,想起上一次的不快,冷哼一声,转身进店去了。张择端有些没趣,转悠了一会儿,离开了。

范雯与秋菊来到虹桥边的"王记"茶楼,上了二楼,来到上次靠窗边的那张桌子旁,楼在、桌子在、汴河在,人却不在,满脸的失落,在桌边缓缓坐下来,将手中的笔放在桌子上。

店小二过来问道:"二位小姐,请问你们是用茶,还是用点饭菜?"

秋菊说:"我们在这里等人。"

"好!"店小二说,"那我就给你们沏一壶好茶?"

"好,来一壶茶吧!"

孙羊店老板娘坐在店门口,见张择端背着画架子回来了,迎上前说道:"张公子,你怎么才回来呀?下午有一位小姐来找你。"

"找我?"张择端问,"她人呢?"

"她说要还你一支笔。"

"笔?什么笔?"

"这我可不知道了。"老板娘说,"她说她在虹桥边的茶楼等你。"

"等我?"张择端一愣,估计是范雯,放下画架子就跑。

范雯在茶楼等了好长时间,不见张择端的人影,无奈之下,付了茶钱,起身离去。

张择端赶到茶楼时，天色已暮，已是人去楼空。回到孙羊店，躺在床上，翻来覆去地睡不着。

范雯坐在闺房里，手拿张择端的那支笔，眼前仿佛再现：张择端在虹桥上奋不顾身救自己的场景；茶楼离去，楼下挥手告别时的笑容；虹桥上，看汴河上船时，又跳又笑的热闹场面，一幕一幕，展现在眼前。

秋菊知道范雯又在想心事，沏一杯茶送去，道："小姐，算了，别老想这件事了。你已经尽到心意了，他没来，那怪谁。"

范雯说："我看张公子是有才气的人，父亲不收他，真是可惜了。"

"小姐，别再想了嘛！"

杭州西湖畔，蔡府。

蔡京亲自沏一杯茶放在桌子上，恭敬地对童贯说："公公，请用茶！"

童贯接过茶，说道："我这次回京，将蔡大人筹办贡品之事，如实禀报，圣上听了十分高兴，已有复用大人之意。"

"多谢公公！"蔡京双手作揖。

"圣上对蔡大人选送的贡品十分喜爱，命我让大人再筹办一些。"

"一定尽力，一定尽力。"

"我在圣上面前说大人的书画，乃是天下一绝呀！圣上听了龙颜大悦，还等着看大人的墨宝呢！"

蔡京听了，微微一愣。

童贯站起来，问道："不知大人的书画，准备得怎么样了？"

第四章 瘦马图

"正在准备,正在准备。"

"好!"童贯笑道,"我下次返京,便要将蔡大人的画带往京城,呈献给圣上哟!"

"我一定努力,一定努力!"

蔡京将堆在桌子上的画轴扔到地上,冲着跪在地上的络腮胡子吼道:"真是蠢材,你们就不能到太学生中间去找吗?"

"全都找过了,都是一些庸才。"

蔡京来回转了一圈,停下脚步说:"如今圣上已知我善于书画,我如果没有佳作呈上,能回京复职吗?你回去告诉公子,此事关系到蔡家的荣辱,让他务必抓紧啦!"

"是!是!"

"不要只是在市井上转悠,要动一动脑子,那些把画拿出来卖的人,能是真正的英才吗?"

"小人知道了。"

"去吧!"

范恺与赵挺之哈哈大笑,赵挺之道:"不错,不错。"

范恺道:"没想到消息传得这样快呀!"

赵挺之说:"竹海兄,听说最近你收了一位徒弟,不知确否?"

范恺笑道:"我是收了一位徒弟,姓韩,名海,山东人。"

"那一定是很有才华了。"赵挺之说,"能不能把他引来见一见?"

"他正在作画,稍后便来。"范恺站起来,将赵挺之引到画桌旁说,"我正是看到他这一幅画,才收他为徒的。"

赵挺之将桌子上的《金驴图》拿起来一看,惊叹地说:"真是好画,好画,竹海兄,你真是好眼力呀!"

范恺笑道:"我本来不再收徒弟了,但是,见到此人才,不由又动起了收徒之心啦。"

赵挺之笑道:"是呀!见到此画,我也想见见此人啦!"

"好!"范恺道,"请随我来。"

画室里,范雯正在专心作画,韩海思路闭塞,在室内走来走去,终于忍不住问范雯:"这题是不是出错了?"

范雯有些不屑,反问道:"怎么出错了?"

"你看,'踏青归来马蹄香',这好像不应该是画的题目呀!"

"怎么不是画的题目?"范雯一边反问,一边还在作画。

"这'踏青'好画,'马蹄'也好画,唯独这'香'怎么画?如果这个题目只是'踏青归来',我很快就可以画出来。"

范雯轻轻哼了一声,懒得与他搭腔。

韩海来回踱步,自言自语地说:"若是题为马蹄疾、马蹄快、马蹄飞、马蹄忙、马蹄匆匆,我都可以画。唯独这'香',既无形,又无色,还无影,不好画,不画又不切题,画又无从下笔,你说这题目,不是出错了吗?"

"你呀!这画没有一笔,对选题可是怨言两车呢!"

"你画出来了?我倒是要看看。"韩海来到范雯画桌旁,见范雯的画接近完成,画中有山,有水,有树,有花,一匹奔跑的骏马在画中,犹如动了起来,最为奇特的是,几只蝴蝶,围在马蹄边打转。

"啊!"韩海恍然大悟,"原来可以这么画呀?早知如此,我早就画完了。"

韩海受到范雯创意的启发,回到画桌旁,提笔在马蹄周围画上几只小蜜蜂,刚才显得呆板的画面,立即便有了生机。

第四章 瘦马图

范恺边走边对赵挺之说:"我是有意难为他一下,出了一个比较难的题目让他来画,不知他能否画出来。如果画不出来,请不要见笑。"

"什么题目?"

"是'踏青归来马蹄香'。"

"踏青归来马蹄香?"赵挺之想了想,笑道,"难,真的有难度。"

两人闲谈之中,已经到了画室。

韩海站起身,恭敬地叫一声:"老师!"

"韩海!"范恺指着赵挺之说,"见过赵大人。"

韩海双手一揖:"道明拜见赵大人。"

范恺又向赵挺之介绍了女儿范雯。然后问道:"道明,你画好了吗?"

韩海侧身一让:"请老师过目。"

赵挺之走近画桌,看到画桌上的画,赞说:"不错,不错,借蜜蜂围追马蹄而显无形之象,真是妙笔,神来之笔呀!"

韩海拱手道:"多谢赵大人夸奖,还望赵大人多多指教。"

赵挺之笑着对范恺说:"果然是才气过人,是个不可多得的人才呀!"

范恺也显得很高兴,道:"他还年轻,不可过誉。"接着指着画评价说,"这画的意境不错,只是笔墨的功底还有些欠火候,还要好好地练习呀!"

"学生领教。"

"赵大人,请随我来!"范恺领着赵挺之出了画室。

范雯来到韩海的画桌边,看了韩海的画,大吃一惊,因为韩海的画,剽窃了她的创意,不由讥讽地说:"不错呀,我画的是蝶,你画的是蜂,倒也有些独特的地方。"

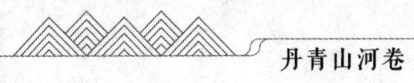

"我刚才一时拘谨,思路闭塞,不得已仿效了小姐的创意,老师的题目出得太难了,还望小姐见谅。"

"哎!韩公子,我有件事,一直想问你。"

"什么事?"

"你送给我爹的是哪一幅画?"

"你不是看了吗?《金驴图》呀!"

范雯看着画桌上韩海刚刚画的马,摇了摇头。

"怎么了?"

"我自幼习画,虽不敢说是什么大家,但也能看出画者用笔的习惯和笔力。"

"那是自然,那是自然。"

范雯冷着脸说:"这几天,我看了你的几幅画,较之《金驴图》的技法,相差甚远。"

韩海解释说:"我有时画得好些,有时画得差些。"

"不是!"范雯说,"我是说画者用笔的习惯和技法,不是出自一人之手。"

"你什么意思?"

"你骗得了我爹,骗不了我,《金驴图》根本就不是你画的。"范雯说罢,转身离去。

韩海看着范雯离去的身影,愣在那里。

第四章 瘦马图

瘦马图卖出了天价

张择端背着画架回到孙羊店,放下画架,将画笔取出来插在笔筒里,取出刚画的几幅素描,一幅一幅地仔细揣摩。

老板娘夹着账本进来了,招呼说:"张公子回来了?"

"回来了。"张择端一边看画,一边回答。

老板娘凑过来问道:"张公子,今天出去画了这么多画呀?"

"嗯!你看。"张择端把画展示给老板娘看,"这是我上午画的画,这一张是那个卖胡辣汤的胡老头。"

"啊!"老板娘看到很吃惊。

"这是那个剃头的刘一刀。"张择端再拿一张画问,"你看,这是谁?"

老板娘凑近一看,惊叹地问:"这是不是那个说书的张铁嘴呀?"

"就是他。"

"我说公子呀!你总画这些小人物干什么?"

"哎!你不知道呀!"张择端说,"我要画一幅大画,这画里要有一百多人,你说,我要不把他们画熟了,以后怎么画呀?"

"要我看啦,你还是正经地画两幅画吧!你画这些小人物,谁来买呀?"

"我画这些画是不卖的。"

"张公子呀,你这话是怎么说的呀?你总不能光画画,不吃饭啦!"

"吃饭,怎么不吃饭?"张择端问,"对了,你今天给我做什么好吃的了?"

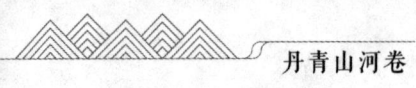

"张公子，你在我这里连吃带住，也有不少日子了，你看我这店虽然不大，可花费也不小，说出来不怕你笑话，我说呀，你要是手头方便，还是把账结了吧！"老板娘说着话，把账本摊开给张择端看。

张择端吃惊地问："韩海走的时候，不是把账结了吗？"

"没有呀！他走的时候，说由你一块结呀！"

"啊！你等等。"张择端打开包裹，取出钱袋，倒了半天，只倒出豆大一块碎银子，问道，"这些够吗？"

"就这么一点儿呀？连个零头也不够呀！"老板娘摊开账本，让张择端看。

"这么多？"

"对于张公子来说，不算什么嘛！可我们是小本人家，不得不开口了，还望公子见谅。"

"好，钱的事我想办法，请先把我的饭端来。"

"好，这就来。"老板娘说罢，下楼去了。

店小二端着托盘，给张择端送饭来了。张择端见只有半碗小米粥，问道："怎么？我就吃这个？"

"公子，你别见怪，这些天柜上银子紧，没有钱买酒买肉，你就将就点吧！等你还了店里的钱，自然给你买好吃的。"

"这能吃得饱吗？"

店小二从怀里掏出一个鸡蛋塞给张择端："这是我从店里偷的，你拿着。"

"你这是干什么？"

"拿着，别让掌柜的看见了。"

"小二哥，你的心意我领了。"张择端将鸡蛋塞还给店小二，"可我还没有到偷的地步呀！明天要是还不了账的话，我立刻搬走。"

第四章 瘦马图

"你这是什么意思呀?"

张择端说:"现在城中的书画生意甚好,我要是要钱,那不是举手之劳吗?你给我备好好酒好菜。"

虹桥上,有人牵着骆驼上桥,有人赶着毛驴下桥,还有游客站在桥上指指点点,观赏着汴河美景。

汴河边,行商的叫卖声,摆地摊的吆喝声,小孩子的嬉闹声,此伏彼起,显示出一派热闹繁华的景象。

地痞伍大赖带着一帮小弟,大摇大摆地走到一个水果摊前,朝水果挑子踢了一脚,恶狠狠地说:"交钱了吗?"

卖水果的老人说:"我还没有开张,没钱呀!"

"没钱?没钱敢在这里摆摊?"伍大赖朝水果挑子又踢了几脚,水果滚得满地都是。

伍大赖一跺脚,又来到一个卖酒的摊子前,卖酒翁巴结地说:"这是十年陈酿,喝一口?"

伍大赖大大咧咧地说:"来一碗。"

卖酒翁舀了一碗酒,递给伍大赖。伍大赖接过酒,一饮而尽,抹一下嘴,大呼:"好酒,好酒。"放下碗,扬长而去。

张择端放下画架,铺好纸,大声说:"卖画,当场作画,大家看,我这里现场作画,谁来买?"

行人听到张择端的叫卖声,一下子围了上来。

一位公子挤进人群,看了一眼张择端的画,问道:"这画怎么卖?"

张择端回答说:"一百两银子。"

"一百两?"公子哈哈大笑,"你想钱想疯了吧?"

伍大赖站在旁边,也是哈哈大笑。

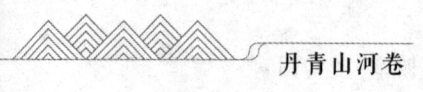

公子拍拍伍大赖的肩膀，两人一挤眼，挤出人群，走到一边去了。

张择端举着刚画的一幅瘦马图，继续叫卖："卖画了，卖画。"

那位公子附在伍大赖耳边嘀咕了几句，并将一锭碎银子塞给伍大赖。伍大赖接过银子，连连点头，拍胸说："好，少爷放心，这事就交给我了。"

伍大赖重新挤进人群说："大家都说我是贪嘴的大赖。"随即指着张择端说，"我看这一位，才是最大的贪嘴王八。"

"你这人怎么说话？"张择端显得十分愤怒。

"你们看啦！"伍大赖指着张择端手中的瘦马图说，"市面上最好的活马才五十两银子一匹，他画了一匹瘦马，而且还瘦得皮包骨头，连油都榨不出来，却要一百两银子，是不是得了疯病呀？"

"这位先生，这你就不懂了。"张择端冲着围观的人说，"市场的马虽然是活的，可百匹千匹都一样，没什么区别，我画的这匹马虽然瘦，但精神犹在，神气十足，双眼如电，脚底生风，你们可曾见过这样的神马？正是因为它瘦，我只卖百两，若是养胖一些，怕是一千两，也不卖给你。"

"你这小子简直是在骂人，这纸上的马，怎么能胖起来。"伍大赖蛮横地说，"在这里耍混混，是不是？"

"我怎么耍混混？"张择端反问。

"看你的样子，像个公子。"伍大赖指着自己的鼻子说，"你该不会是和我们争饭吃吧？"

"这卖画关你什么事？我怎么和你争饭吃了？"

"泥塘里的臭鱼烂虾，也到这里来蹭饭吃。既然如此，我伍大赖也让你见识见识。"伍大赖说罢，转身去旁边找来一块砖头，朝自己额头狠狠砸一下，然后把砖头递向张择端，大声说，

第四章 瘦马图

"你砸,有本事你砸呀!"

"你这是干什么?"

"你要是不敢砸,就给老子滚,滚得远远的。"

"偌大的京城,是你家的吗?你凭什么叫我滚?"

刚才那位公子在人群外哈哈大笑。

"你要是不敢砸,就把画给我。"伍大赖说罢,伸手去抢张择端手中的画,一个要抢,一个不让,闹得不可开交,围观的人也跟着起哄。

蔡攸带着络腮胡子,正在四处为父亲寻找绘画奇才,恰好经过,见大家为了一幅画闹得不可开交,大叫一声:"慢着!"

伍大赖停住了,张择端也停住了。伍大赖看着走过来的蔡攸,问道:"蔡公子,你怎么来了?"

"伍大赖,你在这里撒什么野?"

"蔡公子在这里,我敢撒什么野。"伍大赖转身指着张择端说,"这小子不知深浅,在这里卖画,我帮你修理修理他。"

蔡攸拍拍伍大赖的肩膀:"一边去。"

伍大赖听话地退到一边。

蔡攸走近张择端,接过张择端手中的画看了看,吃惊地问:"这是你画的?"

"当然了!"

"请问公子,这幅画要多少银子?"

"一百两。"

"我买了。"蔡攸随手把画交给身边的络腮胡子。

"蔡公子!"伍大赖惊问,"就这样一匹瘦马,也值一百两银子?"

"你懂什么,就是二百两,我也给。"

络腮胡子将一小袋银子交给张择端,说:"这是一百两银子,

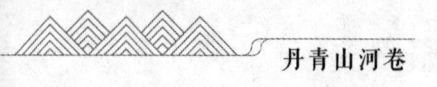

你收好。"

围观的人发出一阵惊叹。

张择端接过银子,看了看,说:"告辞了。"说罢,转身欲走。

"慢!"蔡攸叫一声。

"有什么事吗?"张择端停住了脚步。

"没什么,只是想与你交个朋友,如果公子不嫌弃的话。"

伍大赖催促道:"还不快谢谢蔡公子。"

蔡攸说:"如果公子不弃,我请公子到酒楼喝一杯,算是交个朋友。"

"公子呀!"伍大赖十分惊讶,问道,"你还要请他到酒楼去喝酒?"

蔡攸看着张择端说:"如果公子只为买卖,不愿交朋友,我也不强求了。"

张择端想了想,道:"好,走。"

福兮祸兮

范雯乘轿前行,韩海一路跟踪,轿子走到孙羊店,秋菊上前问店小二:"小二,张公子在吗?"

"张公子不在呀!"

"不在?"秋菊问,"他到哪儿去了?"

"好像是卖画去了。"

秋菊惊问:"卖画去了?"

第四章 瘦马图

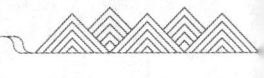

"是呀!"店小二说,"张公子身上没有钱了,卖两幅画,换些钱花。"

轿子里的范雯听小二说张择端身上没钱了,拨开轿帘,想听个究竟。

秋菊问:"他往哪儿去了?"

店小二手一指:"往那边去了。"

"走吧!"秋菊吩咐轿夫,朝店小二手指的方向,寻找张择端去了。

韩海躲藏在不远处,将这些听在耳里,看在眼里,轿夫起轿之后,他仍然一路跟踪下去。

蔡攸将张择端带到翠云楼,对迎客的鸨母说:"我与张公子初次相识,挑漂亮的姑娘来侍候,知道吗?"

"好,包公子满意。"鸨母媚笑地挽着蔡攸的手进了翠云楼。

秋菊引领轿子,一路寻找,在前面闹市停下轿子,范雯下轿,到人多的地方寻找张择端。

伍大赖哈哈大笑,在众人面前吹牛:"今天我伍大赖看见了一件奇事。"

"什么事?"有人好奇地问。

"你们都听好了。"伍大赖绘声绘色地说,"有个人画了一匹瘦马的破画,竟然开价一百两,要不是我亲眼所见,打死我也不相信。"

范雯刚好从旁边经过,听了伍大赖的话,停下了脚步,对秋菊说:"你过去问问。"

秋菊走近伍大赖,问道:"你说的那个卖画的人,可是张择端,张公子?"

"什么张公子,李公子?我不认识。"伍大赖说,"我们就知道,有一位公子画了一幅瘦马图,卖了一百两银子。"

秋菊转身对范雯说:"小姐,肯定是张公子。"

范雯问:"那他人呢?"

伍大赖说:"跟蔡公子走了。"

"蔡公子?"范雯问,"哪个蔡公子?"

"还有哪个蔡公子?蔡京的公子蔡攸呗!"

秋菊问:"他们去哪儿了?"

"还能去哪儿,花街柳巷,寻花问柳去了呀!"伍大赖说罢,大笑起来。

蔡攸端起酒杯,对张择端说:"来,张公子,我们今天一醉方休。"

两人刚饮完一杯,鸨母带着一群姑娘进了包间,围着蔡攸,叽叽喳喳地说:"蔡公子,你有好几天没有来了呀!"

"姑娘们啦!"蔡攸指着张择端说,"你们今天不要围着我,要好好侍候对面这位公子,他可是大才子呀!"

立即有两位姑娘坐到张择端身边,鸨母见姑娘们就位,扭着腰出了包间。一位姑娘拉着张择端的手,搭着他的肩,问道:"公子贵姓?"

张择端是乡下人,哪里见过这阵势,面对这些花枝招展的女孩子,他不敢搭腔,不住地向蔡攸摇头示意,叫他不要说。

蔡攸看到张择端的憨态,一脸的坏笑,冲着姑娘们说:"他姓张,你们就叫他张公子。"

姑娘们也发觉张择端不谙风情,取笑道:"张公子的脸都红了呀!"

"哎哟!还是个雏呢!"

第四章 瘦马图

蔡攸和姑娘们大笑。

一位姑娘端起酒杯,来到张择端面前,说:"张公子,来,我们先喝一杯合欢酒吧!"

蔡攸打趣地说:"张公子,喝呀!"

张择端从来没有经历过这种场合,捧着酒杯,不知怎么应付。

蔡攸道:"张公子,你一定要和她喝一杯合欢酒,一定要喝。"

姑娘把酒倒进嘴里,含在口中,凑近张择端,要口对口喂他喝酒。

"好呀!"蔡攸起哄地说,"喂他,喂他。"

姑娘们也跟着大笑。

张择端拼命地推托,姑娘们更觉得好玩,都围了过去,场面显得很滑稽。蔡攸在一旁大笑不止。

范雯和秋菊一路寻找到翠云楼,几位浪荡公子以为范雯是卖笑的小姐,一齐围了过去,调戏起哄,秋菊拼命将他们朝旁边推:"你们要干什么呀!走开,走开,不许碰我们家小姐。"

一路跟踪的韩海见状,知道不出面不行了,连忙跑上前去,对几位浪荡公子说:"几位公子,你们认错人了,我是画院的院士,这位是范大人的千金小姐,大家误会了,误会了。"

几位浪荡公子见韩海出面解围,扫兴地离开。

范雯不好意思地看着韩海。韩海问道:"小姐,你怎么到这种地方来呀!"

范雯看了韩海一眼,拉着秋菊离开了。韩海看着范雯离去的背影,回头再看看翠云楼,脸上露出一丝阴笑。

酒喝得差不多了,蔡攸让姑娘们下去,蔡攸来到张择端身边坐下。

张择端略显醉意,问道:"蔡公子,你花一百两银子买我的画,你不觉得亏吗?"

"哎!公子呀!"蔡攸说,"这是什么话呀!张公子的墨宝,岂是用钱能衡量得了呢?"

"我跟你说实话,我这可是头一次卖画,也不知道该卖多少价钱,我就信口说了一个价,没想到你真买了。"张择端举起酒杯,"来,喝酒。"

"张公子!"蔡攸说,"哎,我冒昧地问一句,公子有什么难处吗?"

"什么难处?"

"公子不把我当朋友呀?"

"我怎么不把你当朋友?"

"以公子之高才,不到万不得已,是绝对不会以卖画为生了,想必公子定是有什么难处,望能如实相告,攸愿助微薄之力。"

"其实也没什么难处,只是手头一时紧了一点,这店家催账呀,又催得十分地紧,所以就草画了一张,以解燃眉之急。"

"那……公子住在哪个店?"

"孙羊店!"

"孙羊店?"蔡攸回头向站在身后的络腮胡子示意,络腮胡子会意地离开了。

"公子来京城,有何打算?"

"原来,我准备进京拜师学艺。"

"拜师?"

"嗯!"

"那可曾拜过?"

"人家不收我这个徒弟呀!"

"不收?"蔡攸问,"他是谁呀?"

第四章 瘦马图

"范恺。"

"范恺?"蔡攸笑道,"范恺真是越老越糊涂了,公子是何等人物呀,能拜在他的门下,是他的荣耀,岂有不收之理。"

张择端喝了一口闷酒。

"我看啦!似此等老朽,公子不拜也罢。"蔡攸接着问,"公子现在有什么打算?"

"我在京城作画。"

"公子甘愿寂寞,一心作画,其志可嘉呀!只是,公子高才,就怕隐没在山林中呀!"

"听说当今圣上,设国画院,科举中设了画学,不知是否属实?"

"有倒是有,就是不知何年才能开考。"蔡攸道,"即便是皇家开考,也要有些门路才好,对吧?"

张择端想了想,不知如何回答。

"我看,这样吧!"蔡攸说,"公子,家父久在朝中为官,倒也认识一些人,若公子有意,可让家父帮公子这个忙。"

"这怎么好打扰呢!"

"不、不、不,家父正在为朝廷物色绘画人才,若张公子能到家父那里,定能有一个大好的前程啦!"

"来、来、来,干!"蔡攸举杯,与张择端一饮而尽。

张择端与蔡攸出了翠云楼,临别时,蔡攸让张择端考虑一下他的建议,明天他便去孙羊店找张择端,如果执意不往,也决不强求。

张择端刚离开,韩海便从暗中走出来,见蔡攸还站在那里,躲在一边看了一会儿,然后朝张择端离去的方向追上去,叫道:"正道,正道。"

张择端停住脚步，回头一看，惊问："怎么是你呀？"

"我正找你呢！"韩海问，"那个人是谁呀？"

"说是一个什么叫蔡京的人的儿子，他叫蔡攸。他想让我到杭州去见他父亲，说他的父亲正在为朝廷物色人才，可以将我的画推荐给皇上御览。"

"杭州？"

张择端一直把韩海当知心朋友，问道："你说我去不去？杭州离京城这么远，再说，我还想在京城多画一些画呢！"

韩海巴不得张择端离开汴京，劝说道："你应该去。"

"为什么？"

"蔡京既然为朝廷物色人才，你去不是正好能谋一个出路吗？听我的，你应该去。"

张择端还是举棋不定。

韩海说："你还是好好琢磨琢磨。"

张择端边走边说："本来我的意思，是想在京城多画几幅画。"

两人说着话，已经到了孙羊店门口。店小二见张择端回来了，冲进店大叫："老板娘，张公子回来了。"

老板娘跑出门："哎哟！张公子呀，韩公子呀！你可回来了。"

张择端从怀里掏出一锭银子递给老板娘："这是欠你的银两，还给你。"

"哎哟，不必了，不必了。"

"不必给了？"

"蔡公子已经派人送来了。"

"什么？他给过了？"

老板娘说："要早知道张公子是蔡公子的朋友，你就是在我这店里住上一年半载，我绝不敢提一个钱字呀！公子们，请进吧，酒菜已经备好了。"

第四章 瘦马图

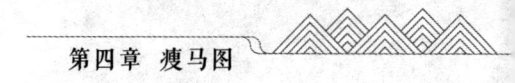

"想不到这个蔡公子还挺够朋友。"张择端说着话,跟在老板娘后面,进了孙羊店。

第五章
一幅画的风波

第五章 一幅画的风波

落入圈套

蔡攸将《瘦马图》包好，交给络腮胡子，说："你先行一步，将此图送给老爷，告诉老爷说，我定将此人送往杭州。"

"是！"络腮胡子问，"公子，你认为此人真的是绘画奇才吗？"

"不要说京城，就是当今天下，能超过此人者，也是屈指可数，我现在担心的是，这个张择端不愿去杭州。"

"实在不行，咱们就……"络腮胡子做了一个抹脖子的动作。

"不行，这可不是一锤子买卖，我们要用他的手给老爷作画。"蔡攸想了想说，"我们必须想个办法，让他在京城待不下去。"

清晨，张择端尚未起床，便被一阵吵闹声惊醒，仔细一听，仿佛是叫着要见张公子。张择端翻身起床，披上衣服，来到窗前探头察看，只见店门口挤满了人，人人手里拿一张纸，大喊着要见张公子。

伍大赖也夹杂在人群中，见张择端从二楼窗前探身察看，冲着楼上大叫："张公子！张公子！"

张择端又转到另外一个窗口察看，发现店前仍然挤满了人，不知发生了什么事。

店小二和老板娘拉开店门，走出店外，问道："你们这些人，干什么呀？一大早来这里大喊大叫，走吧！走吧！"

"我们要见张公子，我们要见张公子。"

老板娘见众人不肯走，拉店小二进店，关上门。伍大赖冲到门前，捶着门大叫："开门，开门，我们要见张公子。"

张择端下楼,打开店门,问道:"你们这是干什么呀?"

伍大赖招呼大家跪下,哀求道:"张公子,救救我们吧!"

张择端吓得连连后退,惊问:"你们在这里干什么?"

"张公子!"伍大赖大声对众人说,"你的画能卖钱,我们都是穷人,张公子,你给我们画一张画吧,我们没钱吃饭啊!"

众人一拥而上,将手中的宣纸塞进张择端的手里,说的都是相同的话:"给我们画画吧!"

张择端抱着一大叠纸,不知所措。

蔡攸坐在远处哈哈大笑,转头问身边的络腮胡子:"怎么样?"

"公子高明!"络腮胡子竖起了大拇指。

孙羊店的老板娘再次走出店门,挡在张择端身前,大声说:"别挤,别挤,一个一个来嘛!"然后,乘势将张择端拉进门内,迅速关上店门。

"这么多,怎么画得完呀?"张择端显得很着急。

"你就给他们画吧!画吧!"老板娘稍一停顿,突然有所醒悟,说道,"慢,这些画都画了,那会怎么样?公子,你想清楚,如果人人都拿着你的画去卖钱,这画还值钱吗?"

"那怎么办呢?"

"你又不欠他们,不给他们画。"

"这些纸怎么办?"

"我去还给他们。"老板娘一把夺过张择端手中的纸,"让我去还给他们。"刚走到楼梯口,又从怀里抽出一张纸交给张择端,"这张纸给我留着。"

"干什么?"

"不给他们画,还不给我画一幅吗?"

老板娘让店小二打开店门,将手中的纸抛向众人:"不画了,

第五章 一幅画的风波

不画了,把你们的纸拿走。"说罢,反身关上店门。

伍大赖使劲敲打店门,里面的人就是不开。

蔡攸慢悠悠地走过来了,用扇子敲敲伍大赖的肩膀:"哎,哎,哎,在这里撒什么野?"

伍大赖立即安静了,恭顺地说:"蔡公子,你来了?"

"大家都散了吧!"蔡攸手一挥。

伍大赖立即冲着闹事的人大声说:"回去,回去,都回去。"

蔡攸敲开店门,上楼见张择端,笑道:"张公子,没想到吧?公子名噪京城,居然有这么多人前来求画。"

"我都不知道怎么回事,一下子来了这么多人。我都没办法出去了。"张择端问,"你不是说要带我去杭州吗?"

"是呀!张公子同意了?"

"我们赶快走吧!看来我在这里是难得清净了。"

"好!好!"蔡攸道,"公子愿意去,那是再好不过的了。我明天就去准备船只,不知公子打算何时起程?"

"我去和亲朋好友告别一下,明天一早就走。"

"好!"蔡攸高兴地说,"那我们就一言为定。"

张择端前往渔村与海伯告别,他站在海伯家的院子外叫道:"海大伯,海大伯。"

"是张公子呀!"海花肩背着鱼篓回来了。

"海大伯在吗?"

"我爹他出去了。"海花问,"张公子,你有什么事吗?"

"是呀!我要走了,我想来看看海大伯。"

"你要走?"海花吃惊地问,"你要去哪儿?"

"杭州。"

"杭州?"海花问,"到杭州去干什么?"

"画画。"

"画画?"海花道,"画画要到那么远的地方去吗?"

"是。"

海花邀请说:"那你到屋里去坐坐吧!"

"不了。"张择端憨憨地把手中的一张画递给海花,说,"我带来一幅画,是我画的,你把它交给海大伯,留个纪念吧。"

"怎么?你不回来了?"

"回来呀!"

"那等你回来,亲自交给他呗!"

"这一张画你先拿着,等我回来,再给你们画新的,拿好,别弄丢了,你跟海大伯说,如果他哪天缺银子,就把这幅画拿出去卖了,可值一百两银子。"

"一百两?"海花说,"我们打一天鱼,也卖不到一两银子。你这么一幅画,就能卖一百两?"

"真的!"张择端认真地说,"我没有骗你。"

"一百两我也不卖。"

"不卖?为什么?"

"因为是你画的画,多少钱我也不卖。"

海花的情意,撩拨着淳厚的张择端的情怀,张择端心里甜滋滋的。

"公子,你要早点回来,我和爹爹都等着你。"

"嗯!"张择端似乎有些慌乱,点点头,转身离去。

一路上,张择端想起与海花分别时的情景:那言语,那眼神,那欲言又止的神态,让人心醉,让人依恋,想到这些,张择端情不自禁地傻傻一笑。

孙羊店门前,挤满了手拿宣纸的人,他们都是来求张择端

第五章 一幅画的风波

给他们画画的。

"别挤,别挤呀!"韩海挤出人群,回头看着这些求画之人,感到有些莫名其妙,转身离去,正好碰到张择端回来了。

张择端还在想心事,没有注意到迎面而来的韩海。韩海上前拍了一下张择端的肩膀:"正道,你发什么愣呀?"

"啊!道明,怎么是你呀?"

"我到孙羊店去找你,店小二说你出去了,在那里,我看见那么多求你画画的人,怎么回事,你怎么一下子就出名了呀?"

"是呀,我也不知道是怎么回事,怎么一下子来了那么多要画的人。"

"杭州你还去不去呀?"

"去,在这里我没办法安心了。"

"这也好!"

"我正要找你,和你说一声呢!"

"我也是惦记着你,特地过来看看。"

"我这次去杭州,多则一年,少则个把月,我一定会回来的,到时候我们一起去参加画院考试,你一定要在京城等我。"

"你放心去吧!苏杭美景,名满天下,你一定会得天地之灵气,会有不少成就的。"

"先去江南看看吧!去了之后,再见机行事。"

瘦马图送进了皇宫

上有天堂,下有苏杭,说的是苏杭的美景可与上天媲美。张择端随蔡攸乘船到了杭州,顾不上游览杭州美景,便随蔡攸去了蔡京在杭州的住处。

苏杭的园林,天下闻名,张择端到了蔡京的住所,连声赞叹环境优美。

蔡攸介绍说:"杭州的亭台楼阁与北方不同,气候也好,家父就在这里研习书画。"

"令尊也喜欢书画?"

"对呀!"蔡攸说,"家父酷爱书画。"

蔡京听到外面的声音,亲自出门迎接。

"这就是家父!"蔡攸介绍说。

蔡京拱手道:"张公子,久闻大名啊!"

"不敢当。"张择端作揖道,"张择端拜见蔡大人!"

"不客气。"蔡京托了一下张择端的手,"张公子,里面请。"

蔡京走在前面,一行人进了画室,张择端见画室四壁挂满了字画条幅,颇觉好奇。

蔡京介绍说:"往日在朝中政务繁忙,没时间研习书画,如今,远离政务,闲来无事,受圣上之托,在民间招揽书画人才,以扬我大宋盛名。对于张公子,老夫早有耳闻啦!"

张择端拱手道:"蔡大人客气了。"

"张公子可以在府中安心地住下,闲时,可以到西湖走走,如果有什么佳作的话,老夫定当呈送给圣上。"

"什么?"张择端问,"蔡大人真的能把我的画呈给皇上?"

"老夫受圣上之托,在民间搜罗书画英才,故请公子来此

第五章 一幅画的风波

作画。"

张择端疑惑地问："为何不在京师直接送给皇上看，而要到杭州来呢？"

"明金局设在杭州，自然要从这里呈给皇上，不仅是公子一人，还有江南才子数人，他们的画都要一起呈送给皇上。"

"啊！原来如此。"

蔡攸插嘴说："张公子，机会难得，不可错过哟！"

"是！"张择端丝毫不察其中有诈，一个劲地说，"多谢蔡公子，多谢蔡大人！"

蔡京请张择端当场作画。

张择端右手执笔，左手端着一个酒杯，一边喝酒，一边现场作画。

蔡京父子站在一旁观摩，情不自禁地连声称赞。蔡攸把父亲拉到一边，轻声问："父亲，你看他行吗？"

蔡京点点头，满意地说："有此人作画，为父返京指日可待。"

宋徽宗手拿童贯呈上的《瘦马图》，赞道："蔡京果然笔力不凡啦！只是牢骚太重了。"

"圣上！"童贯问道，"何以见得蔡京牢骚太重呢？"

宋徽宗指着《瘦马图》说："你看，蔡京画一幅瘦马给我，这不是暗示朕薄待于他吗？"

童贯笑道："以臣看来，这非但不是牢骚太重，而是尽忠之意呀！"

"尽忠之意？"

"圣上请看。"童贯说，"这匹马尽管很瘦，但却双目有神，面向长天，志在千里，分明是蔡京蔡大人虽然被贬居杭州，但仍然一心报国，愿为陛下驱使之意呀！"

"有理,有道理。"宋徽宗看着画说,"此马虽瘦,神采飞扬,由此可见作者之雄心啦!"

童贯见自己的话起了作用,心里暗自高兴,笑着说:"圣上明鉴,这正是蔡京蔡大人心情的真实写照。"

"是呀!"宋徽宗说,"最近宫里面,很多人都说蔡京是个人才。"

童贯知道这是蔡京送出去的礼品起了作用,立即附和道:"朝野都知道蔡京是一位能臣。"

"看来朕真要考虑一下,是否重新起用此人了。"

"圣上刚登基,万事待兴,正是用人之际,蔡京不但才华出众,而且老成持重,圣上治理天下,正需要这样的人才。"

"好!"宋徽宗说,"让蔡京出任定州知府吧!"

"遵旨!"童贯满意地下去了。

"来人!"

"圣上!"内侍上前听旨。

"传画院正学范恺进宫。"

"范恺!"宋徽宗指着御案上的《瘦马图》问道,"你看这幅画如何呀?"

范恺看了看画,夸赞地说:"此画构思独特,笔墨酣畅,实在是一幅不可多得的佳作。"

"怎么?"宋徽宗笑道,"你也说好了?很久没有听到你说这样的话了。"

范恺笑道:"好便是好,不好便是不好,圣上前几天给臣看的画,实在是平庸之作,难及此画之万一呀!"

"朕还以为,你范老头只会说自己的画好,不会夸别人的画呢!"

第五章 一幅画的风波

"平心而论,当今大宋,能与圣上的笔墨相等者,确实不多。"

"你看这幅画,比你如何?"

范恺再次看了看画,说:"此画与臣的画相比,还是稍逊一筹。"

"你说了半天,还是你的画好。"

"的确如此,我也是实话实说。"范恺说,"圣上,我看此画很像我的一个徒弟的笔墨。"

"什么?"宋徽宗问,"你徒弟的笔墨?"

"嗯!"

"笑话,此画乃前朝翰林蔡京所作,难道他也是你的徒弟吗?"

"蔡京?"范恺颇为惊讶,摇摇头说,"不像。"

"怎么不像?"

"蔡京的画,臣以前见过,他绝对没有这等才气,这的确很像我的一个徒弟的笔墨。"

宋徽宗冷笑道:"好你个范老头,让你看了多少幅画,你都不屑一顾,连朕的画你都看不上眼,今天朕好不容易得到一幅好画,你却说是你徒弟画的。你是不是太狂傲了?"

"圣上,此画实在像臣的徒弟的笔墨,改天,臣将徒弟的画拿来给圣上过目,是也不是,自见分晓。"

"好呀!速将你徒弟的画拿来给朕看,如若不像,朕办你一个欺君之罪。"

"臣遵旨!"

宋徽宗微笑地看着范恺,等着要看他的笑话。

范恺回家,将《金驴图》摆在书桌上仔细察看,越看越觉得与在皇宫里看到的那幅《瘦马图》的笔墨极为相像,正在这时,

85

范雯带着秋菊进来了。

"雯儿,来、来、来,道明呢?"

"他一会儿就来。"范雯问,"圣上召你进宫,有什么事吗?"

"我今天进宫,圣上给我看了一幅画,说是蔡京画的,上呈给圣上的。"

"怎么了?"

范恺来到桌边,说:"这幅画跟道明的笔墨很相似呀!"

"画的什么?"

"是一幅瘦马图。"

"瘦马图?"范雯、秋菊同时惊叫起来。

秋菊说:"小姐,莫非是张公子……不可能吧!"

"我也这样想啊!不可能这么巧吧!"

正在这时,韩海也进了画室,范恺上前问道:"道明,你过来,我问你一件事。"

"老师,什么事?"

"我问你,你是否画过一张瘦马图?"

"瘦马图?"韩海一愣,说道,"没有呀!"

"没有?"范恺说,"我今天在宫里,圣上让我看了一幅蔡京的《瘦马图》,我看很像是你的笔墨呀!"

"我,我没有画过嘛!"韩海暗自吃惊,回答也是吞吞吐吐。

"蔡京的画,我过去看过,他绝对画不出这样的画。啊!你没有画过,那就算了,你回去吧!"

"是!"韩海退出画室,但心里却不踏实,预感到会有什么事情发生,退出后并没有离开,而是躲在窗外窥听。

"两幅画太相像了。"范恺指着画对范雯说,"你看这眼睛,黑中透白,与那幅画的技法完全一样。"

"爹!"范雯说,"你别猜了,两幅画肯定是一个人画的。"

第五章 一幅画的风波

范恺吃惊地问:"你说什么?"

"那幅《瘦马图》和这幅画《金驴图》,出自一人之手。"

"你又没见过那幅画,你怎么知道?"

秋菊说:"那幅《瘦马图》曾经在市井卖过,被蔡京的儿子蔡攸买走了。"

"他曾经拿出去卖过?"范恺问,"那道明为什么不承认呢?"

范雯说:"这两幅画,根本就不是他画的嘛!"

"什么?不是他画的?"范恺大吃一惊。

"爹!你怎么还不明白呀!"范雯说,"韩道明的画技并不出众。"

范恺吃惊地问:"那会是谁画的?"

"是韩海的好友张择端。"

"张择端?"

范雯说:"上次命题作画,韩道明抄袭了我的构思,我就怀疑他的才气,他根本就不像画此画的人。"

"那他是……"

"他肯定是冒名顶替,来投师门。张择端那幅《瘦马图》,被蔡攸花一百两银子买走了,曾轰动京城,传为奇谈。"

"他、他怎么能这样?"

韩海躲在门外,将范家父女的话听得一清二楚,慌忙推开门,进屋跪下道:"学生道明,恳求师傅恕罪!"

"韩道明,你给我说实话。"范恺问道,"这画到底是不是你画的?"

"不是。"

"不是你画的,你为何要冒名顶替,欺骗于我?"

"老师息怒,老师息怒,容学生分辩。"

"讲！"

"在乡间，学生久闻师傅大名，早有投拜之心，故约同乡好友张择端一同前来京城拜师学艺，不料张择端对师傅拒徒之事一直耿耿于怀，不愿出示自己的习作，在我百般劝告之下，他才拿出此画，勉强交给师傅，师傅选中他以后，他不仅无动于衷，反而出言不逊。平日里，他总是与市井闲杂之人厮混，不把拜师学艺之事放在心上。张择端自视才高，对师傅多有不敬，学生拜师迫切，恳请他将此机会让给我，得到他的应允，我才得以拜在师傅门下，今天被师傅识破，道明前来请罪，是打是骂，任凭师傅发落，只是恳求师傅，不要将学生逐出师门。"

范恺气得说不出话来。

韩海跪在地上说："师傅如果不相信，可以去问张择端。"

"张择端现在何处？"

"他随蔡攸去杭州投靠蔡京去了。"

范恺气恼地说："没有想到，此人竟然投靠了蔡京奸臣。"

"奸臣？"韩海故意问道，"蔡京是什么人？"

"蔡京是前朝宫中大臣，阿谀奉承，陷害忠良，为人十分歹毒。"范雯走到父亲面前说，"张公子怎么和这样的人走在一起呀？爹，看模样，张公子不像那样的人啊！"

"知人知面不知心，此人是画坛败类，幸亏我没有收他为徒。"

韩海一脸惊诧，没想到凭自己三寸不烂之舌，竟然让范老头子相信了自己的鬼话。

"好了！"范恺走到韩海面前，"道明，你起来吧！"

"师傅！"韩海受宠若惊。

"你虽然不及张择端的才气，为人还算老实，念在你学艺心切，这次我就饶了你，望你以后专心学画，老夫一定好好教

第五章 一幅画的风波

你。"

"道明多谢师傅大恩!"韩海跪在地上向范恺拜了一拜。

"好了!起来吧!"范恺接着说,"蔡京把张择端的画说成是自己的画,一定是想讨皇上的喜欢,明天,我当面见皇上,戳穿蔡京的无耻行为。"

"爹!"范雯担心地说,"蔡京阴险狠毒,你不要得罪他呀!"

"此等奸贼若回到朝中,朝廷岂有宁日?明天,我一定要弹劾此贼,以正视听。"

童贯进宫,见宋徽宗正在御花园作画,凑过去奉承地说:"陛下的画,古今独步呀!"

"你呀!"宋徽宗笑道,"尽会说奉承话。"

童贯笑道:"陛下的书法,实在是好嘛!"

宋徽宗在画上添了几笔,问道:"你送来的那幅画,真的是蔡京画的吗?"

"是呀!怎么了?"

"范恺说,那幅画像他的徒儿画的,蔡京是拿别人的画欺骗朕吧?"

"这不大可能吧!臣就是有天大的胆子,也不敢干这欺君之事呀!"

宋徽宗边画边说:"书画是人之灵气,有则有,无则无,切不可为了讨朕的欢心,把他人的画拿来冒名顶替,这不仅失去了作画的意义,更失去了一个人最起码的本性,明白吗?"

童贯点头哈腰地说:"陛下所言极是,依臣看来,可能是范恺因妒忌蔡京的才华,故意在圣上面前贬低他,陛下,切不可轻信呀!"

"对于书画,朕是不会看错的。"

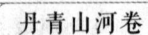

"正是，正是。"

宋徽宗说："范恺不是搬弄是非之人，虽然有些狂傲，你等不要太在意。"

"对，对，对。"童贯不住地点头。

"蔡京起程赴任了吗？"

"正在收拾行装，准备起程了。"

"传旨蔡京，定州就不要去了。"

"陛下！"童贯大吃一惊，"你真的要惩罚蔡京吗？切不可听范恺一面之词啊！"

宋徽宗没有注意到童贯神态的变化，淡淡地说："宣蔡京进京吧！"

"谢主隆恩！"童贯大喜过望。

"朕让蔡京进京，你谢什么？"

"陛下！"童贯知道自己有点兴奋过头，立即说，"臣替蔡京谢主隆恩！"

宋徽宗看了童贯一眼，挥挥手："下去吧！"

蔡京回朝

汴京城外，络腮胡子单膝下跪，向童贯拜别。童贯吩咐道："事情紧急，你速去见蔡大人，让他有所准备，知道吗？"

络腮胡子道："小的知道了。"

"快去吧！"

第五章 一幅画的风波

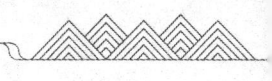

络腮胡子起身，翻身上马，疾驶而去。

蔡京心事重重，一言不发。

"公子！"络腮胡子轻轻拉了一下蔡攸，说，"怎么办呀？"

蔡攸抬头看了蔡京一眼，叫道："父亲！"

蔡京虽然老奸巨猾，但也没有料到冒名顶替的事情这么快就露出了马脚，匆忙之间，一时也没了主意。

蔡攸建议说："事情既然败露了，张择端不可再留了。"

"别慌，不要有一点风吹草动，就乱了方寸。"

"父亲的意思是……"

"我看还没有到非杀张择端不可的时候。"

蔡攸着急地说："可是童贯一再叮嘱，说范恺已经看出了破绽，不能再留此人了，父亲。"

蔡京冷笑道："童贯能办成什么大事？你听说过指鹿为马的故事吗？只要我回到朝中，得到圣上的重用，他一个小小的画师，岂奈我何？我说是我画的，就是我画的，谁敢说半个不字？"

"这……"蔡攸不知如何回答。

蔡京道："为父倒是担心，万一圣上要老夫当面作画，这可如何是好。"

"是呀！父亲，那怎么办？"

"为父自有办法，我先去京城，让张择端继续在这里作画，等我在京城站稳了脚跟，再杀他也不迟。"蔡京看了一眼蔡攸，训斥道："今后遇事，不要慌乱，不能为这些小事、小人物乱了方寸，没有这种度量，怎么能成就大业？"

蔡京带着家眷，踏上了进京之路，坐在船上，眺望汴河两岸的景色,如沐春风,笑容满面。

家丁站在蔡京身后,讨好地说:"老爷你看,快到了。"

"嗯!这是汴京,又叫东京,另外,也叫开封,我这是故地重游,这里的景色太美了。"

蔡京乘坐马车,在家丁的前呼后拥下,进了东京城。

蔡京前脚进门,童贯后脚便跟来了,笑着说:"圣上召大人进京,已有重用之意,只是朝中诸臣尚有异议,该做些什么,大人知道的。"

蔡京感激地说:"此次我能进京,多承公公鼎力相助。宫中内外,关节都打通了,只是我离京日久,朝中的事知之甚少,大臣们如何勾通,还望公公指教。"

"指教不敢当。"童贯笑道,"有二人或可助大人一臂之力。"

"谁?"

"韩忠彦、曾布。"

"我在杭州时,便听说,韩、曾二相不和,是真的吗?"

"何止不和?"童贯道,"二人几乎到了水火不容的地步,无论什么主张,只要出自彼方之口,不论对与错,此方必投反对票,没得商量。"

"怎么会这样呢?"

"每次廷议,两人都争得不可开交,圣上也厌烦了,早有掺沙子之意,如果所料不差的话,大人可能就是这粒沙子。"

"啊!原来是这样。"蔡京说,"我与曾布还有些交情,可以先利用他来对付韩忠彦。"

童贯问道:"当如何做?"

"曾布的才干不如韩忠彦,与韩忠彦作对,常感身单力薄,他已向我许愿,在圣上面前荐举我为翰林学士,以此对付韩忠

第五章 一幅画的风波

彦。"

童贯笑道:"这就有好戏看了。"

"此事还请公公鼎力相助。"

"那是自然。"童贯道,"不过,张择端没有除掉,总是个后患啊!听说范恺要参劾你了。蔡大人还要有所准备哟!"

"我与范恺无冤无仇,他一个画师,干预起国政来了?"

"是呀!"童贯说,"圣上喜爱书画,如今开科取士,都要考画学,而不论经济,范恺是画院正学,圣上对他十分偏爱,大人,切不可掉以轻心啦!"

"请公公放心,我如果被一个画师参倒,也枉为朝中大臣了。"

宋徽宗说:"范恺啦!"

"臣在!"

"你说蔡京将他人之画据为己有,有何凭证?"

"圣上请看。"范恺把《金驴图》铺在御案上,"蔡京的《瘦马图》与这幅《金驴图》相较,技法如何?"

宋徽宗也是行家,看了《金驴图》之后,不禁发出惊叹:"好画!真是一幅佳作呀!构思独特,用笔看似一挥而就,但又处处精彩,你看这双驴眼,画得如此精细,妙,妙,太妙了。"

"蔡京的笔墨,臣过去见过,他没有这样的才气,一定是盗用他人之作,贪天之功据为己有,以取悦圣上呀!"

"你说此画非蔡京所作,那是何人?"

"山东画师张择端。"

"张择端?"

"他是臣的弟子韩道明的同乡。"

"那为何不把他带来见朕?"

"臣不知道此人现在何处。"

"那好办！"宋徽宗说，"命令天下诸军遍查此人，快。"

"陛下！"范恺说，"此画真假，已经很清楚了，蔡京人品可见一斑，蔡京实在是狡诈之人，圣上千万不可重用如此奸佞呀！"

"知道了！"宋徽宗手拿《金驴图》，爱不释手，说道，"此画就留在宫中，朕再让蔡京重画一幅，不就真相大白了吗？"

"圣上英明，蔡京乃狡诈之人，此人如果在朝中掌权，定会误国误民，陛下，你千万不要被他蒙骗了呀！"

"嗯，朕知道了，你去吧！"

第六章 张择端失踪

杀人灭口

蔡京家人来报,说起居郎邓洵武邓大人求见。蔡京立即吩咐:"快请!"

邓洵武进屋,与蔡京见过礼之后,分宾主落座,家人奉上热茶。蔡京问道:"邓大人此来,一定是有所见教的了?"

邓洵武呷一口茶,放下茶杯道:"听圣上的意思,是要请大人亲自到宫中当面作画,看来这是在所难免之事,大人要早作打算啊!"

蔡京问:"朝中还有什么议论?"

"朝中现在大多是以韩忠彦为首的元祐旧臣,他们自然不欢迎蔡大人主政,都在圣上面前说大人的坏话,看来大人复出,时机未到呀!"

"我已返回京城,岂能前功尽弃?"蔡京击案而起,"我就不信,偏要和这些人较量一番,看谁能得到皇上的恩宠。"

范恺哈哈大笑,说:"圣上准备让蔡京当面画一幅《瘦马图》,这样一来,蔡京就要露出马脚了,定会遭到圣上的处罚。"

"真的?"秋菊听罢也很高兴,给范恺沏一杯茶呈上,"老爷喝茶!"

"为父也算为大宋江山做了一件有益的事情,蔡京,我倒要看看他怎么过这一关。"

范雯问道:"圣上看了张择端的《金驴图》吗?"

"看了。"

"圣上怎么说?"

"圣上非常喜欢,要下诏宣张择端进宫呢!"

第六章　张择端失踪

韩海停下笔，问道："圣上找他干什么？"

"圣上喜欢书画，自然认为他是一个人才了。"

"老师没有对圣上说，张择端依附蔡京之事吗？"

"还来不及细谈这件事。"

"他依附奸臣，怎么能进宫？"

"他的画还是画得不错。圣上要见他，就让他见吧！"范恺道，"至于他的人品，有机会的话，再和圣上讲。"

范雯说："张公子一定是受了某些人之骗，回来一问便知。"

韩海放下笔说："他怎么会受骗啦？分明是他主动巴结蔡京。"

"你……"范雯气恼地问，"你什么意思，张择端进宫，碍着你了吗？"

韩海继续说："我最了解他，他就是一个见利忘义的小人。"

范恺说："现在先参蔡京，蔡京倒了，张择端也就难以进宫了，此事不必多虑，不必多虑。"

宋徽宗看着御案上的《金驴图》，说："当世之作，朕见过不少，能如此生动机灵者，实属少见。朕很想见见此人，与他切磋切磋。"

"圣上！"童贯道，"蔡京已进京多日，圣上如想见他，可宣他进宫呀！"

"可是，范恺讲，此画并非蔡京之作，而是出自一个叫张择端的画师之手，朕正在四处寻找此人，一旦找到他，让他二人同时进宫，当着朕的面作画，到时朕便可辨出真伪。"

童贯、邓洵武听了宋徽宗之言，吓得目瞪口呆，暗叫不好。

"朕爱书画，天下皆知，故不少钻营之徒，投朕所好，将他人之作窃为己有，以邀圣宠。朕如果被这种小人瞒过，岂不成了世人之笑柄？"

"陛下！"童贯说，"这画实在是蔡京之作呀！"

"是不是蔡京画的，到时自然清楚。"宋徽宗说，"此事朕要亲自断一断，如果是人才，朕一定会重用，若是剽窃他人之作，严惩不贷。"

蔡京回朝，让许多正直的大臣十分紧张，因为蔡京善于窥测逢迎，为人奸险，专横跋扈，且误国乱政。《瘦马图》的风波，导致皇帝暂缓召见蔡京，让宰相韩忠彦和一些大臣略松口气。

韩忠彦高兴地对范恺说："圣上让蔡京当面作画，蔡京一定会露出马脚，范老先生为了大宋江山不受奸臣所害，立下汗马功劳呀！"

"哎！"范恺笑道，"这也是老朽分内之事，相国何足挂齿。如不戳穿蔡京的阴谋诡计，让他重掌朝政，受害的不仅是圣上，还有天下百姓呀！"

"是呀！"韩忠彦担心地说，"只是不知道张择端是否还在杭州，是否能够面见圣上。"

"蔡京阴险毒辣，如果他知道此事，张择端恐怕就有性命之忧了。"

"是呀！"韩忠彦也深有同感。

"相国。"

"嗯！"

"我看是否能派人去杭州寻找张择端，护送他回京，面见圣上。"

"好！"韩忠彦道，"这件事我立即派人去办。"

初涉世道的张择端并不知蔡京是一个大奸大恶之人，还误以为蔡京能把他的画呈给皇上，在蔡攸的陪伴下，他在杭州醉心于湖光山色中。

第六章 张择端失踪

西湖画舫，有美酒，也有美人，张择端一边饮酒，一边作画，美人娇笑着说："公子是不是饮完了酒，再画呀！"

"哎！"张择端道，"李白斗酒诗百篇，我可是斗酒画十幅，要的就是这股酒劲。"

"来！来！来！"蔡攸端起酒杯，"干杯。"

二人碰杯，一饮而尽。

一位小姐说："前几天，有一位公子也来西湖作画，也是边喝酒边画画，结果，人喝醉了，画一幅也没有画出来。"

"这你们就不知道了。"蔡攸说，"张公子岂能与那些凡夫俗子相比，他是天下奇才，酒喝得越多，画画得越好，是不是呀！张公子？"

"是的吗？"姑娘们发出一阵惊叹。

"姑娘们，给张公子敬酒吧！"

张择端来者不拒，不亦乐乎。

皇上传旨寻找张择端，让蔡京慌了手脚，急忙命家将络腮胡子骑快马赶赴杭州，杀张择端灭口。

"什么？"蔡攸惊问，"杀掉张择端？为何如此匆忙？"

"圣上知道张择端了，已令官府寻找他，老爷说，不能让张择端落在官府之手，速除此人，以免后患。"蔡攸两眼贼溜溜地转，紧张地思谋对策。

"我现在就去除掉他。"络腮胡子转身欲走。

"慢！"蔡攸说，"不能在府中杀他，如果在府中杀了他，尸体还要运出去掩埋，万一露出马脚，那就麻烦了。"

"那怎么办？"

"我自有安排。"蔡攸立即吩咐了络腮胡子几句。

蔡攸雇了一只船，雇一位小姐作陪，声称送张择端回京。

张择端站在船头上，感叹地说："江南秀丽的景色，果然名不虚传，可惜我不能长留在此。"

"张公子！"蔡攸道，"家父这次请张公子回京，可能是要将公子引荐给圣上，公子真要是见到圣上，得到圣上的赏识，可就要名满天下了。"

"不敢，不敢，多蒙蔡大人提携。"

"来！"蔡攸端起酒杯，"我们干一杯。"

一路上，蔡攸与小姐轮流劝酒，张择端喝得酩酊大醉，被小姐搀扶着进了船舱。太阳西下，船工海生准备进舱，守在舱口的络腮胡子问："干什么？"

"我想跟公子商量一下，天快黑了，我们是不是停船靠岸？"

"不停，不停，公子不是说过了吗？"

"可是，风太大，晚上行船不安全。"海生说，"我看还是靠岸休息，明天再赶路吧！"

"公子吩咐了，连夜行船，不能耽搁。"

"我再和公子商量商量。"

络腮胡子没好气地说："没什么好商量的，快去吧！"

海生无奈，只得连夜行船。

二更时分，蔡攸披衣来到内舱，小姐摇了摇张择端，示意蔡攸，张择端醉睡了。络腮胡子凑过来，悄声问："公子？"

蔡攸下巴一摆："快去。"

络腮胡子张开麻袋，将熟睡的张择端塞进麻袋。

水手小黑子过来说："海生哥，我来换你。"

海生将撑竿交给小黑子，吩咐道："小黑子，晚上行船风大，各人都小心一点，我去休息一下，待会儿来换你们。"

小黑子与另一个船工回答："知道了。"

第六章　张择端失踪

海生转身去后舱休息，突然听到船舱里有响动，探头一看，见有人将一个麻袋抛入水中，麻袋里像是装了一个人。

为了不生出响动，海生双手抓住船舷，悄悄溜下船，潜入水中。

张择端死里逃生

海生溜下水，拉住半浮半沉的麻袋，解开袋口，见里面果然装着一个人，仔细察看，正是白天在船上喝酒的张公子。海生从小在水边长大，水性好，带着张公子向岸边游去。

张择端躺在岸边，不住地呕吐。

海生拍着张择端的背，叫道："公子，公子。"

"我……我怎么在这里？船呢？"张择端看到海生，惊问，"你是谁呀？"

"我是你船上的水手呀！"海生说，"昨天晚上，你被人装进麻袋，扔到水里，是我把你救上来的。"

"谁害我呀？"

海生脱下衣裳，一边扭水一边说，"就是船上那个蔡公子呀！"

"我们是朋友……"

"公子，你是不是和那个蔡公子有仇呀？"

"我们是朋友，他说要带我进京，还说要带我面见皇上，把我的画给皇上看。"

"这么说，你是一个画师？"

"是！"张择端点点头。

"公子，你贵姓？"

"我姓张，叫张择端。"

"你就是张择端？我父亲和妹妹，常在我面前提起你呀！"

"你父亲是谁？"

"我父亲叫海天，妹妹叫海花，我叫海生。"

"海生？"张择端问道，"你是海伯的儿子？"

"对呀！"

"上次，你带船队进京的时候，过桥洞，过虹桥。"

"对呀！那就是我呀！"海生说罢大笑，"真是太巧了。"

"我还想进城去看你父亲呢！对，还有你妹妹海花，没想到，我们在这里见面了。"

"真的是太巧了。"

张择端疑惑地问："好端端的，他们怎么会把我扔到水里呢？你真的看清楚了吗？是他们把我扔下水的？不是我喝醉了掉下水里？"

"绝对没有看错。"海生说，"我亲眼看见他们把你装进麻袋扔进水里，你看你看，麻袋还在那漂着呢！"

"岂有此理。"张择端愤怒地说，"他们为什么要加害于我？走，我们进京去，我要去问他们，他们为什么要加害于我。"

"人呢？"蔡攸惊慌地问，"人怎么不见了？"

络腮胡子也是四处寻找，发现船上少一个船工，问道："你们还有一个船工，到哪里去了？"

络腮胡子凶巴巴地说："不说就宰了你们。"

小黑子看了另一个船工一眼，胆怯地说："老爷，我们真的不知道呀！"

蔡攸道："你们两个也不要害怕，人不见了，我们也着急呀，

第六章 张择端失踪

你们要是能提供线索，我这有银子。"

"谢谢老爷，我们真不知道。"小黑子说，"昨天夜里我来接班，他就回舱睡觉了，说一会儿来叫我，不知道为什么就没来。"

蔡攸问："他是什么时候回舱的？"

"大约二更吧！"

蔡攸与络腮胡子对视一眼。络腮胡子问："他是不是掉到水里去了？"

小黑子说："他是老船工，水性好，掉到水里也没事。"

"那他的家在哪里？"蔡攸问。

"他家在京城，家里有一个老父亲，还有一个妹妹。"

"这样吧！你们也不要随便向外面说。"蔡攸掏出一锭银子，说，"这些银子，你们拿去吧！"

小黑子接过银子，千恩万谢。

络腮胡子悄声对蔡攸嘀咕："公子，他是不是看见咱们……"

蔡攸想了想说："我们回京城再说。"

"混账！"蔡京大发雷霆，"这点事情你们都干不好。"

"爹！"蔡攸跪在地上说，"也许那个叫海生的船工，不是为了救张择端才下水的呀！"

"胡说。"蔡京怒喝，"不是为了救人，他跳下水去干什么？你们两个人干事，怎么总是这样不干不净？"

蔡攸、络腮胡子跪在地上，不敢出声。

"好了。"蔡京说，"现在也不要乱猜忌了，只要有一点可能，就不可掉以轻心，你们给我紧紧盯住他的家人，有了线索，立即来报我。"

"是！"

"记住，千万不可打草惊蛇。"

"知道了。"

小黑子摇着小船,来到海伯的小船边说:"海伯,不知为什么,海生哥到现在还没有回来。"

"爹!"海花担心地说,"我哥一定有要紧事,不然不会离开船的。"

小黑子说:"是呀,你们一定要小心,姓蔡的公子一直在找海生哥呢!"

海伯若无其事地说:"海生水性好,不会出什么事,他早晚会回来的,你先回去吧!"

小黑子答应一声,摇着小船离开了。

海生划一只小船,从芦苇丛中钻出来。张择端急切地说:"京城到了,我去找他们。"

"张公子且慢。"海生说,"蔡家在京城有权有势,他们既然要害你,你这样去,不是自投罗网吗?"

"那我该怎么办?"

"我们不能莽撞地进城,等把事情弄清楚了再说。"

"那我们到哪里去?"

"到我家里去呀!"

"你家?"张择端摇头,"不行。"

"为什么?"

"蔡攸知道你救了我,他不会放过你的,恐怕你家早就被他盯上了。"

海生说:"我还有一个地方,可以到那里去。"

"哪里?"

"去了就知道了。"

第六章 张择端失踪

韩忠彦对范恺说:"回来的军士说,张择端不在杭州了,蔡京的儿子也回京城了,但是没有见到张择端。"

范恺不解地问:"他会到哪儿去呢?"

"蔡京心狠手毒呀!"韩忠彦担心地说,"我担心……"

"难道他真的敢……"

韩忠彦说:"圣上下诏寻找张择端,万一找到张择端,不就露出马脚了吗?我想,蔡京一定会杀人灭口。"

"那怎么办?"

"我已派人四处寻找。"韩忠彦说,"范正学,如果你有什么消息,希望速告诉我。"

"那是自然。"范恺叹息道,"张择端依附蔡京,自食恶果,实在是可惜呀!蔡京如此胆大妄为,相国何不在圣上面前参他一本。"

"蔡京老奸巨猾,没有证据,是扳不倒他的。"

皇榜寻人

蔡攸夹杂在人群中,观看贴在城墙上的一张布告,布告上有一幅人的画像,有人念出声:

奉圣谕:宣召山东画师张择端进宫面圣,凡知此人下落者,速告官府,赏银三百两。

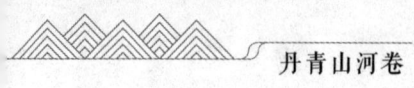

"这个人我认识。"伍大赖哈哈大笑。

"这人你认识呀？"守榜士兵连忙询问。

"他原来在京城卖过画，跟我还是老朋友呢！"

"那他现在在哪儿？"

"不知道。"伍大赖茫然地摇摇头。

"不知道你瞎嚷个屁？"

"我可以去找呀！"伍大赖说，"他原来就住在孙羊店，我现在就去找，三百两银子留给我。"说罢转身就走。

众人一阵哄笑，蔡攸拍拍手中的扇子，跟在伍大赖后面，也走了。

海伯与海花父女俩在河里洗船，不远处有一人乘小船垂钓。海花指着垂钓之人说："爹，你看那人在那里待了好几天了，老盯着我们家的船。"

海伯说："别疑神疑鬼的。"

张择端与海生藏在湖心一处芦苇丛中，情绪低落。海生将烧好的鱼递给张择端："给，张公子。"

张择端接过烤鱼，张口欲吃，却又放下了，没精打采地说："没胃口。"

海生安慰说："你别着急，我已经让人给我爹捎信去了，等我爹来了以后，再想办法打听一下消息。"

一条小船靠近海伯的小船，摇船的小伙子问："海大伯，打鱼呀？有鱼吗？"

"不知怎么搞的，这几天鱼不多，都跑了。"

第六章 张择端失踪

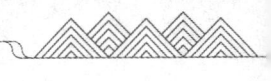

"海大伯!"小伙子悄声说,"城东的芦苇荡里,有你想要的鱼呀!"

海伯会意地点点头。

海花问:"爹,出了什么事?"

"没事,干活去。"

不远处的垂钓者,两眼死死盯着海伯这边,恰好此时鱼儿上钩了,慌忙起竿收鱼。

海伯趁机跳上小伙子的小船,躺倒在船舱里。海花迅速将小船推开,小伙子摇着小船离开了。

海生站在芦苇荡边,冲着越来越近的小船喊:"爹!"

"哎!"海伯站在船头,将手中的缆绳抛给海生,"接住。"

海生接过缆绳,拉小船靠岸,扶海伯上岸,海伯吩咐小伙子等一会儿,随海生进了芦苇荡。

"张公子,我爹来了。"

"海老伯!"张择端如见亲人一般,高兴地叫了一声。

海伯拉着张择端的手说:"蔡京在前朝就是一个大奸臣,你怎么和他裹在一起了呢?"

"我也不知道啊!"张择端说,"他说他是为朝廷挑选人才,让我画画,说是拿给皇上看的,这次进京,说是让我见皇上,不知道为什么又要杀我。"

"这里面肯定有原因,朝廷的事情,我们也搞不清楚,我看啦,你还是在这里躲一躲。"

"老是躲藏在这里也不是办法,我得弄清楚,这到底是怎么回事。"

"我们是打鱼的,官场上的事,我们也弄不明白,蔡京不是好人,这个我们是清楚的。"

"我有一个好友叫韩海,他现在正在跟范恺学艺。范恺是画院的正学,我们去找找他,也许能问出个眉目来。"

"你现在进城很危险,我看还是把他叫到这里来可靠些。"

张择端想了想说:"也行,这得麻烦老伯去找他。"

"那人可靠吗?"

"他是我的同乡,我们从小就是朋友,肯定靠得住。"

海伯说:"那好,我这就去找他。"

海伯提着竹篮子在前面走,络腮胡子一路在后面跟踪,海伯直奔正学府,门前侍卫大喝:"站住,到一边去。"

海伯道:"我找一个叫韩海的人。"

刘管家打开门,问道:"你找谁?"

"府上是不是有一个叫韩海的呀?"

"你找他干什么?"

"昨天,他托我买两条鱼,我给他送鱼来了。"

"他买了两条鱼?"刘管家说,"把鱼给我吧!"

"老爷!"海伯说,"他还没给钱呢!"

"好,你等着吧!"刘管家转身回府,去画室告诉韩海,说外面有个老头给他送鱼来了。

"鱼?"韩海停下笔,看着刘管家,"我没要鱼呀!"

"老头子说,昨天你向他要两条鱼,人家都给你送来了,就在门口等着。"

韩海笑道:"我什么时候买鱼了?"

"你没买?这就怪了,老头子给你送鱼来干什么呀?那就算了,我去把他轰走吧!"

"慢!"韩海说,"我还是去看看吧!"

韩海出了府门,见到海伯,问道:"是你找我吗?"

第六章 张择端失踪

"你就是韩公子?"

"我就是韩海。"

"张公子让我给你带两条鱼来……"

韩海立即将海伯拉到一边,悄声问:"他在哪里?"

海伯悄声说:"韩公子,这里面有他给你的信,你看看就知道了。"

韩海大吃一惊,紧张地四下张望。

"韩公子!"海伯故意大声说,"这是上好的鲤鱼哟!你得给我们一两银子呀!"

韩海从袖子里掏出银子,递给海伯。

"多谢公子。"海伯接过银子,转身离去。

络腮胡子躲在暗处,虽然没有听清楚海伯与韩海说的话,但将见面的情形看得清清楚楚。

韩海回府后,从鱼嘴里找出一张纸条,念道:"城东芦苇荡。"

韩海赶到汴河边,叫一只小船,前往芦苇荡见张择端。

络腮胡子回府告诉蔡京,说有一个打鱼的老头子去范恺府上送鱼。

"送鱼?"蔡京喝问,"为什么不早告诉我。"

"我不知道范恺和张择端有什么瓜葛呀!"

蔡京道:"就是这个范恺在圣上面前弹劾我,怎么说没有瓜葛?"

"小的死罪!"络腮胡子吓得跪下了。

蔡京问:"谁见了那个老头?"

"是一个公子。"

蔡攸想起来了,立即说:"张择端有一个同乡,跟范恺学画,想必就是这个人吧!"

蔡京说:"张择端肯定进了京城,那个打鱼的老头,肯定是给他送信的。你们一定要盯住范恺府上那位公子,抓住他,就等于找到了张择端的下落。"

"老爷!"络腮胡子问,"那个打鱼的老头还盯不盯?"

"蠢材!"蔡京道,"我要的是张择端,不是那个老头。"

"是!"络腮胡子转身欲走。

"慢!"蔡京吩咐,"现在情况紧急,一定不能让张择端见到圣上。实在不行,你们就把那位公子抓起来,让他供出张择端的下落。"

海伯挑一担鱼进城去卖,海花跟在父亲后面,见城墙边围了不少人,凑过去一看,见城墙上贴了一张布告,虽然不识字,但却一眼认出布告上的画像就是张择端,惊叫道:"爹,那不是张公子吗?"

海伯放下肩上的鱼担子,也凑上去观看。

张择端气愤地说:"我一定要搞清楚,蔡京父子为什么要害我。"

"我也没想到,他们会这样对待你。"韩海说,"正道,你这次不死,已是万幸,你还是不要进京,回山东老家去吧!"

"道明,你怎么老是劝我回山东老家呀?难道他们这样无缘无故地加害于我,就算了不成?"

"你想怎么样?"韩海说,"蔡京是朝中大臣,他要害你,你逃得掉吗?怎么能往虎口里钻?赶紧走吧!"

"不,我不走,我要把这事告诉范老先生,让他帮我想想,我只是一个画画的,蔡京父子为什么要害我。"

韩海见张择端坚意不走,一时也没了主意。

"是不是和我的画有关?你帮我问问。"张择端见韩海不说话,气恼地说,"你不问,我自己去问。"

第六章 张择端失踪

"我劝你劝不住,干脆跟你说实话吧!"韩海道,"你现在进城,就是死路一条。"

"为什么?"

"你还蒙在鼓里哟!"韩海说,"蔡京把你画的画,说成是他自己的画,呈给皇上,皇上看了非常喜欢,所以才重用蔡京,你想想,他能不杀你吗?"

"什么?"张择端惊呆了。

"他杀你是杀人灭口,你还要去送死?蔡京是朝中大臣,我们只是小小的画师,怎么斗得过他?你还是赶快走吧,我这里有些银子,你都拿着。"

"蔡京拿着我的画,当成自己的画,送给皇上看?"

"是呀!"

张择端大笑:"没想到我的画,得到皇上赏识,我说嘛,他怎么会对我那么好,原来是拿着我的画在皇上面前挣面子。"

"正道。"韩海说,"你还笑?现在是什么时候了?"

张择端笑道:"记不得我给他画了哪些画,早知是给皇上看,那我就给他画好一点嘛!"

"我同你说正经事,你还是赶紧走吧!"

"不,我不走。"张择端说,"皇上赏识我的画,我为什么要走?"

"那你想干什么?"

"我要进京,我要见皇上。如果皇上喜欢我的画,说不定把我留在宫里,我也可以去见见蔡京,不和他计较,那几幅画,我可以送给他,没什么嘛。"

"正道呀!"韩海说,"你怎么这么天真,他会饶过你吗?"

"你放心,道明兄,这对于我来说,是一件大事,朝中的大臣,都偷我的画了。"

"公子!"海生跑过来了,"我爹来了。"

"喜事，大喜事！"海伯将手中的一坛酒交给海生，说，"皇帝出了诏书，请你进宫去。"

"你怎么知道？"

海伯说："皇榜都贴在城门口了，一大堆人都在围观，我亲眼所见。"

"听见没有，道明兄。"张择端问，"你在京城没听说？"

韩海结结巴巴地说："我每天在家作画，没有出门，我不知道。"

张择端说："这下好了，我们现在就走。"

海伯道："先别着急，现在天色已晚，万一进去被蔡京父子抓住，那就不好了。不如明天一早，我来接你，换了衣服，想办法混进城。"

"也好，也好。"张择端对韩海说，"道明兄，今天晚上，你就别走了，我们好好喝一杯。"

"不、不、不，我还有功课，要回去做功课。"

"还做什么功课呀！我见到皇上，给你举荐一下。"

"不了，我真的要走了。"韩海说罢，转身乘船离去。

第七章

蔡京拜相

卖友求荣

韩海从城东芦苇荡返回城中时,天色已晚,正当他在夜色中赶路的时候,络腮胡子突然从黑暗中跳出来,挡住了去路。

"你要干什么?"韩海大吃一惊。

络腮胡子说:"我家公子请你去喝杯酒。"

"你家公子是谁?"韩海说罢,转身就跑。

蔡攸从另一个方向站出来,挡住了去路:"怎么了,请你去喝酒,不肯赏脸吗?"

络腮胡子手拿匕首,抵住韩海的后背,凶狠地说:"请!"

韩海被推进一间房子里,络腮胡子抓住他的衣领,逼问:"快说,张择端在哪里?"

"我……我……"

"说不说?"络腮胡子用匕首抵住韩海的胸口。

"我真的不知道他在哪儿哟!"

"你要是不说,我就在你身上捅几个窟窿。"络腮胡子凶狠地说,"说,你快些说。"

蔡攸走上前,示意络腮胡子让开,冲着韩海说:"韩公子,我看你是个聪明人,除掉了张择端,对你没有什么坏处吧!你的才华本来不如他,可范恺却收你为徒,而没有收他,这里面必有缘故吧?"

韩海吓得缩了缩身子。

"再说,你们是同乡,都是以画为仕途,如果他在皇上面前得到赏识,出人头地的话,你还有出头之日吗?"

韩海吓得不敢出声。

第七章 蔡京拜相

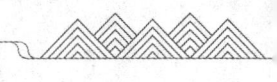

"如今家父已重返朝中,你如果为他办事,你的前程肯定包在我们身上啊!"蔡攸来回走动着说,"如果你不说,迟早,我们也会找到张择端,到那个时候,你白白搭上一条性命,这是何苦呢!"

"难道你们要杀了我吗?"韩海害怕了。

蔡攸阴笑道:"我们已经把你请来了,你不和我们合作,我们能让你活着出去吗?"

络腮胡子上前,一把抓起韩海。

"你们不能杀我呀!"韩海哭了。

"杀了你,把尸体往河里一丢,谁也不知道。"络腮胡子恶狠狠地说。

蔡攸奸笑道:"到时候,张择端进宫面圣,你却做了黄泉路上的屈死鬼。你年纪轻轻,还没有享受荣华富贵,就白白地死掉了,值得吗?"

"蔡公子,如果我把张择端的藏身之地说出来,你们会把他怎么样?"

"那是我们的事,你就不必问了吧!"

"蔡公子,我有一个条件,你们必须答应,我才告诉你他在哪儿。"

"什么条件?"

"你们抓到他,一定要让他死,不能让他活着回来,不能让他知道是我出卖了他。"

"这一点你尽可放心,家父也不会让他活着的嘛!"

韩海大汗淋漓,还是有些犹豫。

"说,他在哪儿?快说。"络腮胡子冲上前,又要动手。

韩海哭着说:"张择端他、他在城东的芦苇荡里。"

张择端与海生坐在篝火边，聊起了自己的境遇。

张择端说："我学画学了十余年，梦想就是来京师拜一位名师，能够出人头地，画史留名，没有想到，错投到蔡京门下，更没有想到，他反而成全了我，把我的画拿给皇上看。也没有想到圣上看中了我的画，还要宣我进京，我可以大展宏图了。"

海生说："现在好了。"

"你是我的救命恩人，我要向皇上举荐你，让他封你个大官。"

"别这样。"海生说，"官我做不了，我就会撑船。"

"那就封你一个撑船的官吧！"张择端问，"水路总督怎么样？"

海生大笑："张公子，你只要能得到皇上的赏识就行了，我还是撑我的船，运我的货。"

"你真是一个大好人啦！"

海生看看天，说："天不早了，早点休息吧！"

"好吧！"

"张公子，那我走了。"

蔡攸带着家丁，连夜驾船，前往城东芦苇荡捉拿张择端。

张择端躲在芦苇丛中，听到外面的划船声，拨开芦苇向外探看，见是海花摇着一条小船过来了，大声叫道："海花，在这儿。"

海花闻声，将小船摇过来，高兴地叫道："张公子！"

"海花，你怎么来了？"

海花摇船靠岸，拿起一个砂罐说："张公子，你看我给你带什么来了。"

张择端上前接过一闻："好香啊！"

海花取出带来的碗，给张择端倒了一大碗，张择端喝了一口汤，说："还是热的呢！"

第七章 蔡京拜相

海花含情脉脉地看着张择端喝汤，深情地问："张公子，你这次进宫，还能记起我们吗？"

张择端放下碗说："我再怎么样，也不会忘了我的救命恩人啦！当然，还有你。"

海花害羞地站起来，上了小船，张择端也跟着海花上船，海花调皮地一个翻身，落入水中。张择端急得从船尾爬到船头，一边叫着海花的名字，一边扶着船沿四处寻找。

突然，海花悄悄地从水里冒出来，将一条鱼丢上船。张择端大吃一惊，海花站在水里，冲着张择端一笑，又钻进水里去了。

张择端急得四处寻找，突然看见一根芦苇竖于水面缓缓游来。张择端的脸上浮起恶作剧的笑，眼见芦苇已经漂游到了船头，伸手用拇指紧紧地堵住芦苇的顶端。他以为海花一定是用这芦苇来换气的，这会儿给堵住了，她就只好乖乖地上来了。张择端的嘴角漾着愉快的笑，芦苇突然往下一沉，一条黑影从水里冲起，狠命抓向张择端。张择端吓得跌进船舱，那黑影拼命想拉住张择端的脚，张择端眼看要被抓住了。突然，那黑影被什么拉下了水。

远处的蔡攸见家将杀张择端失手，气急败坏地划船赶过来。

海花把那人拖进水里后，伸手把吓得手足无措的张择端拉下水，将他拖进芦苇丛中藏起来，用手捂住张择端的嘴。

正在危急之时，韩忠彦相国派出的军校，划船赶来了。

蔡攸见官兵来了，带领家丁慌忙划船逃走了。

张择端与海花相拥站在水里，不敢出声。

官兵站在船头大声宣诏："奉圣谕，宣山东画师张择端进宫见驾！"

蔡京大发雷霆，将杯子扔在地上，大吼："你们怎么办事的，怎么让他跑了呢？"

蔡攸、络腮胡子跪在地上，不敢出声。

命题作画

张择端意气飞扬，在太监的引导下进了皇宫，一路上东张西望，处处显得好奇。

宋徽宗正在宫中与丽妃赏画，太监来报，说张择端在宫门候旨，便立即吩咐带上来。

张择端进殿，叩首："草民张择端，祝吾皇万岁！万岁！万万岁！"

"你就是张择端？"

"是！"

"抬起头来。"

"哈、哈！"宋徽宗对身边的丽妃说，"他还很年轻嘛！"接着，宋徽宗扬了扬《金驴图》，问道，"你可曾见过这幅画？"

张择端看了一眼说："这是我画的《金驴图》。"

丽妃问："这画真是你画吗？"

"是我画的。"

"那么，这一幅呢？"宋徽宗又拿起《瘦马图》给张择端看。

"这也是我画的。"

"既然都是你画的。"宋徽宗站起来说，"你可知道，这欺君之罪，如何处置吗？"

"如何处置我不知道。"张择端说，"但小民万万不敢欺君。"

第七章 蔡京拜相

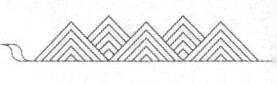

这两幅画的确是我画的。第一幅是小民送给朋友韩海的,第二幅是小民卖给蔡攸的。"

"既然是你画的,你能当着我们众人的面,复画此图吗?"

"这有何难。"张择端说,"但只是复画,没什么意思,如果圣上要亲眼看小民作画的话,请出题,小民可当场给圣上作画。"

"你愿意当场命题作画?"

"是!"

"很好!"宋徽宗问,"不知你善画些什么?"

"为画者,当以世间万物为是,只要是眼中可见者,均可入画。万物无可不画。但小民本攻界画,最善画的,还是城郭、市街、车马、桥梁、舟楫。"

"啊!那就以舟桥为题吧!"宋徽宗见张择端还跪着,说,"你平身吧!"

张择端站起来。

宋徽宗吩咐:"笔墨伺候。"

张择端来到案旁,等候宋徽宗出题。

宋徽宗想了想,说:"'野水无人渡,孤舟尽日横',你可画得?"

"容小民想一想。"张择端沉思片刻,迅即提笔,在宣纸上画了起来。

范恺高兴地说:"好消息,难得的好消息呀!"

"爹,什么事把你高兴得这样?"

韩海过来了,见范恺那么高兴,惊诧地问:"老师,如此好兴致,你这要到哪儿去?"

"你还不知道呀!张择端进宫了。"

"什么?"韩海大吃一惊。

范雯冲着韩海说:"张择端回来了,今天早上进宫了,现在正在宫里，给皇上作画呢！"

范恺回头对韩海说："韩相国让我马上进宫一趟，蔡京过不了此关。你们就等着我的好消息吧！"

"张择端进宫了……"韩海知道自己的麻烦来了，一脸失落。回到屋里，自言自语地说，"他怎么没有死？他怎么没有死。"

丽妃给宋徽宗倒了一杯茶，宋徽宗喝了一口，放下杯子，近前观看张择端作画。

"老爷，老爷！"络腮胡子边跑边叫。
"出什么事了？"蔡京从屋里出来问道。
"张择端他……他……"
"他怎么了？"蔡京大吼。
"张择端进宫了。"
"什么？"
"老爷！"络腮胡子问，"这可怎么办啦？"
"别慌。"蔡京若有所思地说，"张择端他真的进宫了？"
"爹！"蔡攸也回来了。
"你怎么又回来了？"
"我去找童大人和邓大人，他们都不肯见我呀！"
"他们也不见你？"
"是呀！"蔡攸说，"他们说事务繁忙，都进宫去了。爹，你看这可怎么办啦？"
"好，好，张择端见圣上，他们连我也不敢来往了。"蔡京骂道，"胆小鬼，窝囊废，势利小人。"
"是呀！爹，咱们得赶紧想办法呀！要不，咱们赶紧离开京城吧！"

第七章 蔡京拜相

"离开京城？"

"是呀！"蔡攸说，"张择端进宫，我们的事情一定会败露，如果皇上判你一个欺君之罪，那不就完了吗？咱们还是逃吧！"

"逃？笑话。"蔡京说，"我蔡京还没逃过呢！我好不容易进了京城，眼看大权在握，你说，我怎么能够逃呢？"

"爹，你说我们该怎么办啦？"

"不要慌，让我想想，让我想想。"

宋徽宗看着张择端的命题作画，连声赞道："妙，妙，妙呀！"

原来，张择端的画中，画了一个船夫卧于船尾，横一孤笛，从流漂荡，任意东西。此画的成功之处，在于突破了常规思维定势的束缚，运用反向思维，立意构图，即以没有渡客来对比出寒江旷野中船夫的悠闲孤寂，从而切中了诗句中"无人"的真正含义。

"多谢万岁夸奖。"

宋徽宗问道："张择端，你可有师从？"

"在乡下，拜过一些老师，原来进京，是来投师的。"

"准备投到谁的门下？"

"范恺。"

"范恺？"

"可是，他没有收我。"

"啊！"丽妃问，"为什么？"

"他说我的画不遵法度，没有规矩。"

宋徽宗笑道："这个怪老头，明天朕见到他，倒要与他理论理论。"

"我也不明白，他自己画的画，也常不守规矩，可为什么一定要让我循规蹈矩呢？"

宋徽宗笑道："他呀！就是这样一个怪人，不过，朕看你，

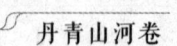

也不必拜什么师了,画院中的许多画师,都不如你呀!"

"真的?"

"我看,无论从技法和灵性上看,你都在他们之上。"

张择端笑了。

"朕改日准你进国画院。"

"什么?"张择端惊喜地问,"我进国画院?"

丽妃说:"就是在宫里给皇上作画。"

"多谢万岁!"

"来人啦!"

"在!"内侍立即上前,听候吩咐。

"带张择端到宫里看一看朕的画,也好开开眼界。"

爱莫助之图

蔡京知道自己的阴谋败露,决定进宫作最后一搏。

蔡攸认为,张择端已经进宫了,万一圣上要父亲当场作画,到时恐怕下不了台,因此劝父亲不要进宫。

蔡京觉得躲也不是办法,无论是福还是祸,躲是躲不过的,与其等皇上把一切都准备好了,再听宣进宫,倒不如先去见皇上,到时见机行事。

蔡攸跪求父亲不要进宫。

蔡京吩咐说:"你们在家备好一席美酒和一口棺材,如果我进宫过了这一关,我就回来喝酒,如果过不了这一关,你们就替

第七章 蔡京拜相

我收尸吧!"

说罢,毅然决然进宫见皇上去了。

韩忠彦说道:"圣上既然验明那两幅画是张择端所画,那蔡京所犯欺君之罪,就得严惩。"

宋徽宗问:"以相国之见,该如何处置呢?"

"按律当斩!"韩忠彦说,"朝中还有不少人,以不实之词赞美蔡京,蒙骗圣上,这些人按律也应严惩。"

"那朕要惩处多少人啦?"

"蔡京如此胆大妄为,正是朝中有同党所致,党羽不除,于朝政不利呀!"

宋徽宗不高兴地问:"难道朕的很多爱臣,都是蔡京的党羽不成?"

"臣知道,右相曾布,内官童贯,起居郎邓洵武,就是蔡京的党羽,圣上一定要将这几个人治罪。"

"朕知道,你和曾相不和,是不是想借这个机会,移罪于他呀?"

"臣不敢!"韩忠彦分辩说,"臣是为大宋江山社稷着想,党羽不除,只杀蔡京是没用的。"

"朕看你不光想铲除蔡京,恐怕还想借机铲除异己吧!"

"臣万死不敢!"

"好啦!"宋徽宗摆摆手,"下去吧!如何处置,朕心中有数。"

韩忠彦弹劾蔡京,并未被宋徽宗接受,只得灰头土脸地退了出来。

蔡京不甘心失败,心里虽然忐忑不安,表面上却似无事一般,进宫之后,见群臣散站在殿外,交头接耳,议论纷纷,拱手道:"各位大人，别来无恙啊！"

大家见到蔡京，如同见到老鼠一样，扭转头，不愿搭理他。童贯、邓洵武二人正在议论蔡京之事，害怕受到牵连，见蔡京来了，故意扭转身，装作没有看见。

蔡京径直走到童贯面前，干笑道："童大人，近来起居可安否？"

"还好，还好。"童贯显得有些尴尬。

蔡京又与邓洵武打招呼："邓大人！"

"蔡大人！"邓洵武拱手还礼。

蔡京看看天空，说："近来天气尚好，约个时间，我邀请邓大人出城踏青，好吗？"

邓洵武推辞道："近来身体不爽，身体不爽啦！"

"各位大人！"蔡京拱手施礼说，"我要进宫面见圣上，就先走一步了。"说罢，大踏步进宫去了。

蔡京进宫，韩忠彦正好出殿，二人在宫门口相遇。蔡京拱手道："蔡京见过韩相公，我要进宫面见皇上，改日一定登门拜访。"

韩忠彦哼了一声，没有搭理蔡京。

蔡京脸都气绿了，恰好传旨太监来宣蔡京进殿，蔡京回头狠狠地瞪了韩忠彦一眼，大摇大摆地进殿去了。

张择端随小太监来到藏宝阁，见到悬挂在四周墙上的画轴，睁大了眼睛，近前仔细察看，惊叹道："真迹，稀世之宝，我这不是在梦里吧！"

蔡京进殿叩见宋徽宗。

"蔡京！"宋徽宗击案道，"你好大的胆子。"

"臣不知圣上为何发怒呀！"

第七章 蔡京拜相

"不知道？"宋徽宗说，"抬起头来。"

蔡京抬起头，惊恐地看着宋徽宗。

"这画是你画的吗？"宋徽宗拿起《瘦马图》给蔡京看。

"圣上发怒，原来是为了那两幅画呀！"

宋徽宗冷哼一声："你说这画是你画的，可朕知道，这幅画的作者名叫张择端，你还敢骗朕吗？"

"不敢。"

"我谅你也不敢。"宋徽宗站起来问，"蔡京，你还有什么要说的吗？"

"陛下明鉴，这两幅画的确不是臣的笔墨。"

"那你为什么要冒名顶替？"宋徽宗冷笑道，"你以为朕看不出来？"

"臣料定圣上一定会看出破绽，故特意将这两幅画献给圣上。"

"你这是什么意思？"

"因为不如此，臣就不能返回京城，不能返回京城，臣就见不到圣上，见不到圣上，臣就不能一吐肺腑之言，臣的肺腑之言不能上达圣听，也就不能挽救圣上即将失去的大宋江山。"

"危言耸听。"

"圣上，臣虽远在杭州，但无一日不担心圣上，无一日不关注朝政，臣眼见朝中大权渐渐落入奸人之手，臣身为大宋旧臣，身心俱焚，万般无奈，只好出此下策，冒死呈上他人之作，借以引起圣上的重视。希望能引起圣上重视，召臣进宫，为陛下分忧。真是苍天有眼啦！圣上看出此画的破绽，宣臣进京，臣能见到陛下，当面向陛下禀奏，实为臣之所望也。"

"欺君之罪当斩，你不知道吗？"

"臣知道这是死罪，但在死之前，恳请圣上听一听臣的肺腑之言，臣虽死无憾。"

"你要见朕,有什么事吗?"

蔡京看了一下侍卫,道:"请陛下屏退侍卫,臣有秘事启奏。"

宋徽宗手一挥,近侍全都退走。

宋徽宗看了一眼蔡京:"起来说话。"

"谢主隆恩!"

宋徽宗回到座位,说:"你有何秘事,快快奏来。"

"遵旨!"蔡京从袖子里取出一个折子呈上,"陛下,此乃朝中大臣分类图,请陛下御览。"

小太监接过蔡京手中的折子,呈给宋徽宗御览。

宋徽宗展开一看,惊讶地说:"爱莫助之图,什么意思?"

"请陛下详细察看。"

蔡京呈上的是历史上著名的《爱莫助之图》,图分左右两表:左表列元丰诸臣,右表列元祐诸臣。

分列宰相、执政、侍从、台谏、郎官、馆阁、学校等,各都对号入座。

在元丰诸臣表中,列蔡京为首,余下不过赵挺之、范致虚、王能甫、钱遹等五六人而已。表下面注:能够尽力,以助绍述。

在元祐诸臣表中,列韩忠彦为首,而举满朝公卿、百官、执事,尽行载入,差不多有五六十人。表下面注:破坏政令,阻挠绍述。

这本来是恶作剧式的文字游戏,宋徽宗看了之后,竟然深信不疑。

宋朝皇帝对看图说话似乎都很重视,当年的王安石因郑侠献一幅《流民图》而败走麦城。如今宋徽宗看了《爱莫助之图》,竟然也深受触动。

蔡京察言观色,知道《爱莫助之图》发挥了作用,说道:"陛下请看,以韩忠彦为首的元祐旧臣,几乎把持了全部朝政,如此下去,陛下就不担心吗?"

第七章 蔡京拜相

宋徽宗冷笑道:"朕有什么好担心的?"

"圣上乃神宗之子,元祐旧臣的首领韩忠彦,乃韩琦之子。当年神宗皇帝推行新法,利国利民,韩琦竭力反对。今韩忠彦为相,改变神宗法度,继承父志。而圣上身为天子,反不能绍述先帝的遗志,被元祐旧臣左右,圣下,难道心中安然吗?"

宋徽宗陷入了沉思。

"臣身为大宋旧臣,对先帝感恩戴德,誓与韩忠彦势不两立,故受打压,被排挤在外,臣的个人荣辱事小,国家的法度不容篡改事大,臣想回京,也就是为抑制元祐旧臣势力,没想到臣刚刚入朝,便遭元祐旧势力的打压,非议之声不绝于耳,臣不能见到圣上,又不能上报圣恩,这岂不是爱莫能助吗?"

宋徽宗叹道:"朕尚不知,元祐旧臣在朝中还有这么多人。"

"陛下,这正是臣惶惶不可终日之处。"

"那么,以你之见?"

"陛下欲继承父志,非削弱元祐旧臣的势力不可,否则,在朝中形成帮派,何人可以抗衡呀?"

"这一点朕倒是疏忽了。"

"陛下!"蔡京说,"如今朝中各部都为元祐旧臣所把持,韩忠彦一言九鼎,世人皆知韩相国,而不知天子,如此下去,不但先帝创立的大宋基业毁于他人之手,恐怕就是圣上,也难以左右朝政啦!"

"有如此严重?"

"韩忠彦篡改神宗法度,就是明证。"蔡京见宋徽宗没有说话,继续说,"神宗变法,国泰民安,如今,韩忠彦将旧法全部革除,真是胆大妄为,何其甚也!万民遭难,社稷艰危,先帝九泉之下有知,岂能安眠于地下?"

蔡京重新跪下道:"臣受先帝知遇之恩,不能助圣上继承父志,愧对先帝,愧对圣上,如今见到圣上,倾诉衷肠,明知犯了欺君之罪,也要冒死前来,恳请圣上严惩,纵使刀劈斧砍,也死而无憾。"

宋徽宗离座,上前扶起蔡京,激动地说:"难得,难得老先生如此苦心,朕现在就恢复你的相位。"

"谢万岁!万岁!万万岁!"

蔡京左手持宝剑,右手捧印,从殿内走出,向众大臣宣布:"奉圣谕,蔡京继韩忠彦为相,整顿朝纲,违令抗拒者,格杀勿论!"

韩忠彦当场昏倒,童贯、邓洵武笑了。

第八章 倔强的画师

醉闹宰相府

"圣上，圣上！"范恺跪下奏道，"不能拜蔡京为相啊！"

"范恺！"

"臣在！"

"国家政事你不懂，管好你的画院就行，其他的事，你就别管了。"

"蔡京窃张择端的画据为己有，献媚圣上，圣上不办蔡京欺君之罪，反而拜他为相，是何道理呀？"

"蔡京冒死献画，自有道理，你就不必多管了。"

"蔡京作假争宠，无品无行，圣上不惩处他，反拜为相，难道让世人都来学习蔡京吗？"

"大胆！"宋徽宗说，"范恺，你以为你是谁呀？画师只可议人，能够救国吗？要不是朕保你，你现在连吃饭的地方也没有。"

"圣上！国家兴亡，匹夫有责，况范恺乎？"

"下去、下去、下去呀！"

范恺躺在床上，推开范雯的手，不肯喝药。

"爹，你还是喝点呀！"

"老爷，喝点药呀！"

"师傅！"韩海也在一旁说，"你就喝点药吧！身体要紧啦！"

"没想到，我们画师在圣上眼里，竟然是这般的地位。"

"爹，你就别想那么多了。"

范恺绝望地说："大宋江山，要毁在他们手里，要毁在他们手里呀！"

"师傅，你千万别着急，安心养病。"

第八章 倔强的画师

蔡京府上张灯结彩,大摆筵席,庆祝蔡京重登相位,附庸者蜂拥而来。蔡攸站在门前迎客,童贯、邓洵武重新成为蔡京的座上宾,夹在人流中,前来蔡府贺喜。

张择端与海伯一家围坐一团,津津乐道地说起了他进宫时的奇闻:

"当时圣上让我重画那两幅画,我说重画有什么意思,要画就画一幅新的,于是,皇上就给我出了一个题目,让我当场作画。"

海花在张择端说话之间,又端上一盘菜。

海生好奇地问:"什么题目?"

"野水无人渡,孤舟尽日横。"张择端说,"这是本朝诗人寇准的《春日登楼怀归》诗中的一句。"

"诗?"海生问,"诗怎么作画?"

海伯笑道:"这是什么话,张公子还能画不出来吗?"

"这自然难不倒我,我当场作画,圣上看后,赞不绝口。"

海生道:"真的呀?"

"快趁热吃饭吧!"海花一旁催促。

"海花!"张择端说,"你也坐下,一起吃吧!"

"不,我还要炒菜呢!"海花回厨房去了。

"张公子!"海生问,"那蔡家害你的事,你向皇上说了吗?"

"没有,皇上看了我的画,就让我到宫里看画去了。后来我也没见到皇上,听宫里人说,皇上改日还要召见我呢!"

"记住!"海伯叮嘱道,"蔡京被拜为相国,现正在家中大摆筵席,不少大臣都去他那儿了,你要是见到皇上,一定要把这件事情说清楚,让圣上为你作主。免得受害呀!"

"来、来、来,喝酒。"张择端放下酒杯,感叹地说,"没有想到呀!这样的奸臣,还能在朝中当大官。"

海伯说:"自古奸臣当道,忠臣受苦呀!"

"不说这个了。"海生说,"张公子能进宫,大难不死,必有后福呀!来,喝酒,喝酒。"

海伯问:"张公子,你家里还有些什么人?"

"在山东老家,还有一个老母亲。"

"啊!"海生有意无意地问,"那你有没有娶妻室?"

海花正好端菜过来,听到海生的话,含情脉脉地看着张择端,竖耳静听。

"没有,事业无成,先不想娶妻之事。"

"那这次圣上见了你,让你进宫,你要是真进了画院,就可以娶妻了嘛。"

"对呀!"张择端举杯说,"要是真进了画院,就请老伯给我找一个好姑娘。"

海花将菜放在桌子上,看了张择端一眼,返回厨房。

蔡京拜相,童贯、邓洵武二人功不可没,自然就成了蔡京的座上宾。蔡京拱手道:"我蔡京这次能够拜相,全靠二位举荐之功呀!"

童贯笑道:"不敢贪功,不敢贪功。"

邓洵武奉承地说:"蔡大人此次拜相,是民之所望,非我等之力呀!"

"今后还望二位鼎力相助。"

"一定,一定。"三人哈哈大笑。

韩海也想抱蔡京的大腿,一直在蔡府门外徘徊,见蔡攸在门前迎客,凑上去讨好地说:"蔡公子,蔡大人拜相,道明特来贺喜。"

"哎呀!"蔡攸道,"原来是韩公子呀!"

第八章 倔强的画师

大厅内,蔡京、童贯、邓洵武交谈甚欢。邓洵武笑道:"听大人所言,是要将元祐党人一网打尽了?"

蔡京也不隐瞒自己的观点,笑道:"正是,正是。"

"父亲!"蔡攸进来了。

"什么事?"

蔡攸凑到蔡京耳边,悄声说:"韩海要来见你,见不见?"

蔡攸见父亲有些犹豫,说:"那我去把他打发走算了。"

"慢!"蔡京想了想说,"此人既然敢投靠我,那就不要怠慢他,你去好好款待他,就说我现在正忙,抽不开身见他,以后有时间,一定请他到府上来做客。"

蔡攸答应一声,退了下去。

童贯好奇地问:"是什么人啦?"

蔡京冷笑道:"一个卖友求荣的画师。"

邓洵武道:"画师?"

"此人虽然是一个小人物,将来或许有大用处。"

"蔡公子!"韩海见蔡攸出来了,立即上前打探消息。

"真对不起,家父正在接待贵宾,无暇接待公子,家父说了,改日一定请公子过府来坐坐。"

韩海显得有些落寞。

蔡攸打开手中的盒子,道:"这是一块古砚,是家父自己的藏品,从不与人,今特意送给公子,略表敬意。"

韩海接过古砚说:"道明前来,不是要此回报,我是想问一下蔡公子,何时除掉张择端?"

蔡攸哈哈笑道:"家父已经拜相,他一个小小画师,不能怎样,放心吧!"

韩海着急地说:"公子曾答应过我,不让张择端活着回来,如今他回来了,而且还见到了圣上,万一得到圣上恩宠,如果他知道是我向你们告的密,那我怎么办?难道公子的话不算数了吗?"

蔡攸冷冷地说:"没想到,你比我们还着急呀!"

"我这也是为公子和蔡大人着想,张择端的脾气秉性我知道,他已经知道你们要害他,决不会善罢甘休。"

"你放心吧,早晚会除掉他的。"蔡攸说罢,进府去了。

张择端已略显醉意,告别了海伯一家人,深一脚浅一脚地返回城里,途中正好与韩海相遇。

韩海见张择端喝得醉醺醺的,顿时有了主意,拉着张择端来到蔡府门前,对他说:"这就是蔡府。"

"蔡京老贼就住在这里呀!"

"这里面多热闹呀!你就说是相爷请来的客人,他们自然会让你进去。"韩海说罢,迅速躲到一边去了。

张择端径直朝蔡府走去,一位家丁拦住他问:"公子,你找谁呀?"

"老爷我是来赴宴的。"张择端一把推开家丁,硬闯蔡府。

"你这人不能硬闯呀!"家丁跟在后面大喊。张择端理也不理,已经走进了蔡府大门。

韩海躲在暗处偷笑。

蔡京正在给来宾敬酒,大声说:"各位大人,蔡京今天为相,日后一定为国出力,整顿朝纲,还望各位大人鼎力相助哇!来来来,我敬各位大人一杯。"

众人一同举杯,场面非常热闹。

第八章 倔强的画师

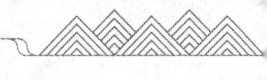

张择端闯进来，进门就大骂："蔡京老贼，老贼，你还认识我吗？"

所有来宾大吃一惊，有的看着张择端，有的看着蔡京，不知发生了什么事。蔡攸赶忙上前拦住张择端："张公子，你要干什么？"

"你不是要杀我吗？今天我自己送上门来。"

蔡攸对各位来宾说："这是我的朋友，他喝醉了。"

"你说，你为什么要杀我？"张择端大声质问。

"我怎么会杀你？我为什么要杀你？"蔡攸说，"你别胡说八道。"

"我没醉。"张择端指着蔡京，大声说，"蔡京，你本无才，却要自装风雅，将他人的笔墨，占为己有，用我的画骗得皇上的信任，拜官为相，在此大宴宾朋，真是大言不惭啦！你何不将别人的画拿来，给众人看看，夸耀一下你的才华。"

蔡攸拼命将张择端往外推。

"你我本无冤仇，为什么要加害于我？让你的儿子把我装进麻袋，扔入江中。可惜我没死，我回来了，还见到了皇上。"张择端一把掀翻了酒桌，怒斥，"你有本事，就当着众人的面来杀我。"

众人看着眼前的闹剧，有的冷眼相看，有的却在偷着乐。

"你给我坐下。"蔡攸将张择端摁在凳子上坐下。

蔡京走到张择端身边，笑道："好一个文弱书生，还有一口伶牙俐齿，你来得正好，要不然，我还要派人去请你呢！"

"你找我干什么？"张择端问，"还要我给你画画吗？"

"对，是画画，但不是为我，是为了大宋的天子，为了大宋的江山。"蔡京对大家说，"各位，这位是当世奇才，山东画师张择端，善于工笔绘画，老夫在杭州时，曾为圣上搜罗人才，得遇此人，他曾有一幅习作，托老夫转呈圣上，老夫怕圣上无暇审阅无名之辈的绘画，故托名己作，把画送呈圣上御览，各位都知道，民间的绘画，是很难进入宫中的，若不是老夫托名献画，圣上岂能看一个无名草民的绘画？"

堂上发出一阵议论声。

"老夫爱才，故托名将他的画送给圣上，这本是好意，却没有想到张公子因此误解了。"

张择端冷哼一声。

"老夫已向圣上讲明，这幅画的作者是你，故圣上才下诏，四处寻找，宣你进宫。如果没有老夫的帮助，你能见到圣上吗？"

"对，对，对。"邓洵武道，"圣上下诏书宣你进宫，诏书就贴在城门上，这大家都知道。张公子，你可错怪蔡大人了，你能见到圣上，那是他的举荐呀！"

张择端指着蔡京的鼻子问："那你为什么要派人害我？"

"择端！你口口声声说我害你，有何凭据呀？"

"你不要花言巧语，改日我见到皇上，一定要向他禀报，治你的罪！"张择端说罢，起身离去。

"少年轻狂，年少气盛呀！"蔡京盼咐蔡攸，"送张公子出府。"

张择端左倒右歪地出了蔡府。

蔡攸赶出来，大声说："张择端，我告诉你，我饶不了你。"

张择端理也不理，扬长而去。

张择端的行为，引起了一位宾客的注意，此人是太学院的太学生李纲。

太学院的太学生李纲跟在张择端的后面出来了，紧赶几步，叫道："张公子，张公子。"

"嗯！"张择端停下脚步，回身问道："你是谁呀？"

"我叫李纲，是太学院的太学生。"

"找我什么事呀？"

第八章 倔强的画师

"公子的大名,我早有耳闻,今天见公子不畏权势,大闹相府,我对公子更为钦佩,愿与公子结交为友,不知公子愿否?"

"你既然为蔡京的座上宾,不怕他忌恨你吗?不交也罢。"张择端说罢,转身就走。

李纲哈哈一笑,跟在张择端身边,边走边说:"蔡京的为人,我早有所闻,今天随师前来赴宴,本想看他是何等人物,没想到得遇公子,也不枉此行了。"

"你不赴宴了?"

"哎!与公子相识,相府的酒宴,还有什么味道?"

张择端哈哈一笑,两人算是成了知己。

李纲说:"如今朝中两派争持不下,皇上也多有疑虑,蔡京正是利用这个机会入朝拜相,看来朝廷从此不得安宁了。"

"等我再见到圣上,一定要向圣上说明蔡京的为人,罢了他的相位。"

"看来,不是那么容易啊!"

二人说着话,正好从一家小酒店门前经过,店小二上前揽客:"二位爷,里面请。"

"走!"李纲说,"里面坐坐。"

蔡攸扶父亲坐下,说道:"爹,你别生气,这个张择端也太狂妄了,为什么不借这个机会除掉他呢?"

"他现在已经见过皇上了,而且在众大臣面前公布了我们之间的恩怨,如果杀了他,对我的名声不利。"

"我们就容他这样胡来吗?"

"别急。"蔡京说,"要杀他不难,得从长计议,找一个机会下手。"

御笔亲书元祐党人碑

宋徽宗见蔡京毕恭毕敬地站着，挥挥手："坐，你坐，爱卿不必过谦。"

"谢万岁！"

"爱卿呀！"宋徽宗说，"朕这几天用心思考朝政，觉得你的话不无道理，当年，神宗锐意变法，可惜半途而废，先帝继位，虽有大志，但两遭垂帘，今天，朕欲绍述父兄之志，可朝中却无一人能体谅朕之用心，如今，朕以爱卿为相，就是要力挽狂澜，你可不要辜负了朕的一片期望呀！"

蔡京站起来说："臣受圣上之托，必竭尽全力，以报圣上知遇之恩。只是元祐党人在朝中人数众多，圣上要绍述父兄之志，恐怕……"

"恐怕什么？"

"恐怕阻力不小呀！"

"朕为天子，朕想干什么，难道还怕旁人节制吗？"

"圣上！"蔡京说，"理虽如此，但在朝中，大臣节制圣上之事还少吗？比如圣上酷爱的玉盏器物，不就是有朝中大臣说圣上过于奢华，而圣上不敢再用了吗？"

宋徽宗看了蔡京一眼，没有出声。

"圣上贵为天子，当享天下之奉，区区几个玉器，何足道哉？可他们却要说三道四。表面上，是在劝圣上简朴，实际上，是在处处节制圣上。《易经》中就有'丰亨豫大'之说，说的不就是太平盛世，帝王要敢于大肆挥霍钱财，不必拘泥于世俗之礼吗！"

蔡京随心所欲地解释《易经》和《周礼》，已经不能用一般的"卑

第八章 倔强的画师

鄙""无耻"来形容了。按照儒家传统理论,逢君之恶,是标准的奸佞之徒。不幸的是,蔡京的这套理论,居然将宋徽宗说动了。

"圣上欲立新法,必先铲除阻力。"

"那依你之见,该怎么做?"

"铲除奸党,振兴社稷,还大权于圣上。"

宋徽宗点点头,表示赞同。

"臣只待圣上旨意,只要圣上雄心已定,臣立即着手整顿朝纲,铲除奸党。"

宋徽宗沉思片刻,终于下定决心:"好,爱卿,你立即去办。"

御花园里,宋徽宗正在作画,停下笔,对身边的张择端说:"这幅《锦鸡图》,朕已构思多日,你看怎么样?"

"此图动静有致,气质高雅,是一幅佳作呀!"

"朕为了画此图,朝夕观察芙蓉每时之变化,彩蝶飞舞之形态,观察之后,方可落笔。"

"没想到圣上日理万要,还能有如此雅兴。"

宋徽宗笑道:"有的时候呀,朕还真的想做一名画师,不当什么天子。"

"那天下岂不要大乱了吗?"

"朕倒是觉得,做一位好画师不难,做一个好天子不易啊!"宋徽宗说,"你不知道呀!朝中的事多烦人啦!有时候,画兴刚来,急奏一到,兴致全消。等你进了画院,就好了,到时候,你可以陪朕作画。"

"是!"

"对了!"宋徽宗说,"等范老头的病好了,朕就和他商量你进画院之事。"

"他怎么病了?"

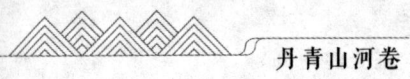

"还不是反对朕任命蔡京为相吗！"

张择端想了想说："圣上，臣也有一事禀报。"

"讲！"

"那个蔡京，的确是个奸臣。"

"你怎么知道？"

"他曾经为了掩盖剽窃之事，要杀害我。"

"有这种事？"

"千真万确，他们把我装进麻袋里，丢到江里，幸亏一位船工救了我，不然我早就葬身鱼腹了。"张择端说，"任用这样的人为相，怎么能治理好国家呢？"

"蔡京是朕倚靠的重臣，你千万不要胡言。"

"圣上，他的确是个奸臣，他要害死我。"

"好了！好了！"宋徽宗轻描淡写地说，"朕让蔡京不害你，不就行了吗？"

孙羊店的店小二远远看见张择端回来了，冲着店内喊："回来了，回来了！"

韩海、老板娘从店内迎出来。

张择端惊喜地问："道明兄，你怎么来了？"

"我不放心，来看看你，你又进宫了？"

"是呀！"

老板娘说："张公子现在可是大红大紫呀！"

韩海问："你还没吃饭吧？"

"没有。"

老板娘说："酒菜都备好了，里面请呀！"

"走！"韩海拉着张择端的手说，"咱们今天喝个痛快。"

第八章 倔强的画师

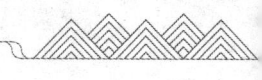

丞相府内，蔡京、蔡攸、童贯和邓洵武边品茶，边商议如何完成宋徽宗交办的事情。蔡京说："圣上欲绍述父志，恢复神宗法度。"

童贯对邓洵武说："这正是我们铲除元祐党人的大好机会呀！"

"对呀！"邓洵武说，"韩忠彦等人平日在朝中势力庞大，一呼百应，这一次他们要彻底地完蛋了。"

蔡京起身，边走边说："我已经议好了一个名单，准备呈给圣上，这个名单上的人，都是元祐党人。"蔡京走到书案边，取出一份花名册，"凡在此名单中的人，都要革除官职，赶出宫去，你们看看，还有什么遗漏的地方。"

童贯接过花名册，邓洵武凑近观看后说："这个名单上，有些不是元祐党人啦！为何也要列上去呢？"

蔡京接过花名册，阴险地说："这是一个机会，如果不趁此机会将他们拿掉，以后再想办他们，那就难了。"

童贯奸笑道："大人所言极是。我们都好好想一想，平日里有哪些人与我们作对，都把他们写出来。"

"对呀！对呀！"邓洵武满口赞同。

"爹！"蔡攸问，"你看范老头？"

"对、对、对。"蔡京立即提笔加上了范恺的名字。

张择端进店落座之后，韩海问："圣上真让你进画院？"

"是呀！可就是不让我再提蔡京之事。"张择端道，"你说，我差点被人害死了，还不让说。"

"对呀，为什么？"

"圣上说，蔡京是朝中重臣，他要靠蔡京整顿朝纲，所以不让我再提此事。圣上说，不让蔡京害我就行了。可我咽不下这口气呀！"

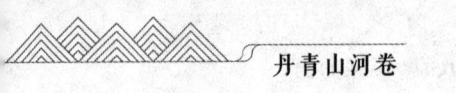

韩海给杯子斟满酒,问:"那你现在怎么办?"

"我能怎么办?他现在是国相,又是圣上面前的红人。"

老板娘放下一盘菜,道:"你也是圣上面前的红人呀!他能把你怎么样?"

"对呀!"韩海说,"你也是圣上面前的红人啦!"

"算了,算了,不提了,喝酒。"二人举杯,一饮而尽。

老板娘给二人斟上。

"道明兄!"张择端问,"有一件事我怎么也弄不明白,当时我藏在城东芦苇荡,没有人知道,蔡京是怎么知道的呢?"

"是不是走漏了风声?"韩海问。

"我一直在想这事。"

韩海道:"蔡京耳目甚多,他们打探到,也有可能。他能找到你,那不是易如反掌之事吗?"

张择端吃惊地看着韩海。

"你没出事,就是万幸了,我现在还在后怕呢!"

张择端问:"听说范老头病了,严重吗?"

"快好了。"

"我还想去看看他呢!"

"别!"韩海立即阻止道,"你别去。"

"怎么了?我听说他也反对蔡京为相,为人不错嘛?"

"他这几天心情不好,不想见人。"

"圣上说,我进画院,要和范老头商议,我还有些担心,不知这个范老头是否会从中作梗。"

"哎哟!"老板娘说,"圣上都同意了,他有什么不肯的?"

韩海说:"就是呀,咱俩这关系,在老师面前,我会为你多美言几句。"

"多谢道明兄,来,干一杯。"

第八章 倔强的画师

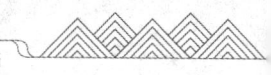

宋徽宗看了元祐党人花名册,递还给蔡京,不高兴地说:"你怎么连范恺也写上去了?"

"范恺与韩忠彦私交甚密,理当列入元祐党人名单。再说,臣久闻这老儿自恃名高,对圣上有所不敬,故将他的名字列在名单上。"

"范恺只是个画师,很少参与朝政,偶有不恭,也没有异心,我看,还是把他的名字拿下来。"

"臣遵旨!"

"坐!"

"谢圣上!"

宋徽宗坐下后说:"这便好,否则,天下人会说朕不能容人,连一个画师也不放过,留下他吧!弃之,反遭天下人的议论。"

"圣上英明!"

"辩政一事,头绪颇多,准备得如何了?"

"陛下,依臣之见,须从三个方面入手。"

"哪三事?"

"一在政,二在言,三在人。"

"说具体些。"

"好!"蔡京说,"政务一项,请圣上下诏,禁用元祐法;言论一项,销毁元祐功臣像,另绘熙宁、元丰功臣像;党人一项,最为要紧,明确奸党,清除务尽,臣以为,当设'党人碑'以告天下。"

"党人碑?"

"是!请圣上亲书碑名,命石匠将这个名单上的名字刻在石碑上,昭示天下,是为奸党。死者,夺去官诰享俸,生者罢官,永不录用。有此三条,则朝政去旧存新,圣上的江山如巍巍泰山,稳不可撼。"

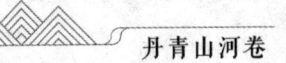

"好！"宋徽宗站起来说，"就依你的意见，立'党人碑'，昭示天下，清除奸党。"

蔡京高兴地说："圣上圣裁！"

由宋徽宗亲自题名的"元祐党人碑"竖立在端礼门和文德殿的东壁之上。

"元祐党人碑"共列元祐党人一百二十五人，其中：

文臣执政官二十五名，司马光、文彦博、吕公著、韩忠彦、李清臣、刘奉世、王岩叟、苏辙、范纯礼、陆佃等均在其中。

曾任侍制以上的官员三十五名，苏轼、范祖禹、刘安世、曾肇、邹浩等人榜上有名。

余官四十八人，程颐、晁补之、黄庭坚、李格非（词人李清照之父）、司马康（司马光之子）、秦观、吕希哲、任伯雨、陈瓘、龚夬等在劫难逃。

此外，还有内官张士良等八人，武臣王献可等四人。

群臣见"元祐党人碑"已立，预感到新的一轮政治风暴即将来临，议论纷纷，忧心如焚。

蔡京设陷阱

宋徽宗心情似乎不错，冲着范恺问："老先生，最近身体如何？"

"参见圣上！"范恺跪奏。

"朕派去的太医，可曾派上用场？"

第八章 倔强的画师

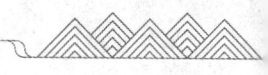

"臣已经好多了,多谢圣上垂怀。"

宋徽宗伸手扶起范恺:"那就好,你上年纪了,要多加保重才是。"

"臣已经老朽了,何劳圣上如此厚爱。"

"你是我大宋的国宝,当然要倍加保护了。"

"圣上!"范恺说,"臣在进宫之时,见端礼门设有党人碑一块,不知是何用意?"

"范老先生,朝中的事,你就不要多操心了。"宋徽宗说,"来,看看朕画的画如何。"

"圣上。"范恺说,"这党人碑名为清查奸党,实为蔡京清除异己,圣上可知道,那党人碑上可有多少忠臣的姓名呀!这些忠臣若被赶出朝中,朝中由蔡京一手遮天,大宋江山让人担忧呀!"

"爱卿呀!有些事你并不清楚。朕如果不把他们赶出朝去,朕难以绍述父兄大志。"

"圣上,蔡京本不是治国之人,他只会花言巧语,蒙骗圣上,谋求的却是权势。圣上,千万不可被蔡京蒙骗呀!"

"范爱卿,你可知道,这党人碑上,原本有你的名字,是朕把你保下来的,否则,今天,你就不是在这里和朕见面了。"

范恺大惊失色。

"范爱卿!"

"臣在!"

"朕知道你是个画师,不懂政务,所以,朕才把你保下来,继承父兄大志,是朕的宏图伟愿,谁敢再有异言,定当严惩。"

范恺跪下。

"你不必害怕,朕不会杀你。"

"圣上,臣恳请辞职。"

"什么?"宋徽宗吃惊地问,"你说什么?"

"臣恳请辞去国画院正学之职。"

"你好大的胆,朕好心好意把你保下来,你却要辞职,你是要满朝文武看朕的笑话不成?"

"圣上息怒,臣让圣上动怒,臣罪该万死!"

"范恺呀!"宋徽宗扶起范恺,说,"你该明白,朕之苦心是想展示我大宋国泰民安,繁荣昌盛,你若辞职,谁来统领画院?"

"圣上,臣是为了圣上,也是为了大宋的江山啦!"

"这朕知道,来,坐。"宋徽宗说,"朕找你来,是有一事要和你商量。"

"什么事?"

"朕见过张择端了,确实才华出众。朕的意思,是想让他进国画院,你的意思呢?"

"不知此人品行如何?"

"他品行怎么了?"

"不知道他是否能辨认忠奸,不趋炎附势啊!"

"你这个老头,又来了。"宋徽宗说,"朕看中的是他的画。"

"但臣却重在看人啦!"

"你……"

"若是圣上执意让他进了画院,臣不敢不收,不过,但凡进国画院,都要经过考试,如果不经过考试,就让他进国画院,恐怕人心不服呀!"

"好了,朕就依你,就让他去考,到时看你还有什么话说。"

竖立"元祐党人碑"后,一场铲除异己的运动全面展开,韩忠彦等一班活着的人,全都被官兵抓捕,整个京城闹得鸡飞狗跳,人心惶惶。

"岂有此理!"范恺愤怒地说,"蔡京一手遮天,陷害朝中大臣,

第八章 倔强的画师

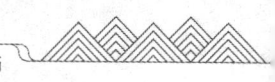

大宋江山要毁在他们的手里啊!"

蔡京大笑不止。童贯道:"韩忠彦一倒,他那些同党惶惶不可终日啊!今后,朝中之事,要由相国说了算了。"

蔡京笑道:"我们都是为圣上办事,并不是为了权势。"

蔡攸道:"爹,那个张择端,也要尽快除掉。"

"他现在是圣上面前的红人,要除掉他,得另想办法。"

"爹有办法了?"

"到时你就知道了!"蔡京故意卖了个关子。

蔡京进殿,恭维地说:"圣上,自实行新政以来,万民欢畅,四海同心,满朝文武都颂扬圣上英明呀!"

"这都是你的功劳呀!"宋徽宗笑逐颜开,"坐,你坐。"

"谢陛下!"

"看茶!"

蔡京接过内侍送上的茶,道:"还有一件事没有确定,请圣上圣裁。"

"什么事?"

"熙宁元丰功臣像还没有绘制,不知当用何人啦!"

宋徽宗道:"原来的元祐功臣像是范恺所绘,如果这次再让他画,恐怕……"

"执行新政,当用新人,如果圣上还未先定的话,臣倒可举荐一人。"

"举荐谁?"

"张择端!"

"张择端?"宋徽宗说,"好,就用他。"

"遵旨!"

张择端在闹市给艺人泥人张绘画，围观者众。

泥人张说："公子，你画我干什么呀！大家都在看你画画，我的泥人谁买呀？"

"别急，别急，我画完以后，你的泥人我全买了。"

泥人张高兴地说："真的？"

"是呀！"

一位观众插话说："你知道他是谁吗？他可是为圣上画画的，给你画像，这是抬举你呀！"

"我不管他是为谁画画的，他画完以后，只要买我的泥人就行了。"

泥人张继续捏他的泥人，张择端则聚精会神地为他画像。

孙羊店的店小二四处寻找张择端，见张择端正在给泥人张画像，急促地说："公子，公子，你赶快回去吧！宫里来人了，说皇上请你进宫。"

"啊……"泥人张张大了嘴巴。

围观者一阵惊叫。

张择端立即停笔，将画架托给泥人张照看一下，起身欲走。

"公子！"泥人张说，"我的画还没有画完呀！"

"明天我再给你画。"张择端说罢，匆匆离去。

宋徽宗带张择端进了显谟阁，指着四周墙上的画像说："你看，就是这些画，朕要统统销毁，再重新画。"

"重新画，为什么？"

"这些都是奸党，朕要重新画一批新人，要画得比这些还大，还好。"

张择端察看墙上的画，说："这画得不错呀！是谁画的？"

第八章 倔强的画师

"范恺!"

"范恺?"张择端说,"他的画的确不错呀!为何不让他画?"

"朕不是想提拔你吗?"

"我敢说,我会画得比这还好。"

"那好,朕就看你的了。"

张择端回到孙羊店,搜集绘制熙宁、元丰功臣像的资料。

"正道!"李纲进来了。

"哟!你怎么来了?"

"我来看看你呀!在忙什么?"

"圣上让我画熙宁、元丰功臣像。"

"熙宁、元丰功臣像?"

"这些人我也不认识,只有一个王安石,还有一幅画像,其他的人长得什么样,我都不知道,这不是让我为难吗?也不知道让我画这些像干什么,这些是什么人,你知道吗?"

"正道!"李纲问,"最近宫里面立党人碑的事,你知道吗?"

"党人碑?好像听说过,干什么的?"

"这是蔡京搞的鬼。"

"蔡京?"

"蔡京为了排除异己,翻出了历史的旧账,把凡是不随从他的大臣,打成了元祐党人,赶出宫去。"

"元祐党人?"

"嗯!"

"对了,圣上今天让我看了一些元祐贤臣像,说是要全毁了,让我画熙宁、元丰功臣像,什么元祐党人,熙丰功臣,都快把我搞糊涂了。"

"当年王安石变法,有人赞成,也有人反对,蔡京翻出历史旧账，就是要排除异己，原先朝中当政者大多数是韩忠彦的人，韩忠彦的父亲韩琦当年曾反对王安石变法，所以，蔡京就把他们打成了元祐党人，赶出宫去。让你画这些画，肯定是蔡京的主意。"

张择端睁大眼睛，突然醒悟。

"蔡京是在借前人的故事，办当前的事情，以达到他专权的目的。"

"这么说，我是在为蔡京帮忙了？"

李纲点头表示认可。

"我不画了。"

第九章 牢狱之灾

丹青山河卷

落入陷阱

张择端的存在,一直是韩海的一块心病,因为他做了亏心事,担心一旦被张择端知道了,自己将会身败名裂,于是又去找蔡攸,问他为何还不除掉张择端,还要让他画熙丰功臣像。

"家父料定,张择端不会画熙丰功臣像。"

"为什么?"

"在功臣像中,还有家父,你说,以张择端的脾气,他能给家父画像吗?"

"以我对他的了解,他绝对不会画。"

蔡攸阴险地笑道:"只要他敢违抗王命,到时就有好戏看了。"

"原来这是个陷阱呀?"韩海说,"我说上次张择端大闹相府,相爷为何不治他的罪,原来是在等待机会,相爷真是老谋深算啦!"

蔡攸笑道:"一个小小的张择端,弄死他就像踩死一只蚂蚁一样,你就静候佳音吧!"

张择端心情格外烦躁,废纸丢了一地,一张像也没有画出来。

宋徽宗进来,见满地都是废纸,弯腰捡起一张看了看,问道:"怎么回事?这是怎么回事呀?"

张择端站起说:"皇上,臣不懂前朝故事,老是画不好,不画了。"

"不画了?要知道,国画院有多少人争着给朕立这个功呢!"

"臣知道,臣不敢争此功。"

"朕非要让你画不可,你若不画,就是抗旨。"宋徽宗将手中的废画扔到地上,冷哼一声,转身离去。

张择端心灰意冷,在街上信步行走,不知不觉便走到泥人张

第九章 牢狱之灾

的摊位前。泥人张迎上前说:"张公子,你来了,我们接着画画吧!"

张择端没精打采地说:"今天心情不好,不画了。"

"怎么不画了呢?我在家里捏了这么多泥人,都是为你捏的,你要是不要,我卖给谁呀?"

"既然捏了,那我就全要了。"张择端从袖子里掏出银子递给泥人张。

泥人张大喜,收了银子,把摊子上所有的泥人装好,全部给了张择端。

张择端回到孙羊店,将买来的泥人全摆在桌子上,见这些泥人千姿百态,形象逼真,不由得笑了。

店小二上前问道:"公子,你真实诚,让你买,你就买呀!"

"他一个手艺人,也不容易,我既然说了,也就买了,反正圣上赏我的银子,我一时也花不完,来,送你两个。"

"公子,有钱也不能这样花呀!"

"你自己挑吧!"

店小二仔细察看桌子上的泥人,吃惊地说:"哎!你看,这不是海花吗?"

张择端拿起来一看,真的与海花神似。

店小二指点着桌子上的泥人说:"这不是范小姐吗?这不是打鱼的海伯吗?"

张择端拿起店小二说的那两个泥人,范小姐,海伯。

"这泥人张,怎么把我也捏出来了?"店小二对张择端说,"你看看,我,是吧?"

"哎呀!奇才,真是奇才,我得去找他。"张择端说罢,跑了出去。

张择端给泥人张斟一杯酒,说:"来,喝一杯。"

泥人张以为张择端找他是要退货,不好意思地说:"张公子!俺对你说,我们这一行可是有规矩的,不兴退货呀!"

"张大哥,你别害怕,你这泥人是宝,我怎么会退货呢?"

"你不是来退货的?吓死我了。"

"你看,你这些泥人捏得多逼真,活灵活现,难道这不是宝吗?"

泥人张激动地说:"俺捏了大半辈子泥人,还从来没有人说俺捏的泥人是宝呢!"

"你这手艺呀!真是不得了,你看,这小小的泥人,你怎么就捏得像活人一样,这么传神呢?"

"不瞒你说,俺原来捏的也不是这样。"

"原来是什么样的?"

"俺是做小买卖的,捏泥人也只是为了挣口饭吃,随便捏几个泥人,能卖钱就行了,可是久了,总捏那几种样子,就没人买了。俺就试着捏世上的人,看见谁,就捏谁。像不像,不在乎,反正有口饭吃就行。后来捏着捏着,就有人说像,俺也就图个乐,谁要是高兴,俺就给谁捏一个,这也是个乐,你说是吧?"

"你捏了多少人?"

"这就不好说了,一年三百六十五天,天天捏泥人,一天得捏七八个,你算算,俺都捏了三四十年了,你说捏了多少人啦?"

"择端有眼无珠,今天得见大师,三生有幸呀!"张择端说罢,向泥人张揖手行礼。

"张公子,你可不能这样说,俺只是一个做小买卖的,你照顾俺的生意,俺就给你磕头了。"

张择端感叹地说:"真没有想到,民间竟有如此人物。"

"俺算什么人物,只是一个捏泥人的呀!"

第九章 牢狱之灾

"张大哥,我得好好向你请教呀!你捏的泥人,为什么这么传神呢?"

"请教二字,实不敢当。"

"不,不,你一定要跟我说。"

"你非要俺说呀,俺就说两句。这捏泥人啦,光捏得眉眼像还不行,还得把神给传出来,这人啦,光着头,板着脸,这眉目不动,你是看不出他的性情的,可是,只要他一笑,一怒,一悲,一喜,那脸上可就活了。你得抓住他这一点,给他捏出来,他就准能传神啦!"

"你说得真好呀!"

张择端拿着几个泥人,仍然沉迷于泥人张的话语之中,不知不觉已回到孙羊店。

"张择端。"

张择端一惊,抬头见是宫中的太监:"公公,你怎么来了?"

"圣上让你在家中作画,你却到处乱跑,还不赶紧作画。"

张择端看着太监发怒的样子,道:"你现在这个样子,很传神,很传神呀!"

"什么?"宋徽宗说,"他还没有画好?"

小太监说:"张择端生性多动,常在市井中留恋,与那些捏泥人的,说书的混在一起,故画得很慢。"

"他真是没出息,把他给我带进宫,关起来,看他还往哪儿跑。"

"遵旨!"小太监退下了。

宋徽宗看了蔡京一眼,说:"这件事,还得你去办,限他三天之内画完,否则,按抗旨论处。"

"臣遵旨!"

张择端被带进宫,关在画室里作画,然而,他仍然沉醉在泥人张那番创作的激情之中,趁没人的时候,就拿出一个小泥人,仔细研究小泥人传神的仪态。

　　蔡京躲在窗外,将这一切看在眼里,悄悄地去见宋徽宗,请他来画室看张择端作画。

　　宋徽宗进了画室,见墙上挂满了画像,说道:"这不是画得很好吗?"

　　"皇上!"张择端说,"这些人我都没有见过,单凭书上的介绍来画,每个人都长一个样子,没什么意思。"

　　"朕要的就是功臣像,画得端庄、忠厚,就行了。"宋徽宗说,"啊!对了,还有一个人,顺便你也画一下。"

　　"谁呀?"

　　"这个人就在此地,他还活着,你可以现场作画。"

　　张择端说:"只要看见人,这就好办。"

　　"进来!"

　　"陛下!"蔡京应声而入,向张择端说道,"张公子,别来无恙呀!"

　　"是他?"张择端问宋徽宗,接着又问蔡京,"圣上让我画的是你?"

　　"对呀!正是我。"

　　"你也是元丰功臣?"

　　"承蒙夸奖,老夫为国家效力,算不上什么功臣。但是,承蒙圣上厚爱,不得不来呀!"

　　"我决不会给你画像的。"

　　"张择端,这可是圣上让你画的,你敢不画?"

　　"不画,就是不画。"

　　"张爱卿!"宋徽宗命令地说,"画!"

第九章 牢狱之灾

张择端不敢抗旨,只得坐下来给蔡京画像,他是一个倔脾气的人,虽然不敢抗旨,但也决不会屈于蔡京的淫威,便故意把蔡京的像画成了小丑的模样。

"你,你这是……"蔡京终于被激怒了。

宋徽宗看了哈哈大笑,但也觉得张择端对当朝宰相实在很过分,责备地说:"张爱卿,你怎么把老臣画成这副模样呀!"

"在我的心目中,他就是这个样子。"

"张择端,你敢当面冲撞陛下?"蔡京大呼,"来呀,给我拿下。"侍卫冲进来,抓住张择端就朝外走。

"皇上,皇上!"张择端大声呼叫。

蔡京说:"张择端敢当面冲撞皇上,罪该万死,请皇上圣裁。"

蔡京说得不错,作为臣子,如此回答皇上的问话,说他当面冲撞皇上,确实犯了欺君大罪,杀之也不过分。

宋徽宗心中不忍,手一挥:"关起来吧!"

牢狱探监来了三拨人

"那个张择端怎么样了?"宋徽宗边画画边问蔡京。

"陛下,张择端被关进牢中,仍不思悔过。陛下,张择端虽然有才,但是他欺君犯上,这种人如果不除掉,朝中诸臣如群起仿效,将如何掌管啦?"

"这个张择端,他画也得画,不画也得画。朕这次不会轻易放过他。"

"是，陛下圣裁！"

宋徽宗手一挥："去吧！"

"雯儿，你听说了吗？张择端被关起来了。"

范雯心里一直惦念着张择端，得知张择端身陷牢狱之灾，大吃一惊："什么？张择端被关起来了？"

"是呀！"

"爹！爹！"范雯着急地问，"这到底是怎么回事呀？"

海花得知张择端被关进了大牢，在家里失声痛哭。

海生说："听说张公子犯的是欺君之罪，不知道会不会……"

"爹……"海花哭得更伤心。

"这个张公子呀！就是太耿直了，又遇上了蔡京，我看啦，他早晚会被蔡京这个奸贼给害死的。"

海花哭道："爹，怎么办啦？你快想想办法呀！"

"爹只是一个打鱼的，能有什么办法呀？"

海生也是唉声叹气。

海伯从袋子里掏出一点碎银子，递给海生说："我这里有点银子，你拿去买点东西，到大牢里去看看张择端，劝劝他，告诉他，人在屋檐下，不能不低头，先过了这一关，服个软再说嘛！"

"行，我去。"

海花站起来说："我也去。"

"一个姑娘家，你去干什么？"

"爹，我要去嘛！"

"闺女，你就别去了，那是大牢，不会让你进去的，让你哥去吧！"海伯对海生说，"你去吧！"

第九章 牢狱之灾

范恺有些后悔地说:"这么说,我真是误会张公子了。"

"爹,我早就说过,张公子绝不是阿谀奉承之人。"

"没想到,张择端的性格如此刚毅,早知他是这样一个人,我就应该早让他入国画院。"

"爹,你现在说这些有什么用呀!还是想想办法,怎么救张公子吧!"

范恺站起来说:"我这就进宫,面见圣上。"

海生提着食篮来到大牢门口。狱卒大喝:"站住,干什么的?"

"官爷,我来给张公子送吃的。"

"给张公子送吃的呀?"狱卒说,"进去吧!"

海生推门走进大牢,在狱卒的指引下,来到关押张择端的牢房,狱卒打开牢门,海生进了牢房。

张择端见海生前来探监,感动得双目中泪影闪烁,激动地问:"海生,你怎么来了?"

"我来看看你。"海生一边摆菜盘子,一边说,"张公子,你进了宫,没想到却遭了难呀!"

"我就不该进宫。"

"张公子,其实皇上挺喜欢你的,你呀,就不要太任性了。"

"我就是不进宫,也不会给蔡京画像,我和蔡京这辈子就是仇人。他在宫中掌权,我算是好不了。"

"来,先喝一杯吧!"

张择端喝一口酒,问道:"大伯好吗?"

"好,挺好!"

"真怀念跟你们在一起打鱼的日子,在河里撒网捕鱼,在河边写生作画,舒心舒畅啊!也真是的,进什么宫呢?和你们一样当个渔民,不是挺好的吗?"

"张公子，其实，我们大家都很喜欢你，妹妹听说你身陷牢狱，哭得可伤心啦！我爹也老提起你，说你是个厚道人，要不是你是个公子呀……"

"还提什么公子，你看我现在这个样子！"

海生将菜夹放在张择端的碗里说："这道菜是我妹妹亲手做的，你尝尝，多吃一点。"

"你们真是好人啦！"

范恺说："圣上，张择端和蔡京积怨甚深，圣上让他给蔡京作画，这不是让他为难吗？"

"朝中的公事，岂容个人恩怨？"宋徽宗气恼地说，"张择端把朕的元丰功臣画成那个样子，如果人人都像他那样，朕怎么号令天下呀？"

"张择端初次进宫，不明礼数，还望圣上宽待于他。"

"他犯的是欺君之罪，按律当斩，朕不斩他，已经是宽待他了。"

"张择端乃是画界奇才，臣为画多年，像这样有才华的人，还从来没有见过，圣上把他关在牢里，他的才能又怎么能够体现呢？这岂不是抹杀英才吗？"

"朕早就说他是个奇才，你却不以为然，朕想让他进国画院吧，你又从中阻拦，如今，他犯了欺君之罪，朕把他关了起来，你又出来说情，你说，你到底想干什么嘛？"

"当初，臣有不明之处，是臣的不对，如今臣知道了张择端的为人，理应为他说话。"

"那好，你去劝劝他，让他替朕作画，将功补过，这样朕就饶了他。"

"既然他不肯画，劝他也没用啊！"

"他不画谁画呀？你画？"

第九章 牢狱之灾

范恺为难地说:"张择端不画,臣岂能画?再说,给蔡京作画,没道理,不应该呀!"

"照你这么说,是朕的不对了?"

"君有错,可改,臣有罪,可罚,知错改错,才是明君呀!"

"朕看你呀!同张择端是一路货色,总是与朕作对。"

"臣是先朝老人,对圣上是忠心一片。"

"既是忠心一片,嘴巴说得好听,那好,现在就由你亲自来画,就算是将功补过。"

范恺一时语塞。

"怎么?还是不画?"宋徽宗说,"你如果还是顽固不化,就去牢里与张择端做伴吧!"

范恺不敢出声。

宋徽宗冷冷地说:"三天之内,拿画来见朕,去吧!"

范雯带着秋菊,提着食盒,进了张择端的牢房,张择端先是一惊,然后转过身子,不加理睬。

范雯道:"张公子,我爹听说你被关在牢中,特嘱我前来探望。"

张择端冷冷地说:"我张择端乃无名小卒,何劳范老先生挂齿。"

"张公子,有些事,你误会了。"

"我有什么误会的?"张择端说,"范老先生不是看不上我吗?看不上我的人,看不上我的画。我诚心诚意地去拜师求学,他不是说我的画不守规矩,不收我吗?还有,圣上让我进国画院,他不是怀疑我的人品吗?我的人品是什么样?现在,范恺该知道了吧!"

范雯愣在当场,不知说什么好。

"说实话,现在他就是让我去国画院,我也不去了,我受不了这份气。"

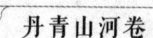

"你都说完了吗?"范雯放下食盒,一边取出里面的酒菜,一边说,"张公子,你是误会了,我爹当初要收的可是你呀!"

"我?"张择端大吃一惊。

"对!"范雯说,"当初,你们送去两幅画……"

恰好此时一阵奸笑声传来,笑声未落,蔡攸进来了:"哟,范小姐也在这儿呀?真没想到,哎呀,还带来这么多好吃的?"

范雯冷眼相对,一言未发。

"看来范小姐与张公子的交情不浅呀!"

范雯冷哼一声,说:"张公子,我先回去了,改天再来看你。"

"哎!"蔡攸奸笑道,"范小姐,不再坐会儿?"

范雯冷哼一声,出了牢门,秋菊提起空食盒,跟着走了。

连环陷阱

"张公子。"蔡攸问道,"怎么样,在这里过得挺好吧?"

张择端冷着脸不说话。

"我早就跟你说过了,和我们作对,没有好下场,可你偏不听,现在怎么样?不是到牢里来了吗?连皇上也保不了你呀!"

张择端还是不理睬。

"怎么?你还不服呀?"蔡攸说,"你都死到临头了,现在,摆在你面前的有两条路可走,一是乖乖地给我父亲画画,投靠我父亲,这样,你在朝中就可平步青云,这是一条生路。"

"我若如此,岂不被天下人耻笑吗!"

第九章 牢狱之灾

"那剩下的,就是死路一条了。"

张择端怒斥道:"就算我今生不走运,碰上了你们父子这两个混蛋,要杀要砍,随便吧!"

"你……"

"怎么了,你不敢吧?连皇上都不杀我,你要杀我,怎么向皇上交待?"

蔡攸冷笑道:"好,你就在这里等死吧!"

"爹!"范雯快哭了。

"雯儿,你给我准备些衣服,我去牢里和张择端做伴。"

范雯着急地说:"爹!你都这一大把年纪了,怎么受得了牢狱之苦呀!你就别去了。"

"难道你叫爹去给蔡京奸臣画像,让世人唾骂吗?去,快去呀!"

范雯无奈,只得拿来父亲要换洗的衣裳,凄声叫道:"爹……"

"雯儿,君命难违呀!为父是朝中大臣,违抗君命,不能不罚呀!"

"爹!"范雯跪下哭着说,"你不能去。"

"爹去牢中不怕什么,可将你一人留在家中,无人照顾,我实在是放心不下呀!"

韩海站在一旁,将这一切都看在眼里,眼珠子滴溜溜地一转,便有了主意。

韩海来到宰相府找蔡攸,表示愿意给蔡京画像。

"什么?"蔡攸问,"你想给家父画像?"

"是!"

蔡攸冷笑道:"画功臣像,乃是圣上钦点的人,你去画,圣上能答应吗？再说，你有这个本事吗？"

"你不是说，这件事由蔡大人亲自办理吗？"

蔡攸看了韩海一眼，没有说话。

"蔡公子！"韩海献媚地说，"这可是我为蔡大人办事的最好机会呀！"

"好了，好了，这件事我作不了主，要和父亲好好商量一下，看他老人家的意见如何。"

"还要请公子多多成全。"韩海又说，"道明还有一事相求。"

"什么事？"

"范恺不为蔡大人画画，该当何罪？"

"这个老儿，多次和家父作对，这一次，决饶不了他。你不是要替范恺求情的吧？"

"不不不，绝对不是。"韩海说，"我是想公子给蔡大人说，重重地办他。"

"你这是何意呀？"

"这样不是可以显示出，我给蔡大人画像是出于无奈吗？"

"啊！"蔡攸笑道，"你果然有心机呀！如此一来，你既卖了家父的好，又卖了范恺的好，一举两得呀！"

"还望公子送我这个人情。"

"这件事我就答应了。"蔡攸大笑，问道，"你是不是看上了范恺的女儿范雯呀？"

"范雯是范恺的掌上明珠，他怎么能轻易地把她嫁给我呢？"

"你不用费心了，范雯看上张择端了，昨天，她还到牢里去探望他呢！"

"真的吗？"

"那个张择端活不了几天了，不过，你想得到那个范雯，没那么容易，本公子也看上她了。"

第九章 牢狱之灾

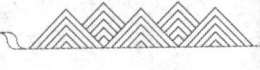

"公子说笑话了。"韩海说,"公子乃名门之后,怎么会跟我去争一个画师的女儿呢!是不是?"

两人大笑。

眼看三天的期限到了,范恺那里还是没有动静,宋徽宗询问太监,范恺的画送来了没有。

太监道:"启禀圣上,三日期限已过,范恺没有来,他传出话来,说宁愿坐牢,也不作画。"

"什么?"

蔡京道:"这范恺竟敢如此顶撞皇上,实在是太狂妄了,要不加以严办的话,恐怕……"

宋徽宗瞪了蔡京一眼。

蔡京挑拨地说:"范恺带头与圣上作对,今后,圣上的话,谁还听呀?如此固执,留他还有何用。"

"那以你的意见呢?"

"臣以为,范恺犯上作乱,应以奸党论处,发配边关。"

宋徽宗想了想,手一挥,默许了蔡京的建议。

太监手拿圣旨,带兵到了正学府,正学府顿时乱作一团。

"范恺接旨!"

"臣接旨!"范恺跪接。

"查范恺勾结奸党,抗旨不遵,拒画大宋功臣像,罪责难赦,特命发配边关,永不录用。钦此。"

"什么?"范恺惊呆了,"圣上让我去边关?"

"范恺接旨。"

范恺呆了。

太监大喝:"范恺,还不谢恩?"

"臣范恺谢主隆恩！"

"范恺，圣旨已下，随我们走吧！"

"怎么？"范雯惊问，"现在就走？"

"皇上有命，即刻起程。"

"爹！"范雯哭了起来。

"带走！"

兵丁上前，架着范恺就往外走，范雯、秋菊哭成一团。

"慢！"韩海手拿一个画轴，从屋内跑出来。

"你是谁呀？"太监问。

"大人请看，这是什么？"韩海打开手中的画轴，上面居然是蔡京的画像，"请大人转禀圣上，元丰功臣像已经画好了！"

范雯一向看不起韩海，见他及时献出自己画的蔡京像，为爹爹解了围，不由对他生出一些好感。

韩海献画，既讨好了蔡京，又赢得美人心，一箭双雕。

"师傅，是弟子不好，是弟子不好，惹师傅生气。"韩海跪在床前，冲着躺在床上的范恺说，"请师傅处罚弟子吧！"

范雯扶起父亲，看着韩海。

范恺气喘吁吁地说："你怎么能背着我，给蔡京画像？你让我今后还怎么做人呀？我怎么去做人啦！"

"恩师，弟子实在是不得已才画了这幅画，弟子进入师门，师傅待弟子恩重如山，弟子怎能不思图报，怎能忍心眼看恩师发配边关，饱受凌辱？弟子怎么能眼看小姐孤身一人，无依无靠？为救恩师，弟子纵然是赴汤蹈火，也在所不惜，担着天下的骂名。如果弟子这么做，辱没了恩师的名声，弟子宁可被逐出师门，以保全师傅的名节。"

"道明！"范恺似乎被韩海的言语感动了，"你何出此言啦！

第九章 牢狱之灾

是师傅不好,是师傅不好呀!"

"师傅,师傅!"韩海拜倒在地。

"也难为你了,你起来吧!"

韩海跪地不起,痛哭失声。

"道明兄,起来吧!"范雯上前,温柔地说。

蔡京大笑:"这个韩海,可真是渔翁得利呀!既在范恺面前卖了好,还揽到了一个讨圣上喜欢的差事,只是便宜了那个范恺。"

"爹!"蔡攸问,"那个张择端怎么办?"

"圣上只是说想关他,可没说想杀他,圣上还想让他画画。"

"画画?"蔡攸道,"爹,这怎么行呀?"

"这只是圣上的意思。"蔡京阴险地说,"可杀不杀张择端,那就不是圣上说了算。"

"爹的意思是……"

"张择端妄自尊大,不肯为我所用,在众大臣面前丢了我的脸,我岂能饶得了他?"

"张择端现在关在牢中,我们正好下手。要不,我明天买通狱卒,在牢中干掉他。"

"你这是下策,张择端死在牢中,圣上不追查吗?"

"那怎么办?"

"要想杀他,就要想办法让他犯上死罪。记得大宋法典上有这么一条,凡狱中的罪犯若擅自逃跑,格杀勿论。"蔡京说,"你就不能动动脑子,想一个办法,让张择端自己逃跑吗?"

"逃?"

"他要是逃了,就是犯下了死罪,到时,你想办法将他捕杀,圣上也无话可说了。"

"爹,还是你想得周到呀!"

丹青山河卷

"不要以为为父大权在握，你们就可以为所欲为了，朝中不知有多少人都睁着眼睛盯着我们，万事都要做得天衣无缝，不要留下把柄，否则，就要翻船的。"

"爹，孩儿记住了。"

第十章

死里逃生

逃亡路上

狱卒王能和李三给张择端送来了酒菜。

李三一边摆菜盘子,一边小声说:"张择端,你就吃这最后一顿饭吧!免得做个饿死鬼。"

"什么?皇上真要杀我吗?"张择端吃惊地问。

王能埋怨说:"你看看,叫你不要说,你偏要说,看把他吓成这个样子了,真是的。"

"那我也不能骗他吧!牢狱的送行酒都送来了。"李三拍拍张择端的肩膀说,"这是我们的规矩,凡是要走的犯人,都有酒喝,不做饿死鬼。"

"对,对。"王能端起酒杯说,"喝吧!"

张择端接过酒杯,一饮而尽,然后将酒杯扔在地上,摔得粉碎,哭道:"为什么要杀我?"

王能、李三分两边拉住张择端的手说:"公子请坐,你可能是有冤,可我们哥俩是当差的,管不了这些,你到了阴曹地府,可别怪我们哥俩。"

李三也说:"对,可别怪我们哥俩。"

"没有想到,我张择端竟然落得如此下场,家中的老母亲,盼我来京,博取一个好前程,不想却客死他乡。为什么要杀我?为什么要杀我?"

王能说:"这样吧!我们哥俩陪你喝,免得这好酒好菜糟蹋了,是不是?"

海花提着食篮,哀求狱卒放她进去给张择端送饭,遭到狱卒的拒绝。

第十章 死里逃生

蔡攸带着络腮胡子过来,把狱卒叫到一边去。海花见过蔡攸,见蔡攸鬼鬼祟祟的样子,觉得有些可疑,悄悄跟了上去。

蔡攸一边走一边对狱卒威胁说:"你老老实实听我吩咐,要不然,我就杀了你。"

"是!是!"狱卒不住点头。

蔡攸来到拐角处,那里蹲着两名士兵。蔡攸吩咐说:"只要张择端从牢里出来,就地正法。"

"他真的会出来吧?"士兵不相信这是真的。

蔡攸说:"放心,我已经给他设好了圈套,他一定会往里钻,你们只要听到喊声,就上前抓住他,立即杀掉他。"

海花听到这些话后,悄悄溜走了。

张择端躺在木板床上,暗自流泪。

王能与李三在张择端的牢门外饮酒,王能故意对李三说:"兄弟,别喝了,要是喝醉了,犯人跑了怎么办?"

"放心,我醉不了,喝,再喝。"

"兄弟,还是少喝点吧!你忘了吗?前几个月,不是因为当差的喝醉了酒,让死囚犯跑了吗?到现在也没找着。"

"没事,他不是睡着了吗?"

王能和李三二人继续喝酒,喝着,喝着,都醉了,伏在桌子上睡着了。

海花带着海伯、海生,趁天黑摸到大牢外,躲藏在黑暗处。

张择端悄悄地爬起来,轻手轻脚地出了牢房,王能眯眼看得清清楚楚,故意装醉睡着了。

张择端走出牢房,一路上没有遇到任何阻拦,顺利地走出大牢,

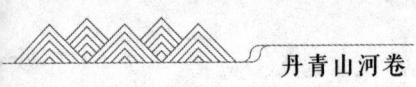

刚出大门,海伯从暗处跑出来,一把将张择端拉到一边,伸手捂住他的嘴,轻声说:"别出声,是我。"

张择端见是海伯一家三口,不知发生了什么事,睁大了眼睛。这时,海生突然冲了出去,张择端正要喊,海花一把捂住他的嘴,不让他出声。随后将张择端拉走了。

狱卒从牢里跑出来了,大叫:"犯人跑了,犯人跑了。"

海生在前面跑,两个士兵在后面追。蔡攸骑着马,带人追了上来,冲士兵大喊:"你们听着,把守好城门,不许任何人出去。"

"怎么办?"海伯说,"我们出不了城,还是去范府躲躲吧!"

"不能去范府。"张择端说。

"没时间了,走吧!"海伯和海花不由分说,拉着张择端就走。

海生一直向前跑,跑到了汴河边。

"张择端!"蔡攸大叫,"我看你还往哪儿跑。"

海生站住了,回头看着蔡攸。

"怎么又是你?"蔡攸大吃一惊。

"你以为是谁呀?"海生大笑。

"杀了他,杀了他。"蔡攸声嘶力竭地大喊。

海生紧跑几步,纵身跳进河里,潜水走了。

"什么?"范府管家刘四说,"让我们家窝藏一个逃犯,不行,不行。"

海伯哀求地说:"管家,你就做做好事吧!"

秋菊听到吵闹声,出门察看,见到眼前一幕,回头叫道:"小姐,你快来!"

范雯出来了,见管家还在那里阻拦,对秋菊说:"菊儿,备轿。"

第十章 死里逃生

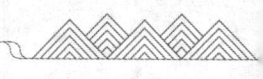

范府的轿子出门了，秋菊跟在轿后，一路向城门走去。

"站住，你们是干什么的？"守城门的士兵拦住去路。

秋菊回答："我们是正学府的。"

"有事吗？"范雯拨开轿帘问。

"啊！是小姐！"士兵拱手道，"请小姐过吧！"

轿夫抬着轿子，大摇大摆地出了城门。转过一道弯，脱离了士兵的视线后，一阵疾走，到了郊外。范雯先下轿，四处察看之后，秋菊拉开轿帘，说："张公子，出来吧！"

张择端从轿子里下来，范雯拉着张择端说："张公子，已经出城了，你快走吧！"

张择端看着范雯，突然跪谢："多谢小姐搭救之恩。"

"你快起来。"范雯连忙揽起张择端。

张择端看着范雯，有很多话想说，又不知从何说起，只是说："小姐，择端被奸臣所害，不得不返回家乡，小姐的救命之恩，择端永生不忘，定当后报。"

"快不要说这些了，多亏了海花他们，能救你出来，也是我心中所愿。"

"范小姐，我……我……"

突然，远处传来了喊叫声。

"你快走吧！"范雯催促地说。

"没想到，我张择端满怀壮志而来，却这样离开京城。"张择端说罢，转身就走。

"慢！"范雯从怀里掏出张择端落下的毛笔，说，"张公子，这是你的笔，我早就想还给你。"

张择端接过笔，看了看，又递给范雯，说："小姐如果不嫌弃的话，就留下作个纪念吧！后会有期。"

叫声越来越近，张择端说一声："后会有期。"然后拔腿就跑。

"爹！"蔡攸说，"实在是不知道，张择端是怎么逃走的。"

蔡京大骂："你这个蠢材，怎么让他跑了？"

"爹，真的不知道是怎么回事呀！城里城外都搜了个遍，就是不见人影，还是让他跑了。"

"跑了也好。"蔡京说，"省得他总是在城里捣乱。"

张择端一路逃亡，不敢走大路，因为他身上穿着囚衣，为了避开行人，只能在树林里躲躲藏藏。天都黑了，他饥肠辘辘，实在是走不动了，见前面树林里有一堆篝火，有几个人围在篝火旁，边聊边吃东西。张择端躲在树林里看了半天，觉得他们不像坏人，悄悄地钻出来，哀求道："几位大哥，帮帮我。"

"谁？"

"大哥，帮帮我。"

篝火旁一个人站起来了，看了张择端一眼，惊叫道："这不是张择端张公子吗？"

"你是……"张择端一时想不起来在哪里见过眼前这个人。

"我是龙泰呀！"

张择端终于想起来了，眼前这个人就是自己刚来京城时，在路上遇到的驴车队的龙泰，惊喜地说："龙大哥？怎么在这里遇到你了？"

"来来来，快坐下，你这是怎么了？怎么这身打扮？"

"别提了。"

龙泰扶张择端到篝火边坐下，拿一个大馒头递给他，说："快吃，快吃，饿坏了吧！"

张择端接过馒头，狼吞虎咽地吃了起来，龙泰端一碗水递过去，说："慢点吃，慢点吃，喝口水。"

第十章 死里逃生

"没想到呀，你进宫后，他们把你害成这个样子，你也是命大，竟然逃出来了。"龙泰关心地问，"你准备到哪儿去呀？"

"我能到哪儿去？穿着这身囚服，别人一看，就知道我是跑出来的逃犯。"

"这个好办。"龙泰拿出一包衣服递给张择端，"我这有一套衣服，你拿去换了，里面的银子，你也拿去用。"

"龙大哥，我真不知道该怎么感谢你。"

"咱哥俩说这话，就见外了。"龙泰递一块烤肉给张择端，问道，"张公子，你有什么打算？准备到哪里去？"

"京城我是回不去了，只能回山东老家，没想到我落到这个地步，这世道怎么就容不下我呢？"

"张公子，你呀！也别生气，退一步，海阔天空，你先回老家去避一避也好。蔡京在京城的势力太大，你要是回京城，等于是自投罗网。"

"他们不容我，这也没什么，我回老家去，照样画我的画，过清清闲闲的日子。"

"这就对了。"龙泰再拿一个馒头给张择端，"来，吃，吃，慢慢吃。"

"我饿坏了。"张择端大口大口地吃着。

"慢点吃，慢点吃。"

第二天，张择端要上路了，龙泰也要走了，临别时，张择端说："龙大哥，我真不知该怎样感谢你才好！"

"我们兄弟，就不说这些了，以后，说不定还会有见面的时候呢！"

"多保重，多保重。"

祸国殃民的花石纲

宋徽宗是一位天才的艺术家,当藩王时便喜欢读书绘画、古器山石,登基之后,仍然是乐此不疲,摩挲周鼎商彝、秦砖汉瓦,以显示自己是一位儒雅天子。

蔡京投其所好,在苏州设置应奉局,搜集民间的奇花异石,劫往京城,供宋徽宗赏玩。这种运送花石的船队,号为花石纲。大批的奇花异石,从江南运往京城,路程遥远,运量巨大,车载船装,引发了一场震动全国、祸国殃民的大规模的采办、运送花石纲的运动。逃难的张择端,不幸陷入这场灾难之中。

张择端告别龙泰之后,找一根木棍当拐杖,朝山东老家的方向艰难地行走。

这一天,中午时分,张择端又累又饿,在路边树下找了块石头坐下来,从包袱里掏出干粮,狼吞虎咽地吃了起来。

"站住,站住,别跑。"突然,大道上传来阵阵叫喊声。

一群又一群人,拼命向前奔跑。一位老者经过树下,见张择端还坐在树下吃干粮,停下脚步,大声说:"你这人还在这里吃东西,官兵在抓民夫,还不快跑。"老者说罢,逃走了。

张择端手里抓着半个馒头,紧张地前后张望,不知发生了什么事,后来见从身边逃跑的人越来越多,慌忙起身躲进树林里,慌乱之间,连包袱掉在树下也来不及拿走。

几位官兵发现了躲藏在树林里的张择端,围上来,抓住了张择端。

"我是过路的,你们为什么要抓我?"张择端拼命地挣扎。

"我们就是抓过路的,走!"一个落难书生,就这样阴错阳差地被官兵抓去当了民夫。

第十章 死里逃生

大道上，运送奇花异石的车队，排成了长龙，前不见头，后不见尾，有的是人抬，有的是肩挑，有的是推着独轮车，马拉，人拉，人推，人们喊着号子，艰难地前行。

一个押运花石纲的官兵头目，骑在马上大叫："你们都听着，我们这是皇差，给皇上送贡品，你们都给我小心点，快点走。"

官兵们手拿鞭子，不停地抽打着推车的民夫。

张择端夹在车队之中，肩背一根绳子，拉着装满石头的车子，艰难地行走，脚步稍慢，官兵便赶上来抽一鞭子，文弱的书生，哪里干过如此重的体力活，哪里吃过这种苦头。

车队停下来了，民夫们排长队，领取一碗米粥，一个窝头，各自找地方坐下吃了起来。

张择端筋疲力尽，手撑着腰，一跛一跛地走到车旁，靠着车轮坐在地上，不停地喘着粗气。

一位老民夫一手拿着窝头，端着碗过来了，见张择端靠在车轮上喘气，关心地说："我说这位兄弟呀！你吃东西呀！"

"我不吃，我不吃。"张择端气喘吁吁，说不出话来。

"吃一点吧！干这样重的活，不吃点东西，你会累死的。"老民夫将一个窝头塞进张择端的手里。

"这位兄弟挺可怜的，一个文弱书生，怎么干得了这样的重活啊！"

民夫们也边吃边闲聊起来。

一位民夫说："皇上要这些东西干什么呀？"

"修皇宫呀！"

"修皇宫哪要这些破石头？人家要的是汉白玉，琉璃瓦，楠木，那才是好东西嘛。"

"你去过皇宫吗？你去过皇宫吗？好像什么都知道似的。"

张择端有气无力地说:"皇上要这些石头,是因为他喜欢这些石头,是拿来看的。"

"拿来看的?这样的破石头,有什么看头?胡说八道,真是个疯子吧!"

"你们没看见吗?"张择端顺手从车上取下一块石头,说,"这石头上有花纹,皇上要照着这上面的花纹画画。"

"瞎说,皇上怎么会拿这样的石头画画呢?大老远送去,就为了画画?"

"你们不知道呀!"

"我们不知道,你知道呀?"

"我见过皇上。"

"你见过皇上?吹吧,吹吧,反正吹牛也不犯法。皇上长的什么样?真是一个疯子呀!"

"是,我就是一个疯子。"

老民夫问道:"兄弟是个读书人吧?"

"是,我是个读书人。"

老民夫笑道:"读书人就是疯疯癫癫的。"

众人一阵大笑。

吃完饭,运花石纲的队伍继续前行,一名官兵见张择端走得慢,跟在身边像赶牛一样,不停地甩鞭抽打。

一位民夫实在走不动了,摔倒在地,官兵上前,鞭子雨点般落在那位民夫身上。张择端上前欲保护那位民夫,被官兵推倒在地,鞭子也雨点般落在张择端的身上。

"别打,别打。"张择端痛得在地上直打滚。

官兵们还嫌不够,又将张择端拉到树上捆起来,左一鞭,右一鞭,将张择端打得遍体鳞伤,张择端痛得晕厥过去。

"给我打,给我往死里打。"骑马的小头目过来怒吼。

第十章 死里逃生

"别打他,别打他,他是进过宫,见过皇上的人。"老民夫拉着小头目的马缰绳,不住地哀求。

"他见过皇上?"

"是呀!"老民夫说,"他知道这些石头是做什么用的。"

"好了!"骑马小头目手一挥,"把他扔掉算了。"

运石头的车队继续前行,一位年轻的民夫趁官兵不注意,偷偷溜出车队,解开捆绑在张择端身上的绳子,随即迅速回到队伍中,推着车子走了。

张择端没有了绳索的捆绑,整个身体歪倒在树下。

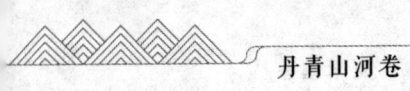

深山奇遇

一位白发老翁,手拄着龙头拐杖,行走在山道上,突然发现一个遍体鳞伤的人躺在路边树下,老翁上前伸手试了试鼻息,发现是个活人,立即蹲下身子,背着这个人返回山中古刹。

老翁端着煎好的药,来到房间,见躺在床上的人睁开了眼睛,上前将他扶起来,说:"来,小伙子,喝药。"

"我这是在哪儿?"

"你一个人躺在路边,是我把你给背回来的,这里是老朽的寒舍。你伤得这么重,得躺几天啦!"

"他……他们呢?"

"谁呀?"

"运石头的民夫。"

"我在路边,只见到你一个人,没有见到什么民夫,是谁把你打成这个样子的?"

"官兵。"

"官兵?"老翁说,"来,你躺下再说。"老翁叹道,"真是作孽呀!花石纲让百姓吃了这么多苦,怪不得有人要揭竿而起,起兵造反了。"

"老人家,你是什么人?为何在此隐居?"

"我是山中的一个老朽,谈不上什么隐居。"

"我看你不像是一个山民。"

"别说了。"老翁说,"小伙子,你想吃什么,我去给你做。"

"麻烦你了,老人家。"

"别客气,相见就是缘分啦!"老翁说,"你先歇着吧!"

张择端靠在床头上,突然发现屋里四周墙上挂着几幅画轴,

第十章 死里逃生

又见桌子上还有一幅没有完成的绘画,艰难地下床,走到桌子边,看那幅尚未完成的绘画,然后走到挂在墙上的画轴旁,仔细地察看起来,越看越吃惊,觉得这位老翁不是一般的人。

老翁端着饭菜进来了。

"这些画是你画的吗?"

"嗯!"

"你是宫中的画师?"

老翁没有正面回答,淡淡地说:"随便涂抹。"

"这些画用笔规整,疏密有序,深得绘画之道,非高手不得为之呀!所以我猜,你是……"

老翁打断张择端的话头说:"你快坐下吧!坐下吃饭。"

两人边吃饭边聊:"小伙子,你很懂得绘画?"

"不能说懂,只是略知一二。"

"那你怎么知道宫中有画师之事?"

"当今天子,酷爱绘画,还在宫中设有国画院,这事天下谁人不知呀!所以,我猜你是宫中的画师。"

老翁不置可否,微微一笑说:"快吃吧!"

"你要真是宫中的画师,我还认识一两个人呢!"

"是吗?"老翁还是淡淡地问,"你认识谁?"

"范恺,范老先生。"

老翁放下左手的碗,颇为吃惊地问:"你认识范恺?"

"是呀!原来,我还想拜他为师。"

"那,你是范恺的徒弟?"

"不,不是,他没有收我。"

"啊……"

"你也认识范恺吧?"

"只是神交已久啊!"

"真的？怪不得，你的画画得那么好！原来，你和范恺，范老先生是朋友。我见过他的画和你的画，的确有些相似呀！"

"你见过他的什么画？"

"我见过他画的元祐贤臣图。"

"元祐贤臣图？那画是在宫里的，你怎么会见到的？"

"实不相瞒，我就是在宫里见到的。"

"这些画，连宫里的大臣都极难见到，你是怎么见到的？"

"是圣上让我看的。"

老翁放下右手的筷子，吃惊地问："请问先生，尊姓大名？"

"不敢，不敢，我姓张，叫张择端。"

"张择端？"老翁问，"你就是皇上昭示天下，要找的那个山东画师张择端？"

"是，是我呀！"

"哎呀！"老翁激动地说，"老朽真是、真是失礼了，失礼了。"

"老先生，你过谦了。"张择端说，"请问，你是……"

"老朽姓郑，名侠。"

"郑侠？"张择端站起来，"你、你、你就是当年给神宗皇帝献《流民图》的那个郑侠吗？"

"正是老朽。"

"万万没有想到，我竟得到了郑侠老前辈的相救呀！"张择端跪下向郑侠行大礼，"三生有幸，三生有幸呀！"

"使不得，使不得。"郑侠连忙将跪在地上的张择端扶起来，"年轻人，老朽三生有幸啊！没想到，我救下的乃是当代画坛奇才。"

两人哈哈大笑。

"快坐，快坐！"郑侠拉张择端起来，重新坐下，说，"喝粥，喝粥吧！"

第十章 死里逃生

郑侠与张择端成了忘年交,关心地问张择端以后有何打算。

张择端无奈地说:"我还能怎么样,京城是待不下去了,还是回山东老家,像先生一样,隐居山林吧!"

郑侠想了想说:"走,我带你看一样东西。"

郑侠将张择端带到自己的画室,指着铺在桌子上当年自己画的《流民图》说:"择端,你看,熙宁六年,国遭大旱,民不聊生,灾民四处逃难,悲声不绝于耳,而贪官却隐情拒不上报,我见此情,便画了这张《流民图》献给圣上,请圣上体察民情,开仓赈灾。"

张择端看到《流民图》展现的场景,十分震惊。

郑侠继续说:"圣上看了《流民图》,果然动了恻隐之心,号令各地官府放粮救民,那时,全国百姓无不欢呼雀跃,上天也开了眼,大降甘雨,干旱的农田也得到了缓解,朝廷内外,无不欢声一片。"

"真没有想到,一幅画,竟有如此大的力量。"

"这非老朽之功,是圣上体察民情,救百姓于水火呀!"

"你这幅画画得真是太好了,就是铁石心肠的人,看了这幅画,也要动心啦!"

"我不过是将我眼中见到的,如实地画下来罢了,就此画而论,其实并无称道之处,但画的作用,非仅在观赏,有时,它可醒人心,明人目,启人智。为画者,如不将天下苍生叙于笔端,而仅自娱其乐,沉湎在笔墨情趣之间,生逢乱世,于天下苍生又有何用呀?"

张择端听罢,激动地向郑侠一揖到地,说:"前辈胸怀,择端自愧不如。"

"你为何不将平生所学,献给国家,献给天下苍生。"郑侠说,"择端,你说你要回乡,老死山林,那么,老朽就枉救你一场了。"

张择端惊呆了。

"你为何不将你看到的运石惨景,绘制成图,献给圣上,以救万民之苦呢！"

"我……"

"老朽是盼着你为天下万民做一点事呀！"

一语惊醒梦中人，张择端跪下了说："择端辜负了前辈的期望。"

郑侠给张择端送行，语重心长地说："择端啦！老朽就等着你的消息了，回去以后，快将此图绘出来，献给圣上。"

"嗯！"张择端点头应承。

"任重道远，多多保重呀！"郑侠将包裹递给张择端。

张择端接过包裹，背在肩上，与郑侠拱手相别："多谢前辈指点。"

"路上小心啦！"

张择端告别郑侠，冒死返回京师。

第十一章 潜回京城

画运石图

张择端带着郑侠写给范恺的信,返回东京,连夜敲开了正学府的门。

"谁呀?"管家刘四打开门,探头询问。

"送信的。"张择端将一封信塞进刘四的手里。刘四接信后,关上门,进府去了。

范恺手拿信笺,激动地说:"他、他、他怎么来了?他,他在哪儿?"

"爹!"范雯问道,"谁呀?"

"张择端!"

刘四埋怨道:"他逃走了,怎么又回来了?"

"快!"范恺说,"快请他进来。"

"老爷!"刘四说,"他是朝廷通缉的在逃犯啦!"

"他带来了我老朋友郑侠的书信,我能不见他吗?"

"爹!"范雯高兴地说,"我去请他进来。"

范雯打开门,四处张望,见到张择端,激动地叫道:"张……张公子!"

"小姐!"

"快,快进来。"范雯一把将张择端拉进府。

刘四一边关门,一边摇头。

张择端连饮三杯茶,这才开口说话:"我这次回到京城,就是要把我看到的情景画成图,像当年郑侠一样,献给圣上。"

"哎!"范恺叹气说,"真没有想到呀,民间竟然如此疾苦,可蔡京他们却对圣上说,天下太平,民富国康呀!"

第十一章 潜回京城

"圣上受了蔡京的蒙骗,我要想办法见到圣上。"

"哎呀!"范雯关心地说,"你走了之后,京城追查了数日,你现在进宫,恐怕是凶多吉少呀!"

"这样吧!"范恺说,"你先在我府中住下来,安安心心地把画画好,然后,咱们一起想办法。"

"这……"张择端有些犹豫,他怕连累了范恺。

"怎么,还记恨我吗?"

张择端拱手道:"我还是逃犯,留在这里,恐怕会连累了范老先生。"

"没人知道这件事,你就放心吧!"

"那我就恭敬不如从命了!"

范雯高兴地笑了。

"多谢范老先生。"张择端问,"道明呢?"

范恺回答:"他在宫里给圣上画画。"

"在宫里画画?"

"就是画那些功臣图呀!"

范雯在梳妆镜前精心打扮,秋菊打趣地说:"小姐,你今天真好看,打扮给谁看呀?"

"就你贫嘴。"范雯瞪了秋菊一眼。

"小姐,张公子回来了,这一次,你又有机会了。"

"我有什么机会?"

"你看你。"秋菊说,"还瞒我?你的心思,我还不知道吗?"

"我能有什么心思?"

"真的没有?"

"不许瞎说。"

"小姐,我看这个张公子,人挺不错,长得又好,才华横溢,以前，我还真发愁呢！"

"你发愁什么？"

"我愁你呀！"

"愁我？"

"愁你，找不到一个如意郎君。"

"你这个小妮子，看我怎么收拾你。"两人在闺房里嬉闹起来，笑声不断。

秋菊笑道："你再打我，我就不帮你忙了。"

"你帮我什么忙？"

"真是过河拆桥，你忘了，是谁帮你把张公子救出来的？"秋菊撒娇地说，"真是的，才多长时间，就把人家给忘了。"

"好妹妹，别闹了，别闹了，好吗？"

"小姐，要不，我去帮你打听打听。"

"打听什么？"

"打听人家在老家有没有家室呀！别我们忙了半天，人家在老家有老婆，咱可成了剃头担子，一头热了。"

"你……"范雯装作要打秋菊的样子，秋菊笑着跑了。

秋菊来到画室，见张择端正在专心致志地画画，倒一杯茶送过去，放在桌子上，叫道："张公子。"

张择端头也不抬，哼一声，仍然低头作画。秋菊靠近张择端，张择端似乎有些不高兴，问道："有事吗？"

秋菊一愣，低声说："没有。"看了张择端一眼，悄然离开。

张择端烦躁地站起来，走出画室，在院子里来回踱步，时而眺望远方，时而低头苦思——被抓的民夫，车载、人背、搬运花石的队伍，官兵毒打民夫的镜头，一幕一幕地在眼前展现。

秋菊领着范雯过来了，悄声说："我也不知道怎么回事，

第十一章 潜回京城

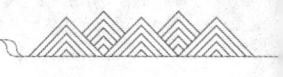

看他满脸不高兴的样子,也不敢问。"

范雯问:"发生了什么事吗?"

"不知道,你去看吧!"

范雯见张择端一个人站在假山旁发愣,近前问道:"张公子,你怎么了?"

"没,没什么!"

"你的画,画得怎么样了?"

"还没有画好,已经画了三幅,可总感觉还没有画完,还有很多场景没有画进去。"

范雯问道:"能不能让我看一看?"

"好,走!"

张择端回到桌边坐下,铺开画说:"你看!"

范雯看到张择端画的运石图,惊叫:"怎么是这样?怎么会是这样?"范雯指着画中捆绑在树上之人说,"这是谁?"

张择端眼泪在眼中打转,看着范雯说:"我!"

张择端拉开上衣,露出胸前的鞭痕说:"你看,这就是他们用皮鞭抽打的伤疤,要不是那个老民夫替我求情,他们会把我打死的。"

范雯痛心地说:"怎么会是这样?怎么会是这样?"

张择端站起来说:"郑老先生说得对,画,不仅医人,也可治世,为画者,如果不将天下苍生记于笔端,那,画画对百姓又有何用呢?这是我为百姓作的第一幅画,我一定要把它画好。"

张择端坐下来,重新作画。

"你一定能画好的,一定能画好的。"范雯说,"来,我给你磨墨。"

范雯磨墨，张择端作画，范雯不时提些参考意见。后来，干脆由范雯执笔，张择端绘声绘色，讲述当时的情景：

"有一个老者病倒了，摔倒在路上，官兵上去就是拳打脚踢，我过去和他们理论，他们就把我绑在树上，无情地鞭打，任凭我绝望地号叫，他们没有丝毫的怜悯，我终于被他们打晕了。在运送花石的路上，不知洒下了多少百姓的血和泪，民夫们奋力地扛呀！推呀！拉呀！但是，官兵们的皮鞭，仍然像雨点一样，落在他们的身上，他们苦苦地哀求，可是，求天天不应，求地地不灵，皮鞭依然乱飞。"

张择端指着画说："你看看这，你再看看这，那一块块石头上的花纹，分明就是百姓身上的鲜血呀！"

范雯根据张择端的指点，做了一些修补。一幅活灵活现的《运石图》，经两人的合力，终于完成了。

求李师师给皇上送画

宋徽宗在宫里欣赏各地进贡的奇珍异宝。

蔡京进来了，开口就说："托圣上的洪福，江南又发现了几块奇妙的巨石，不但形状奇特，而且石上的花纹也是千姿百态，变化多端啦！"

"是吗？"

"臣已命人迅速运到京城，不日就可运到。"

"啊！太好了！太好了！"宋徽宗忽然问道，"不过，如

第十一章 潜回京城

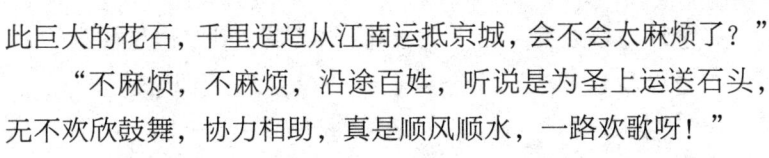

此巨大的花石,千里迢迢从江南运抵京城,会不会太麻烦了?"

"不麻烦,不麻烦,沿途百姓,听说是为圣上运送石头,无不欢欣鼓舞,协力相助,真是顺风顺水,一路欢歌呀!"

宋徽宗哈哈大笑:"如此便好呀!那就快快去办。"

范恺坐轿回府,显得心事重重。

张择端迎上前说:"范老先生,你回来了。"

范恺点头应承了一下,只是唉声叹气。

范雯见状,轻声叫道:"爹!"

"画得怎么样了?"范恺问道。

"画好了!"张择端说,"只是不知如何送进皇宫。"

范恺坐下说:"你进宫,恐怕不大可能了。"

范雯问:"那怎么办?"

范恺接着说:"不过,我听说,最近圣上常到金环巷去找一位青楼女子。"

"青楼女子?"张择端惊问,"皇上逛青楼?找谁?"

"听说是一个名叫李师师的女子!"

"李师师?"范雯说,"就是那个名满京城、色艺双绝的名妓?"

原来,宋徽宗除了大兴土木,贪图享乐之外,还有一个嗜好,就是好色,宫中嫔妃数十,佳丽如云,他都玩腻了,想到宫外寻野花尝新。在高俅等佞臣的唆使下,宋徽宗成了烟花柳巷的常客。皇帝进妓院嫖娼,在中国历史上,算得上是奇闻了。

范恺说:"想在宫外见到圣上,这恐怕是唯一的地方。"

"爹!"范雯埋怨地说,"你怎么让他到那种地方去呢?"

"不去那里,张公子很难见到圣上。"

范雯听了,满脸不高兴。

"李师师最近受到皇上的恩宠,要想见到她,也是很难的。"

"再难我也要去,不能放过这个机会。我要见到圣上,面呈《运石图》。"

张择端是钦犯,根本无法将《运石图》呈给皇上,也不能请范恺代转,因为这样,范恺就是窝藏钦犯,听说宋徽宗常去京城名妓李师师处留宿,张择端便化装成一个中年男子,前往金环巷,拜访李师师,希望托她将《运石图》转呈给皇上。

金环巷不愧是京城的烟花柳巷,灯红酒绿,果然名不虚传。张择端刚步入金环巷,站街小姐便纷纷上前拉客。

张择端说:"我是来找人的。"

"找谁呀?"小姐们娇滴滴地问。

"我找一个叫李师师的。"

"哟!李师师有什么好呀!找我嘛!"

张择端从袖内掏出碎银子递过去,说:"麻烦你,告诉我,李师师在哪一家客店?"

小姐收了银子,果然不纠缠了,指着前面一栋小楼说:"在那儿,御香楼。"

"谢谢!"

张择端来到御香楼,迎客小姐上前揽客:"公子,是来找我的吗?"

"我找人,我找人。"张择端推开小姐,径直进了御香楼。

御香楼的鸨妈立即迎上前,问道:"公子,你找谁呀?"

"我找李师师。"

"公子呀!不是我驳你的面子,小姐实在没空呀!"

"没事,她没回来,我可以等她。"张择端说罢,不顾鸨妈的阻拦,直接上了二楼。

第十一章 潜回京城

"公子，我另给你找个姑娘吧！"

"不、不。"张择端坐下说，"我就在这里等她。"

"你和姑娘认识吗？"

"不，不认识，我是慕名而来。"张择端掏出一坨碎银子递给鸨妈，"请妈妈费心，帮帮忙。"

鸨妈收了银子，立即换了脸色："那好吧！我去给你找找，要是姑娘实在脱不开身，请公子不要见怪。"

鸨妈随之吩咐冬梅给张择端上茶，自己下楼去了。

张择端一边品茶，一边四处张望，见四壁粉饰成桃红色，鲜艳夺目，墙上挂着顾景秀的《怀香图》，周昉的《扑蝶图》，董源的《采菱图》，张萱的《整妆图》四轴名画，心里暗自赞叹不已。

忽然，墙上的一幅竹画引起了他的注意，他放下杯子，起身近前察看，自言自语地说："这画是谁画的？"

冬梅凑近说："这画是我们姑娘画的。"

"她爱画竹？"

"是！"

"这倒有些奇怪，凡女人作画，多为花鸟鱼虫，很少有爱画竹子的。"

冬梅说："我们姑娘说，竹子清新脱俗，虽无艳色，却强花草十倍。"

张择端仔细察看这幅竹图，说道："此竹立意虽美，但是，画面还欠生动。"张择端拿起书案上的画笔，蘸上颜料，在竹画上画了起来，不一会儿，竹画右上角便出现了两只活灵活现的飞燕。

冬梅赞道："先生画得真好。"

天快黑了，李师师还没有回来，张择端只得带着画，离开御香楼。

张择端前脚刚离开御香楼,李师师后脚便回来了,两人擦肩而过。

"姑娘,你可回来了。"鸨妈迎上李师师说,"刚才有一位公子,非要见你,我三说两说就把他轰走了。"

冬梅对李师师说:"刚才那位公子,在你的画上画了两只小鸟。"

李师师来到竹画前,看到张择端添画的两只飞燕,脸上露出诧异之色。

张择端回到范府,对范恺等人说:"我在御香楼等了一天,不知道她到哪里去了。"

范恺问:"那怎么办?"

"我对老鸨说,让她明天等我。"

"你还要去呀?"范雯见张择端还要去御香楼,不高兴了。

张择端说:"我看到她室内的陈设,很是高雅,的确与那些卖笑的烟花女子不同。"

"有什么不同?还不都是迎风卖笑之人,你怎么爱去那种地方?"范雯说罢,起身离去。

范恺、张择端面面相觑,颇感诧异。

第二天,张择端再次去了御香楼,李师师果然哪里也没去,在家里等候张择端。刚一见面,张择端便被李师师的美艳惊呆了。

李师师上前侧身施礼:"是张先生吧?"

"正是在下。"

李师师指着墙上的竹画问:"那两只燕子,是你画的?"

第十一章 潜回京城

"是这样,昨天,我在室内等姑娘,闲暇无事,看到姑娘墙上的画稿未完,就乘兴冒昧地添上了两笔。"

"先生是画院的?"

"不是!"

"这幅画,我也感到缺些什么,可一时又想不起来,不知怎么画才好,先生添上这两只飞燕,使这竹子又活起来了,真是恰到好处,谢谢先生。"

"姑娘不必客气,我找你,是有一事相求。"

"求我?"

张择端向门口看了一眼。李师师一挥手,让其他人都离开。张择端拿出带来的画轴,李师师将张择端带入内室,问道:"先生,我能帮你什么忙?"

"这幅画,我想请姑娘转交给圣上。"

"画?"

"是的。"

李师师接过画,向案前走去。老鸨悄悄上楼,躲在楼梯口偷听。

李师师在书案上展开张择端的画,看了半天,吃惊地问:"先生,你为什么要画这样的画?"

"请圣上罢免花石纲,救万民于水火之中。"

"你到底是什么人?"

"这姑娘不用问,只想请姑娘帮这个忙。"

李师师显得有些为难。

"我知道,圣上常常临幸御香楼。"

李师师吃惊地看着张择端,老鸨在楼梯口苦着脸,显得很不高兴。

张择端离开了御香楼，李师师与老鸨、冬梅一块观看张择端托她转呈给皇上的《运石图》，老鸨问："就是这幅画呀？"

"嗯！"李师师点点头。

"你可不能把这幅画交给官家。"

"为什么？"

"哎哟！你看看。"老鸨指着《运石图》说，"这幅画画得多苦呀！官家要是看了，能高兴吗？"

"这是民情，张先生就是想让官家了解民间的疾苦，才画了这幅画。"

"哎哟！我的儿呀！你怎么那么傻？官家要是知道这些，整天忙于解决民间的难处，还有时间到我们御香楼来吗？官家不来，咱御香楼喝西北风吗？"

李师师低头不语。

老鸨说："再说吧！那个张先生来献画，谁知道他是什么人啦？要是惹出祸事来，那又何必呢？"

"他也是好心。"

"管他是什么好心，咱们是做生意的，别的咱不管。"老鸨说罢，拿走了《运石图》。

"妈妈，你把画拿到哪里去？"

"这画咱们不能收，我把它烧了。"

"可张先生问起，我怎么跟他说呀！"

"这你不用管了，张先生来了，我对他说。"老鸨说罢，把画送到炉子里烧了。

第十一章 潜回京城

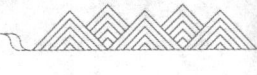

老鸨毁画

第二天,张择端再次来到御香楼,却被老鸨挡在门外。

张择端大声质问:"我要见李姑娘,你们怎么拦着我。"

"走吧!走吧!"老鸨将张择端推出门外,说,"你的画被皇上烧了,我们姑娘不能帮你送画。"

张择端回到范府,气得把头上的帽子摘下来。

范雯道:"怎么会这样?"

张择端气恼地把桌子上的东西全甩到地上:"我还画什么画,不画了,不画了。"

管家刘四心痛地跳了起来:"你这个人怎么了?在我们家住,在我们家吃,还砸我们家的东西,你要干什么呀?"

"你出去,你快出去。"范雯把管家刘四推出客厅,回头安慰张择端,"没事了,你别生气。"

张择端十分气恼,抱怨地说:"没有想到,圣上如此昏庸。"

范雯说:"这样的事情,我们小民怎么管得了呢?"

"我原来指望圣上看了我的画,能像神宗皇帝看了郑侠的画一样,重整朝纲,救万民于水火之中,可万万没想到,万万没想到呀!"

"你也不想想,圣上哪能听我们的?"

"那就不管了吗?"

"你这脾气怎么跟我爹一样呀,别着急啊!"

"我能不着急吗?天天都在死人,你说我能不急吗?"

"你跟我嚷嚷什么呀?"

"我、你,这是人命关天的大事呀!"

范雯气得跑开了，去了画室。她从窗口处看到张择端那焦躁不安的样子，回到桌边，铺开纸，准备作画，秋菊在一旁磨墨……

张择端透过窗口，见范雯在作画，没有理睬他。

第二天一大早，张择端起床，见画室还亮着灯，前往察看，见范雯用一个晚上的时间，竟然把烧掉的《运石图》重新画了出来，张择端激动不已。

第二天一大早，有人敲门，管家刘四打开门，见是韩海，说："韩公子，你回来了？"

"老爷和小姐还好吧？"

"都好，都好。"管家刘四说，"快进来，快进来。"

韩海从袖内掏出碎银子递给刘四："给！"

刘四笑纳，神秘地问："你猜谁来了？"

"谁呀？"

"张择端啦！"

"他又回来了？"

"是呀！"

韩海愣了一会儿说："知道了。"

张择端放下画笔，对范雯说："道明兄回来了？我要去见见他。"

"等等！"范雯拦住张择端。

"怎么了？"

"择端，有件事，我必须告诉你。"

"什么事？"

"是有关韩海的事。"

"他怎么了？"

第十一章 潜回京城

韩海放下礼盒，对范恺说："我这次出宫，是专门来看望老师的。这是圣上赏给我的礼物，我带来孝敬老师。"

"你在宫里还好吧？"

"多谢老师垂怀，一切尚好。"

范恺示意韩海坐下。

韩海坐下后说："圣上对老师倒无怨恨，只是你不答应给他画功臣像，他面子有些过不去，平日里，倒是经常问起你，这次出宫，也是圣上派我来看你的。"

"想不到，圣上还如此挂念我呀！"

"是呀！"韩海说，"圣上说，国画院要是没有了范老头，就难以维持了。"

范恺笑道："这是圣上成心给我一个糖果子吃呀！"

张择端听罢范雯的叙说，击案而起："他怎么能这样呢？"

"他对我父亲说，他求学心切，万不得已，才把你的画当成自己的画，所以，我父亲就原谅了他。"

"我把他视为挚友，他却做出这种事来，我得去问问他。"

范雯说："事情已经过去了，问他还有什么意义呢？再说，我把这件事情告诉你，只是想让你知道，你们从小一起长大，还是不说破为好。"

"他为什么要偷我的画呢！要不，你父亲就会收我为徒了。"

"收了你，他又怎么办呢？再说，如果不是他，我父亲恐怕就要被送往边关去了。"

张择端倔强地说："那我也不想见他了。"

"你呀！真是小孩子气，老朋友来了，怎么能不见呢？再说，他在宫里，可以托他把画送给皇上。"

"对呀！我怎么没有想到呢？"

韩海来到画室，见到张择端，问道："我听说你每天和范雯在这里画画？"

张择端说："是呀！"

韩海走到书案前，看到《运石图》后说："你每天就画这些，有什么用呀？"

"道明兄！这运送花石多苦啊，我逃走的时候，就被他们抓了去做民夫，险些丧了性命。"张择端拉开上衣说，"你看，我身上这些伤痕，就是被他们打的，没受过这样的罪，是体察不到民间疾苦的。我一定要把这幅画献给圣上，请圣上罢了花石纲。"

"什么？你要圣上罢花石纲？"韩海像不认识张择端似的。

"是呀！"

"哎呀！"韩海说，"正道兄，你这是异想天开呀！我觉得你现在是越来越走火入魔了。"

"你说什么？"

"圣上视花石如命，你却要圣上罢花石纲，你想想，你老这样做，能讨圣上的喜欢吗？"

"我张择端不像某些人那样，做阿谀奉承之人。"

"你这是说我吗？"

张择端冷哼一声。

"我接替你们画功臣像，原本是为了你和师傅。你们不画，圣上要治你们的罪，我出来为你们解围，画我画了，反过来你却要骂我。让我没办法做人，现在我呀，就好比赵氏孤儿里的程婴，舍了亲生骨肉，还落得个骂名。不管你怎么说，不管你怎么想，反正，我是为你好。"韩海说罢，转身欲走。

第十一章 潜回京城

"你等等,你得帮我个忙。"

"我能帮你什么忙?"

"你在宫里能见到圣上,就请你把这幅画献给圣上。"

"不行!"韩海断然拒绝,"我怎么能帮你把这幅画献给圣上呢!"

"你带不带?"

"哎呀!正道!"

"道明兄!"

"我呀!这是为你好,你现在还是朝廷的钦犯,这个时候你跑到京城来,已经很危险了,万一圣上知道了,派兵来抓你,怎么办?"

张择端一时无语。

"你不是求过李师师吗?你可以再去找她呀!"

"我原来想在她的住处等圣上,可不知道圣上什么时候去呀?"

"那这么办,我帮你打听,只要圣上一去,我就通知你,好吗?"

张择端点点头:"好!"

"择端!"范雯来到画室,见韩海还在这里,说,"哎呀!你们还没有说完呀!"

"干什么?"

"择端,你把这件衣服穿上试试。"范雯说罢,帮张择端把新衣穿在身上,看了看说,"挺合身的嘛!"

韩海满脸醋意,酸溜溜地说:"我走了!"

管家刘四把韩海送出府门,说:"公子,就在这里住一晚嘛!这么急着回去干什么?"

"宫里事多，我还要赶着回去作画。"

"公子呀！"刘四说，"有句话，我想跟你说说。"

"什么话？"

"就是咱们家小姐，你可得上点心，要不然……"

"怎么了？"

"就是你那个同乡张择端，他跟小姐挺热乎，两人老在一块儿，这事本不应该我管，我实在是看不惯这个张择端，我不愿他成了范家的乘龙快婿。"

韩海眼珠子滴溜溜一转，张口就说："这个张择端，真是岂有此理，他在乡间有老婆，还勾引小姐干什么？"

"什么？韩公子，张择端在乡下有老婆？"

"是他母亲给他做的媒，我能不知道吗？"

"这我得给老爷说说，要不然，小姐可就要上他的当了。"刘四说罢，就要回府。

"哎哎，不要说是我说的，免得张择端记恨我。"韩海从袖内掏出一锭银子递给管家刘四，说，"这里有点银子，你拿去用，平时多帮我照顾小姐和师傅。"

管家接过银子，笑道："这多不好意思。"

"拿去吧！拿去吧！我走了。"

韩海离开正学府，并没有回宫，而是直接去蔡府找蔡攸，告诉蔡攸，说张择端回来了，就住在正学府。

"什么，张择端回来了？"

"是呀！"

"好呀！"蔡攸说，"这一次，一定不能让他跑了，我马上派人去范府抓他。"

"不可，不可。"韩海拦住了蔡攸。

第十一章 潜回京城

"为什么?"

"公子呀!张择端住在范府,只有我知道,你现在派人去抓他,我以后怎么见范家的人啦!"

"怎么,你还真想做范家的女婿呀?"

"事情总要做得隐蔽一些嘛!"

"让他跑了怎么办?"

"放心,他跑不了,他这次回来要见圣上。"

"见圣上?"

"是呀!他这次回来,是要面见圣上,还有……"

第十二章 心怀天下

第十二章 心怀天下

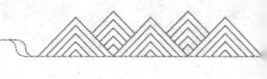

化险为夷

张择端和蔡攸同时得到韩海传来的情报，即将发生的事情地点一样——御香楼，但情报的内容却截然不同。

张择端得到的消息——圣上要去御香楼。

蔡攸得到的消息——张择端要去御香楼。

一大早，张择端带上重新绘制的《运石图》，前往御香楼，见皇上。蔡攸带着家丁，前往御香楼，捉拿张择端。

张择端前往御香楼找李师师，说要见圣上。

"圣上没有来，怎么见呀？"

"姑娘！"张择端着急地说，"不要瞒我了，我见圣上，的确有很重要的事情呀！"

"还是为了那幅画？"

"是！"

"我不是说过吗？圣上把那幅画给烧了。"

"我又重新画了。"

李师师看了一眼张择端，不好再推托，说："请！"

张择端坐下说："他要是再烧了，我还要画。告诉我，他在哪儿？"

"先生，你怎么这样不死心？难道你就不怕圣上怪罪你？"

"我张择端纵有杀头之险，也一定要把这件事干成。"

"张择端？"李师师惊问，"你就是张择端？"

"是我。"张择端一把扯下脸上的假胡须。

李师师说："我早就听文人雅士说过你的名字，仰慕已久，不料你就是张择端，失敬，失敬。"

"不敢当。"张择端说,"只请姑娘相助就是。"

"圣上的确没有来,他来只是为了取乐,干我们这一行的,只不过让他高兴取乐罢了。"

"我知道,姑娘你自小也是生长在贫苦人家,民间那些疾苦,想必姑娘也是知道的,为何如今有了安乐,却忘了万民呢?"

"公子的话虽然有道理,只是干我们这一行的,以卖笑为生,哪顾得了这么多啊!"

"人都说姑娘是侠肠义胆,却没有想到,姑娘也是这样的流俗之人。难道姑娘就不怕担天下的骂名吗?"

"我担什么骂名?"

"天下饱受花石纲之苦,你却让圣上沉湎于酒色之中,不思朝政,这与古之妲己,有何不同?"

李师师不知如何回答。

"姑娘,请你务必把此画转交给圣上。"张择端向李师师递上《运石图》。

李师师默默接过画轴。

"不好了,不好了。"老鸨跑进来说,"蔡公子带人来了,说要抓什么钦犯。"

"谁是钦犯?"李师师惊问。

"他们是来抓我的。"张择端说。

"抓你?"李师师大吃一惊。

"他们既然来抓钦犯,就是知道我在这里,看来,躲是躲不过去的,我出去见他们。"张择端对李师师说,"姑娘,我只求你把这幅画交给圣上。"

"等等,也许我能帮你。"李师师拉张择端去了内室。

蔡攸带人冲进来了,老鸨上前拦住蔡攸说:"蔡公子,什么风把你给吹来了?要哪位姑娘,说出来我去叫她来。"

第十二章 心怀天下

"别拦我,我今天来是公事。"

"哎哟!公子到这里来玩,不就是公事吗?"

"别啰嗦!"蔡攸手一挥,带着兵丁强行闯进御香楼,逐个房间寻找张择端,客人、姑娘们到处乱跑,闹声一片。

蔡攸带人来到李师师房外,想要硬闯,老鸨拦住说:"公子,你不能进去,这屋里有人啦!"

"这是李师师的房间。"

"李师师?我正要见她。"

"公子,你可千万不能进去,我是怕你惊了驾。"

蔡攸停住了脚步,惊问:"怎么,圣上在里面?"

"嗯!"

"不是说今天不来吗?"

"哎呀!官家什么时候来,我们怎么知道呀?想必他们已经睡下了。"

蔡攸有些不相信:"你不会是骗我的吧?"

"哎呀!老身有多大的胆子,敢骗公子呀!"

"那正好,我去给圣上请安。"蔡攸说罢,带人硬往里闯。

李师师出来了,身上披着绣有双龙的披肩,问道:"妈妈,怎么了?"

"没事。"老鸨说,"蔡公子想去给官家请安。"

"请安?"李师师冷冷地问,"他是谁呀?"

"他是蔡公子,蔡攸。"

蔡攸看到李师师身上的披肩,脸色陡变。

"蔡公子。"李师师说,"既然不是外人,我进去回应一声,官家刚刚睡下,你等等,我去叫醒他就是了。"

"不必了,不必了。"蔡攸说,"圣上已经睡了,那我就不打扰了。"

"怎么，不进去请安了吗？"

"不、不、不。"蔡攸哀求地说，"姑娘千万不要说我来过这里，也不要说我知道圣上来这里。"

李师师故意说："你来请安，官家也高兴呀！"

"不不不，请姑娘务必不要说我来过这里，小子冒昧，告辞。"蔡攸说罢，带着手下慌忙逃离这是非之地。

李师师与老鸨相视一眼，重重地松了一口气。

蔡攸边下楼边吩咐络腮胡子："让我们的人全撤走。"

"那张择端还抓不抓了？"

"混蛋！"蔡攸骂道，"圣上就在楼上，你想找死呀？快走。"

李师师回到内室，气喘未定，对张择端说："要不是皇上落下这袭黄袍，还不知道今天怎么收场呢！"

张择端从帘子后走出来说："多谢姑娘相救。"

李师师脱掉黄袍，露出香肩，张择端惊得转过头去，不敢看一眼。李师师换了衣服出来说："你可以转过脸来了。"

"不，姑娘要休息了，择端告辞。"

"你干吗那么着急。"李师师拉张择端坐下，"难道还怕他们来抓你吗？"

"不不不，我……"

"我备了些酒菜，你可以在这里用一点。"

张择端慌乱地说："不，我回去了，我回去了。"嘴上这么说，脚下却没有移步。

"干吗那么着急，难道怕我吃了你不成？"李师师拉着张择端的手，到里面桌子旁坐下。

李师师给张择端斟上酒，举杯说道："这两天，圣上身体不舒服，不会来的，我一个人也挺闷的，你正好陪陪我。"

张择端有些慌乱："我……我……"

第十二章 心怀天下

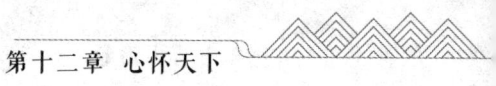

"我真没想到,你这么年轻。"

"难道我不该年轻吗?"

"我还以为你是个老头子呢!"

两人相视一笑,呷了一口酒。

李师师说:"你在京城里,可是大名鼎鼎,我屋里的小丫环都知道你,一幅《瘦马图》,卖了一百两银子。"

张择端笑道:"没想到,这样的事情倒在市井流传开了。"

"听说你进过宫,怎么又出来了?"

"我不听圣上的话。"

"你也真是,身为画师,身在朝中,该跟我一样,讨圣上欢心才是。"

"他让我画奸臣像,我能画吗?"

李师师笑道:"看你这个倔脾气,又上来了。"

"蔡攸为什么要抓你?"

"这事说起来就话长了。"

……

色艺双绝的李师师

张择端去了御香楼,范雯心里格外烦躁,弹琴找不到调子,作画没有兴趣,见管家刘四进屋给盆景浇水,问道:"老管家,浇花呀?"

老管家哼了一声,没有停下手中的活。

秋菊一跺脚："小姐，问呀！"

范雯看了秋菊一眼，不好意思地问："老管家，张公子回来了吗？"

"没回来。"

范雯听了，显得很不高兴。

"小姐！"老管家说，"我有句话，不知当说不当说。"

"有什么话，你说吧！"

"小姐，你对张公子，不要太上心了。"

"你这话是什么意思？"

秋菊埋怨地说："你说什么呀？"

"小姐！"老管家说，"我这都是为你好呀！"

"我们的事，你最好别管。"

"去去去！"秋菊推了老管家一下。

"我不是管，人家在老家已经有老婆了。"

"什么？"范雯大吃一惊，"你说什么？"

"张择端在家已经有了妻室，小姐，你可不要受了人家的骗啊！"

范雯头脑一阵晕眩，跌坐在椅子上。

"小姐，我不是害你，我也是好心，外边御香楼，官兵正在抓人，张公子能不能回来，还不一定呢！"

范雯听说张择端有危险，立即起身，跑出门去。

李师师在棋盘上下了一子，说道："人言说，红颜薄命，看来，你这个风流才子，也是命运多舛呀！"

张择端呷了一口酒，说："我生来就是这个脾气，让我阿谀奉承，我做不到，也不会去做。"说完，在棋盘上下了一子。

"我倒是喜欢你这样的个性。"

第十二章 心怀天下

"姑娘深得圣上宠爱,有机会还是要劝一劝圣上。"

李师师在棋盘上下一子,说:"我说的话,官家能听吗?我算什么,我不过像一朵花一样,艳的时候,人家看着喜欢,待到人老珠黄的时候,就没人待见了。"

张择端看了李师师一眼,不知怎么安慰才好。

李师师站起来说:"我早想明白了,是花,就趁它艳的时候,开个痛快,在我们这一行里,能让皇上宠幸,就算是红到头了。干什么,都得是顶尖人物,我是,你也是,我不喜欢俗人。我给你唱一段我新谱的曲子。"

李师师说罢,去古筝旁坐下,自弹自唱起来:

伫倚危楼风细细,
望极春愁,
黯黯生天际。
草色烟光残照里,
无言谁会凭阑意。

拟把疏狂图一醉,
对酒当歌,
强乐还无味。
衣带渐宽终不悔,
为伊消得人憔悴。

优雅的曲子,悦耳的歌声,此情此景,让人陶醉。张择端提笔,一边作画,一边欣赏歌声,一边喝酒。

范雯带着秋菊,在御香楼下徘徊,听到歌声,神情数变,喜悦之情，或许是为歌声所感染，沉思之情，或许是为听歌之人担忧。

张择端掷笔于桌，笑道："好呀！姑娘一曲终了，择端之画已成。"随手取过酒壶，大大地喝了一口酒。

李师师赶过来，靠在张择端的肩上，说："快让我看看。"看过画后，高兴地说，"久闻张公子才华出众，今日一见，果然名不虚传。"

"师师之曲，择端之画，在京城也可算是双绝了。"

李师师非常欣赏张择端的才华人品和为民请命的勇气，含情脉脉地说：."我和公子也算是有缘，你说是吗？"

张择端愣住了，心想，你是圣上的女人，怎么说这样的话，什么意思呀？你虽然色艺双绝，可我有贼心，也没有贼胆啊！李师师虽然靠在张择端的肩膀上，张择端也几次想伸手搭上她的香肩，却又缩了回来，吞吞吐吐地说："我……我……"

"公子，京城有多少公子王孙前来找我，我都看不上眼，今天同公子相见，就好像很久很久以前，我们就认识一样，你说是吗？"

张择端显得很尴尬，不知如何回答才好。

李师师暗示地说："公子为我作画，师师不知何以为报？"

张择端当然知道李师师的意思，即使他有天大的胆子，也不敢接下李师师的柔情啊！李师师靠在他的肩膀上，他一动也不敢动，僵硬地说："不必，不必。"

天黑下来了，范雯还在御香楼下等候张择端，突然，她看见楼上的走廊，在灯光掩映下隐隐约约有两个人牵着手，情意浓浓，慢慢行走，细语交流。仔细观看，男的就是张择端，女的想必就是那个李师师了。

范雯看罢，犹如五雷轰顶，拉着秋菊，哭着跑开了。

第十二章 心怀天下

张择端与李师师偎依在一起,静静地享受着相互的倾慕之情。突然,门外传来了老鸨的声音:"哟!官家,你来了?官家,你慢点走。"

张择端与李师师大吃一惊,顿时慌作一团,不知藏到哪里好。

"官家呀!你有些日子没来了,慢点,慢点。"

慌乱之中,李师师拉开衣柜门,张择端迅速钻进去,李师师关上门,整了整衣裳,回身迎接宋徽宗。

为民请命

"师师,师师。"宋徽宗进门就喊。

李师师上前跪下道:"妾身李师师恭迎圣驾!"

"起来!起来!"宋徽宗扶起李师师,发现她神色有些不对,问道,"怎么了?"

"没什么!"李师师说,"不知圣上驾临,未能远迎,死罪,死罪!"

"朕在宫中很烦闷,特来看看你。"

"多谢圣上垂怀。"李师师口里说话,瞥了衣柜一眼。

"多日不见,你想朕吗?"

"圣上在宫中享乐,恐怕早就把妾身忘得一干二净了。"

"朕要是把你忘了,怎么还会来看你呢?"宋徽宗拉着李师师的手说,"陪朕坐坐。"

李师师担心地看了衣柜一眼,坐到宋徽宗身边。

"怎么？"宋徽宗问，"想朕吗？"

"不敢想。"

"怎么不敢想？"

李师师一语双关地说："师师流落红尘，难遇知己，今日相遇，怎能不万般珍惜。"

"说得也是呀！"宋徽宗说到这里，就动手动脚起来。

李师师站起来说："可是，有人把我比作古之妲己，专门勾引圣上沉溺于酒色，不思朝政。"

宋徽宗站起来说："不要听他们胡说八道，我那满朝文武，没有一个不在花天酒地，唯独容不得朕，朕真的想你呀！"

"就怕你不知道臣妾的一片苦心。"

宋徽宗背对着衣柜，与李师师相拥，张择端轻轻拉开柜门，看着李师师，指了指桌案，轻声说："画、画。"

宋徽宗轻轻推开李师师，说："为朕更衣。"

张择端将柜门拉开一条缝，手不停地指书案。李师师看了一眼张择端，跪下说："请圣上恕罪。"

"你这是怎么了？"宋徽宗问，"你何罪之有？"

"师师有欺君之罪。"

"你怎会有欺君之罪呢？"

"师师今天心情不好，不能陪圣上欢乐。"

"师师！你有什么不顺心的事，跟朕说，朕替你作主。"

"谢万岁！"

"起来，起来说话。"

"师师今天看到一幅画，那画上的凄惨之景，让妾身心寒，心情不好，所以不敢与圣上贪欢。"

"什么画如此吓人？拿来朕看。"

李师师走到书案旁，把张择端送来的画铺开，说："请看，《运

第十二章 心怀天下

石图》。"

"《运石图》?"宋徽宗坐下,仔细看了看画,将画浏览一遍,似曾相识的绘画技法,惨不忍睹的画境,让他吃惊不已,问道,"此画从何而来?"

"是一个朋友送来的。"

宋徽宗冷哼一声,说:"此画虽然没有署名,但朕一眼就看得出来,如此笔锋,一定是出自张择端之手,说,张择端在哪里?"

李师师跪下说:"真的是一个朋友拿来的,我不知道张择端这个人。"

"张择端狂傲不羁,抗旨不遵,被朕问了罪,下了狱,他竟然越狱逃跑,今天又托你来献画,怎么,张择端他现在在哪儿?"

"我真的不知道。"

"李师师呀!李师师,连你也敢骗朕?"

张择端听到这里,拉开柜门出来了,跪下叫一声:"圣上!"

宋徽宗大吃一惊,指着师师质问:"你……你……你竟敢把他藏在柜子里?"

"圣上,不是她藏的,是我自己闯进来的。"

"来人!"

"圣上!"李师师说,"张公子万般无奈,才投到我这里来的,他只求见圣上一面。"

"张择端,你连朕的话都不听,你还到这里来干什么?"

"张择端就是想献上这幅画。"

"你以为朕就喜欢看你的画吗?"

"不管圣上喜欢不喜欢,我都要把画献给圣上。"

"你让朕看这画干什么?"

"请圣上体察民情,了解民间之疾苦。"

宋徽宗冷笑道:"朕的大宋江山,国泰民安,民间有何疾苦可言啦？"

"花石纲让天下百姓饱受疾苦，民夫所受之苦，比画中有过之而无不及，怎么能说是国泰民安呢？"

宋徽宗再次看了看画，问道："你这画的都是真的吗？"

"陛下请看！"张择端扯开自己的上衣说，"有此伤痕为证。择端曾被抓为民夫，这些伤痕，都是被押送的军士抽打留下的。"

宋徽宗震惊了，睁大眼睛问："你这画的都是真情吗？"

"何止是真情，择端万死也不敢欺骗圣上。"

"可蔡京对朕说，运送花石，是万民欢畅呀！"

张择端摇摇头说："蔡京为讨圣上的欢心，隐瞒真情，以致民间怨声载道，有损圣上的英名呀！他表面上是对圣上好，实际上却是害了圣上呀！"

宋徽宗看了看张择端，又看了看画，没有说话。

"蔡京命手下不顾百姓的死活，押运花石，押运的军士无不盘剥百姓，鱼肉乡民。各级官吏也从中渔利。可他们上上下下，都打着圣上的旗号，以致百姓只道是天子昏庸，而不知有奸臣作祟，这不是害了圣上吗？"

宋徽宗铁青着脸，坐回椅子上。

"圣上！"张择端说，"长此下去，民心反叛，大宋的江山，还能稳定吗？择端是为万民来献图的，只想让圣上了解民情。如今，我该说的话都说了，圣上，如要治择端的罪，择端虽死而无憾。"

"好了，好了，起来吧！"

张择端与李师师对视一眼，道："谢圣上！"

李师师站起来说："张公子的话，不无道理，妾身也听说花石纲让百姓蒙受灾难，那蔡京实在是蒙骗圣上，就是妾身的家乡，也深受花石纲之苦。"

宋徽宗叹口气说："想不到，区区几块花石，竟然造成如此

第十二章 心怀天下

大的影响。"

张择端说:"宫中一块石,民间万人泪呀!圣上,这花石纲是到了该罢的时候了。"

"你是要朕罢了花石纲?"

"是,如果圣上能体察民情,罢免花石纲,那天下的万民,不但称颂圣上的功德,就是那些贪官污吏,也再无借口欺压百姓了。这样的好事,圣上为何不做呢?"

宋徽宗冷哼了一声。

"择端知道,圣上喜欢花石图案,但图案再好,再特别,也是死物呀!以圣上的才华,这万里江山,天地万物,有什么不能入画的呢?"

宋徽宗点点头:"好,容朕想想,如果运送花石给万民带来疾苦,朕可以罢了。"

张择端跪下说:"择端代万民谢圣上恩德。"

宋徽宗笑道:"张择端,你有何能代万民谢朕?这大宋江山,乃是朕的天下,天下百姓乃是朕的子民,如果朕罢了花石纲,那是朕怜惜万民之苦,也不是你献画之功呀。"

"是,是!"

"还有什么事吗?"

"没有了。"

宋徽宗给张择端使了个眼色:"那你还不快走。"

"啊!是、是。"张择端站起来,"我走,我走!"

"慢!"

"圣上!"

"张择端,你私自越狱潜逃,本该重重判你的罪,但念你献图有功,出乎公心,朕就免了你吧!罪虽免,但不可不罚呀!"

"圣上要如何处罚?"

217

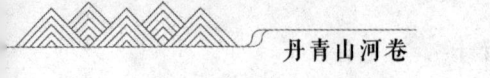

"从明天起，陪朕作画，去吧！"

张择端拱手："臣遵旨！"

李师师站在旁边，将他们君臣的对话，听得一清二楚，看得明明白白，她为自己做了一件善事，会意地笑了。

宋徽宗看了李师师一眼，脸上也露出了笑容，两人相拥入了罗帐。

张择端出了李师师的房间，高兴地对门外的人说："罢了，罢了，圣上答应罢了。"

张择端走出御香楼，大笑而去。

第十三章 构思一幅长卷

逐出范府

张择端兴奋地回到正学府,见管家刘四站在门前,高兴地说:"哎,管家,我见到圣上了,老爷呢?小姐呢?"

老管家把他的一个包裹、一双鞋丢在脚下,说:"我说张公子呀!你回来了?你还回来呀?"

"老爷呢?"

"老爷不在!"

"小姐呢?"

"小姐在她房里。"

"好!"张择端说,"我去找她。"

"等等!"

"怎么了?"

"小姐说了,她不愿意见你。"

"不愿意见我?为什么?"

"为什么不见你,我不知道。小姐说了,你回来后,把你的东西收拾好了,走人吧。"

"为什么?"

"为什么,我不知道。"

"那我进去见她。"

一个要进,一个不让,两人在府门前吵了起来。

"你嚷什么?"范雯带着秋菊出来了。

"小姐!"张择端说,"我回来了。"

"我知道你回来了。"

"我见到圣上了。"

"那好呀!"

第十三章 构思一幅长卷

张择端见范雯像换了个人一样，冷冰冰地拒人于千里之外，奇怪地问："你怎么了？"

"没什么！"范雯看了张择端一眼，转身回府。

张择端跟在后面说："没怎么？你怎么变成这样了？"

"我变成什么样子了？"

"管家说，你要让我走？"

"是的，是我告诉他让你走的。"

"为什么？"

"不为什么，这个你心里清楚。"

"我清楚？我清楚什么呀？"

范雯冷笑一声说："张择端，我原以为你是一个正人君子，所以才对你另眼相看，现在看来，你和那些纨绔子弟没有什么不同。"

"哎！"张择端不明白地说，"你要讲清楚呀！"

"你也不要向我解释什么，我也不想听，你走吧！"

"小姐！"张择端拉住范雯说，"你听我讲嘛！"

"你别这样。"心高气傲的范雯根本不听张择端的解释，一甩手，回房去了。

张择端觉得有些莫名其妙，看来，正学府是待不下去了，他从地上捡起包裹和鞋子，离开了正学府。

范雯回到房内，伏在书案上痛哭。

"雯儿，雯儿！"范恺责备地说，"你怎么把张择端赶走了呢？他是朝廷钦犯，要是被人认出来，要被抓起来的。"

范雯吃惊地站起来。

范恺责备地说："他就是再有不对，你也不能把他赶出去呀！"范恺说罢，转身就走。

"爹，你要到哪里去？"

"我去把他找回来。"

"爹，你别去，还是我去吧！"

张择端背着包袱，在虹桥边徘徊，思前想后，无处可去，最后还是去了孙羊店。

范雯找了一晚上，也不见张择端的身影，只得返回正学府，痛哭不已。

范恺也误认为张择端家有妻室，找到范雯说："雯儿，有件事，我总想和你商量一下。张公子这件事，也不能怪你，为父也没有弄清楚，他竟然在家里有妻室，你也就别多想了。"

范雯只是哭泣。

"雯儿，你也到了该出嫁的年纪，为父就你这么一个女儿，我也不想让你走，要是能招个女婿进门，倒也是一件挺好的事情。"

"爹，你别说了，我谁也不嫁。"

"孩子话，男大当婚，女大当嫁，这是千古定律。你要是永远不嫁人，我怎么对得起你九泉之下的母亲啦！"

"爹……"范雯走到父亲身边。

"雯儿，你要把你的婚姻大事早点定下来，这样，你也安稳了，为父也就放心了。"

"爹！"范雯蹲下身子，倚在父亲身上。

"像咱们这样的人家，你要找一个合适的人。朝中大臣的公子，很少有几个有才华而又可靠的人。我想，我们应该找一个门里的人，你以为，韩海怎么样？"

"他？"

"他老实可靠，虽然没有多大才华，但也不笨，不像张择端，虽然他才华出众，可是锋芒太露，而且，又这么不检点，爹想听听你的意见。"

第十三章 构思一幅长卷

范雯只是流泪,没有出声。

"雯儿,你母亲去世得早,这件事只有我替你操心。爹年纪大了,又膝下无子,总得找一个能支撑门户的人啦!"

范雯只是哭。

"雯儿,忘了张择端吧!这是命,命中注定的,不能勉强。"

"爹!"范雯大哭起来。

张择端躺在床上,翻来覆去地睡不着,范雯的身影一直在眼前晃荡,从开始在虹桥上,自己奋不顾身救范雯脱险,到后来历次的交往,一桩桩,一件件,走马灯似的在眼前出现……

范雯来到假山边,原本要将张择端留给她做纪念的笔丢到水里,让它随水流去,可刚一伸手,却又缩了回来。闭目细想,她与张择端耳鬓厮磨,一起作画,一起畅谈的情景,一幕一幕地展现在眼前,赶也赶不走。

范府管家刘四一大早就候在国画院门口,看见韩海从里面出来了,大声喊:"公子,公子,你快过来。"

"老管家,你怎么来了?有事吗?"

"公子,我给你送喜信来了。"

"什么喜信?"

"老爷同意把小姐许配给你了。"

"你说什么?"韩海喜出望外,"是真的吗?"

"当然是真的了,昨天晚上,我在门外亲耳听到老爷对小姐说的。"

韩海迫切地问:"小姐怎么说?"

"小姐原本不同意,后来拗不过老爷,也就同意了。"

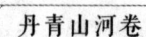

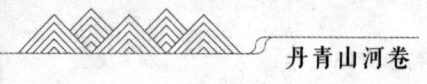

"哎呀!"韩海抱拳向天祈祷,"苍天有眼呀!到底成全我了。"

"韩公子呀,你赶快回府去见见老爷吧!"

"你先回去,我赶快去准备聘礼。"

畅谈东京繁华图

蔡京一伙迫害元祐党人的做法太离谱,在全国范围内掀起了轩然大波,人神共愤,万民嗟怨,蔡京等人不得不有所收敛。

崇宁五年(1106)正月,天上出现彗星。宋徽宗以为是上天向他示警,心里非常恐惧。

尚书右丞赵挺之,中书侍郎刘逵等人趁机进宫进言。

赵挺之奏道:"圣上,前年蝗灾,令百姓粮食歉收,今日大彗星出现,实乃不祥之兆呀!"

宋徽宗坐在御案旁,边作画边说:"彗星出现,也怪朕吗?"

刘逵道:"微臣不敢,但彗星乃不祥之物,凡彗星出现,必有灾难,如今,彗星出自西方,请陛下举行祭天大典。"

宋徽宗停笔问道:"什么?祭天?"

"是呀,如不祭天,恐生不测。"

"怎么个祭法?"

"铲除朝中奸臣。"

"谁是奸臣?"

"蔡京。"

宋徽宗冷笑道:"怎么扯到蔡京头上了,蔡京和彗星有关系吗?"

第十三章 构思一幅长卷

"陛下，蔡京自任相位以来，目无国君，陷害忠良，贪赃枉法，结党营私，残害百姓，故由此天怒人怨，圣上如果不罢免蔡京，恐国将不国呀！"

"朕不是不想安邦定国，你说，怎么个定法？"

"圣上，朝中大臣对蔡京专权，多心存不满，在野百姓，也对蔡京恨得咬牙切齿，圣上如不罢免蔡京相位，笼络民心，安邦治国，恐有不测呀！"

"你说怎么个弄法？"

"请圣上撤去党人碑，宽恕元祐党人，以安社稷。"

"好、好、好！"宋徽宗挥挥手，"砸了党人碑。"

"谢圣上！"

张择端在行吟阁等候宋徽宗前来作画，左等不来，右等也没有来，只得问一旁的太监小桂子，圣上为何还不来。

小桂子答道："圣上正在与朝中大臣们议事。"

张择端问道："朝中发生什么事了？"

"前几天彗星出现，朝野震动，圣上也心中不安，正在同大臣们商议国事。"

"大臣们怎么说？"

小桂子小声说："听说要罢免蔡京。"

"真的吗？"张择端高兴地问。

"蔡大人，蔡大人！"邓洵武进了蔡府，显得十分慌张。

"发生了什么事？"蔡京预感到有大事发生。

"赵挺之和刘逵向皇上奏本，他们要砸党人碑呀！"

"什么？"蔡京大吃一惊。

"他们借彗星出现之事，奏禀圣上，矛头直指蔡大人啦！"

"圣上怎么说？"

邓洵武说："我出宫的时候，他们还在向圣上游说，不知结果如何，我特地前来向大人禀报。"

"走！"蔡京说，"马上随我进宫见皇上。"

宋徽宗一边作画一边对张择端说："你献给朕的画，朕仔细看过了，其中的惨景，朕看过之后，也觉得心寒，看来朕也有不明之处啊！"

"都是那个蔡京，欺瞒圣上。"

"朝中大臣都说蔡京专权，他在朕面前，也越来越放肆了。"

正在这时，蔡京过来了，近乎质问地说："臣见过陛下，陛下，是谁砸了党人碑？"

"这是朕的旨意，他们都说……"

"他们是谁呀？"

"他们是赵挺之，刘逵等人。"

"陛下，怎么能听那些人的胡言？"

"如今，碑已经砸了，相国你就不要……"

蔡京厉声说："碑石可毁，奸党的姓名不可灭！元祐党人想复辟，圣上，你岂能让他们胡作非为呀？"

蔡京说罢，转身离去，连告辞的话也不说。

张择端愤愤地说："蔡京也太不把皇上放在眼里了吧！"

在张择端献画与正义大臣弹劾的双重夹击之下，宋徽宗终于下定决心，革除了蔡京的相位。

范恺笑道："蔡京罢相，这是天下的喜事呀！这全仗大人的功劳。"

"哪里，哪里。"赵挺之说，"蔡京罢相，是大势所趋，非我挺之一人之功，听说还有一个张择端给圣上献了一幅《运石图》，

第十三章 构思一幅长卷

载述民间之疾苦,很得圣上的欢心呀!"

"是呀!是呀!"

"他的功劳可是不小,我看你应该把他收入画院呀!"

"张择端当然应该进画院,可进画院,要经过大考,方可入院啦!"

张择端陪宋徽宗游御花园,张择端说:"圣上,如今万民归心,择端当为圣上画几幅好画,以报圣上的恩德。"

"你都有些什么打算?"

"圣上,择端早就想画一幅东京繁华图,将京城盛况绘入笔端,已经做好了一些准备。"

"东京繁华图?很好,朕罢了蔡京,罢了花石纲,天下归心呀!你为朕画此图,以向世人展示我大宋之盛况。"

"是!"张择端说,"我想以汴河为主干,将两岸风光尽收入画,市井百态,皆入眼底。"

"好,你不但要画市井百态,也要将宫中盛况,画入画中,这才能展示我京都之全貌。"

"是!"

"好吧!你专心画此长卷,所需费用,由宫中支出。"

"是!"

"对了,你要参加大考,等你考入画院后,就可以名正言顺地进宫陪朕作画了。"宋徽宗接着又说,"你还要去拜访一下范老头,你要进入画院,还要过他那一关。"

蔡京被罢相后病倒了,童贯前往探望,抱怨地说:"没想到赵挺之他们利用慧星之事翻了上来,圣上也是一时糊涂,怎么能罢了大人的相位呢?"

"听说还有那个张择端。"蔡攸说,"也献上了一个什么《运石图》,在圣上面前说三道四,这才免了父亲的相位。"

"一个民间画师,怎么能参与朝政呢?"

"就是。"

"算了,事已至此,不要再说了。"蔡京从睡榻坐起来说,"我们也是太大意了,我早就听说赵挺之他们在下面秘密活动,只是没有想到,圣上竟然听了他们的话。"

童贯不服地说:"难道朝中大权,就落入他们手里?"

蔡京奸笑地说:"就让他们一时得逞,我看也没有多大关系,他们是秋后的蚂蚱,长不了的。"

童贯不解地问:"何以见得?"

"圣上虽然有治国之心,但他终究不是一个安心朝政的人,赵挺之之辈,忠心义气是有,治国却很乏术,只要我们在背后挑起事端,引起朝政混乱,到时自然会请我出山收拾烂摊子。"

童贯问道:"什么事端?"

"你不是说有金人要联宋攻辽吗?"

"是呀!"

"你先把这件事情办起来,事成之后,朝中自然会有人议论,那时便是我出山之日。"

"好,我这就按大人的意思去办。"

蔡京一拱手:"那就拜托了。"

第十三章 构思一幅长卷

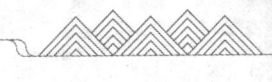

又失良缘

张择端前往范府拜访范恺,询问国画院考试的事情。范恺说考试的事不必担心。因为他认为,以张择端的才华,通过考试不成问题。

张择端道:"全仗范恺老先生指点。"

"你为百姓献上《运石图》,做了一件好事,我应该帮你。"

"这是择端分内之事。"

范恺问道:"你很想进画院吗?"

"是!"

"进了画院,你想做什么?"

"为圣上作画。"

范恺微微点头。

"小姐呢?"

"她在房里。"

张择端站起来说:"择端想去看望她一下,不知可否?"

"她就要成亲了。"

"成亲?"张择端大吃一惊。

"嗯!"

"和谁成亲?"

"韩海!"

"韩海?"

"他已向我提亲,我也答应了。定了亲的姑娘,就不好见男人了。"范恺想了想又说,"不过,你不是外人,如果一定要见她,也无妨。"

张择端离开范恺的书房,得知范雯即将与韩海成亲,情绪非常低落,在范恺府内行走之时,恰逢范雯从假山边过来,正欲上前打招呼,不料范雯见到张择端之后,转身就走。张择端赶上前叫道:"范小姐,范小姐!"

范雯停住脚步,问道:"你来干什么?"

"我……我……我来看看你。"

范雯深深地吸了一口气,说:"我有什么好看的?"

张择端走近范雯,说:"我来拜望范恺老先生,画院就要考试了,圣上叫我来拜望范恺老先生。"

"放心吧!我爹他不会阻止你的。"

"范小姐,我来也是想要见你呀!"

"没有这个必要吧!"

"小姐!"张择端紧走几步,拦在范雯面前,说,"你对我误会了,我上次真的是……"

"行了,行了。"范雯打断张择端的话,"别说了,我也不想听,谢谢你来看我,现在,你也看过了,你走吧!"

"小姐,我听说你要订婚了?"

"你还关心这事吗?"

"我就是不明白,你怎么答应嫁给他呢?"

"韩海对我父亲好,他人也老实可靠。"

"他人老实可靠?"张择端说,"你知道他的人品,他的才气,过去,你是瞧不起他的,你怎么会?"

"现在我瞧不起的是你!"

"我?我怎么了?"张择端还蒙在鼓里,根本就不知道韩海在背后造谣,说他在老家有妻室的事情。

"韩海虽然没有你的才气,可他不像你,背后说朋友的坏话。"

"我这是为你好呀!"

"为我好?"范雯凄婉一笑,"谢谢!"

第十三章 构思一幅长卷

"小姐,韩海这个人我很了解,他很有心计,你我加起来也斗不过他,你跟了他,会吃亏的呀!"

"行了,行了,你别说了,你走吧!"范雯显得有些伤心。

"我知道我是瞎操心,我也犯不着和你说这些,我走,我走。"张择端也生气了,不知为何范雯突然要嫁给韩海这样的小人,既然自己的话不中听,多说也无济于事,离去便是最好的选择。

"你……"范雯见张择端真的走了,看着张择端远去的背影,伤心地大哭起来。

张择端与李纲对饮,他告诉李纲范雯要嫁给韩海的消息。

李纲放下酒杯说:"正道兄,有道是姻缘天注定,既然她已经订婚,你就不要多想了嘛!难道不能找一个别的姑娘?"

张择端看了李纲一眼,没有说话。

"正道兄,你家里有没有给你说过亲呀?"

"家父是一个乡绅,去世得早,母亲和哥哥住在一起,他们要给我说亲,我不愿在家里成亲,就没有答应。"

"那就在京城找一个嘛!以你的才华,这么多达官贵人的小姐,一定会有人看上你的呀!"

"难道偌大一个京城,就没有一个你中意的姑娘吗?"

海花听说张择端回来了,缠着哥哥带她来孙羊店找张择端,刚走进孙羊店,正好碰到张择端从外面回店。

张择端先看见海家兄姐俩的,惊喜地叫道:"海生,海花,你们怎么来了?"

海生高兴地说:"听说你回来了,我们来看看你。"

"大伯呢?"

海生道:"出船了。"

"张公子,听说你这次回来,又给圣上献画了?"

"这你们也知道?"

"京城都传开了,我爹呀,一直在担心你,听说你回来了,又见到了圣上,他就放心了。"

"上次多亏了你们,不知道怎么感谢你们。"

"这算什么呀?"

"走!"张择端说,"进店里坐坐。"

张择端带海生兄妹俩上楼,见床上乱七八糟的堆满了脏衣服,不好意思地说:"你看我这儿乱哄哄的,让你们见笑了。"

海生说:"想不到你一个大家公子,生活得这么艰苦呀!"

"我可不是什么大家公子,我在家里还种过田呢!"

"真的?"海花不相信地问。

"坐、坐、坐。"张择端问,"你们都好吧?"

"挺好!"海生说,"就是海花老惦记着你,不知你怎么样了。"

海生喝了一口茶,放下杯子说:"她老怪你,说你把她给忘了呢!"

"哥!"海花不好意思地说,"你别说。"

"回来就好,改天来船上,我让海花给你做几个好菜,我们喝一杯。"

"好!"张择端对海花说,"我特别喜欢你做的那个红烧汴河大鲤鱼,上次吃过,特别好吃。"

海花问:"那你什么时候来。"

"我有空就去。"

"行!"海生说,"等我哪天抓到了好鱼,我就来叫你。"

"好!"

"那我回去了,我还要卖鱼呢!"

"你跟海大伯说,改天我再去看他。"

第十三章 构思一幅长卷

海花上前将张择端的脏衣服收拾起来,说:"我拿去给你洗一洗。"

"这怎么好,太脏了。"

海生说:"就是脏才要洗嘛!"

"我洗好了给你送来。"海花羞羞答答地说。

海花在河边洗衣,一边洗,一边哼起了渔歌:

哥似船哟妹似水,
绿水悠悠绕白帆。
渔船伴着海花滚,
漂漂摇摇过千山。

"爹!",海生看着河边洗衣的海花说,"我妹妹这两天怎么了?"

海伯最了解海花的心事,可又爱莫能助,看了女儿一眼,叹了一口气,悄悄走开了。

孙羊店店小二见张择端回来了,笑着说:"张公子回来了?刚才有个姑娘来找你。"

"嗯!"张择端显得有些没精打采。

店小二指了指叠放在床上的衣服说:"她看你不在,走了。"

张择端见到衣服,知道是海花洗好送来的,拿起来看了看,赞叹地说:"洗得这么干净。"

店小二逗他说:"真漂亮的姑娘,她是谁呀?"

张择端一笑:"去,去!"

张择端换上洗干净的衣服,店小二赞道:"你穿这身衣服,

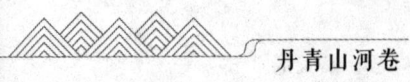

够透亮了，人也显得精神。"

张择端笑了笑。

"我看你该娶房媳妇，也能照顾照顾你呀！"

"功不成，名不就，娶什么媳妇呀！"

"凭你的才华，要功名还不容易吗？"

"不，不，我是想进了国画院，当了画师后再说，你看我现在，连个住的地方也没有，还住在酒店里。"

"你就在这里办吧！我给你亲自操办，保证你满意。"

"不用，还没有到这一步。"

"你是不是看上范雯小姐了？"

张择端看了店小二一眼，没有回答。

"我知道了，你是看上了今天给你送衣服的那位姑娘了，她是谁呀？叫什么名字？干什么的？"

"你不是早就知道吗？她叫海花，是个打鱼的。"

"你要娶个打鱼的？"

"打鱼的怎么了？"

"你要娶个打鱼的呀！在这京城里，又是一段佳话呀！"

张择端对海花确有好感，准备前往渔村探望海伯一家人，途中遇到了龙泰，被龙泰缠住了，非要请他喝一杯，盛情难却，只得随他进了街边一家小店。

"张公子，里面请。"龙泰放下手推车，冲着店里叫道，"小二，来客人了！"

店小二立即上前拉开桌边的凳子，扯下肩上的抹布擦擦凳子和桌子，笑道："请坐！"

龙泰拍拍店小二的肩膀："弄几个炒菜，快点。"

张择端坐下，说道："没想到，京城里有这么多人知道我。"

第十三章 构思一幅长卷

"你可是京城的名人了,上次分手之后,听说你被抓了差,可把我急坏了,早知道你要受那个罪,还不如让你跟着我去赶脚呢!"

"没事,都过去了。"

酒端上来了,菜也端上来了,两人边喝边聊起来。

"张公子,我想求你点事。"

"什么事?"

"海大伯家那个丫头,海花,你认识吧?"

"我知道。"张择端点点头。

"我想娶她!"

"你想娶她?"张择端大脑嗡地一响,自己对海花爱慕已久,现在突然冒出一个龙泰说要娶海花,他能不吃惊吗?

"你可能不知道,我和她从小一块长大,我呀,早就有这个心,过去咱穷,不能让她跟着咱受委屈,为这个,我就出去赶脚,风里来,雨里去,为的就是多赚几个钱,我现在有些钱了,娶媳妇过日子,够了。所以,我这次来,是专门找你的。"

"找我干什么?"

"帮我做媒呀!"

"找我帮你做媒?"

"是呀!"龙泰说,"你的面子大,和海家又是朋友,他们会听你的,这个忙你一定得帮我。"

"这……"张择端有苦说不出,他心里想着海花,可龙泰也是朋友,他现在有求于自己,又怎么能忍心拒绝呢?

龙泰从衣袋里掏出一个红包递给张择端,说:"这是我的生辰八字。"

张择端为难地说:"这种事情,我从来没有干过,你是不是找别人?"

"我想了半天，就你合适。"龙泰说，"这次你帮了我的忙，下次你接媳妇，结婚，送彩礼，我全都给你办了。"

"我实在是不合适啊！"

"张公子，咱哥俩这点面子都没有？"

"不是，不是。"

龙泰生气了，站起来说："好，我知道了，我求不动你，你，也看不上我，这话就算我没说。"

"慢！"张择端想了想说，"我去。"

龙泰笑道："这就对了嘛！"

张择端回到孙羊店，气恼地将龙泰的帖子扔到桌子上，一个人生闷气。

"张公子，你回来了？"店小二过来给张择端沏茶。

"嗯！"

"刚才有个叫海生的来找你。"

"海生？"

"就是海花她哥呀！他说，海花她爹回来了，请你到他们家吃饭。"店小二说，"我看呀，他们一家人对你很有意思，这下你的机会来了。"

第十四章 君命难违

画举魁首

"哥！"海花给锅里添了一瓢水，来到海生身边问道，"你和张公子商量好了吗？"

"我没有见到张公子。"

"你没见到张公子呀？"海花说，"那他还来吗？"

"我让店小二转告他。"

海花噘嘴说："万一他今天有事呢？"

"不会的，我们说好了，他肯定来。"

海花去看了一下锅里煮的鱼，又来到海生身边："哥，你再去一趟嘛！"

"我说不用去了。"

海花拉了一把海伯，撒娇地说："爹，你就让哥再去一趟吧！"

海伯对海生说："年轻人办事，就是不牢靠，你再去一趟吧！"

"不用去了，他肯定会来。"

"爹！"海花又撒娇了。

"让你去，你就去嘛！"

"好，好，我去。"海生起身就走，嘴里嘀咕，"这丫头！"

海生刚出院门，张择端已经到了门前，海生高兴地叫道："爹，张公子来了。"

海伯跑出来，高兴地喊："海花，张公子来了。"

海花来到院门，看了张择端一眼，扭头回院里去了。

"张公子！"海伯迎上前说，"张公子，欢迎，欢迎呀！"

"海伯，你老人家好。"

海伯看见张择端手里拿着一张帖子，一把接过来说："你看你，拿帖子干什么？"

第十四章 君命难违

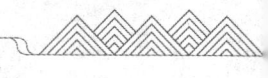

海伯与海生虽然知道是帖子,但他们不识字,不知帖子上写的是什么。

张择端说:"这是,这是龙大哥的……"

"什么?"海伯有些愣了。

张择端与海花并肩站在河边,谁也没有说话。

海伯坐在桌子边,自嘲地说:"也许咱们打鱼家的姑娘,心太高了。"

海生喝一口酒,分析说:"什么心太高了,会不会是张公子嫌咱们是打鱼的呀?"

"别乱说。"海伯说,"我看张公子不像那样的人。"

海生妈插嘴说:"我看啦,那个龙泰就挺好。"

张择端对海花说:"龙大哥是个好人。"

"我知道。"

张择端不知怎么说好,想了半天才说:"你嫁给他,会很好的。"

海花噘着嘴,走到一边去了。

"行了,这个媒我也做了,算是对得起你和龙大哥了。"张择端说完,叹了一口气。

"你真的愿意做这个媒?"

"龙大哥求我,我能拒绝吗?不好不来呀!"

"要是不来做媒,你就不来了?"

"不,不,不做媒,我也会来的。"

海花幽怨地说:"我没有想到,你竟然会为他做媒。要是我不答应呢?"说罢,转身就走。

"你这又是何苦呢?"张择端立即跟了上去。

"你不知道原因吗?"

"我怎么不知道呀？"

"俺知道，俺家是打鱼的，自然会被人家看不起。"

"海花，你不要这样说嘛！打鱼的怎么了？打鱼的人家，就不能出一个好姑娘了吗？古时候，有一个叫西施的，还是个浣纱的呢！她不是也进宫了吗？"

"我不想进宫，我就想这一辈子找一个称心如意的人，我就安心了。"海花说完了就走，张择端跟在后面。

"张公子，你真的不嫌弃我是个打鱼的？"

"不嫌弃。"

"这我就放心了。"海花问，"你真的愿意让我嫁给龙大哥吗？"

张择端吞吞吐吐，不知怎么回答。

"这是我的终身大事，你要告诉我，我就等你一句话。"

"我真的不知该怎么说。"张择端说，"海花，你与龙泰青梅竹马，一定知道他是个好人，他救过我的命，再说，我现在一事无成，还没有考上画院。"

"你别说，我明白了。张公子，你去吧！安心考你的画院，这是你一生的大事，要是真的考上了，我也替你高兴。"

宋徽宗在宫里作画，范恺在身边轻轻地叫了一声："圣上！"

"怎么，考题都议好了？"

"遵照圣上的旨意，定下来了。"范恺说罢，用手指在御案上写了几个字。

宋徽宗笑道："有意思，考试，要的就是当代英才，平庸之辈，不足以取。"

"那是。"

"张择端来了没有？"

第十四章 君命难违

"来了!"

"这一次,朕倒要看一看,他有没有真才实学。"

考生们鱼贯而入,拜见主考官范恺。

范恺说:"现在宣布考题,本场考试,以一句古诗为题,'深山藏古寺'。"

考生们小声议论起来。

"肃静!"范恺说,"有违纪者,逐出考场,现在,考试开始。"

考生们对号入座,各自专心致志地作起画来。

范雯倚门眺望,老管家跑过来了。

"老管家,有消息吗?"

老管家说:"小姐,你放心,韩公子有你和老爷点拨,一定没问题。"

"这也难说,要看他现场发挥如何。"

"那我再去看看。"老管家说罢,转身离去。

范恺巡视考场,看了韩海的画,微微一笑,当走到张择端身边,看了他的画后,满意地点点头。

范恺进宫,内侍手捧收回来的考卷,紧随他后面。

宋徽宗正在宫中作画,范恺上前跪奏:"启禀圣上,国画院考试已完毕,臣先挑了二十幅,请圣上亲选放榜。"

"拿来朕看。"

范恺把选好的画呈上。

宋徽宗先将画浏览一遍。

"深山藏古寺"的意境隐在一个"藏"字。应试者有的把古庙画在半山腰，有的把古庙画在丛林深处，有的把古庙画得完整，有的只画出庙的一角或庙的一段残墙断壁。宋徽宗看了之后，都不甚满意。

"看看这幅！"范恺递上一幅画。

"啊！"宋徽宗看了画后说，"只露出佛幡，不像那一张，露出一古寺，犯了藏字的大忌呀！作者是谁呀？"

"臣的弟子韩海。"

"我说呢，名师出高徒嘛！"

宋徽宗拿起另一幅画，看后哈哈大笑："和尚挑水，鬼才，只有张择端才有这样的鬼才呀！"

范恺笑道："圣上的眼力不错，这正是张择端所画。"

张择端画了一幅什么样的画呢？原来，画中根本就没有画庙，画的是在崇山峻岭之中，一股清泉飞流直下，跳珠溅玉。泉边有个老态龙钟的和尚，一瓢一瓢地舀了泉水倒进桶里。

就这么一个挑水的和尚，把"深山藏古寺"这个题目表现得含蓄深邃极了。和尚挑水，当然是用来烧茶煮饭，洗衣浆衫，这就叫人想到附近一定有庙；和尚年迈，还得自己来挑水，可以想象到那庙是座破败的古庙了。庙一定是藏在深山之中，画面上看不见，这就把"藏"字表现出来了。这幅画比起那些画庙的一角或庙的一段墙垣，更切合"深山藏古寺"的题意。

皇榜终于挂出，张择端高中"魁选"，韩海第二名及第，第三名是一个名叫王平的人。

随之，前三名进宫面圣。

宋徽宗笑对前三名说："从今天起，你们就是国画院的人了，国画院待遇丰厚，地位显赫，你们可要尽心尽力，为国出力呀！"

宋徽宗亲自给张择端、韩海、王平三人赐了官服。

第十四章 君命难违

市井采风逆了圣意

一大早，张择端穿着官服前往海伯家报喜，走近海家门前时，见海伯家门前鞭炮齐鸣，集聚了不少乡亲。张择端问一位老人："大爷，这是怎么了？"

老人说："张公子，龙泰给海家送聘礼来了，要娶海花了。"

张择端显得非常失落，站在树下看了一会儿，默默地转身离去。

张择端回到孙羊店，收拾好行李，坐轿离去，临走前，他掏出一锭银子交给店小二，说海花要出嫁了，请他帮忙代买一份礼物送过去，表示祝贺。

张择端与韩海一同到国画院报到。韩海进门见人就打招呼，显得非常活跃，张择端由于再次错失姻缘，心情不好，情绪低落，显得有些没精打采，只是在墙边的画轴旁徘徊。

一位老画师向身边的人打听，知道他是张择端，不屑地说："看他年岁不大，傲气倒不小，算了，算了，他不见我，我还不一定想见他呢！"

"有啥了不起的呀！"另一位老画师也在一旁嘀咕。

老画师问："道明呀！听说你就要成为范老先生的乘龙快婿了？"

"是，是。"韩海显得有些得意。

众人都过来表示祝贺。

老画师接着说："他家的雯儿，才貌双全，你的福气可不小呀！"

"谢谢！"

"道明呀！"老画师说，"你好好干，我们大家都会帮助你的，你一定会比那些野小子强呀！"

"道明就先拜谢各位前辈了！请各位前辈多多提携。"

"择端！"范恺来到张择端身边，关心地问，"怎么样？"

张择端双手一揖，淡淡地说："没什么。"

"你好像有什么心事？"

"没有呀！"

"你初进画院，要和各位前辈多多交流，不要一个人站在这里，你看这么多老前辈，我来给你引见引见？"

韩海正在那里向各位老画师说客套话，张择端看了一眼，淡淡地说："不必了，不必了。"说罢独自走开。

范恺眼望着张择端离去，显得有些不解，韩海过来招呼，他也没有回答。

张择端搬进新住宅，正在忙着摆放家具，李纲来了，笑道："正道，你真忙呀！"

"李纲兄，里面请。"

李纲看了看房子，问道："正道，为什么不换一个大一点的房子呀？"

"国画院的空房不多，我一个人，倒也够了。"

"画院的待遇甚高，你在外面买一处也是可以的嘛！"

"我一个人，要那么多房子干什么？"

"正道！"李纲说，"我看你情绪不高，有什么心事吧？"

"我也不知道为什么。"张择端说，"走，我们出去走走。"

张择端边走边说："按说，我来京城的目的已经达到了，进了国画院，当上了待诏，这是我一生的梦想，如今得到了，不知为什么，还是高兴不起来。"

李纲笑道："我知道，你是为了海花呀！她要是真跟了你，

第十四章 君命难违

也许并不好。"

"为什么？"

"一个宫廷画家，与一个渔村的姑娘相差太远。"

"这我倒不在乎，只是龙大哥也是我的朋友，他给海花的帖子，还是我送去的呢！"

"你呀！你呀！"李纲笑了笑，问道，"那个范雯呢？"

"别提她了。"

"她真的跟了韩海了？"

张择端点点头。

"正道呀！"李纲说，"我倒是觉得，你不是一个仅仅追求画家的身份和一个称心如意的妻子的人啦！即使你有了这一切，你心里还是不满足。"

"为什么？"

"你所思所想，还是在画上。"

"是！"张择端说，"人非圣贤，有些俗事，不由得你不想呀！"

"总是想这些烦心的事，你将一事无成。我倒是希望你不但进了国画院，而且还要画出一两幅传世之作呀！如果像那些拿着国家的高禄，而平生一事无成之辈，那就成了行尸走肉了。"

"我像是这种人吗？"

"当然不是。"

"我就是不进国画院，也不会没有作为的。"

"这我相信，你要的是成就，没有成就，你就是当上了待诏，娶了海花或者范雯，你心里还是空荡荡的，不踏实呀！"李纲笑问，"我说得对吗？"

"不错。"张择端笑了。

李纲也笑了。

张择端问："你什么时候离开京城去赴任呀？"

"快了！"

宋徽宗吃着水果、点心，悠闲地欣赏着宫女们优美的舞蹈，一曲终了，他突然发现待诏张择端坐在一旁，手里虽然拿着画笔，但纸上还是一片空白，什么也没有画，问道："我说张待诏。"

"臣在！"

"你怎么不画呀？"

"臣看了这些天，觉得宫里实在是没有什么可以入画的。"

"什么？朕的宫中没什么可画？"宋徽宗问，"这么多的亭台楼阁，这么多的武士、美女，没什么可入画？"

"宫中的宫殿虽然雄伟，但那都是死物，而武士多为呆立，难有神采，至于那些舞女，虽然各有神态，也算是宫中唯一的活物，但仅画这些，那宫中与勾栏妓院又有什么区别呢？"

"什么？"宋徽宗斥道，"大胆张择端，你竟说宫中和勾栏妓院没什么区别，反了你，跪下。"

张择端慌忙跪下说："臣不敢，臣只是说，在这宫中实在是没有什么可以入画，比起市井中的士民百态，实在是呆板得很。"

"你！"宋徽宗气得说不出话来，"张择端呀！张择端，你现在是待诏，朕让你画什么，你就得画什么，你把宫中的景色，统统入画，不得有误。"

灯光下，张择端遵从宋徽宗的命令，画那些宫中亭台楼阁，可画这些死物，他总是提不起精神，气得真想扔下笔，可一旦翻看原来那些入画的市井百态，脸上又有了笑容。

画院里，老画师对韩海格外看重，提醒说："圣上喜欢华丽的色彩，你要把颜色调得艳丽一些，这样，圣上见了才会喜欢。"

第十四章 君命难违

"多谢前辈指点。"

"这是我多年侍奉圣上的心得,你我关系不错,所以我才对你说。别人我是不会说的。"

宋徽宗来画院了,范恺与众画师慌忙跪下迎驾。

"诸位平身,平身!"宋徽宗说,"朕只是随便看看。"说罢,上前扶起范恺,问道,"近来如何呀?"

"多谢圣上垂怀,请!"

宋徽宗来到韩海画桌旁,韩海谦恭地说:"请圣上赐教。"

"这是……"宋徽宗问身边的范恺。

范恺说:"这是我的学生韩海。"

宋徽宗走到画桌旁,看了韩海的画,赞叹道:"好,画我宫中胜景,方显我大宋盛世呀!"

范恺道:"是,是。"

随之,宋徽宗又看了其他人的画,甚是满意,可到了张择端的画桌旁,却不见张择端人,问道:"张择端到哪里去了?"

"张择端出宫去了。"范恺如实回答。

"出去了?"

"他说他出去采风。"

"朕让他画我宫廷胜景,出去采什么风呀!来人。"

"在!"小桂子过来了。

"把张择端给朕找回来。"

木枊之刑

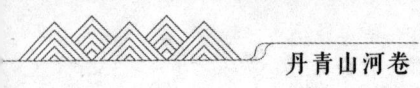

张铁嘴摆摊，绘声绘色地讲起三国平话："话说关羽关云长，提着那把青龙偃月刀，来到两军阵前……"

"好，好。"围观听书之人拍手叫好，场面异常热闹。

张择端坐在旁边写生，将说书的张铁嘴，围观的听众，身边的小孩，全都绘入画中。

小桂子找过来了，叫道："张择端，你不在宫中作画，跑到这里来干什么？皇上召你回宫。"

张择端坐在那里没有动。

"快走吧！愣着干什么？"

"好，好。"张择端起身随小桂子回画院。

宋徽宗还在画院等张择端，见他回来了，冷着脸问："张择端，回朕的话，你到哪里去了？"

"还不赶快回圣上的话呀！"范恺在一旁催促。

"臣出宫画画去了。"

"出宫画画？画的什么呀？"

"还不赶快给圣上过目呀！"范恺再次催促。

张择端只得把刚才的画呈给宋徽宗看。宋徽宗见画中有小孩，还有一个说书的人及围观之人，问道："这是谁呀？"

"说书的张铁嘴。"

"张择端！"宋徽宗站起来说，"你一天到晚就画这些吗？你看看，你现在成什么样子了？你现在是国画院的待诏，到市井中去画什么说书的人，成何体统？"说罢，把画扔在地上。

第十四章 君命难违

张择端捡起地上的画，说："微臣要画东京繁华图，市井百态人物都要有，自然也少不了说书的人。"

"大胆，你还敢争辩？"

"张择端！"范恺担心张择端触犯龙颜，赶忙制止说，"你还不赶快闭嘴。"

"朕让你画宫中景物，你为什么不画呀？"

"宫中景物，实在没什么可画的。"张择端扬扬手中的画说，"这说书人难得一见，过两天就走了。"

"好大的胆！"宋徽宗真的怒了。

"张择端，你还不赶快闭嘴。"范恺连忙帮张择端说话，"圣上，张择端初来画院，不懂规矩，还望圣上息怒。也怪老臣管教不严！"范恺说罢，也跪下了。

"张择端，知罪吗？"宋徽宗问。

老画师、韩海等人都在一旁冷眼旁观。

范恺拉了一下张择端，张择端还是不说话。

"朕问你，你知罪吗？"

张择端倔强地说："圣上让臣画东京繁华图，臣就得出去画。"

宋徽宗气得站了起来，大喝："来人！"

武士上前听令。

"封其臂，从明天起，每天开枷进宫作画，看你还出去不出去。"

两名武士上前，将一块木枷板锁在张择端手上。

"你们要干什么？你们要干什么？"张择端不住地挣扎，可无济于事，画画的手，还是被木枷锁住了。

老画师、韩海在一旁幸灾乐祸地冷笑。

范雯搀扶范恺在花园里行走。范恺感叹地说："没有想到，张择端这么耿直刚烈。"

范雯说："那幅东京繁华图，我也听他讲过，确实是一幅鸿篇巨制。"

"他如果再不听皇上的话，恐怕连画院都待不下去了。"

"爹，你劝劝他，别让他胡来呀！"

"哎！"范恺吩咐范雯说，"你不要在韩海面前问这件事，免得他多心。"

"嗯！"

"雯儿！"

"什么事？"

"过几天你就要成亲了，你想让为父怎样为你操办？"

范雯兴致似乎不高，说："没什么操办的，你就不必费心吧！"

范恺说："好在韩海不像张择端那样，没有什么让人操心的事情。"

张择端想尽办法，想打开右手的木枷，可无论用了多少劲，就是打不开。突然听到外面传来话声："张择端在屋里吗？"

"在，在。"

张择端慌忙跑到床边，躺在床上。

小桂子进来了，说："张择端，传圣上口谕，命你马上进宫。"

张择端躺在床上，不理不睬。

"你听见没有？"小桂子怒了，吩咐武士，"来，把他带走。"

两个武士上前，把张择端从床上拉下来。张择端挣扎地说："你们要干什么？我病了。"

范恺进来了，对小桂子说："公公，请到外面休息，我来劝劝他。"

第十四章 君命难违

小桂子一甩手，带武士出去了。

"正道！"范恺问，"你真的病了？"

张择端不说话。

"你就是真的病了，也得进宫呀！你现在是朝廷命官，不是普通老百姓，圣旨是不可违的呀！"

"我，我不想留在国画院，也不想当待诏，范老师，帮我向圣上说说，放我回家吧！我出去，想画什么就画什么，我受不了这个罪。"张择端拼命在桌子上砸手中的木枷。

"正道！"

张择端声嘶力竭地说："我在这里像条狗，锁住了我，锁住了我啊！"

"正道！"范恺说，"你别砸，砸不开的，这枷锁我也戴过。"

"你也被枷过？"

"不止一次，这东西是圣上制约我们的法宝，孩子呀！不要任性，你脾气再倔，也惹不起圣上。"范恺哭着说，"正道，皇粮可不好吃，你给皇上当差，怎么能任着性子来呢？我们画画的，有我们愿意画的，也有我们不愿意画的，给圣上当差，愿意画的和不愿意画的，都得要画。谁让你是待诏呢？"

张择端还在砸着手臂上的枷锁，说："我不想干了，我不想干了。"

"正道，你以为进画院容易吗？有多少人在外面想进，他还进不来呢！想出就更难了。我不能看着你把你的一生都毁了。"

师徒二人抱头痛哭："正道，孩子呀！"

张择端进宫了，坐在一旁看宫女起舞，提笔久久不下。宋徽宗看了张择端一眼，显得有些不高兴，张择端一脸无奈，不情愿地画了起来。

第十五章 教主道君皇帝

师徒的交流

韩海与范雯成亲，范府鼓乐齐鸣，宾客盈门。范雯头顶红盖头，坐在闺房的床上。

韩海穿着大红的新郎服，在烟花鸣放之中，跪在范恺面前："叩见岳父大人！"

秋菊夹杂在围观的人群中，兴奋异常。忽然，她发现张择端站在人群后面张望，悄悄走过去，问道："张公子，你怎么不进去呀？"

"我……我还有别的事。"

"真弄不懂你们这些男人，你都有老婆了，还惦记我们家小姐干吗？"

"你说什么？"张择端吃惊地问。

"你不是有老婆的人吗？"

"谁说我有老婆了？"

"我们家相公呀！"秋菊说，"他说你在老家已有妻室了。"

"他怎么能如此说呢？我从来就没有什么妻室。"张择端一跺脚，"我找他论理去。"

"什么？你没有妻室？"秋菊大吃一惊，气得转身就跑。

秋菊悄悄进了闺房，走近披着大红盖头的范雯，轻叫一声："小姐。"然后附在范雯耳边，悄语了几句。

"什么？"范雯猛地站起身，突然一阵昏眩，仰倒在床上，张择端的那支笔，也从袖子里掉落地上。

韩海进房了，走到床边，掀开范雯的大红盖头，激动地说："夫人，我一定会对你好，对你父亲好，对你们一家人，都好。"

第十五章 教主道君皇帝

范雯似乎像突然变了一个人一样,木讷、两眼呆滞,像个木头人一样,没有任何反应。

韩海没有觉察到这些变化,将范雯放倒在床上,扒去范雯的衣裳。

范雯没有作任何反抗,也没有任何反应,躺在床上,任由韩海摆弄,眼里在流泪,心里在流血。她痛恨压在身上的这个男人,用卑鄙的手段投在父亲门下,夺走了张择端拜师的机会,如今,又用卑鄙无耻的手段,捏造谎言,斩断了自己与张择端的情缘,夺走了自己的贞操。

激情过后,韩海累得躺在床上,范雯侧过身子,轻声抽泣。

童贯出使辽国,其实就是去找事的,可惜的是他什么也没有得到,但在回国途中,却意外地遇见了一个叫马植的辽国汉人投书拜访,说辽国天祚帝荒淫无道,女真人不堪辽国的欺压,假如宋朝派人取道莱、登渡海,同女真结成联盟,对辽国形成前后夹攻之势,辽国必败。到时大宋便可收复燕云十六州。

童贯把马植带回汴京,改名李良嗣,并将他推荐给宋徽宗。

"圣上!"童贯说,"臣出使辽邦归来,得遇大宋旧臣李良嗣,他在辽国逗留多年,对辽国国情知之甚详,臣让他介绍一下辽邦的情况。"

宋徽宗问道:"你叫李良嗣?"

"是!"李良嗣跪下。

"说说看,辽邦的情况到底怎么样?"

"辽国天祚皇帝荒淫无道,国内派系林立,虽然对大宋虎视眈眈,其实也是外强中干,而且,他们还面临北方女真人的威胁。"

"女真人?"宋徽宗问,"女真人有能力与辽国抗衡?"

"女真人不甘辽国的欺凌,对辽人恨之入骨。"

"那又怎么样？"

童贯献计说："假如宋朝同女真结盟，形成前后夹攻之势，共同对付辽国，辽国必败无疑，我大宋收复燕云十六州，就指日可待了。"

宋徽宗虽然过着醉生梦死的生活，但却好大喜功，而且有极强的虚荣心，心里想，如果侥幸灭辽，列祖列宗梦寐以求的燕云十六州，就可垂手而得，如此一来，自己就可成为彪炳千秋的一代明君。想到这里，不由点头赞许。

"圣上！"童贯说，"这可是千载难逢的机会呀！"

"好！"宋徽宗站起来说，"你速去召集众臣商议此事，快去呀！"

张择端在画院创作《东京繁华图》，范恺进来了，见张择端一个人正在低头作画，叫道："择端！"

"范老！"张择端起身相迎，"您怎么样了？身体康复了吗？"

"还好！家里天天吵，待不下去了，想出来走走。"

两人说着话，已到了画桌旁。范恺看了张择端的画，问道："择端，这是长卷的哪一段落？"

"是第二段落，汴河。"

"啊！"范恺再看看画，说，"界画画物，必求真实，尺寸器具，都不得有半点差错，所以，它比其他的画法更难，但往往又被人视为工匠之技，被人瞧不起呀！"

张择端淡然一笑。

"你这幅长卷，气势恢弘，可谓开画界之先河呀！"

"不敢，择端只是想将京城百姓之态，收入画中。"

范恺笑了笑，再次细看画卷，说："你不取京城繁华之景入画，而取东角门和附近一带的平民之景，这岂不与圣上要你画的升平

第十五章 教主道君皇帝

景象相违背吗?"

"圣上所说的升平之景,实在没有船工迎激流而上的壮观场面动人心魄呀!"

"你这样的画法,圣上是不喜欢的,圣上要你画的内容,也要画上一些,不然的话,在圣上那里交不了差,你说是吗?"

张择端点点头。

范恺指着画卷说:"这一段落是传世之笔,不论怎么修改,这一段千万不可舍弃。"

"是!"

"我为画一生,可没有胆量画你这样的大作,自愧不如啊!"

"老先生过谦了。"

范恺突然激烈地咳了起来。

"范老,你……"张择端关心地问。

"无妨,无妨。"范恺说,"家中韩海与雯儿经常争吵,在家里待不住,我出来,是为了躲个清静啊!"

张择端无言以对。

"择端!"范恺一手搭在张择端的肩上,后悔地说,"我对不起你,也害了雯儿,这让我抱憾终生啊!"

韩海在书房里画仕女图,范雯与秋菊进来了。

"夫人!"韩海问道,"看看我这幅仕女图,画得怎么样?"

范雯冷冷地说:"你总爱画这些嫔妃像,有什么意思?你好像就只会画这些美人图吧?"

"你懂什么?这是圣上的旨意,你能违抗吗?再说,跟这些嫔妃搞好关系,只有好处,没有坏处。"

"我知道,你就是一门心思想巴结她们,你把心思都用在这上面了,还有什么出息?"

"你就是看不起人,是吗?"韩海气恼地说,"我早就知道,你和你爹就只看得起那个张择端。"

"张择端就是比你强,比你有出息。"

"他比我有出息,你嫁我干什么呀?"

"我嫁给你?谁干了什么见不得人的事,谁心里清楚。"范雯说罢,扭身出了书房。

"贱人!贱人!"韩海冲着范雯的背影大骂。

蔡京暗地指使童贯联络金国一同抵抗辽国,对此事大臣们争论不休,有的认为可行,有的则认为只有宋、金、辽三国成鼎立之势,宋国才能自保。

宋徽宗询问童贯,他与大臣们讨论联金抗辽的问题,是什么情况。

童贯说:"大臣们各执一词,争论不休,有的主张联女真人攻辽,有的担心攻不下来,反开罪了辽国,有的又说女真人灭了辽国,势力强大,对我大宋不利。"

"有结果吗?"

"最后仍然是议而难决呀!"

"如果他们都说得有理,你说怎么办?"

"此事重大,臣也难以决断。"

"你……"宋徽宗非常失望。

童贯叹口气说:"可惜呀!蔡京蔡大人不在朝中,他若在,此事定能决断。蔡大人为前朝老臣。精通内外政务,如果圣上能宽恕他的过错,召他进宫,或许他有办法解决面临的难题。"

宋徽宗看了童贯一眼,没有说什么。

"臣上次见到蔡京,他对圣上十分挂念,要我尽心尽力为圣上分忧。"童贯叹口气说,"只可惜臣能力有限,若能及蔡京一半的本事,也不至于让圣上这么忧虑了。"

"难得你有如此忠心呀!"

"不瞒圣上说,臣常往蔡大人处向他请教,从中获益匪浅。"

"你可就伐辽之事,与他商议过?"

"商议过。"

"他怎么讲?"

"蔡大人之言,颇有见地,圣上何不宣他进宫,亲自问他。"

宋徽宗又看了一眼童贯。

"蔡京上次冒犯了圣上,后来他后悔莫及,有心当面向圣上谢罪。"

宋徽宗冷笑一声,似乎有些不相信。

童贯慌忙说:"臣若有半句假话,甘当死罪。"

"容朕再考虑考虑吧!"

江湖道人封为国师

宋徽宗终于还是召见蔡京,蔡京趁机投其所好,献上自己收藏的珍品花石。

宋徽宗手捧一尊造型奇特的花石,爱不释手,赞道:"朕好长时间没有见到这么好的花石了。"

蔡京道:"这一块花石,是臣专门献给圣上的,实乃是世上神品。"

"神品?"宋徽宗仔细察看花石,"嗯,果然是神品,爱卿,平身。"

"谢圣上!"蔡京说,"臣听说圣上怕扰民而罢了花石纲,臣心中十分不忍,难道圣上身为天子,连块石头也不能得到吗?"

"他们都说扰民,朕也就不好说什么了。朕为天子,总不能不顾及百姓吧!"

"圣上爱民如子,令臣感怀,但是,尊君如父,也是古之礼训呀!君之所爱,民岂能夺之?依臣看来,这是朝中大臣多管闲事,分明是要左右圣上呀!"

"是吗?"

"臣知道太湖边有一块巨石,造型奇特,称得上天下花石之王。圣上是否想把这块巨石运进宫来?"

"算了!"宋徽宗说,"朕要是把它运进宫来,大臣们又要说朕的不是了。"

"圣上放心,这件事由臣去办,若有非议,臣愿一肩扛下来。"

宋徽宗笑道:"那就为难你了。"

"这是臣的本分啊!"

宋徽宗说:"朕这次召你进宫,是有一件要事,想听一听你的意见。"

"是否是攻辽之事?"

"你知道了?"宋徽宗说,"这件事满朝文武商讨多时,总是议而不决,你有什么看法?"

"臣不知圣上意下如何?"

"若能联女真而灭辽,收复燕云十六州,那自然是朕的宏图伟愿,可是,大臣们却有很多非议之词。"

"他们都说了些什么?"

"有的说,辽国自'澶渊之盟'后,与大宋化干戈为玉帛,铸刀剑为犁锄,不再鸣鼓相攻,宋辽之间和平相处,不是很好吗?

第十五章 教主道君皇帝

如今，女真人崛起，形成三足鼎立之势，互相牵制，大宋尚可保平安。若助女真人攻辽，灭辽之后，女真人野性不改，必定会长驱直入，大宋恐难自保。朕觉得也有些道理。"

"荒唐，说此话者，枉为朝中大臣。"

"爱卿何出此言啦？"

"宋朝历代皇帝，对燕云十六州落入辽国之手，一直耿耿于怀，欲图收复，一直未能如愿。澶渊之盟，只是拿钱买和平。如今，北方女真人崛起，正好助大宋一臂之力，联金伐辽，这可是天赐良机，如果错失良机，将会反受其害。"

宋徽宗道："这些人平常说三道四，义正词严，可真正遇到大事，却都是一筹莫展了。"

"圣上所言极是。他们一口一个不能自保，好像我大宋的江山弱不禁风，软如羔羊，这岂不是小看了我大宋的强盛，无视圣上的雄才伟略吗？"

"依你之见呢？"

"抓住时机，联金伐辽，收复燕云十六州，扬我大宋国威。"

"那么，破辽之后呢？"

"若能破辽，我大宋必将声威大震，然后再伺机灭掉女真人，到那个时候，圣上就可以一统神州，号令于天下了。"

"好！"宋徽宗果断地说，"朕命你重返朝中，整顿政务。"

"臣决不辜负圣上的重托。"蔡京跪下谢恩，"谢陛下！"

童贯、邓洵武及左阶道徐知常前往蔡府，恭贺蔡京重新出山，几个人笑逐颜开，欢聚一堂。

童贯献媚地说："大人此次重返朝中，可喜可贺呀！"

"多亏公公在圣上面前美言，老夫谢过了。"

邓洵武说："大人，恭喜，恭喜！"

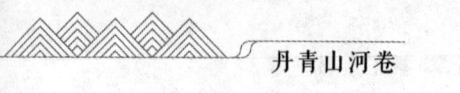

"攸儿！"蔡京吩咐说，"太湖那块花石，你要迅速去办啦。"

"父亲放心，孩儿已经秘密派人去办了。"

"不必那么谨慎，可以大张旗鼓地去办。"

"爹！"蔡攸说，"你不是说怕朝中大臣有非议吗？"

"现在情况不同了，我就是要他们非议，闹得越大越好，让他们在这些琐事上纠缠不休，扰乱圣听，只有这样，圣上才会冷落他们。我要让天下人都知道，蔡京是打不倒的，我又回到朝中了。"

童贯奉承地说："这可算是一石三鸟呀！"

蔡京说："我现在担心的是圣上本人，圣上生性聪慧，如果专心于政务，我们很难控制，最好的办法是找一些他喜欢的东西缠住他，让他沉溺其中，朝中的事情，我们就好办啦！"

"蔡大人！"邓洵武指着左阶道徐知常说，"我今天带徐大人来，就是要向你说一件事。"

"什么事？"

徐知常说："前几天，圣上对我说，他夜里做了一个梦，梦见东华帝君派仙童召他去游神霄宫。后来梦醒，神霄宫不见了。他还问我知不知道神霄宫。"

"你怎么说？"

徐知常说："神霄宫只是一个传说，缥缈虚无，扑朔迷离，到哪里去查访？这两天我正在为这件事发愁呢！"

蔡京点点头，似乎在想什么。

"最近一段时间，圣上对道教非常感兴趣，很相信这些道士神仙的话。"

蔡京点点头，似乎已胸有成竹。

络腮胡子在京城四处寻找，一路找到东太乙宫外，见路边有一个道士在那里摆地摊算卦，便走了过去："算卦的。"

第十五章 教主道君皇帝

"先生，你是要算卦吗？"

"你是哪里来的？"

"贫道是温州人。来，我给先生算一卦，花钱不多。"

络腮胡子把一锭银子丢到道士脚边。

道士抢抓起地上的银子，惊喜地说："银子，银子呀！"

"走！"络腮胡子说，"跟我走一趟。"

道士这才知道银子不好拿，颤抖地问："你要带我到哪儿去呀！"

"去了就知道了，走吧！"

道士见络腮胡子把他带到丞相府门前，吓得大叫："先生，你把我带到这里来干什么？"

"走！"络腮胡子推一把道士，"进去！"

络腮胡子像老鹰抓小鸡一样，将道士带进丞相府，推倒在蔡京面前，喝道："跪下！"

"老爷，我再也不骗人了，我再也不骗人了啊！"

"抬起头来。"蔡京不怒自威。

道士抬起头，惊恐地看着蔡京。

"你是温州来的？"

"是，老爷。"

"你的来历我可调查得一清二楚。"蔡京冷冷地说，"你叫林灵噩，家世寒微，一心想发财，可惜没有机会，落魄于江湖，去酒店喝酒，赖账不还，赌场赌博，输得一塌糊涂。还不起赊欠，欠下赌债，便要流氓，自行毁容，变成了现在这副阴阳脸。你是一个地地道道的无赖。"

"老爷，我也是被逼无奈啊！"

"你少年时皈依佛门，因学习不认真，遭到老师的答骂，于是弃佛学道。"蔡京逼视着林道士,"我说得没错吧?"

林道士吓得面如土色,哭着说:"老爷,饶命呀!"

"你不用害怕。"蔡京奸笑道,"只要你听我的话,我不但不会害你,反而还会帮你,让你从一个无赖,变成一个人上之人。"

"老爷,我一定听你的话,你叫我往东,决不会往西,你叫我撵狗,我决不会赶鸡!"

蔡京笑道:"听说你对很多人说起神霄宫的事,还作过一首神霄宫的诗。"

"老爷!"林道士不住地叩头,"我那是糊弄人的啊!"

蔡京取过桌子上的一张纸,念道:

神霄宫殿五云间,
羽服黄冠缀晓班。
诏许群臣亲受箓,
步虚声里认龙颜。

"老爷,别挤对我了!"

蔡京笑道:"写得不错啊!"

"我那不是糊弄人的吗!"

"不要说糊弄人。"蔡京说,"这些都是真的。"

"真的?"林道士瞪大了眼睛。

"只要你按我说的办,我让你当国师。"

"圣上!"徐知常奏道,"神霄宫找到了。"

"你说什么?"

"启禀圣上,市井上有一个道士,自称知道神霄宫的下落。"

"什么?竟然有这种事?"宋徽宗盼咐,"把他带进宫来,

第十五章 教主道君皇帝

快去。"

徐知常出宫，不一会儿，蔡京带着林道士进宫了。

宋徽宗手拿"神霄诗"，问刚进宫的道士："你有何法术，给朕慢慢道来。"

林道士吹嘘道："臣上知天宫，中知人间，下知地府。凡天上、人间、地府的事情，臣全都知晓。"

蔡京看看林道士，再看看宋徽宗，一脸的诧异。

宋徽宗扬了扬手中的一张纸问："这首神霄诗，是你写的吗？"

"正是贫道之作。"

"你说说，神霄宫是个什么所在？"

"神霄宫是东华帝君的宫殿。天上的长生大帝君、青华大帝君，都是玉皇大帝的儿子。在他们身边，还有左元仙伯，赏罚仙吏八百余员。"林道士神秘地说，"臣当年在天上侍奉玉皇大帝的时候，见过陛下。"

"真的吗？"宋徽宗惊喜地问。

"陛下！"林道士说，"你就是玉皇大帝的长子玉清王降生人间。臣是仙府散卿，姓褚名慧，因陛下临凡御世，所以也跟着下凡，来辅佐陛下。"

"是啊！"宋徽宗也跟着装神弄鬼地说，"朕今日见了你也觉得很面熟，朕记得你当年骑着一头青牛，那头牛到哪里去了？"

"青牛寄放在外国一个很远的地方，不久就会回来。"

宋徽宗深信不疑，瞪大眼睛看着林道士。

林道士接着说："蔡京蔡大人是左元仙伯，降世来到人间，辅佐陛下。"

宋徽宗吃惊地看了蔡京一眼，蔡京谦恭一揖。

"陛下，青华大帝君前几天曾邀请陛下游神霄宫，难道陛下不记得了？"

"哎呀！"宋徽宗说，"这都是朕在梦中所见，你怎么知道的？"

徐知常说："道长通灵，自然知晓。"

林道士说："天上人世之间，自有通路，陛下梦中所见，并非子虚乌有，如今陛下雄才大略，一统天下，故有神灵前来相助。"

"哎呀！道长真是通灵呀！"宋徽宗说，"朕封你为国师，赐名林灵素，号通直达灵玄妙先生，简称通灵先生。"

"谢陛下赐名赐号。"

"朕再赐给你金牌一面，可以随时进宫。你就搬进宫来陪朕吧！"

"贫道遵旨！"

蔡京、邓洵武、徐知常相视一笑。

皇帝掌道教

"圣上宠幸蔡京，这是要误国，这是要误国的呀！"赵挺之将茶杯重重地砸在桌子上。

范恺问："朝中大臣们，为何不劝阻呀？"

"圣上怎么能听得进去呢？"

"如此大事，圣上为何听不进呢？"

赵挺之无奈地说："圣上每天专宠蔡京，连见都不见我们，我们就是想劝谏，也没有机会啊！"

"圣上为何又宠蔡京？"

"蔡京用神仙道士迷惑圣上，圣上已经沉湎于此，几乎到了

第十五章 教主道君皇帝

走火入魔的地步,成天在宫中与道士谈经论道,不理朝政,不能自拔。"

一天,宋徽宗去上清宝箓宫祈祷。

林道士问:"圣上是想求昊天上帝之诏,还是想求见青华帝君之面。"

"两样都想求,请通灵先生指点迷津。"

"日有所思,夜有所想。只要陛下日夜凝想,一定能够成功。"林道士神秘地说,"但帝君只在夜间降临,且都是在梦中,他是不见凡夫俗子的。求见期间,陛下只能与玉真安妃同宿。只要陛下心诚,一定能见到帝君。"

宋徽宗信以为真,天天宿在小刘贵妃宫里,以求做个好梦。

几天之后,林道士问道:"陛下,见到帝君了吗?"林道士见宋徽宗一脸茫然,提示道,"陛下晚上做梦了吗?"

"好像做了个梦!"

"这就对了。"林道士提示道,"一定见到青华帝君了吧?"

"好像是。"宋徽宗皱眉道,"好像还说了几句话,没听懂,也没记住。"

"陛下当然听不懂了。"林道士接着问道,"陛下没看见帝君身边还有一个人吗?"

"好像是有个人。"宋徽宗的思维随着暗示走。

"那个人就是我呀!帝君是来宣旨的,帝君将旨意交给我带来了。"林道士随手从袖内抽出一卷天书,递给宋徽宗说,"这是天书云篆,陛下一定能看懂。"

宋徽宗接过天书云篆,见上面的字是李斯所创的小篆,落款盖有"昊天上帝"之印。

"通灵先生!"宋徽宗看罢大喜,吩咐道,"朕命你筹备开一个千道大会。"

"臣遵旨!"

"朕要诏命天下,所有道观都要派员参加千道大会,这次千道大会上,宣布青华帝君降临,向天下人传道。"

朝堂上,宋徽宗身穿道服,端坐于龙椅,群臣跪伏于堂下。林道士在朝堂上宣读:

奉天承运,皇帝诏曰:朕为上帝元子,神霄帝君,奉上帝之命下界,兴中华之正教。卿等可上表章,册朕为教主道君皇帝,只用于道门。钦此。

蔡京出班奏道:"臣蔡京遵旨受表,尊吾皇万岁为'教主道君皇帝'。"

小桂子接过奏章,呈给宋徽宗。

范恺正在画院同画师们讨论画作,宫中小桂子突然进来宣旨。范恺慌忙跪下接旨。小桂子念道:

教主道君皇帝法令:"天下天宁观"均改为"神霄玉清宫",每宫各设长生大帝君、青华帝君神像。各需一百三十六幅。每幅高九尺,宽六尺。定要庄重神武。特命国画院统一绘制,不得怠慢,钦此!

范恺伸直了腰,一脸诧异地看着小桂子。

"范恺,还不谢恩?"小桂子催促道。

"臣领旨谢恩!"

小桂子走了,画师们顿时议论纷纷,叫苦不迭。范恺无奈地说:

第十五章 教主道君皇帝

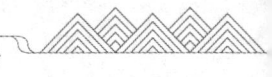

"荒唐，太荒唐了。"话音未落，第二道圣旨又到了。

范恺再次率众画师跪接圣旨。小桂子宣读：

教主道君皇帝法令：朕前日祭天，天降神灵，特在神灵显示之处，建道宫一座，名为迎尊宫，朕亲书天尊降临之祭文，刻天碑上。特命国画院绘制迎真图，高十二尺，宽九尺，悬于宫内，以配铭文，钦此！

范恺气恼地将一幅神像扔在桌子上，愤愤地说："神像，神像，这一百多幅神像，要画到什么时候呀！"

"爹！"

"圣上真是中邪了，画神像，迎真图，还要大兴土木，修宫殿，铸金鼎，如此奢华，真是荒唐。"

"爹，这些事情，你管得了吗？"

"爹是先朝老臣，怎么能眼看着他们把黎民百姓往火坑里推呢？"

"爹，你别生气，吃点水果嘛！"范雯把一盘水果呈上。

范恺气恼地说："这个画院的正学，我是干不下去了。"

宋徽宗成了道君皇帝，龙袍换成了道袍，宫内墙上的九龙图，也换成了道教的八卦图，坐的不再是龙椅，而是蒲团坐垫。

看着宋徽宗闭目打坐，小桂子几次想说话，却又不敢出声，趁宋徽宗睁眼的时候，连忙小声奏道："陛下，范恺提出辞职了。"

"什么？范恺敢辞职？"

"是呀！"小桂子说，"他还说，他年老多病，难以承担画神像和迎真图的重任，所以上表请辞国画院正学一职。"

"朕正是用人之际，他却要辞职，去呀！把他给我带进宫来。"

宋徽宗睁开眼,见小桂子还没有走,问道:"怎么还没有去呀?"
"那范恺卧病在床,不能行走。"
宋徽宗冷冷地说:"只要他不死,抬也要把他抬来。"

第十六章 戏弄国师

迎神图

"老爷！老爷！"管家刘四慌慌张张地跑进来说，"不好了！"

"什么事如此惊慌？"范恺问。

"官兵闯进府里来了。"

范雯问："你没有对他们说，老爷病了吗？"

"说了！"管家说，"他们说，老爷只要有一口气，抬，也要抬进宫去。"

范恺从床上坐起来，说："我说的没错吧！圣上是不会放过我的。"

"老爷！"

范恺吩咐老管家："给我朝服，快去。"

"爹，怎么办？"

范恺站起来说："爹是朝中大臣，圣上宣召，我能不去吗？"

范恺穿好朝服，刚走出门，小桂子催促道："范恺，你快一点哟！"

范雯关切地说："爹，你千万不要惹圣上生气啊！"

"爹知道，你进屋去吧！"

"走吧，走吧，快点。"

蔡京对林道士说："范恺是画院正学，平常总是与老夫作对，这次对圣上尊崇道教，多有微词，拒绝画神像，实在可恶。请国师劝说圣上，除掉此人。"

"大人放心，贫道心中有数。"

"另外有一人，可接替范恺之职。"

"谁？"

"画院待诏韩海。"

第十六章 戏弄国师

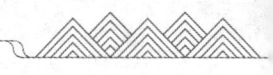

"韩海?"

"对,你照我说的办就是了。"

小桂子上前启奏:"启禀圣上,画院正学范恺进宫见驾!"

"宣他进宫!"

范恺进殿跪下叩拜:"圣上万安!"

"范恺!"

"臣在。"

"朕让你画的神像,画好了吗?"

"启禀圣上,臣已上表,如此众多的神像,画院很难完成。"

宋徽宗不高兴了,怒斥道:"画院那么多画师,怎么就画不过来呢?"

范恺说:"画院乃大宋画界圣地,岂能大家都来画神像?那画院与道观又有什么区别?"

"范恺,你好大的胆子?"

"范恺素来胆小。"

"你不画画,胆子比天还大,你还胆小?"

"范恺执掌画院,正因为胆小,才不敢把画院变成道观。"

"你还敢嘴硬。朕乃上天长生大帝转世,来人间弘扬正道,你竟敢抗旨不遵?"

范恺见宋徽宗态度生硬,大吃一惊。

"你知道欺君之罪如何处置吗?"

"圣上!"范恺说,"正因为臣知道欺君之罪属重罪,才不敢欺君。"

"你不敢欺君?"

"是!"范恺说,"见君不明而不正之,可谓欺君;见君迷惘而不谏之,可谓欺君。范恺正使圣上摆脱迷惘,才冒死直言。"

"朕有何不明之处？"

"圣上乃一国之主，万乘之尊，本当以万民为本，岂能以个人之好恶而荒废国家大事。国画院众画师，乃国之精良，画界英才，绘制舟船人物，或者是花鸟鱼虫，各有所长，如果大家都来画神像，长此下去，画院还怎么能有佳作问世？"

"你……你……"

"如此，画院岂不是成了道教附庸了吗？"

宋徽宗冷哼一声。

"圣上本是丹青妙手，知道绘画之理，怎么能下这样的旨意呢？"

"朕是想……"

范恺抢着说："圣上是叫人蛊惑了。"

"范恺！"林道士站起来怒斥道，"你竟敢亵渎神灵。"

范恺站起来质问："你是何人？"

宋徽宗说："这是朕请来的国师通灵先生。"

"身为道士，应当恪守道规，怎么能在大堂之上蛊惑天子，扰乱朝政。"

"陛下！"林道士冷冷地说，"臣有慧眼，已将这个范恺看清，他乃天上妖孽下世，专门与道家作对，此人不能不除。"

"范恺乃堂堂大宋翰林，岂是什么妖孽？"

"陛下！"林道士阴狠地说，"此妖孽名叫九头鸟，在天上偷吃禁果，被玉帝打下凡间。陛下乃玉帝之子，故他在人间处处与陛下作对。"

范恺一把抢过林道士手中的拂尘，追打林道士，林道士躲到宋徽宗身后，范恺在争打之中，不小心打到了宋徽宗的手臂。

"圣上，这个妖道，怎么能听他一派胡言。"

"来人啦！"宋徽宗命令，"将这个九头鸟给朕押出去。"

第十六章 戏弄国师

"圣上……"

"陛下!"林道士说,"这个九头鸟,非常狡猾,必须要用火烧才能将他处死,让他不能再生。"

范恺愤怒地说:"为臣在朝数十年,岂能听这妖道的一派胡言啦!圣上。"

宋徽宗大叫:"给我押下去。"

天上下起倾盆大雨,范恺跪在大雨中,仰天呼叫:"圣上,臣范恺一片忠心,天地可鉴啦!"

宋徽宗在宫内祈祷,林道士咬牙切齿地说:"圣上,这个范恺实在猖狂,请圣上务必要将他处死,此等妖孽,不可让他留在人间。"

"他随朕多年,又是画界的泰斗,除他,怕天下人不服呀!他就是这个脾气,朕知道,再说,这画界的事情,还要靠他来执掌。"

"此等妖孽,不能让他来画神像,若是让他画了,将亵渎神灵。"林道士说,"臣夜占一课,国画院中有护法童子转世,可担此重任。"

"护法童子?谁呀?"

"可有一个叫韩海的?"

"有呀!"

"正是此人。"

"韩海?"

"此人可担此大任。"

宋徽宗问:"那范恺呢?"

"请圣上将他处死。"林道士说,"妖孽不除,国将不安。"

宋徽宗犹豫不决。

"圣上崇尚道教,本是为了请求神明相助我大宋,使大宋国富民强,攻无不克,若不斩亵渎神灵之人,圣道怎能弘扬?神明岂能相助？而我大宋又怎能富强起来呢？"

宋徽宗看了林道士一眼，仍然没有表态。

"圣上是上天下凡之人，岂能被这凡尘之事所困扰，要成大业，不可不扬我圣道的威严呀！"

宋徽宗似有所动，站了起来。

"圣上！"林道士跪下说，"请斩妖孽，肃清宫廷。"

"武士安在？"宋徽宗终于下了决心。

"小姐，小姐，不好了！"

"老管家，什么事，你慢慢说。"

"咱家老爷要被问斩了。"

范雯一阵晕眩，跌坐在椅子上，少顷，又站了起来，跑出家门。

范恺被押赴刑场，小桂子当众宣读圣旨：

奉天承运，皇帝诏曰：经查，国画院正学范恺，乃天上九头鸟下凡，不遵圣道，扰乱朝纲，为先帝所不容，特赐极刑。钦此。

"冤枉，冤枉呀！我不是九头鸟！"范恺大叫。

小桂子读罢圣旨，宣布行刑。

"住手，刀下留人！"张择端冲上斩台，"不能杀害无辜。"

"张择端！"小桂子大叫，"你不能扰乱法场。"

张择端大声说："范恺在宫中为官数十年，满朝上下，谁人不知？他怎么会是九头鸟？怎么会是妖魔？"张择端上前抱住范恺，说，"臣愿意与范老先生一同受死。"

小桂子大喝："张择端，你好大胆，你太不像话了。"

赵挺之及众画师全都跪下："我等愿一同受死！"

第十六章 戏弄国师

范雯及一众人等也跪在后面求情。

"什么?"宋徽宗问,"张择端聚众闹事?"
"是呀!"小桂子说,"他带着宫里、宫外的一帮画师,说愿与范恺同死。"
林道士凶狠地说:"谁敢抗旨,将他们一同斩首。"
"陛下?"
"速将张择端带来见朕。"

张择端随武士进宫,跪下哭奏:"圣上,圣上!"
"朕意已决,不可更改。"
"圣上!"张择端问,"圣上说范恺是九头鸟,有何凭据?圣上只听一人之言而斩名士,岂不让天下人心寒吗?如此一来,谁还敢在宫中为官?谁还敢为圣上效力?圣上只用一个国师,便可替代百官为政吗?就可替代国画院的画师,为圣上作画吗?"
"他抗旨不遵,朕留他何用?"
"范老前辈体弱多病,完成如此宏大之作,当然是力不从心了。"
"那朕要的迎神图,怎么办?谁来画?"
"只要圣上释放范恺,择端愿画迎神图。"
"当真?"
"请圣上开恩啦!"

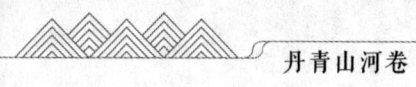

张择端戏弄国师

范恺抓住张择端的手,感激地说:"正道,多亏了你,要是没有你,老夫已成为刀下之鬼了。"

"范老深受天大委屈,择端自然会站出来说话,你先好好养病,待我日后面见圣上,恳请圣上复你的官职。"

"为官一生,竟落得如此下场,这样的官,不当也罢。"

"爹,你躺下吧!"

范雯看着张择端,四目传情,却不知说什么好。

"圣上!"林道士问,"圣上为何不斩范恺呀?"

"国师有所不知呀!张择端画迎神图,比范恺强十倍,故朕赦免了范恺,不过,他已被解职了,命韩海任画院正学。"

"圣上对他们太宽厚了。"

"要是真斩老臣,朕于心不忍,把他赶出宫去,也就是了。"

秋菊知趣地退了出去。

"正道!"范雯给张择端沏了一杯茶,感激地说,"这些天,真是多亏你了。"

"何必说这些呢?"

"你答应画迎神图,恐怕要耽误你画长卷吧!"

"只要能救老先生一命,比什么都值。"

"你的长卷画得如何?"

张择端摇摇头,说:"还没有完成。"

"有什么难处吗?"

"圣上让我画宫廷画,我总觉得难以下笔。"张择端接过范

第十六章 戏弄国师

雯递过来的茶,顺势捧住了范雯的手。

范雯抽回手,有些慌乱,语不成句地说:"那……那什么时候,能让我去看看吗?"

张择端含情脉脉地看着范雯,问道:"小姐,你还好吗?"

范雯不知如何回答,扭身去了走廊。张择端跟了出来。

"正道,我想问你,你为什么还不成家?"

张择端痛心地说:"一段好姻缘,已经错过了。"

"你还是娶一房妻室的好,早晚也有个人照顾呀!"

"不,我一个人也挺好。"

范雯无语,又回到房内。

"我也该走了,你好好照顾你父亲,改日我再来看他。"张择端说罢,转身欲走。

"慢!"范雯去柜子里取出一支笔,说,"我这里有一支上好的狐笔,送给你吧!"

"你为何不用呢?"

"我已经用不上了,再说,它可以为你画那幅长卷,也算是今生今世物归其主了。"

"择端心里明白。"张择端拿着笔,失神地走了。

看着张择端离去的背影,范雯泪如雨下。

范恺从床上坐起来,问道:"他走了?"

"走了。"

"你为什么没多留他一会儿?"

"他要走,我哪能留住他呀?"

"爹对不起他呀!雯儿,爹也对不起你呀!"

"爹!都这个时候了,你就别再说了。"

范恺流着泪说:"当初,都怪爹糊涂啊!"

林道士到国画院巡察，新任正学韩海毕恭毕敬地向国师表达欢迎之意。

林道士趾高气扬地说："贫道此来，是奉圣命，前来察看迎神图的。"

韩海道："自从奉圣命之后，国画院上下无不尽心尽力，神像和迎神图正在加紧绘制。国师仙驾来临，还望多多赐教！"

张择端瞥了一眼林道士，放下笔，喝了一口酒，然后又再斟满一杯，提笔作画。

"国师！"韩海介绍说，"这就是画迎神图的张择端。"

张择端并不理睬，仍然低头绘画。

林道士拍拍桌子，大喝："你怎么这样画迎神图？"

"正道！"韩海拍拍张择端的肩膀，"国师问你话呢！"

张择端抬起头，瞪着眼睛问："你是在跟我讲话？"

"我问你，为什么这样画迎神图？"

"国师之意，我该如何画？"

"画迎神图，首先要沐浴焚香，身披道袍，正襟危坐，心存敬意。可你一边喝酒，一边作画，成何体统？"

张择端看了看手中的酒杯，说："原来如此呀！我张择端绘画十余年，原来就是这个习惯，画画必要有酒，无酒不画。"

"你这是对神明的大不敬。"

张择端再给自己斟一杯酒，说："国师此言差矣！常言道，美酒迎佳宾，有客人自远方来，百姓都知道以酒款待，以示敬重。更何况天降神仙，我张择端怎能不以酒相迎呢？仙师远道而来，择端怎能不以酒迎接呢！"

"你放肆。"

张择端喝一口酒，赞道："好酒，好酒呀！"

张择端提笔欲画，林道士一把夺过笔，扔在地上，大喝："我

第十六章 戏弄国师

不让你画,我不让你画。"

"好,国师不让我画,那我就不画了。"张择端拿起酒杯酒壶,起身就走。

"你要到哪里去?"

张择端嬉笑道:"我要方便,少陪了。"

林道士声嘶力竭说:"我要到圣上面前告你。"

"悉听尊便。"张择端说罢,大摇大摆地走了。

宋徽宗哈哈大笑,说:"张择端就是这样一个性格,没规没矩的,国师,不要与他较真。"

"他这样画迎神图,将亵渎神灵。"

宋徽宗笑道:"他不画,谁来画呀?这画院上上下下,没有一个人在他之上,来人啦!"

"在!"小桂子立即回道。

"给张择端送两坛酒去。"

"圣上,圣上。"林道士有些急了。

"国师,你不要太认真了。"宋徽宗笑道,"神仙不是也要喝酒吗?走,随朕看看去。"

道士乱朝

皇上信奉道教,导致全国刮起了崇道之风,一时之间,道士成了最热门行业,人人以当道士为荣。

伍大赖看着满街行走的道士，兴奋地去找刘一刀，大声说："刘哥，来，帮我把头盘一下。"

"怎么？伍大哥，你也当起道士来了？"

"刘哥！"伍大赖说，"现在这年头，当什么也没有当道士好哇。"

"什么？"刘一刀说，"那现在画画也不时兴了吗？"

"哎呀！"伍大赖说，"画画不是得画几笔吗？当了道士，进宫去白吃白喝，还能领到俸禄。这样的好事，我能不干吗？"

"真的呀？"

伍大赖笑道："谁骗你呀？"

"伍大哥，这开封府谁不知你伍大赖呀！"

"别，别，从现在开始，不要叫我伍大赖了。"

"那叫你什么？"

"我是有法号的人了。"

"你也有法号？"刘一刀大笑。

"有法号，我叫太……太……太极真人！"

"你，你叫太极真人？"

伍大赖问："像不像那么回事？"

"不管你给自己取个什么法号，说来说去，总是个假的。"

"管他真的假的，只要有吃有喝，那就行了吧！"伍大赖说，"刘哥，你看这街上走的道士，有几个是真的？"

"对，对，你说得没错。"刘一刀说，"满街是道士，无一正经人啦！"

假道士、真道士泛滥京城，闹市、茶楼、妓院，到处可见道士的身影。伍大赖摇身一变成了道士，披着道袍，同那些假道士一样，成了烟花柳巷的座上宾。

第十六章 戏弄国师

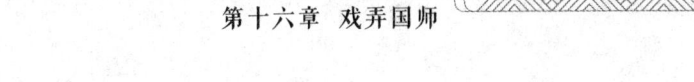

这一天,伍大赖手拿拂尘进了御香楼,鸨妈笑迎:"哎呀!是道长呀!快请进,请进。"

伍大赖装腔作势地说:"本道长是从四川青城山来的,云游四海,以度人为本,看此处邪气正盛,特来此点化你们,度你们脱离苦海。"

"道长是来传经度人的呀?"鸨妈问道。

伍大赖连称:"是呀!是呀!"

鸨妈问:"道长要几位姑娘呀?"

伍大赖色眯眯地扫了一眼四周的姑娘说:"多多益善嘛!"

"多多益善是多少?道长,你到底要几位呀?"

伍大赖伸出三个手指说:"三个。"

"红花、翠玉、冬梅,你们来呀!快来侍候这位道长。"

伍大赖还是说:"本道长是来传道的。"

"知道你是来传道的。"鸨妈说,"道长就向她们传道吧!"

姑娘们出来了,红花倚在伍大赖身边,一只手搭在伍大赖的肩上,一脸媚态地看着伍大赖。

伍大赖将刚学来的几句道语现炒现卖,在姑娘面前大谈起道教。姑娘们卖笑吃饭,哪有心思听那些东西,红花不耐烦地说:"行了,行了,你就说,给多少钱吧!"

伍大赖从衣袋里掏出一锭银子,拍在桌子上说:"你看看,这就是银子。"

红花伸手欲拿,伍大赖一把抢过银子说:"慢,这可是皇上赏的银子。"

红花伸手抢过银子说:"好道长,有它度我就行了,念什么经呀!"

"好,好!"伍大赖哈哈大笑,搂着姑娘到房里去了。

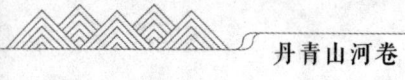

千道会还没有召开,京城早就闹得沸沸扬扬,真道士、假道士奔走相告。

伍大赖又去找刘一刀整理头发。刘一刀笑问:"伍大赖,啊,不,是太极真人,怎么想到要整理一下发型呀?"

"朝廷要开千道大会了,由国师亲自上台讲经。"

"你也要去参加千道大会?"

"当然要去呀!"伍大赖说,"凡是参加大会听经者,除饱餐斋饭外,还可以领到三百文制钱。有饭吃,有钱领,这样的好事,不去白不去。"

刘一刀开玩笑地说:"这比你以前在街上混,是不是强多了?"

"当然!"伍大赖大大咧咧地说,"好歹咱现在也是吃香的,喝辣的了。"

千道大会如期举行,林道士坐在一个显眼的地方,东拉西扯,信口开河。其实,林道士对道经只是略知皮毛,并不能讲出大的道理,但他却具有演讲大师的素质,讲法的时候,他能天上、人间、地府,信口开河,编得煞有介事;三教、九流、十家,牵强附会,说得天花乱坠;滑稽、野语、村言,夹杂其中,贩夫走卒都听得懂。因此,林灵素讲道,常常会引得哄堂大笑。

李师师陪宋徽宗坐在帘子后面,见宋徽宗正襟危坐,毕恭毕敬的样子,觉得好笑,靠在宋徽宗身上,娇笑道:"皇上!"

宋徽宗拍拍李师师的肩膀说:"哎!别打岔,坐好,坐好!"

在对面帘子后面的刘贵妃见李师师与宋徽宗的亲热劲,醋意大发,对身边的嫔妃们说:"你们看啦!圣上不知从哪里带回这样一个妖精,长此下去,怎么得了呀!"

伍大赖坐在听经的道士中间,左顾右盼,趁人不注意,伸手偷拿一个供饼咬了一口,见没有人注意,索性将一盘供果全倒进

第十六章 戏弄国师

怀里。

蔡京在宫内行走,迎面碰到刘贵妃,上前施礼道:"臣拜见贵妃娘娘!"

"免礼!"刘贵妃说,"本宫托你的事,办得怎么样了?"

"娘娘放心,臣一定会为娘娘排解心中之忧。"

"你能知道我的心事吗?"

"臣如果不能为娘娘排忧,也枉受娘娘的恩宠啊!"

"好!"刘贵妃说,"你快快去办,办好了,本宫自有重赏。"

"臣不敢奢望图报,只想孝敬娘娘。"

"拜见相爷!"林道士向蔡京躬身施礼。

"国师呀!"蔡京笑道,"我正有事要找你,快请进。"

"师师!"宋徽宗说,"你看朕这宫中,是如此漂亮,你再看这个。"

李师师拿起宋徽宗推荐的一把玉壶看了看,赞道:"真漂亮呀!"

"等一会儿,我让你见见国师,他很通灵,能知未来。"

"难道他是神仙?"

"以朕看来,他就是个神仙,下凡来助朕的。"抬头见林道士过来了,说,"看,他来了!"

林道士躬身施礼:"参见圣上!"

"国师呀!"宋徽宗说,"你到哪里去了?这么半天,怎么没有见到你呀?"

"臣去参拜九华玉真安妃了。"

"九华玉真安妃?"宋徽宗问,"谁呀?"

"宫中刘娘娘就是九华玉真安妃。"

宋徽宗哈哈笑道："没有想到，我这宫中还有九华玉真安妃呀！"

林道士说："臣去内宫，不仅参拜了九华玉真安妃，还参拜了神霄侍案夫人！"

宋徽宗看了李师师一眼，问道："神霄侍案夫人，谁呀？"

"就是崔贵妃！"

宋徽宗哈哈大笑，摇头表示不相信。

"圣上不可玩笑！"林道士说，"圣上乃神仙下凡，身边自然有仙妃陪伴。"

"对！对！"宋徽宗伸手搂着李师师，问道，"她是哪位仙妃呀？"

林道士看了李师师一眼，突然大叫一声："大胆狐妖！"随之冲上前，挥舞手中的拂尘追打李师师。

宋徽宗挡在中间，呼叫："国师，国师，怎么了？"

"圣上，臣进宫时，就见这宫中有一股妖雾，没想到她在这里。"

宋徽宗说："她是教坊中的李师师，不是什么狐妖。"

"圣上，她是千年狐妖，前来迷惑圣上，待臣杀了她，让她现出原形，到时自然分晓。圣上，你让开，快闪开，我要杀了她。"

林道士继续追打李师师，李师师满屋奔跑。

"大胆！"宋徽宗大喝，"即便她是狐妖，也不关你的事。"

"圣上！"李师师惊恐地说，"你让我回去吧！"

"你不用害怕，朕不会让他伤害你的。"

"圣上！"林道士说，"即使不把她处死，也不可留在宫中，对大宋江山不利呀！"

"圣上，你还是让我回去吧！我在这里害怕。"

"师师！"宋徽宗扭转身，手一挥，"下去！"

第十六章 戏弄国师

"圣上……"林道士摇摇头,无奈转身离去。

李师师满脸惊恐之状。宋徽宗安慰道:"别怕!别怕!"

蔡京候在宫外,林道士上前叫道:"相爷!"

"怎么样了?"

"相爷,请转告娘娘,那个贱人已经被我赶出宫去,让娘娘放心。"

蔡京笑道:"多谢国师!"

第十七章 喋血繁华图

第十七章 喋血繁华图

金人败盟

张择端一路小跑进宫,叩见宋徽宗:"不知圣上召臣进宫,有何要事?"

宋徽宗问:"金国灭辽之事,你可知道?"

"臣有所耳闻。"

"金国灭辽,本是我大宋相助。明天,金使前来与我商讨归还燕云十六州之事。此乃宫中大事,不可不用书画记载,明天宴宾,你也前来观看盛景,画成图画,载入你那东京繁华图中。"

"臣遵旨!"

"那个范老头子,近来如何?"

"前天臣前往探视,他年事已高,大病之后,尚未痊愈。"

宋徽宗手一挥:"来呀!"

小桂子捧着一个盒子上前。宋徽宗指着盒子对张择端说:"朕给你一盒人参,你带给他。"

"谢圣上!"

"范恺乃朝中老臣,朕曾薄待于他,叫他不要挂在心上。"

"是!"张择端点头应承。

张择端打开盒子,让范恺看了一眼盒子里的两株人参,说:"这是圣上让我给你带来的,请老前辈收下。"

范恺躺在床上对范雯说:"雯儿,扶爹起来。"

"爹,你就别起来了。"

"要起来,要起来!"范恺在范雯的帮扶下下了床,跪接人参:"谢主隆恩!"

张择端把人参交给范恺,扶他起来坐下。范恺激动地说:"圣

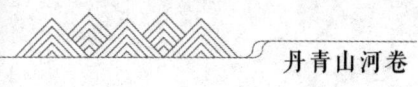

上还没有忘记我啊！"

"圣上说了，他曾薄待于你。"

"圣上没有错，错的是臣子。圣上是个好皇上，他爱惜人才呀！择端，你要好好地画，为了圣上画，好好地画呀！"

张择端点头应承。

"可惜，我看不到你那幅长卷了。"

"我画了一部分，给你带来了。"张择端从袖内掏出包好的画，一边说一边铺在桌子上。

范恺看了画，激动地说："画得好，画得好哇！"

"后面还有一部分，明天，圣上要接待金国使臣，他让我画下来。"

"你好好画吧！要画出大宋的繁荣，画出天子的威严。"范恺说，"择端，有了这幅画给后人看，你就对得起圣上了，也不枉做画师一场。"

"择端记下了。"

"这就好，这就好哇！"

张择端随范雯去了画室，见到桌子上一幅即将完成的作品问："这是你的新作？"仔细看过画后又说，"早闻你善于画山水，没想到你笔下竟有如此浩然之气。"

"哪有什么浩然之气，只是聊解烦闷而已。"

"此画以何为图，以何为题？"

"泛舟图！"

"泛舟图？"张择端问，"舟在哪？"

"舟还没有画，只当在这烟波浩渺之中！"

张择端吃惊地看着范雯。

范雯嫣然一笑，说："如果不是家父疾病缠身，我早就想畅游于青山绿水之间，身如长风，物我两忘。人道'赖是丹青无画处，画成应遣一生愁'。"

第十七章 喋血繁华图

张择端提笔,在画中添了一叶扁舟,深情地说:"如果真有此舟,我与你同行。"

两人含情脉脉,不知说什么好。张择端走后,范雯坐在桌旁,看着画中张择端刚刚添上的舟船,还有船上的两个人物,思绪万千。

韩海回家,见范雯坐在桌边,上前问道:"夫人在作画?我看看。"

范雯放下手中的笔。韩海近旁察看,道:"泛舟图,碧波万里,独帆远去,好,只是有点凄凉之意。"

范雯没有答话,起身离开。韩海再仔细看画,拿起范雯用过的画笔,见上面写有张择端的名字,冷笑道:"好,有意思,有意思啊!"说罢,将笔扔在桌子上。

半夜,范雯披衣起床,来到桌边看白天画的泛舟图,拿起笔盒看了看,突然发现笔不见了。

韩海在睡梦中翻身,发现范雯不在床上,立即披衣下床,见范雯在书桌旁找东西,知道她是在找自己白天扔掉的笔,上前盯视着范雯,冷冷地问:"你在找什么呀?"

范雯转身欲走。

"看你神不守舍的样子,在这里。"韩海抓起桌子上那支笔,一折两段,扔到地上,愤怒地说,"我让你找,我让你找。"话音未落,一巴掌甩在范雯的脸上。

范雯大惊,扑倒在床上,放声大哭。

宋徽宗在宫廷中宴请金国使臣,乐师奏乐,宫女翩翩起舞,宋徽宗举杯提议道:"来,干一杯!"

金使呼伦举杯,宋朝群臣举杯共饮。

宋徽宗放下杯子说:"我与你主结盟,联合抗辽,如今辽国已灭,可喜可贺呀！我提议，再干一杯！"

宾主再次举杯，张择端也跟着痛痛快快地喝了一杯。

宋徽宗放下酒杯说："燕京一带，本是汉地，按两国盟约，灭辽之后应归还给大宋，使臣前来，想必是商议交割之事吧？"

金使呼伦大声说："圣上说得不错，我主与大宋联合攻辽，的确商议过灭辽之后，平分辽地之事。但是，大宋两次攻辽，皆大败而归，破辽之战，全靠我国神兵，如今，身无寸功，却要分我辽地，岂不是笑话？"

张择端见金人似无善意，提笔本想作画，却又放下了。

李纲反驳说："金使，此言差矣！"

呼伦很不友好地问："这是何人？"

宋徽宗回答："此乃我朝太常少卿李纲。"

李纲站起来说："我军攻辽虽然没有攻克城池，但千里远征，万人参战，耗费钱粮无数，再者，宋兵与辽兵作战，残灭辽兵甚多，消耗了辽国大批兵力、财力，使辽国元气大伤，你们才能趁虚而入，怎么能说大宋灭辽无功呢？"

金使呼伦一时无语。

李纲怒斥道："如今，贵国灭辽，应遵守约定，将山前山后十七州之地归还宋朝，岂能出尔反尔？"

金使呼伦说："当初是有约定，上京、东京、中京归金国攻打，西京和燕京归宋国攻打，如果十七州是你们打下来的，给你们没有话说，可是，除了涿州、易州投降你们外，你们什么也没有做。按约定，燕京本来归你国攻打，你国拿不下，求我们帮忙。有什么资格向我们要土地？"

宋徽宗道："贵国总不能言而无信吧？"

金使呼伦说："燕州之地，可以归还大宋，但是，我军征战，花费巨大，大宋应当予以补偿才是。"

第十七章 喋血繁华图

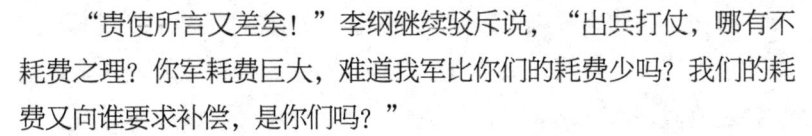

"贵使所言又差矣!"李纲继续驳斥说,"出兵打仗,哪有不耗费之理?你军耗费巨大,难道我军比你们的耗费少吗?我们的耗费又向谁要求补偿,是你们吗?"

"不必多言。"金使呼伦站起来说,"如果没有补偿,燕州之地,绝不归还。"

"岂有此理!"李纲大怒。

"此乃大金皇帝之命,不可更改。如果说不服,可领兵来战。"

"难道我大宋怕你不成?"李纲针锋相对。

宋徽宗担心事情闹僵了不好收场,连忙充起了和事佬:"两国交好,何必动怒?宋金交好,联合灭辽,本是一件大好事嘛!何必为区区小事,伤了两家的和气呢?金使远道而来,旅途劳顿,先去驿馆休息吧!此事日后再议。"

金使觊觎东京繁华图

张择端对李纲痛斥金使的行为大加赞赏,二人相约对饮。

张择端放下酒杯,叹口气说:"圣上让我画朝中景象,我何尝不想把大宋的威严和强盛画出来啊!但今天的所见所闻,竟是如此的受欺受辱,哪有什么胜景可以入画呀?"

李纲叹口气说:"圣上不敢与金兵交战,殊不知,你越软弱,他越欺凌你。我总觉得,金人灭辽之后,势力大增,已有吞并大宋之心啦!"

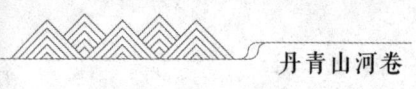

童贯、蔡攸奉命陪金国使臣一行游览京城,面对汴京城富丽堂皇的宫殿建筑,价值连城的宫中文物宝藏,金使呼伦的眼神里露出贪婪之色。

宋徽宗设晚宴招待金使呼伦一行,敬酒之后,宋徽宗说:"金使来我朝,可以多住几天,看看我京城之胜景。"

呼伦道:"汴京城如此之大,美不胜收,一时难以尽览呀!"

"那不要紧!"宋徽宗指指张择端说,"这一位是我国画院的画师张择端,他画有一幅东京繁华图,将京城胜景尽收画中,有时间,你看看他的画就行了。"

"先生!"金使呼伦问张择端,"果真有此画吗?"

张择端点点头,表示确有其事。

"改天,我一定要看看此画。"

"我的画还没有画完。"张择端态度有些冷淡。

"哎!"宋徽宗说,"你画了多少,就让他看多少嘛!他是远道来的客人,我们要善待客人才是呀!"

"臣遵旨!"

韩海引领金使呼伦一行参观国画院,介绍说:"大人你看,这些人都是我国的画坛精英。"

呼伦点点头,饶有兴趣地察看画师们作画,突然问:"张择端在哪里?"

"张择端在那里,请随我来。"韩海将呼伦引到张择端身边,"正道,金使大人想看一看你的'东京繁华图'。"

张择端放下笔,不冷不热地说:"看吧!"

呼伦低头观看张择端绘制的东京繁华图,不住地说:"敬佩!敬佩!"

"金使!"韩海拉了一下呼伦说,"请随我来。"

第十七章 喋血繁华图

当天晚上,张择端在家里作画,突然传来敲门声,开门一看,竟是金使呼伦来访,颇为吃惊地问:"是你?"

"张择端先生,深夜造访,多有打扰了。"

"金使大人,有事吗?"张择端挡住门口,没有让他进来的意思。

"我想看看先生的东京繁华图,可以进去说话吗?"

张择端稍停片刻,颇不情愿地说:"请进!"

"先生是大宋名士,怎么住得如此简陋呀!"呼伦走到书桌旁,见到桌子上的长卷,坐下说,"白天没有仔细看,现在细细看来,先生果然是奇才呀!"

张择端一把卷起长卷,说:"过奖了!"

呼伦站起来说:"先生,我深夜来此,有一事相商。"

"我只是一个画师,有什么和我商量的?"

"我大金皇帝,对宋朝早有敬仰,尤其是汴梁,天下盛都呀!早想观望,只因远隔千里,难以满足愿望。先生的画,将汴京胜景尽收画中,我大金皇帝若能看到此画,也能知道宋京汴梁之胜景。先生,不知能否让我将此画带走?"

"这怎么可以呢?"

"先生有什么要求,我都可以满足你。"

张择端眼盯着金使呼伦,一言不发。

"我们可以出钱买嘛!"呼伦说,"先生,你开个价。"

"你就是抬座金山来,此画我也不卖。"张择端站起来说,"你还有事吗?如果没有,你可以走了。"

呼伦笑道:"先生不愧是大宋名士,不为金钱所动。好吧,先生不愿意,我也不强求,相信我此行,定能带走此画。"

"朕知道你舍不得这幅画。"

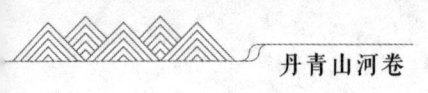

"什么？"张择端吃惊地问，"让我把画送给金人？"

"这也是为了收复失地呀！朕希望你将此画献出，交给金使。"

"这画是臣献给大宋的，怎么可以交给金使呀？"

宋徽宗叹口气说："比起十六州之地，区区一幅画，又算得了什么？择端啦！择端，你不要再问了，朕知道你深明大义，不会在这件事上，让朕为难吧？"

张择端欲言又止。

"朕都已经答应金使了，难道你让朕言而无信吗？"宋徽宗见张择端还不说话，又道，"择端，朕在这件事情上，很难啦！如果朕有精兵良将，何愁收复失地？朕一句话，打过去就是了，可与辽数年征战，每次都是大败而归，如果再与金兵开战，那后果不堪设想呀！金人刚胜，气势正旺，对我大宋虎视眈眈，不与他们相好，又能怎么样？朕身为一国之君，若不能收复失地，如何对得起列祖列宗，如何对得起天下的黎民百姓？他们会说朕是个昏君啦！"

张择端从来没有见过圣上如此动情，一下子惊呆了。

"他们哪里知道呀！收复失地，谈何容易。如今，金国要我大宋赔款，可你不赔，能了结吗？弱国无外交呀！朕枉养了千军万马，一旦上了战场，就成了一盘散沙，溃不成军啦！如果不与金人交好，一旦引发战争，我大宋将如何抵挡呀！"

张择端说："大宋有良将千员，精兵百万，收复燕云十六州，难道就要靠我这一幅画吗？"

宋徽宗丧气地说："只怕是给了他们这幅画，也难以收复失地呀！"

"那为什么还要把画给他们呢？"

"既然他们提出来了，就试试吧！如果真的能收复失地，你张择端也算是给大宋立了一大功呀！"

"圣上好好想一想，他们要此画，到底要干什么？"

"干什么？无非是想看看我京城嘛！朕让金使游览京城胜景，

第十七章 喋血繁华图

看我无数珍藏,也就是这个意思吧!无非就是想表示我朝国富民强,不可小视。朕让你将东京繁华图给他,也是这个意思。"

"可是依臣看来,金人对大宋垂涎三尺,有吞并之心啦!"

"现在还没有到那一地步。真要是到了那一步,可就不好了,朕极力在这里维持,维持,维持呀!"

"可是圣上……"

"好了!"宋徽宗说,"你快去把画收拾一下,让金使把画拿走吧!"

喋血长卷

张择端眼看着自己花那么多心血、辛辛苦苦画成的长卷就要送给金人,一脸的无奈,深深地叹一口气,将画卷收起来。

蔡攸带金使呼伦一行坐船游汴河,一边喝酒,一边欣赏汴河两岸的景色。蔡攸叫道:"金使大人,来,干一杯。"

双方照杯之后,拿起筷子,夹起刚出锅的汴河鲤鱼,大口大口地吃起来。

蔡攸问道:"金使大人,这汴河的景色如何?"

"好!好!"呼伦笑道,"只是有酒无美人,有点乏味呀!"

蔡攸大笑:"这是下官的疏忽,这是下官的疏忽!原以为金使大人这把年纪……没想到还是雄心不减呀!"

"什么?"呼伦笑道,"你以为我年纪大了吗?"

"不敢,不敢!"蔡攸说罢,哈哈大笑。

突然，呼伦两眼紧盯前方，一动也不动。

蔡攸沿着呼伦的视线看过去，只见不远处的湖面上，一位渔家姑娘摇着一只小船，摇船的姑娘就是海花。

蔡攸会意，举杯道："喝酒，喝酒，酒喝足了，美人会有的。"

蔡攸带着络腮胡子，光天化日之下抓走海花，送到了驿馆。

海花的丈夫龙泰等人追到馆驿要人，大声呼叫："光天化日之下，你们凭什么抓人，你们凭什么抓人呀？"

路人见状，也都围了过来，被兵丁挡在馆外。张择端拿着长卷去见金使，见状跑了过去。

被捆绑了双手双脚、塞住了嘴巴的海花，被扔在地毯上，络腮胡子站在一旁，呼伦的一名随从涎着脸，摸着海花的脸说："姑娘水灵灵的，真漂亮呀！"

"去、去、去！"呼伦过来赶走了随从及络腮胡子，将海花抱到大床上。

海花拼命地挣扎。

"别怕，别怕！我是金国使臣，我可以让他们给你很多很多的银子。"呼伦一边脱衣一边说，"别哭，没有人来救你的。"

"怎么回事？"张择端问龙泰。

"海花被他们抓进去了！"

张择端大惊，冲着兵丁说："我是国画院待诏张择端，有一个民女被抓进去了，你们让我进去。"

兵丁们一犹豫，张择端、龙泰趁机带着人冲了进去。

"站住，站住！"络腮胡子冲着张择端等人大叫，"哪有什么民女？"

第十七章 喋血繁华图

张择端突然听到海花的尖叫声,推开络腮胡子,与龙泰一众人等冲进驿馆,正好看见金使呼伦在调戏海花。

"住手,你给我住手。"张择端大喝,和龙泰冲上前,拉开金使,将他摁倒在地上痛打。

"你们要干什么?"络腮胡子及金使随从冲进来,推开张择端、龙泰,扶起呼伦。

张择端、龙泰扶着海花出去了。

"站住!"蔡攸带着人,气势汹汹挡住张择端等人的去路。

"你要干什么?"张择端怒喝。

"干什么?"蔡攸大喝,"我还要问你呢!为何到这里来闹事?"

"金人在光天化日之下强抢民女,我们不该管吗?"

"强抢民女?何以见得?"

海花哭道:"他们把我从船上抓到这里来,大家不是都看见了吗?"

"蔡攸!"张择端大喝,"你做金人的帮凶,你还是大宋的人吗?"

金使呼伦从驿馆内跑出来,指着张择端说:"就是他打的我。"

"张择端!"蔡攸大叫,"你竟敢打金使?"

"这个金狗禽兽不如,不该打吗?"

蔡攸喝令:"把他给我绑了。"

"龙大哥!"张择端大叫,"你快带海花走。"

狱卒王大打开牢门,放下食盒,边拿饭菜边说:"张公子,吃饭吧!"

"我不想吃。"张择端说,"你带回去吧!"

"不想吃饭?饭总得要吃呀!"王大看着张择端说,"你知道吗?这两天,京城的百姓闹翻了天。他们天天到官府请愿,要求把你放了,你呀!成了真正的大英雄。"

"什么?"张择端问,"我成了大英雄?"

"是呀！百姓们说，张画师不畏强暴，替百姓撑腰，还说那个金国的王八蛋被打得好，你替咱们大宋人出了气呀！"

王大斟一杯酒递上说："这酒是牢里的弟兄凑钱买的，来，请喝。"

张择端接过酒，激动地说："愧领了！愧领了！多谢！"

"这个张择端，总是给朕添乱。"

蔡攸跪在地上说："金使要求我们一定要治张择端的罪，否则不跟我们谈归还燕京六州之事。"

"百姓们都在宫前闹事，你没看见吗？"宋徽宗说，"你们也是，为何要找一个民女？城中的教坊那么多，你们就不能在教坊中给他找一个女子吗？"

"这是金使大人自己看上的，小人也不敢不办啦！"

"可你看，给朕惹了多大的麻烦？去，把你的父亲叫来，让他来收拾这个烂摊子。"

京城百姓听说张择端为抢救民女不被金人糟蹋而被打入牢中，聚集在宫门前请求释放张择端。海伯、海花、海生一家人，甚至连刘一刀、伍大赖也提着食物来了，请求狱卒收下送进牢房，送给张择端。

范雯带着秋菊，提着食盒来到大牢门口，看到这一幕，感动得热泪盈眶。

牢房内，张择端看着满地的食品，激动地说："太多了，太多了，百姓的盛情，我何以为报？"

李纲说："你给他们作画，就是对他们最好的回报呀！"

"对！"张择端说，"我要好好作画，以报答百姓们的深情。"

蔡京进宫，建议宋徽宗在处理金使强抢民女这件事情上，一定

第十七章 喋血繁华图

要慎之又慎,并提出明合民心,暗笼金人的计谋。

"怎么讲?"

"明合民心,那就是释放张择端,不追究他率众追打金使的责任,以迎合民意。"

"这暗里呢?"

"暗笼金人,就是让张择端给金人赔罪。"

"给金人赔罪?怎么赔罪?"

"解铃还须系铃人,这就看张择端自己了。"

"靠他?"宋徽宗说,"张择端的脾气倔强得很,要他向金人低头,难、难、难啦!"

蔡京说:"金人不是要张择端画的东京繁华图吗?圣上只要把这幅图给他们,不就完了吗?"

"张择端是不会答应的。"

"他不同意,圣上可以派人去取吗?张择端现在不是还关在牢里吗?"

"你的意思是……"

"这不用圣上操心,只要圣上同意,我可以让我的儿子去办,等把那张图取来,献给圣上就是了。"

"还是你足智多谋呀!解决了朕的一个难题。"宋徽宗哈哈大笑。

蔡攸找来络腮胡子,让人想办法去张择端的住处把东京繁华图弄出来,要求做到人不知,鬼不觉,不留下任何痕迹。

"那就只有偷了!"络腮胡子说,"小人认识一个神偷,盗此画易如反掌。"

"好!"蔡攸说,"你多给他一些银子,尽快办好这件事。"

"是!小人这就去办。"

一个蒙面人跳过院墙，进了国画院，翻窗进入张择端的卧室，翻箱倒柜，盗走了长卷。

络腮胡子接过蒙面人递过来的画卷，问道："是东京繁华图？"

"是的！"

蒙面人揭开蒙面黑纱，跳到络腮胡子身边看画。

"好！"络腮胡子高兴地说，"就是这幅画。"

蒙面小偷看了画后，突然睁大了眼睛。

络腮胡子收起画，掏出一锭银子递给小偷说："这个你拿去，此事千万不要对任何人提起。"

"嗯！"蒙面小偷问，"这画是给谁的？"

"你问这个干什么？"

"我不是怕我弄出什么乱子吗！"

"你放心，这是给金国使臣的，官府不会追究。"

"金国使臣？"蒙面小偷下意识地伸手欲拿回画卷。

"你要干什么？不该问的不要问，小心你的脑袋！"络腮胡子一把推开了蒙面小偷。

大牢门口围满了人，都是来接张择端出狱的。海伯一家，龙泰两口子也在其中。牢门打开了，张择端从门内走了出来，看到数百百姓围在牢门口，有熟悉的面孔，也有从未见过的陌生人，非常激动。

海伯抢上前，跪下说："张公子，你是我们家的恩人，谢谢你！"

"海伯，不要这样说，快起来，快起来。"张择端一把扶起了海伯。

范雯站在人群外，见张择端在众人的簇拥下离开，激动不已，带着秋菊，悄悄地离开了。

金使呼伦来到汴梁，不但得到了想要的东西，而且还意外地收

第十七章 喋血繁华图

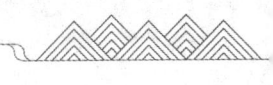

获了张择端的《东京繁华图》，兴奋异常，坐在车子里欣赏着《东京繁华图》，一脸的得意之色。

汴京城北的桦树林，是金使返回北方的必经之地。偷窃《东京繁华图》的蒙面小偷骑在一棵大树上四处张望，见金使的车队过来了，悄悄向下溜了一下。

金使的车队进入桦树林，呼伦坐在马车里，正在欣赏《东京繁华图》，似乎发现车子稍微动了动，随手将《东京繁华图》卷好，放在面前的小桌子上，拨开车帘向外看，一切风平浪静，放下车帘，闭目养神，慢慢地就睡着了，鼾声传出车外。

金使呼伦的感觉没错，车子微动之时，蒙面小偷犹如一片落叶，从树上轻轻地落在金使的车顶篷上，呼伦拨开车帘向外看，并没有看车顶篷。当车内传出鼾声时，蒙面小偷在车顶来了一个倒挂金钩，探手取走了《东京繁华图》。

张择端回家后，发现《东京繁华图》不见了，躺在床上流下了伤心的泪。

李纲一边倒茶，一边说："正道兄，你的画，我已经派人去找了，会找到的，来，喝茶。"

"我知道了！"张择端翻身坐起来说，"一定是圣上派人拿走了。金使要我的画，我没有给。"

"我会去问圣上的，不过我听说圣上要赔偿金国二十万石粮食，没有提到画的事。"

"那是我十年的心血呀！不能给金人啦！"

天黑了，蒙面小偷再次翻墙进了国画院。张择端躺在床上睡不着，两眼看着屋顶发呆，突然，窗外传来叫声："张先生！张先生！"

张择端翻身起床，问道："你是谁？"

"请打开窗子,我有要紧事找你。"

张择端打开了窗户,一个人纵身跳进来,张择端吓了一跳。进屋之人跪在地上,双手抱拳说:"请张先生恕罪!"

"你是谁?半夜来此,要干什么?"

"张先生别怕!我是给张先生送画来的。"

"画?什么画?"

"张先生请看!"来人取下背袋里的一幅画卷说,"《东京繁华图》!"

张择端接过画,惊喜地问:"这画怎么在你手上?"

"说来惭愧!"来人说,"小人受蔡攸的随从络腮胡子之请,偷走了此画,蔡攸又将画卷交给了金人。"

张择端打开画卷,惊喜地说:"不错,正是它!"接着问道,"那你为什么又从金人手中把画盗回来呢?"

"因为这画中有我的父亲。"

"你父亲?他是谁?"

来人指着图中的一个人说:"就是他。"

"泥人张?你是泥人张的儿子?"

"是!"来人说,"我是泥人张的儿子张小四,曾听家父说过,他与先生有过交往,先生的人品才艺,家父十分敬佩。家父去世后,我以偷盗为生,仅为糊口而已。我就是再无德行,也不能将先生的画献给金人,否则,将愧对家父的在天之灵。"

"壮士冒死将此画盗回,择端万分感激。"

"这是小的愧对先生,先生万不可如此说。"

张择端掏出一锭银子递给张小四,说:"这个请你收下。"

"先生这样做,岂不是骂小人吗?"张小四说,"先生请多保重,若有事情,可到城东关帝庙找我,小的定为先生效劳。"说罢,纵身出窗,消失在夜色中。

第十七章 喋血繁华图

张择端感叹地说:"泥人张竟有这样的儿子。"

李纲抚摸着画说:"没想到呀,江湖上竟有如此重义之人啦!"

张择端说:"我如今才感觉到,真爱此画者,不是圣上,而是平民百姓。"

李纲笑了笑,点头表示赞同。

络腮胡子到了关帝庙,张小四从梁上跳下来,问道:"大哥,你找我?"

"说,画是不是又让你盗走了?"

"看你说的,我费那神干啥?"

络腮胡子抓住张小四的衣领,恶狠狠地说:"你小子还想瞒我,只有你知道此画在金人那里,不是你,还能有谁?"

"我怎么会知道哇?"

"你把画老老实实地给我交出来。"

"大哥,交是交不出来了,我把它还给张择端了。"

"什么?"络腮胡子一把将张小四推倒在地。

"你想要,我再去把它盗回来。"张小四转身就跑。

络腮胡子抽出三柄小刀,朝张小四甩了过去,张小四应声倒地。

张择端与龙泰匆匆赶往关帝庙,张择端边走边说:"我与李纲大人说好了,在衙门里给他找好了差事,他马上就可以去了。"

"有了正经差事,他就不会去干那些偷鸡摸狗的事了。"龙泰指着关帝庙说,"他平时老在这里,到了。"

龙泰大喊:"张小四!张小四!"

张择端呼叫:"壮士!壮士!"

"张公子,你看!"龙泰指着倒在地上的张小四。

张择端跑过去一看:"是他,是他。"

"小四,小四。"

张择端抱起张小四,发现他已中刀身亡:"壮士、壮士!"张择端抱着泥人张儿子的尸体,痛哭,"怎么会是这样?怎么会是这样?"

第十八章 清明上河图

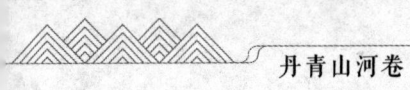

长卷更名

虹桥边的王记茶楼,张择端站在窗口边,眺望汴河中的游船说:"你父亲嘱咐我要好好为圣上作画,现在我才觉得,我作画,不是为了圣上,而是为了百姓。"张择端转身回头,看着范雯说,"为这些有情有义的平民百姓。"

范雯点点头。

"原来,这幅长卷命名为《东京繁华图》,但我越来越觉得,这'繁华'二字,实无意味,东京的可贵可叹之处,全在于有了这些有情有义之人啦!自古以来,没有一幅为百姓作的画。"张择端走到走廊,一挥手说,"择端的这幅画,也是想破此先例,我要将此画更名为《清明上河图》。"

"《清明上河图》?"范雯也来到走廊,惊喜地说,"对呀!"

张择端指着汴河说:"这京城的繁华,全仗着汴河之上的船工支撑,没有他们,东京将无粮无米,更谈不上繁华,而大船逆流而上之景,更令我久久难忘,清明时节,船工远离家园,逆流而上,为保证京城物资供给,激流勇进,观者如潮,这是何等地壮观啦!我能为百姓画出此画,也不枉此生啦!"

"择端,不知道我能为你做些什么?"

"不!我不需要你做什么,我只想和你谈谈。"张择端说,"范雯,在这个世上,我有很多心里话想找人说说,可在画院,我没有一个人可谈,没有呀!"

"择端,人言道,为画者孤独,千言万语,尽在笔端。"

"好在,我还有你这样一个知己。"

两人以目传情,相视无言。

第十八章 清明上河图

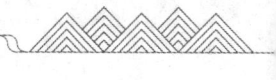

茶楼外,韩海正在人丛中行走,抬头见秋菊一个人站在二楼走廊外嗑瓜子,料定范雯在茶楼上,他心急火燎地进了茶楼,直上二楼,推开门,正碰上范雯与张择端两人相视而立,冷冷地说:"二位好兴致呀!"

两人大惊,本能地各退一步。张择端叫道:"道明兄!"

"湖光山色好风景,你们怎么在这儿?"

张择端吞吞吐吐地说:"我出来散步,正好在这里碰见她。"

"是呀!"韩海说,"你们很久没有见面了,是应该好好聊一聊。正道,圣上传你去画玉芝图。"

"玉芝图?为什么要让我去画?"

"圣上要传你,我也不敢阻拦啦!旨意我已经传到了,去不去在你。"韩海冷冷地对范雯说,"范雯,跟我回家吧!"

范雯说:"你先回去吧!"

韩海冷哼一声,走了。

"择端,你还是回去吧!别让圣上生气。你现在还是待诏呢!"

张择端叹口气说:"这个待诏,实在没什么意思。"

宋徽宗正在欣赏一株特大的灵芝。

"圣上!"邓洵武奉承地说,"臣从来也没有见过这么大的灵芝呀!"

"这都是托圣上的洪福呀!"蔡京阿谀奉承地说,"国运兴旺,才有这样的吉兆呀!"

"是呀!是呀!"宋徽宗说,"近年来,国中异兆不断,先有彗星出现,后有天狗星降临,朝野上下议论纷纷,皆视为凶兆。如今出此灵芝,实在是大吉呀!"

"圣上!"林道士说,"外面所传之事,都是奸人所为,他们唯恐天下不乱,才造谣惑众。如今天降灵芝,正是我大宋兴旺发达之征兆,圣上当昭示天下,以安民心啦!"

"好,好,这个主意好!"

"圣上!"林道士继续说,"我看将灵芝摆在宫内,令百官瞻仰,圣上觉得如何?"

"好!"宋徽宗说,"将这株神芝放在宫中,令百官来瞻仰,并大摆筵席,以示庆贺。"

宫女们翩翩起舞,宋徽宗与群臣推杯换盏,尽情畅饮。宋徽宗突然发现无人作画,问道:"张择端呢?怎么没有来?"

邓洵武道:"臣已派人去传了。"

"让他快点来,如此美景,岂能无画?"

"是,臣再去传。"邓洵武说罢,转身离开。

小桂子悄声对邓洵武说:"大人,你说这怎么办啦?"

"这可是圣上的旨意。"

蔡京见邓洵武去了一段时间,还没有回来,出宫察看,见小桂子与邓洵武在那里嘀咕,叫道:"邓大人!"

邓洵武立即来到蔡京身边说:"蔡大人,据范恺的学生韩海说,张择端他不肯来呀!"

"更有甚者,他把圣上送给金使的画,又偷了回来。"小桂子火上加油。

蔡京冷笑道:"好一个张择端,如此胆大妄为,我看他的好日子到头了,走,见圣上去。"

蔡京回到宫中,故意问宋徽宗,如果朝中官员抗旨不遵,该当何罪?

宋徽宗随口答道:"该斩!该斩!"

"谢陛下!"蔡京喜滋滋地转身离去。

第十八章 清明上河图

蔡京恨张择端靠一双妙手竟能博天子欢心,屡屡与自己作对,让自己下不了台。从宋徽宗那里讨了圣旨后,抓捕了张择端,大动酷刑。张择端被铁链子锁在刑床上,动弹不得。

"张择端!"蔡京冷笑道,"没有想到会在这里和老夫相见吧?你知罪吗?"

"我何罪之有?"

"你抗旨不遵,私自把圣上送给金使的画盗走。张择端,十几年来,你一直与老夫作对,老夫忙于国事,不想跟你计较,现在,你犯了国法,我虽有怜悯之心,也不能不办了。"蔡京大喝,"来人,用刑。"

狱卒上前,尽力鞭挞张择端。

"张择端,你招,还是不招?"蔡京恶狠狠地问。

"我没有罪,你要我招什么?"

"好!算你嘴硬。"蔡京大喝,"来呀!"

"是!"狱卒应声上前。

"你就是凭这双手得宠于圣上,如果我把你这双手砸断,看你怎么作画?"

张择端用愤怒的眼光看着蔡京,没有出声。

"你还是不招?"

"无耻老贼,你丧尽天良,圣上是不会放过你的。"

"你还以为圣上能救你吗?"蔡京冷笑道,"实不相瞒,我来之前,已经问过圣上了,你的罪,是按凌迟处死,砸!"

狱卒拿着铁锤,几锤子就把张择端的右手砸断了。

"张择端,你以为你不招,老夫就没有办法斩你了吗?"蔡京大喝,"来人!"

正当蔡京要杀害张择端之际,小桂子突然带着两名兵丁来了,并带来了宋徽宗的口谕:召张择端进宫。

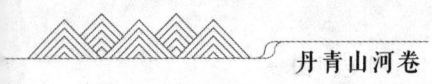

宋徽宗突然召见张择端，救了张择端一命。

造假运欺骗天下人

御医给张择端包扎完伤手，说："圣上，他的右手骨头断了。"张择端看着包扎了的伤手，眼中喷火。

"爱卿，你这是何苦呀？"宋徽宗见张择端不说话，让御医下去，然后说，"朕让你来画玉芝图，你不来，还要去管什么闲事，那是你能管得了的吗？"

张择端说："如果民妇之事是闲事，盗我东京繁华图也是闲事吗？"

"好了！好了！别提了，画不是已经偷回来了吗？你看看，你让人打成这个样子，朕能不心疼吗？"

"圣上是担心臣不能再为圣上作画了吧？"

"你看你说的？朕是可惜你是个人才，怕你把自己给毁了。"

张择端在宫中静室养伤，见丽妃带着宫女进来，叫道："丽妃娘娘！"挣扎着要坐起来。

"快别起来。"丽妃问道，"先生，你好些了吗？"

张择端看着伤手，愁眉不展。

"圣上让我给你送来参汤。"丽妃说罢，从宫女手里接过汤碗，给张择端喂一口汤，说，"圣上夸你有才华，可就是总不听他的话。"

"我哪里敢不听他的话。"

第十八章 清明上河图

"其实呀！圣上挺喜欢你的。"丽妃再给张择端喂汤，"来，喝汤。"

"你的手，还疼吗？"

"上了药，好些了。"

丽妃从宫女手里接过药汤。

张择端问："你懂医道？"

"原来在老家学过一些。"丽妃说，"这个蔡京心真狠，怎么把你的手砸成这个样子。"

"我们是老冤家。"

"你为什么要得罪他？"

"不是我要得罪他，而是他的所作所为，非要让我和他作对不可呀！"

"你说话听着挺有意思。"

"圣上上朝了吗？"

"没有，这两天他正在看那个大灵芝呢！"

"大灵芝？有什么稀奇，圣上如此珍爱？"

"你不知道，圣上是太爱这个灵芝了，他说，天降神芝，象征国泰民安，吉祥。"

张择端摇摇头。

"圣上是太怕天下大乱了，他原来让你画这幅玉芝图，是想昭告天下，让朝中大臣，朝野百姓都知道，上天保佑大宋吉祥如意。可是现在……你先休息吧！我回去了。"

"多谢贵妃！"

"什么？"范雯惊问，"张择端的手被砸断了？"

"是呀！"韩海幸灾乐祸地说，"这一下可惨了，他呀，再也画不了画了，可惜呀！可惜！"

"这蔡京也太狠了吧!"

"怎么能说蔡大人心狠?他犯的是死罪,要不是赦免了他,他早去阎罗王那里报到去了。简直是不知天高地厚。"

"你怎么这样幸灾乐祸?"

"怎么?你心疼了?你去看他呀!"

"他现在在哪里?"

"在宫里。"韩海说,"你可以去看他,可你进不去呀!"

"你?"范雯霍地一下站起来,抬脚就走。

韩海一把拉住范雯,喝问:"你到底是谁的老婆?经常与他眉来眼去,互赠信物,又在河边约会,你以为我不知道?他一个单身男人,你和他在一起,这算什么?亏你是大家闺秀,毫无廉耻。"

"你?你?"范雯挣脱韩海的手,大声说,"毫无廉耻的是你,你冒名顶替,趋炎附势,你是个卑鄙小人。"

"你——"韩海声嘶力竭地说,"我就不明白,张择端到底哪儿好?你们就这么看重他。"

"张择端是一个顶天立地的男人。"

"男人?"韩海拿起桌子上的茶壶,狠狠地砸在地上,说,"我就不是男人吗?"

范雯负气来到宫城,然而,宫门戒备森严,平常人根本就进不去。范雯带着秋菊在宫门外徘徊。

海花提着食盒,守候在宫门口,远远看见范雯主仆,跑上前叫道:"范雯姐!"

"海花!"

"听说张公子的手被砸坏了,不知砸成什么样子了?他还能画画吗?"

"我,我也不知道。"

第十八章 清明上河图

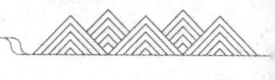

"他要是画不了画,那他不就是被毁了吗?"海花哭道,"他这都是为了我呀!是我害了他。"

"海花……"

"我知道,他是好人,他是好人啦!"

"好人!"范雯叹道,"好人总是遭人陷害呀!海花,你先回去吧,我们是进不了宫的。"

"我知道我进不了宫,可是,我要在这里等他。"

"等?"

"我等,我一定要等他出来,我才放心。"海花说,"范雯姐,你回去吧!如果张公子出来,我一定告诉你。"

"好!好!"范雯一步三回头地走了。

海花仍然守候在宫门口。

丽妃前来探望张择端,见张择端下床了,说道:"先生,你怎么起来了?还是躺着的好。"

"我觉得好多了!"张择端说,"请贵妃转告圣上,我要看看那个大灵芝。"

"灵芝?"

"这灵芝生长在深山老林的悬崖绝壁之上,可如今在京城出现,这真是奇迹呀!"宋徽宗抚摸着灵芝说,"天降神芝,吉兆,吉兆哇!"

张择端问道:"圣上真的相信,灵芝能为大宋带来平安吉祥吗?"

宋徽宗叹口气说:"自灭辽之后,金国对我大宋,虎视眈眈。"

张择端说:"当初与金人结盟,走的就是一步臭棋。边将种师道曾说,辽国是咱们的邻居,强盗进了邻家,咱们不但不去帮忙抓强盗，反而还要同强盗瓜分邻居家的财宝，这样做很不厚道。宋、辽有百年和好的历史，帮助邻居抓强盗，联辽抗金才是正理。"

"唉！"宋徽宗显然也是悔之不及。

张择端意犹未尽，继续说："自澶渊之盟签订以来，百余年来，宋、辽两国边境的百姓安居乐业，友好往来。一个很重要的原因，就是宋、辽两国力量趋于平衡，辽国军事力量强，宋国经济、文化发达。宋不想打仗，辽也没能力灭宋，双方议和，各取所好。金国强势崛起，打破了这种平衡，但金人也没有强到同时对付宋、辽两国的地步。宋、金结盟，引狼入室啊！"

"错已铸成，有后悔药吗？"宋徽宗说，"近闻金国又在招兵买马，欲图南侵呀！国内叛贼刚刚平定，灾民又起，今天，又风传天狗星下界，狐仙夜出，男儿生子，女人生须，种种现象，皆大不吉呀！不仅朝野上下，人心恐慌，就是朕，也时常从梦中惊醒，大汗淋漓呀！"

张择端见宋徽宗悲伤的样子，心里生出一丝同情。

"朕本短于治国，朝中又缺能臣，值此内外交困之际，如果万一……唉！"宋徽宗问，"爱卿，你说，朕不依靠神灵，又依靠什么呢？难道，你不愿意我大宋国泰民安，万事吉祥吗？"

张择端无言以对。

"朕知道，只靠这个灵芝，不能击退敌兵，更难解万民倒悬之苦。可有了它，朕可以激励朝中大臣拥朕之情，可以平复百姓惶恐之心啦！朕多想让你画一幅玉芝图，传遍天下，让天下人都知道，我大宋有玉芝相佐，万世吉祥呀！可你现在的手，你看看，朕要是自己画吧，百姓肯定不信，朕知道，你在民间颇有声望，还是……唉！朕心力交瘁，难以支撑啊！可朕还要打起精神来，弄出一片歌舞升平、繁荣昌盛的样子来，让敌国不敢小视，让万民心有所望呀！"

第十八章 清明上河图

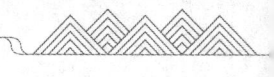

"请圣上准备笔墨纸砚。"

"爱卿,你……"

"臣愿意为圣上画此玉芝图。"

宋徽宗亲自为张择端磨墨,张择端用他那只颤抖的伤手,画了一幅《玉芝图》。

海花见宫城城墙边站满了人,好奇地凑上前察看,见城墙上挂了一幅《玉芝图》,有人说:"这就是张择端画的《玉芝图》。"

"这么大的灵芝,上天一定会保佑我们的。"

有人在《玉芝图》前烧香祈祷,求上天保佑大宋。海花看看城墙上的《玉芝图》,又看看周围的人,面色沉静。

海花道:"择端,喝点鱼汤吧!"

张择端流着泪说:"我把老百姓骗了,我欺骗了他们啊!"

"你别这么说嘛!"海花说,"你没有看见那么多人都在看那幅《玉芝图》吗?还有人给《玉芝图》烧香啦!"

张择端痛苦地说:"《玉芝图》救不了咱们大宋,救不了哇!"张择端失声痛哭。

边关历险

金国灭辽之后,没有了后顾之忧,好斗的女真人摩拳擦掌,跃跃欲试。经过这几年与宋人打交道,他们摸清了大宋的虚实。

君昏臣贪,将庸兵弱,宋朝已是一座朽烂了的大厦,稍微加一点外力,便会彻底坍塌。

金太宗完颜晟的雄才大略,绝不亚于金太祖完颜阿骨打,灭辽之后,是否立即南下,他曾一度犹豫不决,因为宋朝毕竟是泱泱大国,能否在交战中稳操胜券,并没有十足把握,派呼伦出使北宋,名义上商讨燕州土地交割问题,实则是试探宋朝的虚实。

呼伦出使宋朝后报告说,从河朔至宋朝京师,沿途一片萧条破败景象,百姓流离失所,断定宋朝武力不竞,可以战而胜之。于是,完颜晟决意南侵。

宋徽宗依旧荒淫,不是逛窑子,就是吟诗作画,或者到哪个宠臣家里串串门。他晋封童贯为广阳郡王,让他到燕山加强对金国的防范,并负责办理同金人的土地交割手续。

张择端听闻童贯将要去边关向金国讨要因联合攻辽而金国原本答应返还的失地,为目睹收复失地的盛况,张择端恳求宋徽宗准许他随同前往。

宋徽宗不舍地说:"远赴边关,十分劳苦,朕倒愿意你留在宫中陪朕。"

"臣在宫中,实在是无画可画了。"

"怎么能无画可画呢?明天,朕要大宴群臣,你来为朕画一幅百乐图如何?"

"臣已无心画此图,宁愿去疆场为国效命,请圣上恩准。"

宋徽宗虽然不舍,但还是答应了张择端的请求。

童贯到了太原,同太原守将张孝纯带着大批珍珠宝玩,风尘仆仆赶到金军大营,求见金元帅二太子兀术,谦卑地说:"元帅,圣上给贵国送来了小小礼品,不成敬意,请笑纳。"

兀术哈哈大笑:"那我就不客气了。"

第十八章 清明上河图

童贯对兀术说,"我们这次来,是请贵国如约交割应、蔚两州和飞狐、灵丘两县的土地。想必元帅已经安排妥当了吧!"

"你们出尔反尔,违背盟约,还好意思要应、蔚两州?"

"元帅!"张孝纯问道,"何出此言?"

兀术说:"你主曾赠送我大金一幅什么什么图来着?"

"大帅!"兀术的属下说,"东京繁华图。"

"对,东京繁华图,后来又私下让人盗走,这是为何?"

"有这种事吗?"张孝纯问了一句。

"这是藐视我大金国威!"

"元帅!"童贯说,"息怒,息怒,等我回去查明,如果确有其事,一定给你送回来就是了。"

"啊!对了,你们曾答应赔偿我军粮食二十万石,可实际只给了八万石,剩下的什么时候给?"

"元帅!"童贯可怜巴巴地说,"如此巨大的数字,实在难办啦!"

"我可没有耐心再等。"

张孝纯问:"那贵军意欲何为?"

兀术傲慢地说:"宋向大金割让河东、河北之地,宋、金以黄河为界,宋朝尚有生存的机会。否则的话,数月之内,金国大军将席卷中原,饮马长江。辽国的今天,就是你宋朝的明天。"

"元帅!"童贯说,"你不还我应、蔚土地,还要我两河土地,这实在叫我为难呀!"

"天下竟有如此道理。"张孝纯击案而起。

"尔等不服,且等我兵来战。"

"元帅!切莫如此,切莫如此,赔粮一事,我马上去想办法。"童贯近乎哀求地说,"请暂缓发兵。"

兀术冷哼一声。

童贯赔着笑脸说:"赔粮一到,你们可归还我应、蔚二州吗?"
"粮食运到了再说吧!"

宋朝运往前线的军粮到了边关。运送军粮的脚夫中,就有海花的丈夫龙泰。龙泰见宋军,大喊:"弟兄们,粮食运来了。"
"粮食运来啦!粮食运来啦!"宋军高兴地欢呼起来。
龙泰说:"我跟你们说呀!这路上不好走,耽搁了两天,都饿坏了吧?"
"可不是嘛!"
龙泰说:"那大家就帮着卸粮吧!"
士兵们正准备卸粮,突然传来一声大喝:"不准卸粮,不准卸粮。"一队士兵跟着也跑来了。
龙泰跑上去问:"大人,为什么不准卸粮?"
传令官大声说:"大人有令,谁也不准卸粮。"
"怎么了?"
"不知道。"传令官说,"反正这批运来的粮食,谁也不许动。"

张孝纯得知童贯要将刚运到的三万石军粮直接送往金军大营,劝阻道:"公公,公公!我方军粮,千万不能给金人啦!"
童贯不听劝阻,坚持要把粮食送给金人。
张孝纯跪下求道:"公公,我代表三军将士求你了,三军将士正等粮食下锅呀!你把粮食送给金人,他们吃什么呀?"
童贯气急败坏地说:"不把粮食给金兵,他们要对大宋开战,那还得了?"
"公公,金人乃虎狼之心,从无信义可言,即使给了粮食,他们也不肯罢休的呀!"
"本官领圣上之命,是来议和的,不是来交战的。"童贯大呼,

第十八章 清明上河图

"来人!"

"末将在。"传令官应声而入。

"命你将刚运来的三万石军粮送给金兵,一定要对外封锁消息,不得走漏半点风声。"

"是!"

龙泰及众脚夫丝毫不知危险已经降临,仍然沉醉于军粮顺利送达的喜悦之中。晚上,围坐在篝火旁,吃着随身带的干粮,一个小伙子,竟唱起了家乡的民歌小调:

汴水清,汴水明,
清明汴水绕京城。
京城有咱老百姓,
岁岁年年好营生。
网中虾儿蹦,
碗里鱼汤浓。
船儿出河口,
冲破浪千重。
九曲黄河连汴水,
渔歌唱起透真情。

张择端过来了,问一名脚夫:"请问,龙泰在这里吗?"

"在那儿。"脚夫手一指。

张择端朝龙泰所在之处走去,见到龙泰,叫道:"龙大哥!"

"张先生,是你呀?"龙泰站起来,拉住张择端的手说,"没有想到能在这里碰上你呀!"

"海花好吗?"张择端问。

"好，好。"龙泰说，"就是海生也被抓来当了兵，听说就在这里呀！"

"我怎么没见到他呢？"

"我也正在找他。"

"这一趟，你们够辛苦的了。"

"没办法，再说，也是为国出力吧！我也干不了什么大事，送个粮，赶个脚的，也算是我的本行。"龙泰有些不好意思地说，"张先生，我想问你一件事。"

"什么事？"

"听说当年你也想娶海花？"

"哪儿的话呀！没有，没有。"

"海花要是跟了你就好了，跟着我，受了不少罪。"

"快不要这样说了，你们俩不是挺好吗？"

"海花是个好人，就是命苦，这不，又一个人待在家里。"

张择端拍拍龙泰的肩膀说："回去给她带点好东西。"

"这不。"龙泰从怀里掏出一个银圈玉佩说，"我在路上给她买了这个，她喜欢。"

"哎呀！好东西呀！"

龙泰说："运完了这趟差，也就不出来了，在家里好好守着海花，过两天安稳的日子。"

"走啦！走啦！"有人大喊。

"张先生！"龙泰站起来说，"我要走了。"

"到哪儿去？"

"不知道，听说是在山里头，是另一个大营里。"

张择端关切地说："龙大哥，你要多保重呀！"

"你也多保重。"两人的手紧紧地握在一起，"咱们回家见。"

第十八章 清明上河图

运粮队跟着引路的兵丁走了一天,抵达目的地的时候,龙泰突然发现前面军营插的是金军的军旗,上前拦住宋军传令官的马头说:"不要走了,不要走了,长官,我们走错了,这是金兵的军营呀!"

"没错。"传令官大喝,"就是送到这里。"

龙泰跑回送粮队伍前大喊:"弟兄们,别走了,咱们上当了,别走了,他们要把粮食送给金人啦!别走了。"

宋传令官冲过来,举刀杀了龙泰,冲着运粮队恶狠狠地说:"谁敢抗命,这就是下场,走,快走!"

一个年轻脚夫趁兵士不注意,伏在龙泰身上哭叫了几声,将龙泰买给海花的银圈玉佩取走了。

兀术看了宋军送来的粮食清单,大笑:"宋朝用此庸才,岂能不亡。发兵南下。"

"元帅!"宋传令官说,"童大人说,赔了粮食,贵军即可归还宋地呀!"

兀术冷笑道:"本帅既然起兵,焉有半途返回之理,何况还有这么充足的军粮。本帅念你送粮有功,饶你不死,你可愿降吗?"

"这、这……"

"拉出去,斩了!"

"元帅饶命,我愿降,愿降!"

金军骗走了宋军军粮,在宋降兵的带领下,杀向宋军军营。

童贯见金军杀到,吓得魂飞胆丧,骑马就逃。

张孝纯拦住他的马说:"不能走呀!大敌当前,公公,你要召集各路兵马抵御外敌,局面尚可维持,公公一走,军心浮动,疆土必失呀!"

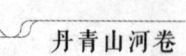

"我奉圣命,只来接收失地,没有守土之责,放开我,我要回京城,向圣上禀报。"

童贯一把推开张孝纯,带着随行人员,拍马而去。

张孝纯见童贯不听劝阻,指着童贯的背影大骂:"你这个贪生怕死的阉奴,平日何等威风,大敌当前,竟然临阵脱逃,你有何脸面去见天子呀!"

金兵大队人马,呼啸而至。张孝纯号召军民抵御外敌,宋军群情鼎沸,在"愿与大宋共存亡"的欢呼声中,杀向迎面而来的金兵。

张择端抓起鼓槌,擂响了战鼓,……终于,他还是扔掉了鼓槌。因为眼前的战斗已经结束,遍野都是尸体,金兵已呼啸而过。

张择端孤零零在死人堆里寻找,终于,他看到了海生的尸体,上去抱在怀里,失声痛哭。

第十九章 金兵南侵

长驱直入

宋徽宗一筹莫展,躺在宫里谁也不见,小桂子进来轻轻咳了一声,丽妃将一块热巾贴在宋徽宗额头上,起身过去悄声问:"什么事?"

宋徽宗拿下额头上的热巾,坐起来说:"又是谁来了,朕不见,朕不见,他们又是要让朕下罪己诏。"

"不是朝中大臣。"丽妃说,"是张择端回来了,说是有东西要献给圣上。"

宋徽宗在丽妃和小桂子的搀扶下出了寝宫。

张择端进宫,跪奏:"张择端恭请圣安!"

"爱卿回来了?"

"回来了!"

"回来就好,回来就好哇!"直到此时,宋徽宗还是不忘他的画,问张择端,"爱卿,起来,起来,你这次去太原,见了北方的风景,画了什么好画?"

"臣这次没有画画。"张择端将从战场上带回来的沾满了鲜血的战旗举过头顶说,"臣从前方带回了一样东西。"

"拿来给朕看看!"宋徽宗在小桂子的搀扶下,坐回御座。

小桂子上前接过,呈给宋徽宗。

"这是臣从前方带回来的,这上面沾染了前方将士的鲜血呀!"

宋徽宗见是一面残缺、沾血的战旗,厌恶地说:"你拿它来干什么?快拿开,快快拿开。"

"不!"张择端激动地说,"臣要让圣上看看,臣要让圣上知道,圣上在京城醉生梦死、赏玩花石的时候,前方将士正在浴血奋战;

第十九章 金兵南侵

臣要让圣上知道，圣上宠爱的大臣，将我军的粮草送给敌军，以致我军无粮，将士们饿着肚子作战；臣要让圣上知道，金兵虽然凶如虎狼，但我大宋有不怕死的卫士，有愿为国捐躯的忠臣。"

宋徽宗惊呆了，他没有想到，张择端去了一趟前线，回来后竟然用如此口气与他说话。

"圣上，臣自前方归来，亲眼看到沿途金贼烧杀抢掠，无恶不作。亲眼见我大好河山，沦落敌手。面对此情，面对那些战死沙场的将士，难道圣上心中无愧吗？"

"爱卿呀！"宋徽宗愧疚地说，"你怎么能这样对朕说话呢？"

"臣不是为自己而问，是为那些将士、为那些战死沙场的英灵而问圣上。"

宋徽宗看着张择端，羞愧地低下了头。

宋徽宗坐朝，小桂子宣读罪己诏：

奉天承运，皇帝诏曰：朕疏于治国，荒于政务，以致金人进犯，疆土流失，百姓蒙难。此乃朕之过也。今特罢应奉局，花石纲，下罪己诏，招天下兵马进京勤王，以保我大宋江山。钦此。

次日，罪己诏便发向全国各地。

所谓鸟之将亡，其鸣也哀；人之将死，其言也善。宋徽宗在罪己诏中坦诚地承认自己多年的过错，说得荡气回肠，委婉沉痛，几乎是用血和泪写成的。为了表示自己的诚意，罪己诏颁发之后，他还采取了一些措施：下诏撤销西城所，将钱物交给户部；将没收充公田的土地，全部归还原主；裁减宫廷用度以及侍从官以上官员的俸禄；彻底罢废道观，收回赐给道观的土地；撤销大晟府、教乐所、行幸局、彩石所等等，积累多年的弊政，几乎全部被革除了。

可惜，宋徽宗醒悟得太晚了，一纸罪己诏，怎抵得金军的百万铁骑？

　　海花身穿白色孝服，给哥哥海生和丈夫龙泰烧冥钱，见张择端远远走过来，哭着叫道："张大哥！"
　　海伯从屋里跑出来，说："张公子，你来了？"
　　张择端走近海花，从包袱里取出龙泰的遗物——银圈玉佩，递给海花："这是龙大哥给你买的，他说你喜欢，我给你带回来了。他还说，这次回来就不准备出去了，要和你在一块好好地过安稳日子。他和海生，我都给掩埋了，立了碑，你们就放心吧！"
　　"张大哥，谢谢你！"海花给张择端下跪。
　　"谢谢你，张公子！"海伯也给张择端下跪。
　　"大伯，海花，你们快起来，不要说这样的话。"张择端哽咽着说，"海生和龙大哥，和我像亲兄弟一样，只是没办法，路途遥远，实在是不能把他们的尸骨带回来啊！"
　　"孩子，别哭了！"海伯安慰女儿说，"他们为国捐躯，战死沙场，为大宋尽忠了。我这个当爹的不难受，不难受哇！"
　　父女俩抱头痛哭。

　　金兵已逼近黄河，前方告急文书如雪片般飞往京城。宋徽宗认为大势已去，准备逃往南方，让太子留守京城。
　　朝中大臣为此议论纷纷。李纲与张择端已成知己，且都是爱国志士，当然也在密切关注着当前的大事。
　　李纲担心地说："如今敌势猖獗，两河危急，皇上若弃城而去，太子留守京城，又有谁能号令天下。"
　　"可圣上执意要走，怎么办？"张择端有些无奈地说。
　　"得想个办法才行呀！"李纲思索半天，说，"有办法了。"
　　"什么办法？"

第十九章 金兵南侵

"请圣上传位给太子。"

"传位给太子？"

"不传位太子，圣上一走，朝政怎么办？如果皇上一定要离京，就应传位于太子，这样，新天子才可以号令四方。"

张择端说："谁能出来说这样的话呢？或者，可以奏请太子监国。"

李纲激动地说："如今国家的形势，同当年唐玄宗在灵武禅位给太子没有两样，甚至比那更危急。国家危在旦夕，我等岂能坐视不理？"

"你若上奏此事，圣上一怒，是要问斩的呀！"

"正道兄，我是为江山社稷着想，不是谋逆，何罪之有？即使获罪，为人臣者，在国家危难之时，也应万死不辞。"

李纲说罢，从墙上取下宝剑，刺臂写了一封血书：

皇太子监国，典礼之常也。今大敌入攻，安危存亡在呼吸间，犹守常礼，可乎？名分不正而当大权，何以号召天下，期成功于万一哉？若假皇太子以位号，使为陛下守宗社，收将士心，以死捍敌，则天下可保矣。臣李纲刺血上言。

张择端进宫后，什么也没有说，跪下代李纲宣读了血书，然后送呈宋徽宗。

"这是逼宫，这是逼宫。"宋徽宗气急败坏地说。

"圣上，金兵已经打到黄河边了，还望圣上以大宋江山为重，以大宋的万民为重。"张择端说罢顿首叩拜。

宋徽宗冷哼一声，站起来说："你以为朕真的守不住这万里江山吗？朕的国师已经招募天下神兵，马上就要克敌制胜了。"

国师招兵不问技艺，只论生辰八字，只要生辰八字对路就行。

京城一些市井无赖纷纷前来报名，不到一天时间，便凑足了七千七百七十七人的六丁六甲神兵名额。

一个平日在街上耍刀弄棒、名叫薄坚的卖艺人被封为教头，一个叫刘宋杰的江湖卖药人被封为将军。

"启奏圣上！"林道士说，"臣已招募了七千七百七十七名神兵，个个都是天神下凡，刀枪不入，专门来保护圣上。"

"太好了，太好了！"宋徽宗激动得有些颤抖，说，"如今，金兵犯界，气焰嚣张，朕命国师统领神兵，前往迎敌，国师有必胜把握吗？"

"圣上请放心，神兵到处，定叫金兵片甲不留。打到金国去，连他们的祖坟也要连根拔掉。"

"好，好哇！得胜归来，朕重重有赏！"

"谢圣上，请圣上在朝中静候佳音吧！"

国师带着他新招募的六丁六甲神兵，举着八卦图的布幡，喊着"天兵天将，刀枪不入"的口号，从宣化门出城迎敌。

六丁六甲神兵其实是临时凑合起来的乌合之众，连普通士兵都不如，有的甚至连箭都不会放，除了摇旗呐喊，什么都不会。

国师是一个骗子，当然知道六丁六甲神兵是什么货色，出城之后，带着几个人，一溜烟逃跑了。

宋徽宗在宫里等候神兵的好消息，但等来的结果却是——金兵杀过了黄河。

"那朕的神兵呢？"宋徽宗大惊失色。

小桂子说："神兵根本就不能战，还没有交锋，便跑得无影无踪了。"

第十九章 金兵南侵

"国师呢？"

"国师就是个骗子，出城不久，便借机逃跑了。"

宋徽宗吓得目瞪口呆。

"启奏圣上，李纲等人跪在午门前。"

"他们要干什么？"

"他们请圣上传位于太子。"

"他们这是逼朕退位呀！"宋徽宗站起来，大声说，"这是朕的江山，是朕的江山啦！"

张择端问道："国家若破，还有什么江山啦？"

第二天，宋徽宗突然病倒了，而且还数次昏死在龙床上，御医又是捶背，又是把脉，始终诊不出得的是什么病。几位宰臣围在旁边，急得团团转，都说朝廷不幸，怎么在如此紧要关头皇上突然得了如此怪病呢？

宋徽宗慢慢地苏醒了，只见他伸出手，断断续续地说："纸……纸……"

小桂子连忙取来笔墨纸砚，送到御榻前。宋徽宗抓起笔，迅即写下一道诏书：

皇太子可即皇帝位，予以教主道君退居龙德宫。可呼吴敏来作诏。

笔走龙蛇，刚劲有力，丝毫看不出是一个病人写的字。小桂子立即传吴敏草拟诏书。宋徽宗正式传位给皇太子赵桓。

宋钦宗成了替罪羊

太子赵桓继位,他就是宋钦宗。

宋钦宗即位的第四天,太学生陈东带领一些学生聚集宫外,请求严惩奸贼。宋钦宗听到宫外的呼喊声,询问小桂子,外面的百姓在喊什么?

小桂子如实地说:"他们在请愿,要求圣上诛杀蔡京、童贯、梁师成等奸贼,以谢天下。"

"他们都是太上皇的老臣,朕不好处置呀!"宋钦宗问,"朝中大臣有什么意见吗?"

"朝中大臣都支持他们。"小桂子说,"不杀奸贼,恐怕难平民愤啦!"

宋钦宗无奈地说:"那就传旨吧!"

"遵旨!"

小桂子手持圣旨,带领兵丁捉拿奸贼。

童贯从太原临阵脱逃回京后,嚣张的气焰收敛了不少,因为联金灭辽,引狼入室,他是始作俑者,如果圣上追究下来,难逃一死。闻讯,他骑马逃跑,官兵紧追不舍,边追边喊:"站住,别跑!"

童贯策马疾驰,刚逃出城门,被海伯及众百姓挡住去路:"奸贼,往哪里逃?下马受死吧!"

童贯勒转马头,却见官兵已经冲出城门,重新勒转马头,掏出随身携带的银子撒向众人:"我有钱,都给你们,求你们放我一条生路吧!"

海伯大叫:"我要为死在战场上的儿子、女婿报仇。"说罢,冲上前,一鱼叉将童贯从马上捅下来,百姓一拥而上,乱棒将童

第十九章 金兵南侵

贯打死了。

蔡府的情景，可以说是树倒猢狲散，蔡府家丁、丫环，得知圣旨已下，蔡府即将灭门，拿了一些值钱的东西，纷纷逃离蔡府。蔡攸带着络腮胡子回来，见状大喝："你们要干什么？你们要干什么？"

任凭蔡攸喊破了嗓子，也没有人理他，蔡攸顾不了那么多，跑到蔡京的住处门外，大叫："爹，你快走吧！再不走就来不及了。"

"老爷，你快走吧！"络腮胡子也跟着喊。

蔡京打开门，从里面走出来，心灰意冷地说："走？走到哪里去？走到哪里都是死，天下的人会放过我吗？"

"老爷！"络腮胡子说，"我保护你逃走。"

"爹……"

"你们下去吧！"蔡京说罢，转身进屋，哐的一声把门关上了。

"我爹他是老糊涂了。"蔡攸对络腮胡子说，"我们赶快走吧！"

蔡攸说罢，带着络腮胡子及家丁就向外跑，刚到大门前，官兵撞开府门冲进来了。张择端指着蔡攸对小桂子说："蔡攸！"

小桂子展开圣旨宣读：

奉天承运，皇帝诏曰：蔡京、蔡攸专权误国，罪恶难赦，赐死。钦此。

蔡攸哈哈大笑："什么圣旨？分明是你们这些人想造反。"

小桂子大喝："蔡攸，你要抗旨吗？"

蔡攸见官兵围了过来，自知反抗无益，丢掉手中剑，绝望地跪在地上。官兵们冲上前，乱刀砍死了蔡攸。

络腮胡子负隅顽抗，也被官兵所杀。其余家丁扔下武器，甘愿受擒。

张择端陪同小桂子，带着官兵赶往内室，推门大叫："蔡京，出来受死吧！"

张择端边喊边推开门，却被眼前的情景惊呆：蔡京悬梁自尽了。

宋钦宗毫无主张，面对众臣，苦着脸说："黄河失守，金兵直逼京城，太上皇已经到了南京，朕该怎么办，各位爱卿，快给朕出主意呀！"

宰相李邦彦出班奏道："启禀圣上，金兵来势凶猛，即将兵临城下，圣上应离开京城，以避敌锋。"

宋钦宗与几位执政大臣面面相觑，谁也没有说话。

"万万不可！"李纲出班奏道，"圣上，道君皇帝将宗庙社稷托付给圣上，圣上怎么能弃之而去呢？"

李邦彦说："金兵来势汹汹，京城想守也守不住，让圣上留在京城，不是要玉石俱焚吗？"

李纲指着李邦彦怒斥道："你身为宰相，不思御敌之策，先是欺蒙太上皇，现在又怂恿陛下弃城而逃，京城失守，你就是千古罪人。"

"李邦彦说得有理，京城守不住，京城不可待！"宋钦宗似脱口而出，说出了自己的心里话。

"天下城池，唯京城最坚固，如京城不可守，还有哪座城池可守？宗庙、社稷、百官、万民都在这里，舍弃京城，能到哪里去？"李纲大声说，"如果能激励将士，安抚百姓，岂有不可守之理？"

全场一片静默。

"说呀！你们说呀！"宋钦宗似乎坐不住了，气急败坏地说，"谁有什么好办法？"

李纲说："为今之计，莫如整顿兵马，号召全城军民，抵御外敌，

第十九章 金兵南侵

保卫京城,以待勤王之师。"

宋钦宗焦急地问:"谁可为将?以你看来,谁可为将?"

李纲回答:"朝廷平日以高爵厚禄富养大臣,是要这些大臣替朝廷办事,白时中、李邦彦等虽是书生,不一定懂军事,但以他们宰相的身份,应当承担起安抚将士、调兵遣将、抵御入侵之敌的重任。"

白时中主张逃跑,压根就没有考虑坚守城池的事,见李纲一把火烧到自己身上,气急败坏地说:"李纲,你有能耐,你就领兵出战,怎么扯到我头上来了?"

李纲朗声说:"如果陛下不认为我无能,让我领军拒敌,我当以死报国。只是我位卑职微,恐难以驾驭将领,镇服士卒。"

"好!"宋钦宗说,"朕现在就任命你为尚书右丞,东京留守。"

李纲当即答道:"臣谢恩!"

京城百姓听说金兵已过了黄河,扶老携幼,纷纷出逃。

金人呼伦带着随从趁乱进入汴梁城。

韩海出府,等候在门外的呼伦的随从上前,悄声对韩海耳语了几句,韩海随来人走了。

韩海到了孙羊店,刚上楼,便见金人呼伦迎上前,问道:"我说韩大人,不认识了吗?"

"怎么会是你?"韩海大吃一惊。

"公务在身,顺便来看看老朋友,上次来京,承蒙韩大人关照,这次一定要来看望韩大人!"

"两国正在交兵,你现在来不合适呀!"

"知道!"呼伦说,"来,请坐。"

韩海担心有人看见他与金人坐在一起,上前将窗户关好,落座后问道:"你这次来,有什么事吗?"

"如今我大金重兵压境，宋国朝臣多思自保，还有谁敢同金国抗衡呀？恐怕连巴结还来不及呢！"呼伦说，"我这次来汴京，不是为了刺探军情，只是给韩大人日后谋个出路。"

"为我谋出路？"

"韩大人掌管国画院，国画院好画甚多，望你好生保管，等大军入城之后，交给我主，我主一定会有重赏。"

韩海沉默不语。

"怎么？"呼伦说，"韩大人对我金兵破城，还有怀疑吗？"

"没这个意思，没这个意思！"

"大人如果不献，我们可以自取嘛，只怕到了那时候，大人就得不到大金的善待了。"呼伦重重将筷子拍在桌子上。

韩海一愣。

呼伦手一伸，随从立即递上一个画轴，呼伦接过来递给韩海，说："韩大人，这幅画是我大金画师画的神兵图，大人请看。"

韩海接过画轴，展开观看。

呼伦说："我知道，你们宋朝，有人主战，有人言和，宋帝想逃出京城，可李纲等人不赞成。"

"你怎么知道？"

呼伦笑道："贵国朝中，有为我们通风报信之人啦！"

"什么？"韩海吃惊地站起来。

"李纲乃一介书生，怎能抵挡得住我大金的神兵呀！你将这幅画献给你们新君看看，让他早日投降。如果不降，神兵到处，鸡犬不留。"

第十九章 金兵南侵

报国图

次日早朝,李纲来得非常早,见崇政殿外禁卫军全副武装,列队待发,后宫的嫔妃们都带着大包小包,准备升轿出行,觉得有些不对劲,上前问道:"你们这是干什么?"

小桂子说:"圣上要出京了!"

"圣上在哪儿?"

"圣上还在宫中。"

李纲迅速赶往宫中,宋钦宗手拿画轴出来了,身后的几个太监,连太庙里的祖宗牌位也都带上了。

李纲上前跪奏道:"圣上,昨天说得好好的,为何一夜之间又改变主意了?不能走,不能走哇!"

宋钦宗叹气说:"如今人心离散,军无斗志,孤城如何能保,朕想了一夜,还是走的好。"说罢,绕过李纲就走。

李纲站起来,赶上去跪下拉着宋钦宗的手说:"圣上,我在京城布置了兵马,正在迎敌呀!圣上如果走了,京城怎么办?"

"金人是神兵,不可胜,不可胜啦!"宋钦宗说罢,将手中的画轴丢在李纲脚边,拔腿就走。

李纲捡起画一看,见是一幅金人画的《神兵图》,丢下画,追了上去。

宋钦宗刚走出宫门,范恺、张择端挡住了去路,跪奏道:"臣范恺、张择端恭请圣安!"

宋钦宗冷冷地问:"你们来干什么?"

范恺道:"臣等特来给圣上献画。"

"献画,什么画?"

范恺、张择端二人站起来,展开带来的一幅画,说:"这是老臣和张择端昨天晚上连夜赶画的表现我军将士同金兵作战的真实图景《报国图》，臣等听说圣上坚守京城，特献此画，以壮国威呀！"

宋钦宗铁青着脸，甩袖而去。

"圣上！圣上！"老迈的范恺跪下了，哀求地说，"难道你真的要舍弃这大宋江山，舍弃这京城百姓吗？"

周围的禁军骚动起来。

李纲灵机一动，冲着禁军大声问道："你们都是七尺汉子，热血男儿，敌人杀到家门口，你们是愿意逃，还是愿意留？"

禁军们齐声欢呼："决一死战，保卫京城，决一死战，保卫京城。"

"圣上！"李纲大声说，"将士们的妻儿老小都在京城，他们都愿意誓死保卫京城，不愿意离开。圣上强迫他们护驾出都，万一中途他们逃散而归，圣上的安全怎能得到保证？况且，金军已经逼近汴京，他们得知圣驾离得不远，一定会派精兵追赶，到时，谁能抵挡得住金军？"

"圣上！"在场所有人都跪下了，"留下来吧！"

宋钦宗终于又被说动了，无声地退回宫中。

李纲在四面城墙上备上火炮、弓箭、砖石、檑木、火种、膏油等交战应用之物，金兵便开始攻城了。

京城百姓协助官兵守城，战斗进行得十分惨烈，从城墙上撤下来的伤员说，城墙上的砖石、檑木快用光了。

张择端正在城下给将士们送水，听到这个消息，灵机一动，说："宫中有万岁山，去启奏圣上，把万岁山的石头搬来。"

人群中不知谁大叫："还奏个屁呀！去搬来就是了。"

百姓们闻风而动，前往万岁山，把用蔡京一伙花重金从江南运来的花石筑成的万岁山拆了，把那里的石头车推肩扛，搬运过来，

第十九章 金兵南侵

送到城墙上。

金人本想把整个汴梁城包围起来，由于汴梁城太大，兵力不足，所以只围攻善利、通津、宣化三城门，每天矢石如雨，杀声震天。守城的宋军虽然只是消极防御，但由于城高墙厚，易守难攻，因而，战事进入胶着状态。

一心求和的李邦彦奏道："圣上，圣上！不能再打了，不能再打了，交战越久，结怨越深啦！"

李邦彦见宋钦宗六神无主，着急地说："城头上的兵将和百姓，用石头砸金兵，金兵被砸得血肉横飞，有的被砸成了肉饼，有的被砸成了肉酱，还有的……"

"别说，别说了。"

"圣上！要是想议和，就不能再战了，再这样下去，杀的金人越多，金人就越难和我们讲和了。"

"那该怎么办？"

"号令城中将兵、百姓，停止与金兵交战。"

"都这个时候了，谁听朕的呀？"

李邦彦说："那就暗中派人到金营中去与他们讲和。"

"好！"宋钦宗说，"你和张邦昌，今晚就去。"

"纵是赴汤蹈火，臣也在所不惜！"

"好！好！"宋钦宗激动地说，"爱卿，你是忠臣，忠臣啦！"

"谢陛下！"

晚上，城墙上生起了一堆堆篝火，军民围坐在篝火边，海伯抱着酒坛子说："来，孩子们，喝酒，喝酒，喝足了好打金狗呀！"

伍大赖伸过大碗，大声说："来，再来一碗！"

"你这个大赖呀！"海伯笑道，"你刚喝了一碗，还要呀？"

"喝足了有劲呀！你说是不是？"

"好，好，你今天表现不错，再给你倒一碗。"海伯给伍大赖倒满一碗酒。

"大伯呀！"二愣子问，"你说金兵能退吗？"

"他们根本就进不了城。"海伯双手叉腰说，"这是咱开封圣地，有黄河河神保佑我们啦！"

官城的军民群情鼎沸，兴致勃勃议论着战事，突然，宫中传旨官上了城，展开圣旨宣读："奉天承运，皇帝诏曰：宋、金两国正在议和，号令天下城军民，不得擅自与金兵交战，违令者，立斩不赦，钦此。"

刚才还热闹非凡的场面，一下子冷了下来。

宋朝军民的顽强抵抗，让金军主帅兀术感到意外，正在他一筹莫展之时，大宋宰相张邦昌奉宋钦宗之命到了金军大营。

张邦昌向兀术行跪拜礼："大宋和议使臣张邦昌拜见元帅！"

"邦昌兄！"兀术离座扶起张邦昌，"邦昌兄，快快请起！"

张邦昌站起入座。

"邦昌兄！"

"嗯！"

"近来情况怎么样？"兀术给张邦昌倒一杯酒，说，"听说赵桓想议和，这议和的条件，我们要好好商量商量。"

"元帅的意思呢？"

"本帅要攻破汴京，易如反掌，只是看在少帝的情面上，才答应议和。"

"邦昌一定向皇上传达元帅的意思。"

"你回去告诉你们的少帝，这议和的条件，一是送我黄金五百万两，白银五千万两，牛马万头，绸缎万匹。"

第十九章 金兵南侵

张邦昌为难地说:"这太多了吧!"

兀术的随身侍卫插嘴说:"我们就是想让他难以达到,才好走下一步棋呀!"

"原来是这样。"张邦昌卑鄙地说。

兀术继续说:"这二嘛!就是割让中山、太原、河间三镇归大金所有。三是宋帝当以伯父礼事金。"

张邦昌说:"如此条件,恐怕赵桓也难以答应吧!"

李纲说:"圣上,这是金人提出的条件?这样的条件也能答应吗?"

宋钦宗道:"金军兵临城下,举国震惊,要想退敌,只能答应他们的条件。"

李纲愤然说道:"他们索要的金银牛马,就是搜遍全国,也不能凑数,到哪里去拿?中山、太原、河间三镇是大宋屏藩,怎么能割让与人?泱泱大国,竟称金狗为伯父,岂不是奇耻大辱?"

"照你说来,没有一条可以答应,如果金军继续攻城,如何是好?"

李纲建议说:"可以再派一个能说善辩的人去金营谈判,拖延时间,待各地勤王之师到达之后,就不怕金军不退,那时再与金国议和,就能获得真正的和平。"

李邦彦不以为然地说:"金人狡诈得很,不会让你拖延时间的,现在连京城都不保了,还谈什么三镇。至于金币牛马,更是不必计较了,给钱买平安,没有什么不可以的。当年的'澶渊之盟',不也是花钱买来的吗?"

第二十章 亡国奴

第二十章 亡国奴

汴京沦陷

张择端正在作画,见范恺来了,立即起身相迎:"老前辈,你来了。"

"还在画呀?"

"嗯!"

"睡不着,来看看。"范恺来到桌子边,问道,"怎么样,还没有画完啦?"

"还没有。"

范恺坐下来,看着桌子上的画说:"你这幅画,真是越来越传神了。"

张择端说道:"我也觉得,这幅画越画越有意思,好像有很多思绪在里面。"

"看得出来,这是一幅传世之作呀!"范恺指着画问,"哎,你这桥上,怎么安排呀?"

"桥上?"张择端疑惑地问。

"这桥下百舟落帆,轰轰烈烈的,桥上应该相对呼应才好呀!"范恺说,"要是只画人群观望,那就没多大意思了,要安排一组场面,场面只要活跃起来了,整个画就动起来了。"

张择端拱手致谢:"多谢老前辈指点。"

范恺站起身,轻笑一声,边走边说:"白描画法,前人已多有建树,从顾恺之的'重彩',到吴道子的'吴带当风',旨在摆脱物象,而形意传神,我虽托于吴道子,但更重李思训,也算是白描画之传人。"

范恺在椅子上坐下,张择端倒了一杯茶递上。

范恺喝一口茶,接着说:"但是,世人也多有贬低,说我神采不高。我平生也教了不少学生,可惜没有一个成大器的,你来看。"范恺重新站起来,来到画桌旁,指着画说,"你的画法,更精于我,不但传人物之神,而且概括万千之态,处处生动,还有,构图之宏阔,是前所未有的。我没有收你这个徒弟,不能不说是我平生之一大憾事呀!"

"前辈若不嫌弃,择端就拜前辈为师。"

"这老朽可担当不起。"范恺说,"如今,你的名声已在我之上了。"

"不,在老前辈面前,择端永远是个学生。"张择端跪下叩拜,"尊师在上,请受学生一拜。"

"使不得,使不得,快起来!"范恺连忙搀起张择端,说道,"择端,等打败了金兵,平息了战事,等你这幅画完成之后,我带你到宫中好好地展示一下。"

"我倒是想拿到民间,让百姓们看一看。"

"到民间开画展,这倒是个好主意。"

"就是不知,城上的情况如何?"

范恺说:"不知道是怎么回事,金兵这几天倒不攻城了。"

"是吗?不攻城了?为何突然就不攻城了呢!"

李邦彦问道:"不知圣上是否知道,太上皇近日要回京了。"

"回京?"宋钦宗问,"他回京干什么?"

"臣不知。"李邦彦说,"依臣看来,圣上还是早日与金人签订和约才是。"

"为什么?"

"如果圣上与金国签订了和约,则大局已定矣!否则,太上皇一回来,局面未定……"

"你是说,太上皇要收回皇位?"

第二十章 亡国奴

"臣只是为圣上着想,至于太上皇为何要回来,臣也不知呀!"宋钦宗想了想,说:"朕命你速去金营,答应他们的议和条件。"

"臣遵旨!"

宋、金和约签订了,巨额的金银赔偿却不是宋廷所能承担得了的,即使是拿扫帚将国库扫一遍,也难凑上一个零头。宋钦宗命官兵全体出动,搜刮民财。

为了凑齐赔偿给金兵的金银,官兵开始在城中大肆抢掠百姓的财物。这些官兵在金兵面前像绵羊,到百姓面前就成了虎狼。一时间,整个京城人喊马嘶,鸡飞狗跳,街市店铺、小商小贩、百姓人家被官兵洗劫一空,汴梁城哭声一片。御香楼是宋徽宗寻欢作乐的场所,也成了官兵搜刮的场所,一队官兵进了御香楼,将姑娘们的金银首饰、私房钱洗劫一空。

宋徽宗出去转了一圈,一路颠簸,担惊受怕,觉得还是京城好,于是打道回府,返回汴京。

"父皇!"宋钦宗说,"孩儿已和金兵议和,不久,金兵就要退去了。"

宋徽宗精神恍惚,摇摇手说:"知道了,知道了,该怎么办,你就怎么办吧!"

张邦昌、李邦彦带着金银珠宝到了金营。兀术大怒,说:"就这么一点银两,哄小孩子呀?"

"大帅!"李邦彦说,"这已经是倾国库所有了。"

呼伦冷笑道:"这是你们的少帝用的缓兵之计吧?"

李邦彦战战兢兢地说:"不敢!不敢!"

"传令!"兀术手一挥。

"在！"呼伦立即回答。

"今晚攻城！"

"大帅！"李邦彦说，"切莫攻城，切莫攻城！小臣这就回去催银两，这就回去催银两。"

"本帅好心和你们议和，可你们却迟迟不交赔款，是何道理？"

李邦彦看看张邦昌，张邦昌却视而不见，一言不发。

"攻城，今晚攻城。"兀术气急败坏地大叫。

"快滚！快滚！"呼伦下了逐客令。

几位金兵上前，将张邦昌、李邦彦二人推出帐外。

"圣上！"李纲跪奏，"金人要的不是我朝的金银，他们要的是我大宋的江山啦！"

"住口！"李邦彦大喝，"金人诚意议和，而你从中阻挠，要不是你派兵出战，金兵早就退走了。"

李邦彦回头对宋钦宗说："圣上，金人痛恨李纲，早就放出风声，圣上如果不罢免李纲，他们就要攻破京城。"

"圣上！"李纲说，"万万不可听信金人的胡言呀！臣并非贪恋官职，而只求报国呀！圣上要罢免臣的官职，也要等臣击退金兵之后。"

"你不议和，朕留你何用？传旨，免去李纲职务，赶出京城。"

海伯在渔船上向河神祈祷说："大慈大悲的黄河大神啦！请你大发慈悲之心，保佑咱老百姓吧！开封城让金人占领了，你老显灵，不能让金兵祸害咱老百姓啦！等躲过这一难，咱百姓再给你重塑金身。"

河神救不了大宋，海伯的祈求只是一个梦想。兀术得知宋朝

第二十章 亡国奴

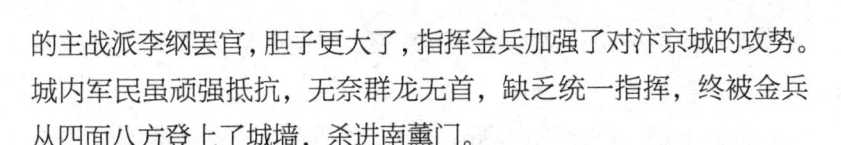

的主战派李纲罢官,胆子更大了,指挥金兵加强了对汴京城的攻势。城内军民虽顽强抵抗,无奈群龙无首,缺乏统一指挥,终被金兵从四面八方登上了城墙,杀进南薰门。

汴梁城自五代后梁时期建都,至此陷落金兵铁蹄之下。

徽、钦二帝掳往五国城

金军元帅兀术率兵进城,进了宫城,太上皇宋徽宗、少帝宋钦宗吓得直往后退。兀术一阵狂笑,逼向太上皇宋徽宗、少帝宋钦宗。

小桂子挡住兀术,喝问:"你们要干什么?"

兀术一刀捅过去,小桂子倒在血泊之中,气绝身亡。兀术没有停下脚步,继续向前走,逼视着徽、钦二帝。

老皇帝,少皇帝手拉着手,胆怯地一步步退让,一直退到了墙角。

兀术旁若无人地坐上大宋皇帝的龙椅,指着宋钦宗对金兵喝道:"扒掉这个昏君的龙袍。"

几名金兵一拥而上,强行扒掉宋钦宗的龙袍,由于用力过大,龙袍都被扯破了。何㮚等大臣吓得目瞪口呆,一下子没有反应过来。

吏部侍郎李若水扑上前去,护住宋钦宗,大喝:"这是大宋朝皇帝,龙袍不能脱。"

兀术见李若水忠义,似乎不想为难他,命人将他拖到一边去。

"你们这些巨贼,金狗,不得好死。"李若水破口大骂。

兀术恼羞成怒，从龙椅上跳起来，气急败坏地说："割掉他的舌头，割断了他的咽喉，看他还骂不骂。"

金兵上前，硬生生地割掉李若水的舌头，然后割断咽喉，一刀毙命。

宋徽宗、宋钦宗见李若水惨死当场，吓得心胆俱裂，没有任何反抗，向兀术跪下了。

呼伦展开早就准备好的大金皇帝圣旨，装模作样地宣读：

奉大金皇帝旨意，废宋皇帝赵佶、赵桓为庶人，另立张邦昌为新君。钦此。

宋徽宗、宋钦宗精神完全崩溃了，歪倒在地。

金人攻克汴京后，将金银珠宝洗劫一空，又开始搜集皇帝宫廷用品，包括玉册、车辂、冠冕等带有皇帝标识的东西，祭天礼器、天子法驾、各种图书典籍、大成乐器以及百戏所用服饰，都在搜求之列。

由于金国主流文化正从游牧文化向中原农耕文化转变，需要大量各方面的人才为他们服务。金兵在抢完了东西后再抢人，首先是抢有技术专长的人，如医生、教坊乐工、各类工匠、课命官、卜祝司、天台官、六尚局、修内司等等，都列入了抢人名单。

范雯担心父亲的安危，要他找个安全地方躲一躲。

"我都一大把年纪了，不怕什么，要紧的是这些书画，不能落到金人手里，一定要藏好。"范恺突然想起了张择端和他的画，对范雯说，"对了，张择端的那幅画也要藏好，千万不能落入金人手里。"

"我去找找他。"

第二十章 亡国奴

"雯儿！"范恺说，"你找到他，让他带着长卷到大相国寺找我，我们就在那儿躲一躲。"

"好，知道了！"范雯说罢，拔腿就走。

张择端正在屋里收拾书画，准备找地方躲藏一下。

韩海将金兵带到张择端住处附近，指着张择端的住处对金兵说："张择端就住在这里，抓住张择端，就能找到那幅《清明上河图》。"

金兵根据韩海的指引，冲进了张择端的住所。韩海脸上露出一丝阴笑，咬牙切齿地说："跟我斗，看我不弄死你。"说罢，转身离去。

张择端正在藏匿《清明上河图》，听到外面有响动，知道来不及了，慌忙将《清明上河图》塞进长袖里。

金兵冲进屋内，一个小头目指着张择端大吼："张择端吗？带走。"

几个金兵冲上前，架住张择端就向外走，张择端拼命挣扎，难以脱身。

范雯带着秋菊来到张择端的住处，正好碰上了金兵押走张择端，吓得惊叫起来，幸亏秋菊反应快，伸手捂住了范雯的嘴，但响动还是引起了张择端的注意，回头看了范雯和秋菊一眼，不敢说话，被金兵拉走了。

宋徽宗、宋钦宗及一众大臣都被关押在大殿内，晚上没有灯，漆黑一片，大家各自找一个地方坐下。张择端在墙角随便找一个地方坐下来，面无表情，闭上了眼睛。

宋钦宗坐在阶梯上打瞌睡，宋徽宗不停地来回走动，突然发现张择端也坐在人群之中，睁大眼睛，两人四眼相对，张择端无

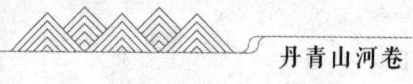

奈地闭上了眼睛。

宋徽宗的心彻底地凉了,突然,他听到黑暗中有人悄声叫:"皇上,皇上!"

宋徽宗四处张望,寻找叫他的人。窗门被悄悄拉开,一个人影翻窗进了大殿,站在帘子后轻声呼叫:"皇上,皇上!"

宋徽宗不敢答应,仍在悄悄地观望。来人拨开窗帘进入大殿,继续叫道:"皇上,皇上!"

宋徽宗慢慢走过去,黑影终于看见了宋徽宗,叫道:"太上皇,是我!"

"丽妃!"宋徽宗大吃一惊,"怎么是你呀?"

"皇上!"丽妃扑倒在宋徽宗怀里。

"来,坐下!"宋徽宗扶丽妃坐下之后,问道,"娘娘呢?"

"娘娘和宫中嫔妃,都被金人掳走了。"

"禽兽,这群禽兽!"宋徽宗大骂。

"刘娘娘不甘受辱,自尽身亡了。"

"造孽,这都是我造的孽呀!"宋徽宗悲痛万分,问,"你是怎么跑出来的?"

丽妃说:"多亏了这身衣服,我女扮男装,才逃了出来。"

"那、那你还不快走!"

"我不走,我不走。"丽妃说,"皇上,我死也要跟你死在一起。"

"爱妃!"宋徽宗与丽妃二人抱头痛哭。

张择端将这一切看在眼里。

金兵到了范恺府上,翻箱倒柜,没有找到张择端的《清明上河图》,抓住老管家刘四拷打:"老东西,快说,那幅图在哪里?"

"什么图?我不知道,我不知道哇!"

金兵见老管家不说,一阵拳打脚踢,老管家被打得遍体鳞伤,

第二十章 亡国奴

倒在血泊之中。

靖康二年（1127）四月初一，宋徽宗、宋钦宗二帝及后妃、皇子、帝姬、大臣等数千余人，被金人分批押往北方，张择端随行，丽妃也女扮男装随行。

百姓们在城门口夹道相看，见押送宋徽宗的牛车过来了，纷纷将树枝、鸡蛋、蔬菜砸在宋徽宗的身上，大骂："昏君，打死他，打死他！"

宋徽宗像个木头人一样，任由这些秽物砸在身上，脸上毫无反应，继续朝前走。张择端也跟在北行的队伍当中，距离走在前头的宋徽宗不远，百姓砸来的秽物也溅了张择端一身。

宋徽宗一行出城，即将登车启程，忽然，一个身穿道服的女人，不顾金兵的阻拦，靠近北行的队伍。

宋徽宗听到吵闹声，循声望去，竟惊愕得两眼发直。

原来，来人便是曾经让他神魂颠倒的奇女子李师师。李师师自从宋徽宗逃往东南被贬出宫之后，便隐迹尼庵，当了尼姑。得知京城失陷，金人劫二帝北去，赶来与宋徽宗诀别。

"圣上，圣上！"李师师跑上前跪见宋徽宗。

"师师！"宋徽宗一把搀扶起李师师。

"终于看到你了！我终于看到你了！"李师师大哭起来。

"你还好吗？"

"我无时无刻不在想念着你。"

宋徽宗说："朕也想你呀！"

"你老多了，头发也白了。"

金兵大喝："快走，快走，别啰嗦！"

"圣上，你要多保重呀！"李师师把身上的披风脱下来递给宋徽宗。

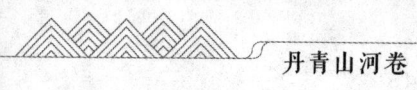

"师师,你怎么办?你去哪儿呀?"

"放心吧!"李师师说,"我虽然不能随圣上远行,服侍左右,但我不会让金人碰我一下。圣上,你就放心地走吧!"

"走,走!"金兵强行将宋徽宗推上牛车。

"圣上!"李师师跪下,从头上拔下玉簪,扎进自己的脖子,随之倒在血泊之中,香消玉殒。

"师师,师师!"宋徽宗挣脱金兵的推拽,来到李师师的尸体旁跪下,仰望天空,哭道:"这都是我的错,我上对不起列祖列宗,下对不起黎民百姓,我有罪,我有罪呀!"说罢,不住地磕头。

宋徽宗等渡过黄河,行走到浚州(今河南浚县)城外时,百姓纷纷前来围观,金兵奋力拦阻,不准百姓靠近,只许卖食物的小贩近前。小贩们得知囚车上坐的是被废黜的宋徽宗,虽然这个狗皇帝并没有给百姓做什么好事,但他沦为金人的囚徒,落魄江湖,人们还是动了恻隐之心,纷纷将带来的炊饼、藕菜送给他,不收分文。

宋徽宗一行抵达汤阴,妃嫔曹才人离队小解,被金兵趁机奸污。

宋徽宗一行抵达相州(今河南安阳),与谷神押解的贡女相遇。这批贡女人数众多,乘坐牛车,夜晚宿营时,贡女在车中安睡,金兵宿于帐篷里。适逢天下大雨,车篷渗漏,不能遮雨,贡女们只得到金兵帐中避雨,金兵趁机奸污了这些贡女,很多贡女当场被糟蹋至死。

宋徽宗一行进入邢州,因途中食物匮乏,又遭风雨侵袭,宋朝俘虏饿死无数,弃尸荒野,无人掩埋,惨不忍睹。由于食物不够,宋徽宗不得不采摘野菜充饥。

漫长的北行路,宋徽宗度日如年,而金人又不时故意羞辱这位被废黜的天子。

第二十章 亡国奴

罚做苦役

金兵大将军乙刺补在营帐内欣赏中原女子的舞蹈,不时发出阵阵笑声:"漂亮!真漂亮呀!"

塔克进帐:"报!"

"哎呀!"乙刺补起身说,"你可回来了!"

"参见大将军!"

"讲!"

"我军已将大宋徽、钦二帝押到大营,军师娄阿给大将军请安!"乙刺补大笑:"快请他进来!"

"是!"塔克回身向帐外大叫,"有请军师!"

娄阿进帐,单膝跪下,拱手道:"将军!"

"快快请起!"乙刺补上前搀起娄阿。

"回禀将军,我军已攻克汴梁,等春天天气转暖,一定能扫平中国。"

"好!"乙刺补大笑。

塔克奉承地说:"军师一路辛苦了,仗打得漂亮。"

乙刺补回到座位上,呼叫:"来人,把宋朝二帝押到山上去做苦役。我倒要看看,宋朝二帝是什么样的东西。"

金人仿效中原文化,在依兰山给大金皇室修宗庙。

宋徽宗、宋钦宗、张择端以及从宋朝掳来的人,都被罚在依兰山做苦役,开山凿石,掘洞供佛。

金人崇拜中原文化,欲仿效中原洛阳龙门石窟的模样,在依兰山开凿一个石窟群,供奉金人祖先的神像。

在悬崖峭壁之上开凿石窟是一件十分危险而辛苦的事情,开

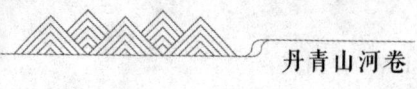

凿石窟，不时会有石头从山上滚落，砸死人的事情时有发生，劳役搬运石头，稍有不慎，便会从峭壁上掉落山下，摔得粉身碎骨。

宋徽宗、张择端夹杂在人群中，在半山腰传送石头，君臣二人披头散发，破衣烂衫，如同乞丐。

一名宋臣被金兵押下山。

乙刺补当众宣布："都给我听好了，此人大逆不道，竟敢丑化我祖神像，犯我大金律条，处以极刑，五马分尸。"

宋徽宗、张择端站在半山腰，听到乙刺补的吼叫，惊得目瞪口呆。

惨绝人寰的一幕出现了，五匹马分五个方位站好，每匹马的身上各系一根绳索，分别拴住宋臣的四肢与脖子，一声令下，五匹马向不同的方向奔跑，宋臣的身体，被扯成五块，被奔马拖着跑。

宋徽宗当场被吓晕了。

晚上，被罚做苦役的宋朝君臣，疲惫不堪地躺在窝棚里，张择端躺在野草堆里，面朝棚顶，两眼无神，面色苍白。

军帐内，乙刺补正在饮酒作乐，冲着副将娄阿问道："这批南蛮子是否听话呀？你可别忘了狼主的特别交代。"

"我都已经安排好了，这批人还较老实。"娄阿说，"将军，还有一件事，需要向你禀报。"

"什么事？"

"上头来了公文，催问营造宗庙的进度，大狼主下了死命令，如果不能在太祖祭庙之时完工，将会受到重罚。"

乙刺补担忧地说："太祖神像已换了四个画师，四易其稿，至今还没有定稿，这该如何是好？"

"我大金立国不久，而且是重武轻文，没有这类人才呀！"娄阿说，"从中原抓来的四位画师，都被处死了，如期完工，恐

第二十章 亡国奴

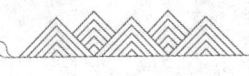

怕很难呀！"

"不行！"乙刺补说，"我乙刺补有几个脑袋，敢冒怠工之罪？你们去找，查一查，这次被掳来的汉人中，有没有画师。"

娄阿想起了宋徽宗，说道："将军，我突然想起了一个人。"

"谁？"

"听说宋徽宗是一位风流天子，丹青高手，被中原画界颂为画坛妙手呀！"娄阿说，"若能为我所用，何愁不能如期完工呀！"

"好呀！"乙刺补高兴地说，"多亏你的提醒，此人正在我营中服役，不怕他不为我出力。"

"那就好，那就好。"

宋钦宗病倒在窝棚里，近臣服侍他喝药，看得出，情况非常糟糕。宋徽宗坐在不远处，落魄潦倒，心态冷到了冰点。丽妃顺手取一件破衣披在宋徽宗身上。

"爱妃！"宋徽宗显得很无奈。

"皇上，你又忘了。"

"啊！"宋徽宗连忙改口，"你不是爱妃，是太监，你叫……"

"叫小顺子。"

"啊！小顺子，小顺子。"

"皇上！"丽妃担心地说，"我怕时间长了，瞒不过金人的眼睛，我怕，我真怕……"

"你别怕，有朕在，他们不敢把你怎么样的。"宋徽宗似乎忘了自己现在的处境，说道，"我，我还是大宋的天子，我曾厚待过他们的使臣。他们不能这样对我，不能这样对我呀！"

"皇上，皇上！"丽妃大哭。

"将军到！"

随着金兵的一声呼叫，乙刺补带着娄阿进了窝棚。

宋徽宗上前拱手道："罪臣恭迎将军。"

"昏德公，一向还好吗？"

宋徽宗躬身回答："多谢将军问好。"

乙剌补问道："昏德公，你在中原时，可曾住过如此大帐？"

宋徽宗低下了头，羞惭难当。

乙剌补哈哈大笑："自古天无二日，民无二主，一国兴，一国亡，圣君取而代之，乃天经地义。常言说得好，不成王，便成寇，昏德公，你认为是这样吗？"

"罪臣咎由自取，咎由自取。"

乙剌补哈哈大笑，看了丽妃一眼，似乎识破了她的身份，走到丽妃面前问："他是谁呀？"

丽妃吓得手足无措，跪下说："小顺子！"

宋徽宗说："奴才小顺子！"

"长得蛮俊俏的嘛！"乙剌补用马鞭托着丽妃的下巴说，"昏德公，你身边虽然缺少嫔妃，但有此人相伴，也是很幸福的嘛！"

宋徽宗连忙扯开话题，问道："将军到此，不知有何吩咐？"

"我是有求于昏德公的，不知你肯不肯啦？"

"何言求字，罪臣承蒙将军厚爱，不敢不从命！"

娄阿说："听说昏德公才华过人，而且能书善画，尤以绘制人物画像见长，中原画界颂之为妙笔纵横，这可是真的？"

"岂敢，岂敢，那只是罪臣的爱好而已。"

乙剌补说："昏德公大才，正有所用呀！"

宋徽宗拱手说："请将军明言。"

"我祖自五国城开创基业，继天立极，扫平中原，誓要一统天下，在五国城凿神像，供子孙万代瞻仰。倘若昏德公能屈万乘之尊，亲手为我祖绘制神像，我祖在九泉之下，也感欣慰，不知昏德公肯不肯啦？"

第二十章 亡国奴

"这……"

"怎么？"乙刺补说，"昏德公是不是放不下昔日天子的架子呀？"

"岂敢，岂敢！"宋徽宗说，"罪臣是盛名之下，其实难副呀！"

"好了，好了。明天一早，你就去依兰山为我祖绘制神像，你可要好自为之哟！"

乙刺补似乎识破了丽妃的身份，临出门时，盯着丽妃看了一会儿。

丽妃被看得头脑发麻，心生怯意，不敢正视。

乙刺补出门之后问娄阿："此次靖康大捷，我大金共得多少浮产啦？"

"所有朝廷民间玩物，应有尽有。"

"可知宫中嫔妃掳回了多少？"

"据说皇后、嫔妃和宫女，大约有一千多人。"

乙刺补不相信地问："是全部吗？"

"据说是这样。"

"我看未必吧！"乙刺补哈哈大笑。

第二十一章 忍辱负重

第二十一章 忍辱负重

奇耻大辱

宋徽宗虽然答应了给金人画像,但内心却是不服,他认为这不应该是他做的事,但在乙刺补的威逼下,除了低声下气,唯命是从外,他不敢有任何违逆的行动,在乙刺补离开之后,却又要一吐胸中怨愤,气恼地说:"朕为堂堂大国天子,岂能为小国树碑立传。奇耻大辱,奇耻大辱呀!朕宁死不从。"

"皇上,万万不可!"丽妃说,"常言道,忍字头上一把刀,昔日越王勾践被吴王所俘,忍辱负重,卧薪尝胆,终于复国兴邦,尽雪前耻。皇上可要谨慎行事呀!"

"即便朕能忍下口气,可你看朕的这双手,气脉不通,不停地发抖,完全不能自控,连画笔都握不住,一旦出现差错,可就要惹来杀身之祸呀!"

丽妃看着宋徽宗绝望的样子,急得眼泪都流出来了。

"乙刺补是要置我于死地呀!"

"皇上,妾想起一个人来,或许他能助你一臂之力,躲过这一场劫难。"

"谁?"

"张择端!"

宋徽宗摇摇头说:"这个人我太了解他了,他是一个十分注重气节之人,宁可断臂,也绝不做玷污清白之事,不可,不可呀!"

宋徽宗被押往供奉金太祖神像的石窟,给金太祖画像。

石窟里挤满了工匠,有的在凿石成像,有的在塑像,有的在给塑像添彩。宋徽宗环视一周,显得十分惊讶,当走到金太祖泥塑像前时，突然有一位工匠跪下说："圣上，小老儿给圣上磕头了。"

宋徽宗显得十分震惊，惊讶此人怎么会识破自己的身份，连说："使不得，使不得。"

"圣上蒙此大难，叫小老儿如何是好呀！"

"使不得，使不得，这样会惹出大祸呀！"

"圣上，奇耻大辱，奇耻大辱呀！"

"老人家，你怎么认识朕？"

"不瞒圣上说，小老儿当年也是大宋的锦衣卫士，有幸得见龙颜，宣和七年十月，金兵占我两河，小老儿随军北征，不料兵败被俘……圣上，圣上呀！"

"是朕无德无能，令你等跟我遭此涂炭，你们不念我，也要念我祖德，切不可忘了大宋呀！"

"圣上，圣上！"在场的工匠，全都跪下了。

石窟内，宋徽宗与工匠们哭成一片，石窟外，张择端背着一背篓石头，在峭壁的小道上艰难地行走。

乙刺补收到上头的公函，显得心事重重，娄阿问道："上面怎么说？"

"狼主对工程进度极为不满，马上要派人来检查，让我们做好准备。"

娄阿说："看来，我们要小心呀！"

乙刺补问："那位大宋天子，是不是尽心啦？"

"我去查一查。"

石窟里，宋徽宗爬到梯子上，丽妃配好颜料，递到宋徽宗手里，宋徽宗接过颜料碗，抓住笔，蘸上颜料，给顶棚上的图

第二十一章 忍辱负重

案上彩,看他那颤抖的样子,时刻都有从高处掉下来的危险……

张择端背着石头进窟,放下石头,正准备出窟时,突然发现宋徽宗在窟内作画,显得十分吃惊,站着静静地看了一会儿,默默退了出去。

石窟外的山脚下,娄阿牵着一匹狼狗,不是脚踢,便是鞭打,催促劳工们加快进度。突然发现乙刺补站在那里向峭壁上观望,便走了过去。

乙刺补见娄阿过来了,问道:"那边山头上的进度怎么那样慢?"

"将军,那边的山头实在是太陡了,上下很困难呀!"

"那也得快点干。"

"放心吧!"娄阿说,"工程一定能按期完成。"

峭壁上,劳工们有的在凿石掘窟,有的在艰难地搬运石头,突然,一位苦役脚下踩虚,狂叫一声,从数十丈高的悬崖上掉下来,摔到山脚下。

众多苦役站在悬崖上,看着眼前的一切,全都惊呆了。

"看什么看?"娄阿冲着山上大喊,"快干活,快干活,不想活了?"

石窟里,宋徽宗站在架子上给天棚上的壁画添彩,不料脚下一打滑,颜料碗和画笔从手中脱落,而下落的颜料碗正好掉落在尚未上彩的神像上,颜料溅得到处都是,神像被弄得面目全非。宋徽宗惊呆了,在场的所有人都惊呆了,都知道宋徽宗这次闯了大祸。

正在这时,乙刺补进来了,看到弄脏了的神像,大声问:"这是怎么回事?这是谁干的?"

"将军!"宋徽宗战战兢兢地走过去说,"我……我……"

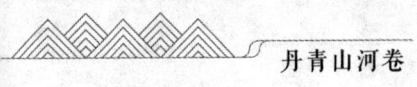

"昏德公，你可知道，毁坏神像，是要被处以极刑的。"乙剌补大喝，"来人！"

"在！"几名金兵一拥而上。

"把他给我捆了。"

"将军！"那位认识宋徽宗的昔日锦衣卫上前说，"是小人不小心，碰到了天子的腿，致使他没有站稳，颜料碗从手中掉落，才毁坏了神像。"

"难得呀！想不到大宋也有如此忠孝之人，可惜，这样的人太少了，要不大宋怎么会亡国呢！"乙剌补说，"好，自古臣为君死，也在情理之中，来人！"

"在！"几名金兵应声而上。

"把他拉出去砍了。"

宋徽宗与丽妃眼睁睁地看着那位老人被推出去斩了，惊恐，无奈，却不能有任何反抗。

"昏德公，虽然有人替你去死，但也免不了你的罪过，你说，如何处罚你？"

宋徽宗吓得跪在地上，说："罪臣双手颤抖，不能自控，绘画之事，实在是不能胜任啦！还望将军体谅。"

乙剌补喝问："看来你的双手是没用了？"

"是没用了。"

"既然没用了，那这双手就是多余的了。"乙剌补大喝，"来人，将他的双手砍了。"

正在这时，张择端突然出现在门口，说："将军，我愿替他补过，定让大将军满意，只请大人留下他的双手。"

乙剌补回过头来问："你是干什么的？你是什么人？"

"我是大宋画院待诏张择端。"

"张择端？"

第二十一章 忍辱负重

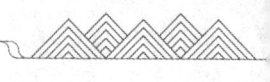

"将军不妨打听一下,我张择端在中原一带颇有名气。"

乙刺补问:"你需要多长时间完成神像?"

"大人,太祖神像,不仅是貌合,更要神似,所以,千万不可图快而粗制滥造呀。"

"说得有理。我也正想向我主陈述这个意思。"

"将军,若相信张某,我还有一个条件。"

"讲!"

"请将军为我设置一个画室,以便张某潜心构思,细心揣摩,拿出腹稿,供朝廷审议,才能做到精益求精。"

"好了,好了,你下去吧!"

乙刺补见张择端退下去了,冲着宋徽宗阴险地笑道:"昏德公,算你走运,出了事,总有人为你扛着,至于你的手砍不砍,就要看你怎么表示了。"乙刺补口里说话,两眼却盯着丽妃。

丽妃吓得连连后退。

"这……这……"

"昏德公,常言道,君子不夺人之爱,我今天不要你别的,只要你身边的这个小太监,怎么样?"

"将军,这……这……"宋徽宗立即站了起来,护住丽妃。

乙刺补伸手掀掉丽妃的头帽,露出一头长发。

丽妃一声惊叫,乙刺补一阵狂笑。

丽妃流泪说:"臣妾愿以妾身,换回他的双手。"

"愿以妾身?"乙刺补哈哈大笑。

忍辱负重给金人作画

为了宋徽宗不再被刁难，丽妃答应了乙刺补的要求，忍辱求生，委身于乙刺补。

乙刺补见打扮后的丽妃妖媚动人，惊喜地说："乙刺补一生，从未见过如此绝色的美人啦！"

丽妃冷冷地说："将军见笑了。"

"我不是一个好色之人，只是见了娘娘之后，情不自禁，觉得没有白来人世走一遭，愿与娘娘结为良缘，还望娘娘成全。"乙刺补说罢，笑眯眯地凑了上去。

丽妃站起来，走到一边说："我兰蓉只是一个奴婢，何劳将军如此呢！"

"我说的都是实话，还望娘娘可怜啦！"

"我兰蓉出身清白，若将军有意，可择吉日明媒正娶，倘若今天便行无礼，我便以死相见了。"

"好，好，就依你，选一个日子，明媒正娶。"乙刺补说罢退出帐外。

一大早，乙刺补手握一双大铁锤，在帐外舞了起来。

娄阿与塔克上前讨好地说："将军，昨天晚上，将军过得可痛快？"

"痛快个屁！"乙刺补气恼地说，"连他妈的手都没有摸一下。"

娄阿说："将军一生豁达，何必为一个亡国之女烦恼呢？"

"亏你还读了几本书，中原女子最讲礼仪，她说要明媒正娶，不能操之过急嘛！"

第二十一章 忍辱负重

娄阿、塔克大笑不止。

乙刺补一肚子怨气无处可泄,见塔克在一边狂笑,气得一把抓起他,举过头顶,吓得塔克惊叫不已。乙刺补并没有真的要把他怎么样,只是轻轻地把他扔在地上。问:"打探清楚了没有?"

"打探清楚了。"娄阿说,"此人姓张,名择端,山东诸城人,是宋朝画院的待诏,中原画坛的怪才呀!"

"没想到我营中还有这样的人才?"

"此乃天赐将军,天赐我主呀!"塔克讨好地说。

"那好,在营中找一个旧帐,供他作画,但要严密控制他的一言一行,恐防有诈。"

"这……"娄阿、塔克似乎有些为难。

"有什么难的吗?"

娄阿说:"此人一再声明,在他作画的时候,不许有任何人干扰。"

乙刺补睁圆了眼睛,盯着他们二人。娄阿只得答应去想办法。

吉日终于到了,乙刺补为婚礼举行了一个篝火晚会,增添喜庆的色彩,当娄阿建议婚礼开始时,乙刺补说要等一位最重要的客人,这位客人不是别人,就是宋徽宗。这个野蛮的金人,竟要借这个婚礼,进一步羞辱宋徽宗。

宋徽宗被带到现场,金人围着宋徽宗,发出一阵狂笑。随之,娄阿宣布婚礼开始。

金人围成一圈,疯狂地跳起了舞蹈,乙刺补抓起酒坛子饮一口酒,大声说:"人生在世,何事最快乐呀?"

围坐在四周的金人跟着起哄,有的人说道,结婚最快乐。

乙刺补摇摇头说:"你们只知其一,不知其二。"

"大将军！"塔克说，"依我看来，驾神鹰，骑骏马，穿华衣，才是人生最大的乐趣呀！"

乙刺补大笑，摆摆手，冲着宋徽宗问："昏德公，你说呢？"

"罪臣以为，荡平世界，天下大同，才是人生最大之乐事。"

"好！"乙刺补击案而起，"昏德公看起来并不昏德嘛！你们所说的，都不如昏德公所言的。不过，这都不是我所言的最得意之乐事。人生最大的乐事，莫过于灭仇敌，掳其财，夺其骏马，把他的妻妾掳回来，陪我夜夜作乐，这才是我最快乐的事。"

"对呀！对呀！"在场的金人跟着起哄附和。

"昏德公！"乙刺补拍拍宋徽宗的肩膀问，"你以为如何？"

面对如此羞辱，宋徽宗不敢有任何反抗，只是忍气吞声地说："将军所言极是，极是。"

乙刺补手一挥："带新娘子进帐。"

披着红盖头的丽妃被带进来了，宋徽宗站在一旁，眼见自己心爱的女人成了乙刺补的新娘，心如刀割，两眼发直。

金人大声起哄，叫乙刺补掀开新娘子的盖头。

乙刺补要羞辱宋徽宗，大声说："我建议，让昏德公给新娘子掀盖头，你们说如何？"

"好！好！就让昏德公掀盖头。"

"这……这……"自己的女人被抢走了，还要替强盗掀盖头，这可是奇耻大辱啊！此情此景，宋徽宗不知如何是好，为难地说："这……这……"半天也说不出子丑寅卯来。

"昏德公！"乙刺补两眼逼视着宋徽宗。

宋徽宗不敢违抗了，走到丽妃身边，掀开红盖头。顿时，两人泪眼相对，宋徽宗流泪说："丽妃，你这是？"

"皇上！"

第二十一章 忍辱负重

"爱妃!"

两人已是泣不成声。

乙刺补见此情景,哈哈大笑:"昏德公,你看我的新娘子漂不漂亮?"

"漂不漂亮?漂不漂亮?"金人跟着起哄。

"你怎么不说话?"乙刺补逼问。

"漂亮!漂亮!"宋徽宗只能忍气吞声。

"昏德公,愿不愿意为我的婚礼助兴呀?"

宋徽宗看了乙刺补一眼,再看看丽妃,低头说:"愿意!"

乙刺补哈哈大笑:"听说昏德公昔日在万寿山游乐时,常与嫔妃玩一种骑马的游戏,今天,能不能在这个地方也玩一玩,让弟兄们开开眼界。"

"好,好,将军这个提议好,表演一下,也让我们开开眼界。"

"使不得,使不得呀!"宋徽宗显得十分慌乱。

"叫昏德公扮成马趴下。"乙刺补大呼,"驮我和新娘进洞房,如何?"

"好,好,快趴下,快趴下。"

"不可,不可啊!"宋徽宗无助地哀求。

金人跟着起哄,催促,乙刺补大喝:"趴下!"

"皇上,不可,不可!"丽妃哭着制止。

宋徽宗彻底崩溃了,双膝着地,跪了下去。

"慢!"丽妃大喝一声,突然拔下头上的金簪,说,"你们要再这样羞辱于他,我就死给你们看。"

"爱妃,爱妃!"宋徽宗跪在地上,制止道,"不可,不要这样!"

"让他起来。"

"来人啦!"乙刺补大喝,"快扶他起来,送昏德公回去休息,好好侍候。"

"等一等!"丽妃说,"拿酒来。"

侍女立即捧来一碗酒。丽妃双手捧酒,来到宋徽宗面前跪下:"皇上,这是臣妾最后一次称呼你。"

"爱妃!"

丽妃哭着说:"臣妾十四岁进宫,十六岁伴君左右,这么多年来,承蒙圣上恩宠,再无所求,原以为可与皇上白头偕老,不想却发生惊天巨变,愿皇上以后好自为之,请喝下这碗酒,皇上。"

"爱妃!"宋徽宗接过酒碗,一饮而尽,然后转身离去。

"皇上!别了,永别了!"丽妃再次抽出金簪,高高举起,刺向自己的胸口。

乙剌补眼明手快,一把抓住丽妃的手,夺下金簪:"不能这样,不能这样。"

张择端有了自己的专属帐篷,他又可以作画了,表面上他是为金人作画,背地里,却还在继续绘制没有完成的《清明上河图》,夜深人静,从窗前远眺南方,东京城的一山一水,一草一木,汴河上的虹桥,汴河上的打鱼人,一幕一幕地展现在眼前,然而,由于金人南侵,那些熟悉的人,已经永远离去,自己也远离故土,随徽、钦二帝到了遥远的北方五国城。

为了宋徽宗不再被刁难,丽妃答应乙剌补的要求,忍辱求生。婚后的丽妃心灰意冷,以绝食与之抗争,无论伺候丽妃的侍女阿芳怎么哀求,她就是不肯进食。乙剌补见丽妃仍然不肯进食,一筹莫展,竟然将气撒在侍女身上。

侍女阿芳被绑在柱子上,鞭刑拷打,遍体鳞伤,发出阵阵

第二十一章 忍辱负重

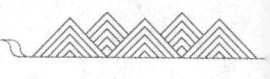

惨叫。

张择端正在帐中作画,听到外面的惨叫声,放下笔,出了帐篷查看,见一位女子被绑在柱子上惨遭毒打,正欲上前询问,娄阿过来了,问道:"张待诏,还没有休息吗?"

张择端却问:"被打之人是谁?所犯何罪?"

"这个丫头名叫阿芳,对夫人招待不周,正在处以家法。张待诏,连日作画,辛苦了!"

"岂敢,岂敢!"张择端心不在焉,两眼只看着被毒打的女子。

"乙剌补将军对张待诏非常关心,特地送来一位女子侍候张待诏,不知是否喜欢。"娄阿回头对身边的女子说,"还不快来见过张先生。"

"小女子拜见张待诏。"

"多谢将军美意,择端乃一囚奴,岂能要人早晚服侍。"张择端说着话,眼光还是投向被毒打的女子身上。

"张先生博学多才,名满天下,何言囚奴二字?"

张择端不忍心阿芳惨遭毒打,有心要救她,于是说:"既然如此,我就选这位被打的女子吧!"

"怎么?你是喜欢,还是可怜?"

"不瞒师爷说,择端在将军府见过她,的确喜欢,还望师爷成全。"张择端见娄阿没有答应,说,"如果不能的话,择端宁可不要。"

"等一等,既然张待诏点名要此女子,难道我能不成全吗?"娄阿大声招呼,"把她放下来。"

阿芳被放下来了,向张择端投来感激的目光。

因画惹祸

塔克向乙剌补报告,说朝廷要派钦差前来视察宗庙建造的进展情况,建议乙剌补早做准备。

乙剌补问:"张择端的画像进展如何了?"

"将军,听下人们说,张择端整天足不出户,闭门作画,常常通宵达旦,似乎还很尽心。不过……"

"不过什么?"

"将军,他不让任何人进去,究竟他在里面干什么,我就不知道了。"

"走开!"乙剌补一把推开塔克,直接去找张择端。

张择端正在帐篷中作画,突然,阿芳在外面急促地敲了几下帐篷,张择端听到响声,立即卷起《清明上河图》,塞进身边的柜子里,拉过旁边金太祖的画像放在面前。

乙剌补进帐了,一把推开张择端,走到桌边,拿起画像看了看,问道:"张先生,打了这么多腹稿,想必是胸有成竹了吧?"

"择端以为,大金太祖一生极其辉煌,内平部乱,外扫狼烟,四海归心,八方来朝,创建女真文字,可谓是功高盖世,堪比唐宗宋祖。"

"说得好,说得好呀!"

"非区区几幅壁画所能表述,择端力求咫尺之内,瞻万里之遥,方寸之中,辨千寻之峻。故细心揣摩,不敢只求快而草率呀!"

"先生所言极是,不过,此事还是要抓紧时间。近日我主要遣钦差前来视察宗庙工程进度,请先生早做准备呀!"

第二十一章 忍辱负重

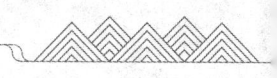

"择端定当尽力。"

"来人呀！"乙刺补说道，"给张先生拿几坛好酒来，鼓励鼓励。"

"谢将军！"

"告辞了！"乙刺补说罢，扬长而去。

稍后，张择端走出帐篷，冲着阿芳拱手道："多谢姑娘及时通报，择端有备无患，姑娘大恩，日后定当厚报。"

"先生言重了。"

乙刺补在大帐设宴款待朝廷派来的钦差撒斯一行。

乙刺补举起酒碗，冲着钦差大人说："钦差大人，来，我先敬你一碗，来，干！"

主宾一同举碗，一饮而尽。钦差撒斯一边切割熟羊肉，一边说："神像造的是前人，然却是为了后人，如此呢，需重神似，切不可拘泥貌合。"

乙刺补说："前期造像，工匠们只图貌合，未达到神似，故四易其稿，均无建树，不过，托我主洪福，已委托宋朝国画院待诏张择端重新拟稿，眼下已经有眉目了。"

"张择端？"钦差惊问。

乙刺补问道："你认识张择端吗？"

"此人乃中原一位怪才，他长于界画，尤擅舟楫、桥梁，自成一体。当年蔡京被贬杭州，正是靠此人的一幅《瘦马图》献给徽宗，得到好感而东山再起。不过，此人画风甚是尖刻，品行极为刚正，恐怕不肯为我所用吧？"

"此一时，彼一时。"乙刺补说，"张择端被我抓来，身在异乡，想他一定会立功赎罪，早日得到我主的宽容，放他还乡，想必一定会出力的哟！"

"既然如此，让他把画呈上来，我们一起看看。"

"好！"乙刺补大呼，"来人，请张择端。"

张择端带着画像，随金兵出了帐篷，离开时，阿芳悄悄拉了一下张择端，对他说："先生，这位钦差大人撒斯，深通华夏文化，是金国第一丹青高手，你瞒不过他。"

"多谢姑娘提醒，择端时运不济，早已将生死置之度外。"

"先生何出此言，俗话说，留得青山在，不怕没柴烧。"

金兵见张择端站在那里没走，过来催促。

张择端冲阿芳一拱手，说："姑娘不必担忧，我自有办法。"

张择端进了大帐，将金太祖的画像呈给钦差大人。撒斯看过画像后，大叫："岂有此理，岂有此理，来人，把他给我抓起来。"

几个金兵上前抓住张择端，摁跪在地上。

撒斯吼道："张择端，你好大的胆，有意丑化太祖，亵渎神像，实属十恶不赦，你还有什么说的？"

张择端怒视钦差，一言不发。

"你将我祖画成人不人，妖不妖的样子，骑一匹瘦马，文武大臣，一副丑态，你用心何在？"

娄阿大叫："杀了他！杀了他！"

金人七嘴八舌地附和，都喊着杀了张择端。

张择端哈哈大笑。

"你笑什么？"撒斯问。

"我笑你们果然是一群荒蛮，根本不懂什么是绘画，尤其是你这位所谓的金国第一丹青高手，不过是徒有虚名罢了。"

撒斯手一挥："放开他。"

第二十一章 忍辱负重

金兵放开了张择端。

撒斯坐下说:"大凡画人物,必分贵贱尊卑,你却将我祖画成一副骑着瘦马的凡夫俗子之相,分明是借画发泄仇愤,还想巧说呀?"

"大人方才所言,不过是庸人之见,高手作画,求的是神骨二字,首先,在突出一个神字,金祖一事,才情品貌,神情举止,只求貌合,不足以表现其神爽之气,大人既然号称是大金的第一丹青高手,难道连这个道理也不懂吗?"

撒斯一时语塞,停了一会儿问道:"那这一匹瘦马,当如何解释?"

"大人可知古有瘦而神远之说?"张择端继续说,"常言道,筋死者无肉,迹断者无筋,苟媚者无骨。大人可是想让金太祖骑一匹苟媚无骨之马去驰骋天下不成?"

"张择端!"乙刺补说,"你将我朝文武大臣画成如此丑态,这是何意?"

"你说,你说呀!"撒斯也是催促。

张择端不屑地说:"大人,这位将军连画态都看不懂,择端还有何话可讲?"

"是吗?本钦差愿意听听你的高论。"

"大人,自古以来,高低之比,天地之分,黑白之明,乃是作画者惯用的手法,以小溪陪大河,则显大河之磅礴,以土丘衬高山,则显高山之伟岸,择端若将文武官员画得跟你们金太祖一样,岂不是喧宾夺主,使太祖黯然失色了吗?"

张择端的一席话,说得大家哑口无言。

"大人,张某所言,句句出自肺腑,作画笔笔可见真情,还望大人体察。"

撒斯再次拿起画看了看,说:"先把他关起来,我细看几天,再行定夺。"

第二十二章 不忘国耻

第二十二章 不忘国耻

能屈能伸

张择端被关进小山洞,失去了自由。

金国钦差撒斯看过张择端的画,感叹地说:"此人刚正不阿,才气过人,只可惜固执己见,不能为我大金所用。"

乙剌补说:"那就把他杀了算了。"

"你就知道杀,汉人那么多,你杀得完吗?汉人中的文人学子,受孔孟思想的影响颇深,崇尚一臣不事二主,其品德可嘉呀!关键是用什么办法让他们能为我大金所用。"

乙剌补说:"我大金有战马和弓箭,就可夺得天下,何必用那些酸儒来指手画脚呀!"

"这你就不知道了。"撒斯说,"我大金一旦扫平中原,一统华夏,便须倡扬圣道,大兴文运,只有如此,才能坐稳天下呀!"

"这样与汉人同居,我们不是要被汉人同化了吗?这不是有失列祖列宗古朴之风吗?"

撒斯笑道:"你不知道,大汉民族如同万年浩海,任何外敌只要一接触他,就会被同化,对张择端该怎么办?这个民族,不好对付呀!"

"太子兀术起兵南下时,我祖特别关照,不可乱开杀戒,地不分南北,人不分胡汉,广收天下英才,为我祖将来一统天下而后用。我祖用心良苦,像张择端这样的人才,不但不能杀,还要将他保护起来。"

"张择端宁死不屈,该怎么办?"

"这个人不能杀。"撒斯说,"汉人能同化我大金,难道我大金就不能同化他们汉人吗?"

为了笼络张择端，金人不但将他从山洞里放出来，搭建一个新帐篷，并将侍女阿芳嫁给张择端为妻，给他们举办了一场盛大的婚礼。

丽妃听到外面的乐声，问身边侍女："外面在干什么？搞得如此喧嚣。"

"回娘娘，外面新帐篷正在举行婚礼。"

"是哪位大人娶亲啦？搞得这般隆重。"

"不是什么大人物，钦差大人与我家将军，正在为一个中原劳役操办婚事。"

"什么？中原劳役？"

"正是。"

"这个中原劳役是谁呀？能有这么大的面子。"

"听说是宋朝国画院的一位画师，叫……叫张择端。"

"什么？是他！"

"娘娘认识他。"

"一个四品画师，亡国奴，为何有如此待遇？"

"听说呀！这位画师的画，画得很好，很受撒斯喜爱，才有此待遇。"

丽妃在侍女的搀扶下来到窗前，拨开窗纱，观看外面热闹的场景，感叹地说："难怪大宋要亡国，是奴颜媚骨者太多，就连昔日一身傲骨的张择端，也投靠了金人，苟且偷生，大宋、大宋已是无救了啊！"

张择端穿着华服，在既是洞房，又是工作室的帐篷里四处察看，一身艳服的阿芳进来了，走到张择端面前，跪下说："夫君，奴婢有今天，还要感谢夫君的救命之恩。"

张择端扶起阿芳："阿芳，起来，今日之事，实在是有些

第二十二章 不忘国耻

意外。"

"夫君不必多言，钦差大人也是一片惜才之心啦！"阿芳边说边替张择端脱去外衣。

张择端显得有些尴尬，推辞道："你听我说……"

"夫君，不要说了，先休息吧！"

阿芳将张择端推到床上坐下，再慢慢脱下自己的衣裳……

乙刺补与撒斯骑马来到新帐篷外，阿芳放下手中的活，上前迎接。乙刺补笑问："阿芳，新婚之夜，爽快吧？"

阿芳羞涩地说："谢将军恩典！"

"可知道为什么把你嫁给张择端？"乙刺补问。

"奴婢明白，是为劝张择端降金。"

"那你跟张择端交往多时，发现他有外心吗？"

"没有，他平日不言不语，看上去挺安心的。"

"真是这样吗？"

"奴婢不敢说谎。"

"阿芳！"乙刺补说，"你与张择端在一起，要严密地监视他的一举一动，发现有什么异常，要及时向我禀报，如果隐瞒不报，小心我剥了你的皮。"

"奴婢不敢。"

撒斯催马向前几步说："阿芳，你不必多心，张择端虽来自大宋，但才华横溢，我甚惜之，若能为我所用，乃我大金之幸，待宗庙完工，神像铸成之后，我带你们到黄龙府安居，让他做国画院的正学，让你们有享不完的荣华富贵。阿芳，你可要好自为之呀！"

"奴婢明白！"

乙刺补、撒斯大笑，拍马而去。

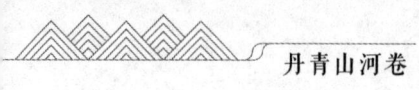

帐篷外，金兵围在篝火边喝酒吃肉，热闹非常。帐篷内，宋徽宗坐在快要熄灭的小火堆边，一脸愁苦。宋钦宗躺在草堆里翻来覆去睡不着，干脆翻身坐起来，来到宋徽宗身边，父子二人倚靠在一起，看着帐外的金兵喝酒吃肉，想到自己以往花天酒地的生活，格外心酸。

宋钦宗嘴馋地说："烤肉好香呀！说来也怪，当年在宫中的山珍海味，奇珍异果，也没有这烤肉香啊！"

孙傅听了徽、钦二人的对话，翻身爬起来，来到二帝身边说："圣上，不要着急，待微臣去向他们讨来。"

宋徽宗欲制止，孙傅已走出大帐，来到篝火边金兵面前，对金兵说："各位，我家主人想吃牛肉干，求你们给一点吧！"

"什么？"一名金兵嘲笑地说，"你家主人想吃牛肉干，还以为是他当皇帝的时候呀！让他饿几天吧！"

孙傅哀求地说："请各位成全成全吧！"

"想吃牛肉干？"一个金兵冷冷地说，"但有一个条件。"

"什么条件？"

"让你家主人学一声狼叫。"

孙傅为难了，他怎么能答应这样的条件呢？即使答应了，二位皇上也不可能真的学狼叫呀，于是说："我替他学了吧！"

"好呀！"其余金兵跟着起哄。

孙傅无奈，只得学了几声狼嚎。金兵大笑，将一串牛肉扔在地上，孙傅伸手去捡，突然，金兵一脚踩住孙傅的手，挥刀砍断了孙傅的手。

孙傅回到帐内，血流尽而亡。宋徽宗痛不欲生，大哭道："都是我的错，都是我的错，作孽呀！"

"圣上！"太监李公公跪下说，"请圣上下诏，嘉奖于他，

第二十二章 不忘国耻

还有那个投敌变节的张择端,一定要严惩,下诏赐死。"

"我已是阶下囚,还下什么诏呀!"

"在我们的眼里,你还是我们的圣上呀!"

"下诏!"宋徽宗说,"赐张择端死!"

晚上,张择端见身边的阿芳睡着了,轻手轻脚地起床,来到桌边坐下,继续描绘《清明上河图》。

宋徽宗帐内,李公公带着一位宋臣悄悄摸出大帐,潜到张择端的帐外,躺在窗外,伺机刺杀张择端。

阿芳醒来,不见枕边的张择端,抬头见张择端坐在桌边作画,披衣下床,倒了一杯水,准备送给张择端。正在这时,李公公拨开窗帘,一把尖刀从窗口伸进来,伸向张择端的脖子。

阿芳吓得惊叫一声,水杯掉落在地。李公公听到叫声,慌忙收回刀,落荒而逃。

张择端丝毫没有觉察到刚才的危险,反而认为阿芳在监视他,冷冷地说:"贱人,竟然偷偷监视我作画,莫非你是乙刺补派来的奸细。"

"刚才,刚才。"阿芳不知如何解释,因为刚才窗外伸进来的刀,只一闪便缩了回去,张择端毫无觉察,说了他也不相信。

张择端冷冷地说:"既然被你看到了,我也无话可说,我择端做事,从来就是堂堂正正,绝不连累别人,快去告诉你们的狼主吧!择端死而无怨,你去吧!"

阿芳一脸委屈地说:"阿芳世代为奴,承蒙先生不弃,救阿芳于水火,并有幸许配先生,阿芳今生今世,决无二心,先生何出此言?"

"我怎么知道,这是不是苦肉计呢!"

阿芳说:"你画的这个画,我根本就看不懂啊!"

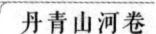

"你知道,什么叫亡国之恨吗?"

"亡国之恨,奴家不懂,我只知道,你是一个好人,如果先生认为我身上的新伤是苦肉计,你再看看我身上的旧伤。"阿芳说罢,撩开上衣,露出肩膀、后背,说,"难道这旧的伤痕,也是苦肉计吗?"

张择端睁大眼睛,终于相信了阿芳,两人抱在了一起。

卧底成了患难夫妻

阿芳坐在张择端身边,听他讲解《清明上河图》中的场景,阿芳指着图上的一座桥说:"这是什么?"

"这是虹桥,是连接汴河两岸的水路交通要道。"

"怎么围了这么多人啦?"

"当时汴京城有五十多万人啦,万商云集,百业兴旺,是中原第一大商贸中心。"张择端指着画说,"你看,虹桥两岸,人流如潮,各色人等,尽显神通呀!商人赚钱交易,恋人倾心定情,达官携妓游春,文人赏花咏诗。这都是京城繁华的景象呀!"

"这么大的船?"

"这是漕船,江南的粮食、绸缎,一切物品,都是靠这些船运到京城。"

"这画上的人,你都熟悉吗?"

"当然了。"张择端指着画说,"他叫刘一刀,剃头铺就开在城门口,那生意是可想而知的了。我第一次进城,就是在

第二十二章 不忘国耻

他那儿刮的胡子。他的手艺,那真是叫绝呀!刀子在你脸上一刮,犹如春风拂面,转眼之间,就能让你精神焕发,年轻好几岁。"

阿芳指着画说:"哎,这里在干什么?围着这么多人。"

"这是说书的,这个说书的名叫张铁嘴,能把死人说活了。听他说书,能让你笑得三天合不上嘴。"

阿芳说:"这么大的楼阁,我从来也没有见过,是皇宫吗?"

"皇宫可要比这高大宏伟得多,这是一家客栈,老板娘姓孙,人比泥鳅还精,那一年,我到京城拜师学艺,就住在她的店里,没想到盘缠用尽,她竟让店小二把我轰出去了。"

"后来呢?"

"我信手一挥,顺手画了一幅瘦马图,往街上一挂,不出一个时辰,就卖了一百两银子。"

阿芳不相信地问:"一百两银子?一幅瘦马图,能卖一百两银子?"

"亏得是一匹瘦马,要是养肥了,就不止这个价了。"

两人大笑,阿芳指着图说:"这船上的女子是谁?"

"她叫海花,是汴河上一个普通渔家的女子。"

"她长得漂亮吗?"

张择端点点头,算是回答。

"多么美的地方,阿芳在梦中都不曾见到过,若能亲眼看见,该有多好。"

"可惜你永生也不会见到了。"

"为什么?"

"我永生也不会忘记,那是靖康元年闰十一月十八日,京都大相国寺敲响了木鱼钟,宫城在寒风呼啸的夜空中颤抖着,在浓烟大火中呻吟着,冲天的大火,烧红了夜空,也烧毁了一个繁华的王朝。"

"那，海花他们呢？"

张择端伤感地摇摇头："我不知道，我不知道。"

"那，什么也没有留下吗？"

"留下了，留下了一个民族的屈辱和遗恨。"

阿芳说："我明白了。"

"你明白了什么？"

"何为亡国之恨。"

丽妃嫁给乙剌补，虽然过上了衣食无忧的优越生活，但她总是忧心忡忡，郁郁寡欢，这天晚上，她坐在窗前，遥望着远方，唱起了家乡小调：

朔风狂啸白絮飞，沙雪茫茫伴泪垂。

彩鸾落坡难展翅，孤雁失群怎相随，孤雁失群怎相随。

张择端听到歌声，走到窗前，撩开窗帘，向丽妃的帐篷张望。阿芳拿一件衣裳上前，披在张择端身上。

宋钦宗听到歌声，连忙叫起躺在石板床上的宋徽宗，说："父皇，你听，丽妃的歌声。"

宋徽宗翻身坐起，仔细聆听。

漠北苦芦催人老，江南粉黛面已非。

宋徽宗与钦宗及各位旧臣走到帐篷门口，激动地说："是她，是她！"

何时乘风归乡去，化作杜鹃啼血回。

第二十二章 不忘国耻

"是丽妃，是丽妃呀！"宋徽宗不停地说。

化作杜鹃啼血回、啼血回。

乙刺补在卧室外来回走动，闷闷不乐，深深地叹了口气。

丽妃在卧室里轻声抽泣，泪流满面，从窗前转身，回到床边躺下。乙刺补走出帐篷，坐在火堆旁，两眼发呆。

塔克送走了郎中，回到帐篷，乙刺补问道："郎中怎么说？"

"将军！"塔克无奈地说，"我费了很大的劲，才找到一个兽医，将军，娘娘的病，他也是无能为力呀！"

"这怎么办？"

一旁的撒斯慢腾腾地说："丽妃患的是忧郁症，怕是再好的郎中，也无能为力呀！依我看来，即使把她救活，与你也是同床不同梦啊！"

乙刺补叹口气说："没想到，中原的男子多为懦夫，女子却这般忠孝呀！"

撒斯笑道："乙将军一向性情豁达，今天怎么也儿女情长起来了？"

"在下实在难舍丽妃之美呀！"

撒斯感叹地说："自古美女多为奸啦！"

"那以大人的意思，将她如何处置呀？"

"这好办。"撒斯建议说，"既然她过不得将军府的好日子，那我们就将她发往军营，让将士们受用去吧！"

阿芳正好从帐外经过，将撒斯的话听在耳里，大吃一惊，立即跑开了。

智救丽妃

"畜生,怎么能这样呢?"张择端击案而起。
"有什么办法救她吗?"阿芳急促地问。
"我去找他。"张择端说罢,怒气冲冲地出了帐篷。

张择端来到中军帐,冲着撒斯说:"择端拜见将军。"
"什么事?"
"特为丽妃治病而来。"
乙刺补惊问:"难道你懂医道吗?"
"不瞒大将军,张某祖上三代为医,张某虽未承父业,但耳濡目染,也略通一二。"
撒斯说:"丽妃患的是心病,无可救药,你还是回去潜心作画,也好向我祖复命,去吧!"
"将军!"张择端问乙刺补,"你以为丽妃犯的是什么心病?"
乙刺补说:"她犯的是忧国思君之症。"
"将军以为,犯此症应该吗?"
撒斯反问:"你这是什么意思?"
"丽妃不过一亡国之女,但集报国忠孝于一身,此人可敬吗?"
撒斯说:"倒也可敬!"
"忠臣不事二主,烈女不嫁二夫,丽妃如此,是不是尽忠尽孝?"
"这……"撒斯一时语塞。
张择端接着说:"我中原女子,受传统礼仪教导千年,知道一女不嫁二夫之意,非一日之功、甜言蜜语可以打动,此乃烈女之风。难道将军要娶一个朝三暮四、淫心放荡之女为妻吗?"

第二十二章 不忘国耻

乙刺补两眼盯着张择端，显得十分尴尬。

撒斯笑道："先生所言不无道理，只是丽妃不失烈女之风，不为我用，为之奈何呀？"

"凡事不可操之过急，丽妃初来异地，水土不服，理念未退，择端不才，愿意说服丽妃，让她归顺大金，一来救她于水火，二来则为报大人和将军的善待之恩。"

乙刺补高兴地说："好，好呀！"

撒斯说："你如果能让丽妃归顺于我，一定重赏。"

张择端拱手道："择端定当效力。"

侍女向丽妃报告，说外面来了一位中原郎中，奉将军与钦差大人之命，来为娘娘治病。

丽妃躺在床上，听到侍女的报告，虽然睁开了眼睛，但却懒得回答。

张择端进来了，站在床边说："将军与钦差大人特命张某来为娘娘诊治。"

丽妃翻过身子，把手伸出帐外，说："既然如此，你就诊脉吧！不过，佛祖要召我去，世间一切繁华，都如过眼云烟，我要去了。"

张择端一边给丽妃把脉，一边说："观娘娘脉象，饮食不振，见食生厌，肝火上浮，以至中元气损，娘娘得的可不是一般的病呀！"

乙刺补与塔克站在帐外，听到里面二人的对话，点点头，面现喜色，悄悄地离开了。

张择端轻声说："娘娘犯的是忧国思君之症。"

丽妃翻身坐起，问道："你是谁？"

"臣张择端！"

丽妃拨开罗帐，惊问："是你？"

张择端跪下说:"臣张择端给贵妃娘娘请安!"

丽妃以为张择端投靠了金人,冷着脸说:"你来干什么?"

"臣得知娘娘得了重病,可万万没有想到,竟如此憔悴。择端心里万分痛切,还望娘娘保重才是。"

"张择端,你别在这里演戏,金人待你不薄呀!又是新帐篷,又是美女,你应该好好琢磨琢磨,怎么把尾巴摇得更好看一些,也好报答你新主子的恩泽。待金太祖神像开光之日,就是你张择端青史留名之时。"丽妃看了张择端一眼,"起来吧!"

"择端虽是粗汉子,但也知晓,人生在世,忠孝为本,之所以如此,乃是不得已呀!"

丽妃笑道:"一个连祖宗都忘记了的人,竟敢开口妄谈忠孝二字?真是恬不知耻。"

"容我解释……"

"住口!"丽妃下了逐客令,"给我滚出去!"

张择端含着眼泪说:"你听我说嘛!"

"你给我滚出去!"

张择端再次跪下说:"娘娘不念昔日之情,但择端不能不尽为臣之职,娘娘可知,你大祸即将临头了。"

"什么意思?"

"娘娘已经惹恼了乙刺补,他准备将你发往军营,供金兵取乐呀!"

丽妃听罢,犹如五雷轰顶。

"娘娘,你切不可受如此奇耻大辱呀!"

"那我便只有一死了。"

"不!"张择端站起来说,"留得青山在,不怕没柴烧,若有朝一日能重返故土,娘娘就不想亲眼看看,大宋复国之日吗?"

"而今正气跌落沟壑,邪气浮云荡空,抗争不屈者少,奴颜

第二十二章 不忘国耻

媚骨多，就连昔日一身傲骨的张择端，也学会了摇尾乞怜，大宋还有何希望？"

"未必就如娘娘所言，鸟雀尚且恋巢，何况人乎？"张择端走到门边听了听，回头说，"择端有一言相劝，万事须斟酌是非曲折，然后相机应之，切不可忘掉一个忍字。"

张择端从袖子里掏出一卷画递给丽妃说："择端有一个方子，请娘娘独自观看，择端告辞了。"

张择端在新帐内，名义上是给金人作画，背地里，却在画《清明上河图》，他的妻子阿芳，明面上是金人派来监督张择端的人，实际上却成了张择端的贤内助，不但照顾张择端的起居，还帮他放风，让张择端更加放心地画他的《清明上河图》。

丽妃仔细察看张择端给她的《清明上河图》中的一部分，心里不由涌起一股暖流，原来，张择端给金人画像只是表象，背地里仍然在继续画《清明上河图》，丽妃知道自己错怪了他，再想到张择端劝她说的"留着青山在，不怕没柴烧"之言，心里有了主意，于是吩咐侍女请将军过来。

乙刺补听说丽妃请他饮酒，高兴得跳了起来，跑进丽妃的帐篷，看见丽妃正在精心打扮，睁大了眼睛。

丽妃转过身来，挑逗地问："将军看什么，没见过漂亮的女人吗？"

"哎哟！"乙刺补赞道，"夫人，真是天女下凡呀！"

乙刺补兴奋地靠近丽妃。

丽妃满怀歉意地说："妾身罪该万死，惹将军生气了，请将军治罪。"

"哪里，哪里！"乙刺补说，"夫人回心转意，是我的荣幸，高兴还来不及呢，治什么罪？我是个粗人，有什么做不到的，还请夫人见谅。"

"将军这样说，更让妾身追悔莫及，自责难当了。"

"夫人，快快请坐，请坐。"

"将军你也请。"

两人落座之后，丽妃斟满一杯酒，递给乙剌补说："将军不怪罪于我，不知该怎么报答将军。"

"夫人果真想通了？"

"自从二帝执政以来，穷奢极欲，朝政荒废，好端端的一个国家，被他们弄没了，我又何必终日为他们流泪呢？"

"是呀！等我大金一统华夏，凭我一生几十年的鞍前马后，爵位绝不会在上卿之下，到时候，绝不会亏了夫人。"

丽妃拿起酒杯说："妾身愿追随将军，来，妾身敬你一杯！"

两人一饮而尽，丽妃放下酒杯说："妾身还有一个心愿。"

"你说。"

"妾身初来乍到，举目无亲，一时适应不了这里的生活。张择端是中原画坛高手，妾身想跟他学画作为消遣，将军能答应吗？"

"好说，好说，我明天就送你去。"乙剌补举杯，"来！"

"谢将军！"

第二十三章 痛失长卷

悔之晚矣

丽妃委身乙剌补，得到了乙剌补的信任，次日，丽妃携侍女来到张择端的新帐篷，支走侍女后，独自进了张择端的帐篷。

张择端正在作画，听到响动，抬头见是丽妃进来了，起身上前相见，见丽妃一身金人的装束，不知如何开口，略顿一会儿说："娘娘请！"

丽妃显得很悲伤，坐到画桌旁，忧伤地说："妾身苟且偷生，无地自容，本想一死了之，是你让我看到了昔日之辉煌。"丽妃将张择端送给她的画放在桌子上，说道，"只可惜没有皇宫。"

"择端有意不画这些的。"

"为什么？"

"作为延福宫的建筑，雕梁画栋，奇花异石，亭台楼阁，不能不说是蔚为壮观，但，这都是百姓的血汗堆成，昏君玩物丧志，纵欲无度，导致了最终国破身辱的下场。这些繁华，不过是一阵清烟轻风，等这一切散去，你会觉得这只是一场欺天欺神的哗众取宠，令人心寒啦！"

"但它确实存在。"

"还是不见的好。"

"我问你，你在这里偷画《清明上河图》，意在何为？"

张择端说："意在唤起民众不忘昔日家乡之美，鼓励兵民万众一心，知耻而后勇，复国兴邦。"

"前车之鉴，不能忘怀，昔日之雄风，更能感召军民奋起。"

"对，只要知耻而后勇，万众一心，复国还是有望的。"

宋徽宗病了，病得很厉害，他身边的太监李苟觉得情况有

第二十三章 痛失长卷

些不妙，连夜求见乙刺补。

"什么事呀？"

"将军！"李苟说，"我皇徽宗，不、不、不，是那个赵佶老儿不知得了什么病，他……他……恐怕熬不过今夜了。还望将军以慈悲为怀，救他一命吧！"

"他得的什么病啦？"

"说不清楚，一到夜里，便是怪梦连篇，胡说不止，今天更是高烧不止，气息奄奄，可能是惊吓所致呀。"

"好了，好了，我知道了，走吧！"

"将军，将军，难道你就不管了吗？"

"你家主子的病，谁都治不好。"

"难道就不治了？"

"李苟！"乙刺补问，"近日中原有没有来信啦？"

"没有。"

乙刺补一拍桌子说："怎么，你现在自身都难保，还为你昔日的主子开脱？"

"将军，奴才不敢，奴才不敢啦！"

乙刺补走到李苟身边，一把将他提起，说："李苟，还想回家吗？"

李苟可怜巴巴地看着乙刺补，不知说什么，也不敢说。

"只要你想回家，待开春，我就派人送你回家。"

李苟战战兢兢地说："承蒙将军不杀之恩，我才能活到今天，哪里敢有这种非分之想。"

"我是非常讲义气的，只要你听话。"乙刺补吩咐下人，带李苟到后厨去用饭，好酒好肉招待他，给他几件衣裳。

丽妃在卧室听到外面的动静，对刚进来的乙刺补问："将军，

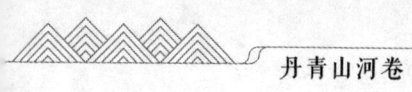

深更半夜，李公公来此有何事吗？"

"赵佶老儿病了，可能活不过今天晚上。"

"将军，你打算请郎中给他诊治吗？"

"一个亡国之君，来到这冰天雪地，求生不得，求死不能啊！还不如早点死了算了。"

丽妃赔着笑脸说："妾以为，此人活着，要比死了的好。"

"怎么？夫人对他还怀有旧情？"

"不，不，我只是为将军考虑。"

"为我考虑？"

"此人活着，有三条好处。"

"哪三条好处？"

"此人被囚在五国城，大金把他当作人质，要挟中原，或要他们投降，或要他们纳贡，随心所欲，此其一。"

"其二呢？"

"此人作为中原天子被我囚服，更显大金的实力，若能善待于他，则更显得大金宽厚仁义，必能感召四周敌国，不为蒙辱而死战，于大金日后统一华夏，是百利而无一害。"

"有道理，有道理呀！"

"其三对将军更为重要。我祖将中原二帝掳至五国城，其用意显而易见，正是日后必有大用，才在这清静之地，派心腹守护，如果将军置他们于死地，岂不辜负我祖之初衷？我祖如果怪罪下来，将军怎么交代？妾身完全是为将军考虑，绝无半点私情，请将军明察。"

"夫人真是远见卓识，我乙某自愧不如。只是，这件事该怎么办才好？"

"请将军派郎中给他诊治。"

"只是这边城荒地，只有兽医，根本就没有郎中呀！"

第二十三章 痛失长卷

"将军，张择端祖上乃行医出身，前次他给妾身诊治，倒也是药到病除，何不让他前往诊治。"

"夫人，真有你的，我倒把这事给忘了。"于是，乙剌补立即吩咐请张择端。

宋徽宗躺在土炕上痛苦地呻吟，宋钦宗、李苟等人在一旁侍候人喝水。张择端进来了，关切地走过去："上皇，上皇！"

李苟怒视着张择端。宋徽宗病得已经认不得人了，问道："你是……你是？"

"臣是张择端！"张择端跪下，"愿上皇保重龙体。"

宋徽宗在李苟的扶持下艰难地坐起来，指着张择端说："张择端，你？"

"张择端。"李苟怒斥道："你身为炎黄子孙，背叛祖宗，投靠金人，认贼作父，还有何面目来见二帝？你是大宋的败类，还不快滚出去。"

帐篷里的人也跟着大呼："滚，滚，滚啦！"

张择端跪在地上，两眼流泪，难以解释。

宋钦宗问："你究竟来干什么？"

"回皇上，择端来，一是给二帝送些衣物食品，以尽微臣之孝心，二则奉乙剌补将军之命，来为上皇诊脉。"张择端说罢，取出带来的食物。

李苟先取一点食物递给宋徽宗，然后与宋钦宗各取一点塞进嘴里。

宋钦宗说："张择端，既然你是来给上皇治病的，也算是一番好意，起来吧！"

"谢皇上！"张择端站了起来。

"朕在中原时，只知道你是画院的待诏，何时又成了郎中？

"实不相瞒,臣实不知道怎样下药诊脉。"

"你莫非敢谎言欺君?"

"臣不敢,不过,依臣看来,上皇之病,乃忧国忧民忧己之症,无情之草木,有情之疾病,不用下药。"

宋钦宗问:"那你将如何治法?"

"上皇之病,乃悲忧苦思所致,太上皇,你以为如何?"

宋徽宗终于化解了对张择端的误会,说道:"爱卿,你说得极是,只恨当年失德,引狼入室,如今风烛残年,连死都不知死在什么地方,真是自作自受,追悔莫及啊!只可惜皇儿和你们,来到这不毛之地,求生不得,求死不能,何时,何时我们才有出头之日啊!"

"上皇,上皇!"帐篷内大家哭成一片。

帐篷外的金兵听到里面的哭声,冲到帐篷口大喝:"哭什么?不许哭。"

大家止住了哭声。

张择端问:"二帝可知近来中原的情景?"

"爱卿有什么消息,快告诉我们。"

"我听说,上皇的太子康公已突围到了南京,正与重臣商议复国之事。"

"真的?"宋徽宗很激动,接着又担忧地说,"太子天性懦弱,在继位上对朕耿耿于怀,岂能发兵前来搭救我们?择端,看来我们是必死无疑呀!"

"上皇,此国恨家仇,山重海深,太子焉能无动于衷?"

"命中注定,命中注定啊!"

"上皇何出此言?"

"多少年来,宋人相互欺诈,自相残杀,天不灭宋,是自灭呀!看来,朕要先行一步了。"宋徽宗说罢,仰身倒下。

第二十三章 痛失长卷

"上皇！"在场的人大惊。

"朕再也见不到我的汴京城了啊！"

张择端说："上皇如此轻生，难道不想再见汴京昔日之繁华吗？"

"汴京、汴京、汴京，难道朕还能见到吗？"

"上皇，请看！"张择端掏出《清明上河图》呈给宋徽宗。

"这是什么？"

"是上皇想再见一面的汴京城。"

"是吗？"宋徽宗急促地说，"快，快取灯来。"

宋徽宗打开《清明上河图》，凑在灯光前细看，激动地说："果真是汴京城。"

宋钦宗指着图说："宣德门，宣德门啦！"

"这是朕日思夜想的京城，是宣德门，宣德门啦！"宋徽宗指着画上的人物说，"这些都是朕的子民，都是朕的子民啦！"

张择端说："汴京的繁华，天下之最。"

宋徽宗重复地说："汴京的繁华，天下之最，汴京的繁华，天下之最呀！"

"怎么没有皇宫？"宋钦宗问。

宋徽宗看了张择端一眼，没有回答。

宋钦宗说："想当年，朕与上皇，嫔妃成群，酒池肉林，是何等地快乐呀！金口御言，万人皆服，高卧龙床，接受百官的朝拜，又是何等威风呀！"

"圣上！"张择端万万没有想到，一幅《清明河上图》，竟然勾起宋钦宗这样的回忆，显得有些无奈。

"朕如果能重返中原，必将重整宣德门，再修延福园，朕早就设计好了，阁高树壮，其窗棂栏杆，全部用陈檀香木，再饰以金色，阁楼下面，依势为山，依势为水，用白银铺路。"

李苟说："用黄金铺路呀！"

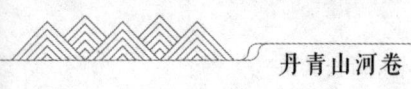

两人竟然就黄金铺路还是白银铺路,争了起来。

"够了,够了。"张择端站起来说,"别吵了。"

"爱卿!"宋徽宗吃惊地睁大了眼睛。

"上皇,皇上,这是在喝老百姓的血呀!这也正是大宋亡国的缘由,皇上,你们有什么可津津乐道的?有什么可以留恋的?近十年来,朝廷穷奢极欲,奸臣当道,致使人才凋敝,说句不中听的话,上皇执政的二十六年,是在为大宋王朝挖掘坟墓呀!"张择端指着宋徽宗说,"上皇呀,上皇,难道说,你从一个天子沦落为今天的囚徒,你还没有明白是什么原因吗?"

宋徽宗呆呆地看着张择端,不知说什么好。

"择端之所以甘冒死罪,忍辱负重,不惜被别人谩骂为背祖忘宗之人,潜入敌营,作此《清明上河图》,是为了唤醒中原民族,为失去的大好河山而痛心,而自责,为重新获得昔日的辉煌,去拼搏,去奋斗。如果此图只是唤起二帝对昔日醉生梦死生活的留恋,这便违背了择端画这幅画的初衷,也失去了此图的意义了。"

宋钦宗手指张择端说:"你,你怎么这样说话?"

"你,你一派胡言,你也太放肆了。"李苟也指责张择端。

"不、不、不。"宋徽宗抢着说,"爱卿,你说得好,只是太晚了,是朕有负黎民之望,是朕欠老百姓太多的账,朕、朕对不起天下百姓,朕对不起那位为我而死的老汉,朕对不起丽妃,朕猪狗不如呀!"

宋徽宗终于觉醒了,悔恨交加,跪在地上痛哭,不住地磕头说:"对不起,对不起,对不起!"

张择端从地上捡起《清明上河图》,愤然离开了。

第二十三章 痛失长卷

阉奴向金人告密

深夜,李苟趁大家都睡着了,悄悄溜出帐篷,跑到乙刺补的帐篷,说有要事求见将军。守卫的金兵喝道:"将军喝多了,有什么事,明天再说。"

"我真有要事相告呀!"

"滚、滚、滚!"

李苟贼眼一转,转身去了钦差撒斯的帐篷,求见钦差大人。随从听李苟说有要事,立即带李苟去见撒斯。

撒斯问:"李苟,这么晚了,找我有什么事?"

"大人,小人斗胆问一句,大人这次到五国城来,有何贵干啦?"

"放肆,这话是你能问的吗?"撒斯一脚将李苟踢翻在地。

李苟爬起来,重新跪下说:"大人不说我也知道,奴才心里也明白,大人是为督造宗庙而来的。"

"那又怎么样?"

"倘若宗庙不能按期完工,金太祖像不能按时开光,那,那就会影响到大人的前程,你说是不是?"

"什么意思?"

"大人待人仁义,却有人恩将仇报,欲置大人于死地,大人不能不防啊!"

"有这回事?"撒斯问,"此人是谁呀?"

"张择端!"

张择端躺在床上,翻来覆去地睡不着。阿芳关心地问:"夫君,你是有什么心事吗?"

"可叹我的一片苦心，连上皇也不知道。"

"不，阿芳知道夫君的一片痴心。"

张择端将阿芳紧紧地搂在怀里，突然又松开了手。

"夫君，你怎么了？"

"阿芳，我们还是早点分手吧！"

阿芳大吃一惊："为什么？我没有做过任何对不起你的事。"

"你是个好姑娘，没有做过对不起我的事。"

"那你为什么要抛弃我呢？"

"木秀于林，风必摧之，自古以来，纸是包不住火的，我的事情，早晚会被他们发现，我怕连累你呀！"

"夫君……"

"趁他们没有发现之时，我明天去见撒斯，以你不听话为由，把你休了，保全你的性命。"

"阿芳虽说是一个粗俗女子，也懂得人生在世，以贤孝为本，我既然跟随了先生，便生是你的人，死是你的鬼，不管遇到什么事，阿芳绝无怨无悔。"

"张择端？"撒斯说，"我一向待他不薄，他敢背着我偷画逆反之图，实属可恨。"

撒斯的随从说："该杀呀！"

"张择端作为大宋旧臣，心怀复国兴邦之情，倒也可敬呀！"

"大人！"李苟说，"你可不能这样想呀！"

"李苟！"撒斯说，"你与张择端同为天涯沦落人，你这样害他，究竟为了什么？"

"大人！"李苟说，"怎么能说我害他呀！我这是为大家好啊！"

撒斯厌恶地说："好了，好了，你下去吧！"

第二十三章 痛失长卷

"走!"随从上前,将李苟推出帐篷。

丽妃自从知道张择端身在曹营心在汉之后,对生活重新唤起了希望,精神也不再那么颓丧,居然学画画了,由于长期待在宋徽宗身边,耳濡目染,也有一些绘画功底,画起来竟然也有模有样。

乙剌补看了丽妃的画,赞道:"没想到夫人竟有这般神笔呀!"

丽妃不好意思地说:"兰蓉笔法粗疏,不堪将军赏目。"

"想不到一个赳赳武夫,能有一个这么漂亮的中原美女相伴,也是一生中的快乐呀!"

撒斯来了,接过乙剌补的话头说:"丹青之意,原是慧心灵性的表述呀!"

"大人!"乙剌补叫一声。

"看来,夫人近来的心情好多了。"

丽妃侧身施礼:"大人!"

"哟!"撒斯看了丽妃的画说,"好一朵迎风绽放的金菊,久闻夫人琴棋书画样样精通,无所不能,可惜没有机会求睹,今天见到这幅金菊图,真让人耳目一新啦!"

"大人夸奖了,昔日兰蓉深入鸿门,终日无所事事,便偷偷学画菊花作为消遣,让大人见笑了。近来经张择端的指点,才略有长进。"

"张择端恐怕不止是指点画菊吧?"

"大人这是何意?"

"常言说得好,外师造化,终得心缘,这造化所生的胸中黄菊,便是夫人心境的真实写照吧!"

丽妃预感到撒斯的来意不善,连忙找借口说:"大人公务繁忙,我不便打扰,我给大人沏茶去。"

"慢！"撒斯说，"这等粗事，哪用得着夫人亲自动手呀！我今天来是想与夫人切磋画技，更想观赏那一幅《清明上河图》。"

"什么？"丽妃惊问，"《清明上河图》？"

"正是，呼伦大人曾多次说过，此图尽展汴京昔日之繁华，大宋之强盛，融皇宫市井、桥梁船运、风土人情为一体，使人看了如身临其境一般，感慨万端，复国兴邦之情，油然而生。特别是宣德门外，大宋皇帝大赦金国俘虏一幕最为精彩，金戈铁马，十分威武，而我金国战俘则魂飞魄散，狼狈不堪，可有此事？"

丽妃万万没有想到，撒斯对《清明河上图》了解得如此详细，非常震惊，支支吾吾地说："这是……这是……"

乙剌补惊问："我怎么不知道这些？"

"一会儿你就知道了。"撒斯说，"跟我来！"

被迫交画

乙剌补跟着撒斯来到大帐，不一会儿，娄阿带人押着阿芳进帐，将阿芳推倒在地。撒斯问道："知道为什么把你带来吗？"

"奴妾不知。"

"当初我将你许配给张择端，曾有话交代于你，还曾记得？"

"记得！"

"说一遍。"

"大人吩咐奴妾暗中监视张择端，如有逆反之心，随时禀

第二十三章 痛失长卷

报。"

"那张择端可有逆反之心？"

"他终日潜心构思太祖的神像，看不出有什么逆反之心。"

"终日构思太祖的神像？"撒斯大笑，"怕是终日在画《清明上河图》吧？"

"什么？《清明上河图》？奴婢不知。"

"好一个贼贱人，死到临头，还敢嘴硬。"撒斯大喝，"来人！"

"到！"

"把这个贼贱人拉出去打。"

"往死里打！"乙刺补也跟着大吼。

阿芳被拉出去了。

乙刺补带人来到张择端的帐篷，逼迫张择端交出《清明上河图》，张择端拒不配合，金人将帐篷翻了个底朝天，仍然没有找到《清明上河图》。乙刺补怀疑张择端提前烧毁了《清明上河图》。

撒斯分析说："不会，此图被张择端视为复国兴邦、鼓舞士气的檄文，是他的毕生心血，断然不会轻易毁掉。"

乙刺补说："他要是宁死不交，那怎么办？"

撒斯说："此图除张择端之外，还有两个人知道。"

"哪两个人？"

"一个是阿芳，另外一个人，就是你心爱之人，丽妃了。"

"怎么？丽妃？她知道此事？"

"将军只怕只知其美，不知其奸吧！"

阿芳被打得遍体鳞伤，仍然不肯透露《清明上河图》的半

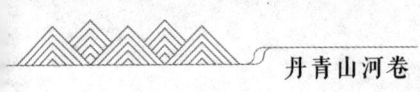

点实情。

乙刺补喝得醉醺醺地回到帐篷,抓住丽妃,恶狠狠地问:"你这个贱人,我乙刺补待你不薄,你却要毁了我的前程?老子先……先……先送你上西天。"乙刺补将丽妃推倒在地,自己也醉倒在床上。

张择端被抓到大帐篷。

撒斯冲着张择端说:"张择端,撒某一向待人宽厚,对你更是照顾有加,赐你美女,赠你暖宅,免你劳役之苦,对你算得上是仁至义尽了,你们中原有句古语,叫作滴水之恩,当涌泉相报,你就是这样报答我的吗?"

"撒斯大人,我们中原还有一句古话,叫作杀父杀母之仇,不共戴天,试问大人,此杀父杀母之仇,如果落在你的头上,你又当如何处之?"

"张择端,你已经死到临头了,还敢狡辩?"

"择端自从沦落到此的那一天开始,就没有想着要活着回去。"

"张择端,只要你交出那张《清明上河图》,撒某可免你一死,如何?"

"择端死不足惜,只是有恨难消。"

"你还有恨?"

"我恨汉人不争气,到了这个地步,仍然不能抱成一团,同仇敌忾,而且还要同室操戈,自相残杀,甚至有人苟且偷安,屈身投敌。"张择端以为是丽妃出卖了自己,他是暗指丽妃。

"你说的是何人啦?"

正在这时,乙刺补将丽妃推进来,将她推在张择端身边跪下,两人四目相对,均是大吃一惊。

第二十三章 痛失长卷

"张择端，你指的是何人？"

"我指的是那个出卖《清明上河图》的民族败类。"张择端两眼看向丽妃。

撒斯问："张择端，你可清楚，是谁告了你？"

"我当然知道。"张择端指着身边的丽妃说，"就是这位，一生从二夫，背祖叛宗，不知廉耻的贱人丽妃。"

"你？我……"

丽妃对《清明上河图》被泄密一事毫不知情，莫明其妙地被乙刺补抓到这里来，突然又遭到张择端的指摘，有口难辩。

撒斯、乙刺补、娄阿以及在场所有的金人，也都目瞪口呆，没有想到，竟然会出现这样天大的误会。

张择端接着说："此人我早有了解，当年她在山东便有恋人，为图富贵，甘愿入宫，先选太子，后从徽宗，在宫中争风吃醋，恶意陷害，欺上瞒下，祸乱朝纲，虽然人长得漂亮，却有一肚子祸水。"

"你，你血口喷人！"

"贱人！"张择端喝道，"你身为大宋贵妃，却不知自尊，委身于金贼，而今又陷害忠良，以求媚敌，我看你还有何颜面去见中原父老？"

丽妃一巴掌打到张择端脸上，哭道："我跟你拼了。"两人当场厮打，在地上翻来滚去。张择端趁机在丽妃耳边说："你要想办法，先让自己活下去。"

丽妃稍一愣，明白了张择端的用意。

张择端重新被关进小山洞，两眼望着夜空中的一轮明月，心潮起伏。忽然，栅栏门被打开，李苟进来了。

"谁？"张择端惊问。

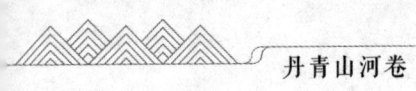

"我呀！"

张择端细看，见是李苟，说："原来是李公公。"

"两位天子得知老兄落难，心急如焚，命我前来看看你。"

"承蒙二帝关怀，张择端感恩不尽。"

"不知《清明上河图》，是否被金人搜去？"

"还算幸运，这几天我总觉得有事，故早有防范，没有被搜去。"

"这就好，这就好。此图藏在何处，是否安全？"

"公公请放心，倒也安全。"

"这就好，这就好。"李苟两眼一转，说，"皇上对此特别关注，临行前特别嘱咐我，如果不安全，便让我带回，以便妥善收藏，更为安全。"

"什么？"

李苟说："你我不是外人，究竟藏在何处，不妨告诉我，我回去对圣上也有个交代。"

张择端对李苟的迫切要求起了疑心，问道："李公公是怎么进囚室的？"

"我是用钱买通营官，才进来的。"

"难得公公如此费心啦！"

"择端兄，这藏图的地点，能告诉我吗？"

"这藏图的地点嘛！请公公告诉二帝，我会保密，不劳费心。"

撒斯、乙刺补二人悄悄来到关押张择端的小山洞外，偷听里面二人的对话。

张择端说："不过，倒是有一件重要的事情，务请二帝格外当心。"

"什么事？"

第二十三章 痛失长卷

"公公可知此事是谁告的密？"

"谁？"

"丽妃！"

"张兄何以得知呀？"

"这个贱人曾假随我作画，实则为金人奸细，此图她并没有真正看到，只恨我昨天多喝了几口酒，信口对她说过此画，不料今天便出了事，除她之外，还有谁呢？"

洞外的撒斯悄声说："看来，是我们冤枉了将军夫人？"

"这该怎么办？"乙剌补也跟着叫苦。

"好了，好了！"撒斯说，"我们走吧！"

张择端接着说："此女子贪图富贵，心术不正，请公公转告二帝，一定要当心啦！"

撒斯和乙剌补决定将阿芳五马分尸，逼张择端交出《清明上河图》，张择端不忍妻子惨死，只得告诉他们，说《清明上河图》藏在帐篷后的枯井里。

乙剌补和撒斯不守信用，得到《清明上河图》后，仍然处死了阿芳姑娘。

张择端跪在阿芳的坟前，痛哭流涕。

第二十四章 逃离五国城

第二十四章 逃离五国城

贪婪的撒斯

《清明上河图》采用鸟瞰式全景法，真实而又集中地描绘了汴京东南城角这一典型的区域，采取"散点透视法"布局画面。

在表现手法上，以"散点透视法"摄取所需的景象，大到寂静的原野、浩瀚的河流、高耸的城郭；细到舟车上的钉铆、摊位上的商品陈设、市场招牌上的文字，和谐地组成统一整体。

画面中的人物有士、农、商、医、卜、僧、道、胥吏、妇女、儿童、篙师、缆夫等，牲畜有驴、牛、骆驼等。有赶集的、做买卖的、闲逛的、饮酒的、聚谈的、推舟的、拉车的、乘轿的、骑马的等情节。

画面大街小巷中，有酒店、茶馆、点心铺、货栈、杂货店等，店铺林立，还有城楼、河港、桥梁、货船、官府宅第和茅棚村舍等。

整个画面结构严谨，繁而不乱，长而不冗，段落分明。

在技法上，大手笔与精细的手笔相结合。选择的事物、场面及情节，细致入微，每个人物各有身份，各有神态，各有情节。房屋、桥梁等建筑结构严谨，描绘一笔不苟。车马船只面面俱到，谨小而不失全貌，不失其势，令人叹为观止。

撒斯得到《清明上河图》后，爱不释手，欲占为己有。

乙刺补头脑简单，被张择端与丽妃的一番表演蒙住了心智，认为自己冤枉了丽妃，十分过意不去，不住地向丽妃赔礼道歉。

丽妃适可而止，问道："夫君，你们准备把张择端如何处置呀？是不是要杀了他？"

"不、不，撒斯大人本来是要杀他的，但当他看了《清明上河图》之后，认为张择端是个人才，决定不杀了。"

丽妃松了一口气,问道:"这么说,是要放了他?"

"那不可能,他让我把张择端关在一个小山洞里,让他忍受不了恐惧寂寞,借以摧垮他的意志,最后让他像羊一样温顺,为大金所用。"

丽妃心里惦念着张择端,一时却又想不出好办法营救他,收拾了一些衣物食品,准备送给张择端,出门的时候,乙刺补突然回来了。

"夫人,你要出门呀?"

"是呀!啊,不。"丽妃显得有些慌乱。

"你手里拿的是什么?"乙刺补将丽妃手上的东西打落在地。

丽妃只得如实说:"这些东西,我是准备送给张择端的。"

"你怎么能够这样?"

"夫君,我们中原崇尚礼仪,常言道,一日为师,终身为父,虽然张择端犯了不赦之罪,但他是妾身的师父,如今身陷囹圄,饥寒交迫,如果我不闻不问,有失大礼,我于心不忍啦!"

"我知道你这是一片善心,要是让撒斯大人知道了,他会给你定一个通敌卖国之罪,我该怎么办?"

"撒斯大人崇尚中原文化,深谙孔孟之道,想必通大礼,懂得妾这样做,遵循的是圣人之礼。更何况撒斯大人用心良苦,只是想摧垮张择端的意志,使之为大金所用。而你身为营官,却不识大体,滥用酷刑,一旦将张择端折磨死了,到时看你怎么交代。"

"将军,将军!"娄阿在帐外急叫。

"进来!"

娄阿进来说:"撒斯大人到了。"

第二十四章 逃离五国城

乙刺补连忙走出内室,迎接撒斯。撒斯问道:"张择端这几天怎么样?"

"我把他关在一个小山洞里,已经饿了三天,不怕他的意志不垮。"

"将军,对张择端这样顽固不化之人,靠酷刑是解决不了问题的,只有酷刑和安抚并举,才能使其为我所用。"

"这个,我家夫人也是这样说的。"

"看来,你家夫人比你高明得多呀!"撒斯笑道,"既然你家夫人如此深明大义,我想派个用场,不知夫人肯否?"

"大人请讲吧!"

"请夫人给张择端送去衣食,并劝说张择端,或许比你饿他十天十夜还起作用。"

"好,我现在就去,马上就办。"

"哎,等一等。"

乙刺补停住了脚步。

撒斯吩咐随从送上酒肉,请乙刺补食用。乙刺补莫名其妙,不知撒斯葫芦里卖的是什么药。

"将军!"撒斯说,"撒某有一件很重要的事情,想让你去办。"

"大人请讲。"

"张择端的那幅《清明上河图》,你没有对别人说过吧?"

"没有呀!"

"好!"撒斯说,"这就好,此图乃空前绝后之作,撒某深爱之,请将军千万不要告知任何人。"

"大人放心!"

"目前,兵部还有一侍郎的职位空缺,我离开之前,正在物色人选,我回去之后,定当向狼主禀报将军的才干与忠心,

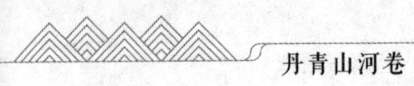

不出意外，一个月之后，便可与乙剌补侍郎在黄龙府相见了。"

乙剌补心里明白，撒斯又是封官，又是许愿，一定是有求于己，跪下说："大人恩德，乙剌补当以死相报，有何交代，尽管吩咐，我赴汤蹈火，在所不辞。"

撒斯扶起乙剌补："将军，我想把《清明上河图》送往老家收藏，只恐路上不安全，想请将军选派彪悍之士护送，将军可否助我一臂之力？"

"请大人放心，为了保证安全，我亲自率兵护送，以保万无一失。"

"好，若得将军亲自护送，定当万无一失，只是，太辛苦将军了。"

"我乙剌补乃一粗俗武夫，蒙大人不弃，委以重任，怎敢言苦？"

"那，几时动身？"

"明天，就明天五更吧！"

"好！"撒斯从怀里掏出《清明上河图》递给乙剌补，说，"望将军好生护送，早日归来，撒某翘首以待。"

乙剌补接过画说："有我在，保证此画安全送到。"

丽妃在内室，将撒斯与乙剌补的对话虽然听得不是十分清楚，但大意差不多也知道了，听撒斯告辞之后，立即装作非常生气的样子，坐在床前。

乙剌补入内，上前赔礼说："夫人，委屈你了，刚才，撒斯大人把我训斥了一顿，要我向夫人赔礼道歉。夫人，你通权达变，聪明过人，我乙剌补自愧不如。日后，还望夫人多多指教呀！"

丽妃故意不理睬他。

第二十四章 逃离五国城

"夫人,你将那个包裹给张择端送去。"

"我怎么敢啦!通敌卖国之罪,我可承担不起。"

"夫人,你别跟我怄气了,这是撒斯大人的意思,他让我们对张择端要刑抚并用,攻其心志,还劳烦夫人前去劝说劝说。"

"你就不怕我把张择端给放跑了?"

乙刺补笑道:"我想夫人不会这样做,即使张择端真的跑了出去,也是死路一条呀!"

"怎么讲?"

"不瞒夫人说,这五国城一面临水,三面环山,再就是无边的沙漠,方圆百里,荒无人烟,即使他逃出我这个囚营,一路上不被渴死、饿死、冻死,也会被野兽吃了。何况四周所有路口,都有金兵重重把守,没有我乙刺补发出的路牌,别说是一个大活人,就是一只鸟,也飞不过去。"

丽妃转脸一笑说:"没想到,五国城这么多人的性命,竟然都掌握在夫君的手中。"

"不,是系在本人一人的腰间。"乙刺补说罢,从腰间掏出一枚路牌,向丽妃展示了一下,然后又塞了进去。

"难道你不怕我放走张择端吗?"

"我想夫人不会那么薄情吧!"

"常言道,一日夫妻百日恩,我与夫君相亲相爱,岂能为一个张择端,就断送了夫君的前程!"

"我相信夫人。"

"我还年轻,还想跟将军飞黄腾达呢!"

"对,我对夫人深信不疑,明天五更,我要出一趟远差,家里的事情,都由夫人操办了。"

"多谢夫君信任。"

"不谢,不谢!"

"来人!"丽妃吩咐下人,"拿酒来,我要与将军痛饮几杯。"

丽妃嘴里是在劝酒,心里却在思谋着如何将《清明上河图》弄过来,故意装作不舍的样子,掏出手帕擦起了眼泪。

乙剌补说:"不必伤心嘛!我这次出门,多则两月,少则一个月就回来了,又不是一去不复返。"

"妾与将军成亲以来,情意绵绵,从未分开,你这一走,我心里不是滋味呀!"

乙剌补已显醉意,结结巴巴地说:"夫人的心情我理解,回来之后,我们再也不分开了。"

"一幅画,算得了什么呀!让几个小校送去不就行了,还要劳将军亲自跑一趟。"

"夫人啦!你有所不知,撒斯大人酷爱此画,视此画为性命,称《清明上河图》为空前绝后之作,神来之笔,即使我亲自前往,他还放心不下呢!怎敢轻易委于他人呢?"

"《清明上河图》真的有这般神韵吗?"

"我也看过几眼,可惜我是个粗人,看不懂其中的奥妙所在。"

丽妃偷看乙剌补一眼,说:"妾别无所好,唯独酷爱丹青,如此旷世之作,无缘看一眼,恐怕要遗憾终生了。"

"这有何难,此图就在我手里,我拿给你看看就是了。"

"这怕不合适吧!"

"有什么不合适的,不过是看一看罢了。"

第二十四章 逃离五国城

盗路牌助张择端逃走

乙剌补拿来《清明上河图》，交给丽妃，丽妃将画铺在桌子上，看了一眼乙剌补，笑着说："夫君，快来看啦，宣德门城楼上，还有我哟！"

乙剌补手里端着酒杯过来了："是吗？在哪里，指给我看看。"

丽妃见乙剌补端着酒杯过来了，故意轻轻一撞，乙剌补手里酒杯中的酒，洒落在画面上。

丽妃大吃一惊，连忙掏出手帕抹画面上的酒，顺手轻轻一揉，画面顿时污了一大块。

"你？"乙剌补大惊。

"我闯下大祸了，怎么办啦！"丽妃吓得哭了起来。

"别哭，别哭，快把画卷起来，撒斯大人要是问起来，我就给他来个一问三不知。"

"不可呀！这件事迟早会暴露的，撒斯大人酷爱此画，画面被损，便成了残品，他要是追究起来，夫君的前程不就毁了吗！"

"这……这可怎么办啦？"乙剌补也慌了。

"事已至此，我有一个办法。"

"什么办法？夫人快说。"

丽妃跪下说："请将我捆绑起来，交给撒斯大人，或许能开脱于你。"

"快起来！"乙剌补说，"再想想，有没有补救的办法。"

"妾身一时慌乱，也想不出有什么好办法呀！"

"哎呀！你平时那么机灵聪慧，怎么到了危难关头，就一筹莫展了呢？"

413

"有了!"

"快说呀!"

"解铃还须系铃人,这幅画的作者就在眼前,不如请他来修补。"

"你是说张择端,好,我这就去把他带来。"

"不可,夫君,不可张扬呀!现在还是半夜,不要闹得满城风雨,你骑马去将张择端悄悄接来,其他的事情就交给我。"

"好,多亏夫人提醒,我现在就去。"

丽妃看着乙剌补离去的背影,脸上露出一丝笑意。

张择端被接到乙剌补的帐篷里,但无论乙剌补怎么哀求,张择端就像入定一般,双腿打坐,闭目塞听。乙剌补大怒,正要发作,丽妃过来说:"将军,你去喝酒,让我来劝劝他吧!"

丽妃支开乙剌补,悄声对张择端说:"择端,请用些饭菜吧!"

"什么?"张择端听到丽妃的声音,睁开眼睛,由于饿了几天,他浑身乏力,两眼无神。

丽妃把手指竖在嘴边,轻轻嘘了一声,示意张择端别出声,轻声说:"尽快吃点东西,赶快上路。"

"上路?"张择端不解地问。

"你装作修补画面,我去把他灌醉,要快。"

张择端不再多问,抓起一大块牛肉,吃了起来。

丽妃走到乙剌补身边,告诉他,说张择端答应修补损坏的画。

乙剌补听了非常高兴,丽妃乘机劝酒,乙剌补来者不拒,喝得酩酊大醉,丽妃扶乙剌补进内室,张择端起身欲帮忙,丽妃示意张择端让开,独自将乙剌补扶到床上躺下,推了一把,确认乙剌补醉了。翻开他的外衣,取出挂在腰间的路牌,出了内室。

第二十四章 逃离五国城

"择端！"丽妃说，"你把路牌拿好，沿大路走，不然会迷路的，如果遇到金兵盘查，出示这个路牌，便可通过。你要日夜兼程，抢在乙刺补追兵到来之前过关。"

"如果我走了，乙刺补向你要人，你怎么办？"

"我自有办法！"

张择端说："我这一走，又失了《清明上河图》，即使乙刺补想开脱你，撒斯也不会放过你，那不是断送了你的性命？"

"酒、酒！"乙刺补躺在床上，还在说酒话。

"择端决不做这种损人利己之事。"

丽妃见无法说服张择端，扑通一声跪下说："择端，我不只为救你，更是不想让《清明上河图》落入金人之手，想我兰蓉，一生清白做人，不料时运不济，沦落异国，蒙先生相救，得以保全残生，屈身事贼，无颜再见江东父老，先生素怀天下大志，视纾解国难如己任，试图以画救国，唤起国人觉醒，是大仁大义之举。只可惜我兰蓉身陷囹圄，再也不能为祖国出力。虽然汴京沦陷，但大宋没有亡，还有江南半壁江山，只要军民不忘国耻，万众一心，定有复国兴邦之日。你带着《清明上河图》回到中原，一展宏志，让《清明上河图》重新挂在汴京城，供世人瞻仰，如若有机会，请代我到祖庙一祭，兰蓉拜托你了。"

丽妃说罢，无声地抽泣起来。

"兰蓉，今日一别，何时才能再见？"

"绿水长流，青山不改，但愿今后相见，不再擦肩而过。"

两人紧紧地抱在一起。

乙刺补在床上翻了个身，发出了响声。

两人赶忙分开。丽妃抓起地上的包裹，塞到张择端手里说："时间不早了，你赶快走，这里面是衣服食品，乙刺补的战马就在帐外，你骑他的马赶快上路。"

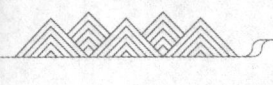

张择端临走时说:"不管多难,你一定要活下去,我在汴京城等着你。"

"你快走,快走!"

殒命依兰河

送走了张择端,兰蓉再无牵挂,今生今世,回中原已是无望,身陷金人的魔窟,更让她感到绝望,唯一的去路,只有天国。

兰蓉身穿一袭白纱,迎着朝霞,向依兰河走去,远处传来悠扬的歌声:

情切切,泪沾衣,
依兰河畔丽人来。
血祭中原花飞尽,
落向北国冰河开。

残阳映古道,
大漠接林海。
归心快如箭,
何日到天台。
恨不能悠悠长卷作彩虹哎,
化长桥清明上河图今犹在。

第二十四章 逃离五国城

在悠扬的歌声中,兰蓉一步一步地走进依兰河,河水淹过她的脚背、双膝……

张择端纵马奔驰在沙漠、山路上……

路迢迢,云霭霭,
北雁南归九天外。
低头俯瞰山河旧,
不尽春色扑满怀。

歌声中,兰蓉继续向依兰河深处走去,河水淹过她的腰、脖子……

张择端艰难地爬上沙丘的顶端,远远望去,突然发现兰蓉一步一步走向了河中间,最后消失在河里。

张择端冲着依兰河哭喊,呼叫,脚下一打滑,从坡顶滚落到坡底,他又拼命地爬上坡顶,再向依兰河看去,河面静悄悄,再也不见兰蓉的身影。

张择端跪在坡顶上,面向依兰河,嚎啕大哭,不住地磕头。然后站起来,向依兰河看了最后一眼,翻身上马,纵马而去。

张择端携《清明上河图》逃离五国城之后,震动了金国上下,五国城守将因之而被斩首。金国发出通缉令,追捕张择端。

第二十五章 缉捕张择端

第二十五章 缉捕张择端

逃归汴京

张择端历尽千辛万苦，终于回到了汴京，他跪伏在汴河边，抚摸着故乡的土地，失声痛哭："汴河，汴河，我回家了，我终于回家了。"

海伯孤零零坐在渔船上，看着湖面发呆，忽然听到湖边传来哭声，不知发生了什么事，拿起鱼叉，小心翼翼向哭声传来的地方走去。

张择端听到脚步声，抬起头，暮色中隐约发现来人竟是海伯，惊问："海大伯？你是海大伯？"

海伯似乎不相信自己的耳朵，手握鱼叉，全神戒备。

"海大伯，我是择端，我是择端呀！"

"张……张……"海伯丢掉手中鱼叉，冲上前抱住张择端问，"你真的是张公子？"

"是，大伯，我是择端，我是择端啦！"

海伯哭着说："张公子，你怎么回来了，你不是被抓到五国城去了吗？你是从五国城逃回来的吗？"

张择端点点头。

"你不该回来呀！"

"不是说金兵已经撤走了吗？难道他们……"

"金兵是撤走了，可他们扶立了一伪皇帝，专门替金人办事呀，这几天，他们到处抓人，搞得汴京城鸡飞狗跳，不会是冲着你来的吧？"

"我也料到了他们会来追捕我，可没有想到来得这么快。"

"你该怎么办啦？能到哪儿去呀？"

"我也不知道，我只是想回来，回来看看汴京，看看这里的山，这里的水，这里的桥，这里的一草一木，还有这里的人，我想你们，我想你们啦！"

两人相抱痛哭。

"海花还好吗？"

"海花海花……"海伯又哭了起来。

张择端感到海花可能出事了，急促地问："海花怎么样？是不是出了什么事呀？"

"张公子，自海生与龙泰死后，你又被金人掳到五国城去了，海花就像变了一个人一样，整天对着汴河发呆，一句话也不说，她妈也病死了。不说这些了，你看你，现在要去哪儿？到我家去躲躲吧！"

"不，不，我要去看看范正学和范雯。"

"也不知道他们怎么样了，你看这兵荒马乱的。"

"我一定要去看看他们。"

"张公子，有什么困难，你尽管来找我，万一不行的话，我送你出汴河。"

"好，我去了。"

海伯冲着张择端的背影说："张公子，你要小心啦！"

夜色中，张择端步履蹒跚在街上行走，路过孙羊店，上前敲门喊道："有人吗？有人吗？我要投宿。"

"有官府的路牌吗？"店内传来了回答声。

"还要什么路牌呀？"张择端突然睁大了眼睛，"哎呀！你是孙掌柜？"

"哎哟哟！"孙羊店的老板娘说，"这不是张待诏吗！你不是随二帝被掳到五国城去了吗？怎么又回来了？"

"不瞒你说，我就是从五国城跑回来的。"

第二十五章 缉捕张择端

"你饿了吧?"孙羊店的老板娘说,"快进来,我给你弄点吃的。"

老板娘将筋疲力尽的张择端扶进店里坐下,立即端上一盘馒头说:"快吃,快吃。"

张择端抓起馒头,狼吞虎咽地吃了起来。

"慢慢吃,别哽着了。"老板娘说,"金兵虽然退走了,可是,他们扶立张邦昌为皇帝,叫什么大楚皇帝,张邦昌认贼作父,向金人称臣,百姓们都叫他二天子,这几天城里不知发生了什么事,四处布防,好像要抓什么人,搞得全城鸡犬不宁。"

"朝中还有何人啦?"

"听说康王到了南京,正与李纲等大人商议复国之事呢!"

"李纲?"张择端说,"这么说,李纲大人安然无恙?"

"他可是个忠臣呀!"

张择端边吃馒头边说:"我向你打听一件事情,原来国画院的正学范恺和他的女儿范雯,你可知道?"

"听说范老先生已经过世了。"

"那他的女儿范雯呢?"

"没听说过,不知道她的消息。"老板娘说,"待诏呀!不是我不留你呀!我这里店大招风,每天晚上都有金兵来骚扰,如果没有官府的路牌,就会当作奸细被抓起来。"

张择端停嘴不吃,看着老板娘。

"我这是为你着想呀!"老板娘掏出一点碎银子递给张择端说,"我这里有点银子,你先拿去用。"

张择端接过银子说:"多谢,我还有一事相求。"

"什么事?你说。"

张择端取出随身携带的一个锦盒子交给老板娘说:"我这里有点东西,先寄放在你这里,等我安顿好了,再来取。"

丹青山河卷

"你放心,我虽然胆小,但决不做小人之事,到时我一定完璧归赵。待诏到哪里去安身?"
"我去找我的同乡,也就是以前与我同在这里住店的韩海。"

汴京此时已是伪皇帝张邦昌主政,而此时的韩海,也已经另娶张邦昌的女儿张婉秋为妻,成了伪皇帝的驸马。所有这些,张择端并不知情。

张择端离开孙羊店,来到正学府门前,正在犹豫之际,管家刘四打开门,韩海从门内出来了。

张择端正要上前打招呼,韩海以为张择端是一个乞丐,挥挥手,厌恶地说:"走开,走开!"

"道明兄,道明兄!"

韩海停下脚步,吃惊地看着张择端,还是没有认出来。

"是我呀!"

"正道!"韩海终于认出来了,眼前这个形同乞丐之人,竟然是张择端。

"认出来了?"

"你怎么落到这个地步呀?"

"一言难尽,一言难尽啦!"

"这里不是说话的地方,咱们里面聊,里面聊。"

韩海将张择端拉进府内,老管家刘四随手关上大门。

正学府内,丫环正在帮女主人、伪皇帝张邦昌的女儿、韩海的新任妻子张婉秋梳妆。张婉秋问道:"老爷呢?"

"在书房里。"丫环回答。

"在书房里干什么?"

"来了个客人。"

第二十五章 缉捕张择端

"是谁呀？"

"一个穿一身破烂衣服的男人，像个叫花子。"

韩海找一身衣服让张择端换上，赞道："这身衣服穿在你身上，正合适，刚才在门外呀！我硬是没有认出来，还以为是一个叫花子呢！"

"何止是叫花子呢！是一个奴役，是一个漏网的奴役呀！"

"正道，你是怎么逃出五国城的？"

"说来话长啊！"

"正道，那幅《清明上河图》，没事吧？"

"没事。"张择端突然有所警觉，问道，"你怎么知道此图呀？"

"我是听别人说的。"

"不对呀！此图虽然在中原早有腹稿，但全幅四卷却是在五国城定稿的，而且定名也是在五国城，中原何以知晓？"

"正道，你未免太愚笨了，自靖康之难、二帝被掳到五国城之后，康王赵构曾多次派使者去金国议和，以求金国归还二帝。两国使者频繁来往，这样的消息传递，能少吗？再说，你在五国城明里在给金兵画神像，暗地里却在赶画《清明上河图》，以图感召天下，感动民众，复国兴邦，此大忠大义之举，中原百姓传为美谈啦！"

"哪里，哪里。"张择端似乎相信了韩海的话，没有否认《清明上河图》的存在，说，"择端乃一儒子，此图若对中原百姓有所激励，也算没有白受这几年在五国城的劳役之苦啊！"

"好，正道一片冰心，天日可见，天日可见啦！"韩海问，"听说《清明上河图》集山水、人物、界画为一体，尽展汴京昔日之繁华，气势磅礴，神奇瑰丽，乃华夏艺术登峰造极之作，可否让我一睹为快呀？"

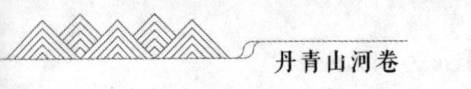

"道明兄过誉了，只是为防不测，没带在身边。"

"什么？你对我还存以戒心？"

"哪里呀！今天进城时，见金兵盘查甚紧，为慎重起见，我将此画寄放在一个老朋友家中。"

"谁呀？这个老朋友是谁？"

张择端见韩海步步紧逼，看着他，没有回答。

"我是说这个朋友可靠不可靠，你可要留个心眼呀！"

"此人虽无深交，但我料她也不会出卖我。此人你也认识呀！"

"他是……"

张择端正要说出孙羊店，屋外突然传来什么瓷器摔碎的声音。韩海走到门前察看，问道："谁呀？"

门外传来猫叫声。

张婉秋问丫环："那位客人，你以前见过没有？"

"没有，听刘四说，好像是从五国城逃回来的奴役。"

"你去请老爷过来一趟，我有话问他。"

"是！"

"是一只猫。"韩海放心了，转身说，"正道，那幅图寄放在哪儿？"

"你急什么呀，到时我拿来给你看就是了。"

"我是怕万一此人不可靠，有个闪失，岂不可惜了？"

"何止可惜呀！那是要我的命，这是我毕生的心血呀！"

"就是呀！所以你赶紧取回来，放在我这里，才能万无一失，是吧？"

"天色已晚，明天再取也不迟。"

韩海叹口气说："也好，你一路奔波，今天早点休息，明天

第二十五章 缉捕张择端

晚点起,告诉我地方,我去取。"

"好,就在那个孙……"

正在张择端要告诉韩海藏图的地方,说出孙字的时候,管家刘四进来了,说:"老爷,都深夜了,吃点点心吧!"

"放下吧!"

刘四趁放点心的时候,暗地向张择端摆手,示意他不要说。

"管家,时候不早了,你下去吧!"

张择端虽然不明白管家刘四的目的何在,但对刘四的示意还是懂的,那是叫自己不要多说话,于是走到画桌旁,问韩海:"范……"

韩海打断张择端的话头说:"范雯现在不在府上。"

"老爷!"丫环进来说,"夫人请老爷回后宅一趟。"

"正道,你今天累了,先休息,明天再谈,明天再谈。"韩海说罢,出门离开了。

京缉捕张择端

韩海回到后宅,问道:"夫人,有何吩咐?"

"我告诉你,这个人可是大金国点名的要犯,你怎么可以把他带回家?你不想活了?"

"怎么能说是我把他带回家的呢?我连他来都不知道呀!是他自己找上门来的呀!"

"你现在打算怎么办?"

"金国和父皇对我恩重如山,道明岂敢以私废公?"

"我谅你也不敢。"女主人说,"韩海呀韩海,你这种人啦,就连我跟你睡在一张床上,也不敢全闭着眼啦!"

"你……你……你这是什么话呀?"

金使呼伦再次出现在汴京城,带人来到开封府,责问开封府尹马通说:"两天过去了,毫无线索,你干什么去了?"

"大人,偌大一个中原,张择端哪里不能去,非要回到汴京不可吗?或许张择端回山东老家了也说不定呀!也许到了扬州,为何要说他就在汴京呢?"

"莫非你知道张择端藏在哪里,故意不报吧!"

"卑职不敢。"

"我谅你也不敢。"呼伦边走边说,"张择端假借为我太祖绘制神像,暗中却画悖逆之图,图谋造反,此人侥幸逃脱,致使我侍部尚书遭贬,守城将军被斩,朝野轰动,狼主下了死命令,必须将此人捉拿回国,处以极刑,以示我大金的国威。马大人,你可要掂量个轻重呀!"

"卑职定当尽心竭力,只是请再宽限几天。"

金人副使塔斯哈大声呵斥:"宽限个屁,五天之内,如果抓不到张择端,拿到《清明上河图》,我看你这狗官,也就当到头了。"

"你!"马通问金使,"大人,这是何人?"

"这是副使,也是我大金内使塔斯哈。"

"塔斯哈?在朝中官居何职呀?"

"宫内驭马使。"

马通笑道:"怪不得满嘴脏话,原来是个喂马的呀!"

"你?"塔斯哈气得两眼圆睁。

"副使大人!"马通说,"我马通虽不及你尊贵,但也是十

第二十五章 缉捕张择端

年寒窗,两榜进士出身,大小也是开封府的府尹,大人,不要失了大金国使者的身份啦!"

塔斯哈傲慢地说:"看不起我喂马的?连你们的皇帝张邦昌,都是我们驯养的一只狗,何况你呀!我们能立他,就能废他,你瞧不起我,实话告诉你,我抬起一只脚,都比你的脸干净。"

马通气得浑身发抖,走上堂,一拍惊堂木:"来人!"

衙役上前:"大人有何吩咐?"

开封府黄师爷忙说:"老爷,万万使不得呀!"

马通不听劝阻,大喊:"升堂!"

衙役们齐吼:"威武!"

"姓马的,看你能把我怎么样!"塔斯哈说罢,与金使大大咧咧地坐到椅子上。

马通对衙役说:"撤座!"

衙役班头孟龙上前,一把将塔斯哈从椅子上拽起来,撤去座位。金使大吃一惊,也站了起来。塔斯哈大怒,欲拔剑反抗。

孟龙拔剑出鞘,怒目而视。

"大人!"黄师爷赶忙上前劝说道,"大人,你不能随着性子来,置汴京数十万百姓的性命而不顾,冒再次屠城之险,大人啦!"

马通痛苦地摇摇头,示意孟龙退下,然后冲金使赔礼说:"大人,刚才马某孟浪,有所得罪,请不要见怪。可是,刚才副使有损两国的体面,有损两国的邦交,请使臣回去以后,妥善处之。"

"刚才老弟这番话,虽然粗俗了些,但话粗理不粗,马大人,好自为之吧!告辞了。"金使说罢,扬长而去。

马通正在生气,衙役班头孟龙来报,说翰林国画院正学韩海求见。

"韩海?"马通说,"此人心术不正,是一个阴险小人,就说我不在，不见。"

"不，大人！"黄师爷说，"韩海虽然是阴险小人，但他是当朝驸马，我看还是见一见为好。"

"好吧！叫他进来。"

"大人啦！你还是亲自去一下吧，这样更好些。"

马通叹口气，起身出迎韩海，走出开封府衙大门，见到韩海："哎呀！韩大人，你怎么来了？"

"马大人！"

"不知韩大人来访，有失远迎，恕罪，恕罪。"

"无妨，无妨！"

"屋里请！"

"不用到屋里去了。"韩海说，"我看你的花园倒不错，就到花园去吧！"

两人去了花园凉亭，坐下后，马通问道："不知驸马到此，有何见教？"

"听说马大人身体不适，特地过府给你诊治。"

"想不到大人不仅是丹青高手，还懂得医道？我只是偶感风寒，让你见笑了。"

"精通医道谈不上，但我对面相倒略知一二。我看马大人气色不好，刚才进府的时候，看见两位金国使臣含怒而去，想必马大人受窝囊气了吧？"

"客大欺店，奴强震主呀！"

"你既然知道这个道理，又何必小肚鸡肠呢？"

"依驸马之见，何以算得大度呀？"

"昔日唐朝有个宰相，叫卢士德，他的弟弟受代州刺史，临赴任的时候，卢士德问他，'我拜宰相，你现在又任代州刺史，这般荣华，岂不惹人忌妒，如果有人欺负你，你将如何应付？'

第二十五章 缉捕张择端

其弟回答说:'如果有人这时候在我脸上唾一口,我将擦去,不与人计较',兄弟以为如何?"

马通两眼盯着韩海,没有回答。

韩海接着说:"卢士德说,'我担心的就是这个,有人唾你,说明他恼你,如果你擦去,岂不是扫了他的兴,更激怒了他吗?你应该笑脸承受,让它自干,才是上策'。"

马通愤怒地说:"听你所说,你我不正是应了金人所言,连猪狗都不如吗?"

"哎呀!即使猪狗不如,也比二帝坐井观天,在五国城做奴役强吧?"

马通冷笑道:"驸马雅量,马某不及。"

"我刚才说过,我对易经颇有研究,马大人,不想问问自己的前程?"

"愿闻其详。"

"马大人奉命缉拿张择端,想必已有下落,如果人赃俱获,岂不是既讨好了楚帝,也对金人有个交代吗?那可是前程无量呀!"

"韩大人,莫非你是在取笑我?"

"绝无此意。"

"连日来无半点线索。"

"期限马上就要到了,马大人怎么向楚帝和金人交代?"

"马某无能,只有上表辞职,解甲归田了!"

"你要是真能解甲归田,那就好啰,只怕到时候,脑袋能不能保得住,也要打一个问号哟!"

"那请韩大人给指一条生路。"

"韩某无事不登三宝殿,今天前来,就是救你于水火之中。"

"有什么话,请韩大人明言。"

"我知道张择端的下落。"

"真的吗？"

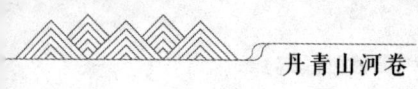

"千真万确。"

张择端在屋里来回踱步，突然，有人从窗外扔进一个纸团，掉在脚下，张择端躬身捡起，只见纸条上面写了八个字："此地危险，速速离去。"

张择端向窗外张望，只有管家刘四在外面扫地，拿着纸条出门，正欲上前询问，突然有人问："这位恐怕是张先生吧？"

张择端吃惊地看着走近的女人。

"你就是张择端？"

"请问，这位大姐是何人啦？"

"怎么？韩海没有对你说起过我吗？"

"没有！你是谁？"

"不瞒你说，我就是韩海的夫人张婉秋。"

"什么？韩海的夫人？"

"没有想到吧！我知道你是冲着范雯来的。"

"范雯到哪里去了？"

"我劝你呀，还是先替自己想想吧！你知道你现在的处境吗？"

"快说，你们把范雯弄哪儿去了？"

张婉秋笑着说："常言道，多情女子负心汉，不承想，今天还有个多情男子呀！"

"你……"

"不瞒你说，我们没有把她怎么样，是她自己要走的，怨不得别人。"

"她到哪儿去了？"

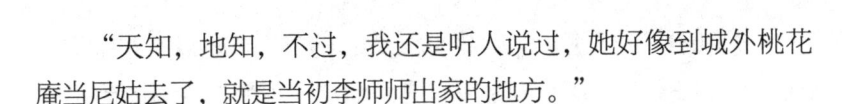

"天知，地知，不过，我还是听人说过，她好像到城外桃花庵当尼姑去了，就是当初李师师出家的地方。"

"桃花庵！"

张择端连忙入内，拿起自己的包裹就往外跑，刚跑到门口，韩海带着开封府衙役回来了。

"站住！"韩海问，"正道，你要去哪儿？"

张择端终于认清了韩海，怒斥："韩海，你，你这个小人。"

韩海笑道："正道，你别误会，我是给你找了个更安全的地方，别无他意。"

"张择端！"开封府衙役班头孟龙说，"我家老爷有请！"

张择端冷哼一声，跟随孟龙去了开封府。

下人存大义

出乎意料的是，开封府尹马通不但没有把张择端当犯人看待，而且设盛宴款待于他。

张择端似乎不领情，讥讽地问："这桌佳肴，少说也要一百两银子吧？不过对马大人来说，也是小事一桩。常言说，三年清知府，十万雪花银，马大人仗着金人作威作福，吃的恐怕不止这个数吧？"

马通看了一眼张择端，冷着脸没有回答。

黄师爷站出来解围说："请不要误会，先生吉人天相，竟然大难不死，马大人特备薄酒，给张先生接风。"

"是呀！"马通拿起酒杯说，"正所谓天崩地裂无人见，峰回路转又相逢，马某几天来专等先生消息，不想先生真的到了汴京呀！"

"我张择端时运不济，刚逃离虎口，又陷入狼窝，你等奸邪之辈，有话就直说，张某洗耳恭听。"

"好！"马通说，"听说张先生在五国城，名为替金太祖绘制神像，暗中却在绘制《清明上河图》，不知此图究竟有何妙处？竟叫金人如此兴师动众。"

"此图只对两种人极有妙处。"

"哪两种人？"

"支持者与不支持者。"

"此话怎讲？"

"支持者竭力而行，观此图必知耻而后勇，思图报国，干出一番大事业。不支持者，则天良已绝，观此图后，如闻丧钟，此类人无所不为，与禽兽无异。"

马通赞道："先生的风骨，胆量，学识，让人佩服，不过，此图真有这般神力，不妨让马某一睹为快。"

张择端放下酒杯说："我刚才说过，无耻者看不得此图。"

"倘若先生能交出此图，马某一定替你在金人面前求情，不让他们再带你回五国城。"

"在金人面前求情？"张择端击案而起，"马大人，你身穿朝廷官服，既要给张邦昌卖命，还要给金人卖力，你到底有几个主子呀？是两姓家奴？还是三姓家奴？"

马通显得非常尴尬，不知如何回答。

韩海躺在床上，仔细揣摩着张择端的每一句话，自言自语地说："我也认识？是范雯？"

第二十五章 缉捕张择端

"怎么？你又想那个女人了呀？"张婉秋吃醋了。

"我怎么会想她呢？她就是一个僵尸，哪比得上你呀！"韩海翻身，将张婉秋压在身下……

"孙羊店？"韩海突然想起来了，"老板娘！"

韩海立即下床，披上衣服就跑。

"什么？还有个老板娘？"张婉秋大吃一惊。

孙羊店的老板娘打开店门，问道："谁呀？深更半夜来敲门。"

"老板娘，还认识我吗？"

老板娘举灯看了半天，问："你是谁呀？"

"我就是当年和正道兄一同在你这里住店的那个……"

"你是……道明先生？"

"老板娘还记得我呀！"

"深夜来此，是要住店吗？"

"不是，正道现在正住在我家里，他让我来取一样东西。"

"啊！你是说那个锦盒吧？"

"对，对，就是那个锦盒。"

"刚才，你们家总管刘四，说张先生委派他把锦盒取走了。"

"刘四？"

"对呀！他说张先生就住在你们家，张先生让他来取他的东西呀！"

"什么时候走的？"

"大概一袋烟的工夫。"

"打扰，打扰了。"韩海转身就走。

韩海气急败坏地大吼："刘四这个狗奴才，吃里扒外的狗东西，大家快去找，一定要找到他。"

"老爷!"张婉秋带着丫环跑出来,"老爷,是谁惹你了,发这么大的火?"

"气死我了,到嘴的鸭子给弄飞了。"

"阴沟里翻船了不是?"

家丁纷纷前来报告,找不到刘四。韩海决定前往开封府,让开封府尹下令抓捕管家刘四。

"慢!"张婉秋大叫。

韩海问:"怎么了?"

"你也不想一想,金国使臣坐镇汴京,为了什么?不就是为了这幅画吗?如果他知道张择端藏在你家,恰好《清明上河图》又落在你家奴才刘四手中,你如何解释?到头来岂不是弄巧成拙,搬起石头砸自己的脚吗?到那个时候,父皇也跟着你倒霉。你是猪脑子呀!"

"说得对,还是不声张的好,不声张的好呀!"

刘四带着《清明上河图》连夜出走,不料在出城门时被官兵抓住,并从他身上搜出了《清明上河图》,随之被押送到开封府。

开封府尹马通听说《清明上河图》出现了,立即升堂问案。

马通一拍惊堂木,喝问:"下跪何人?"

"马大人,我是刘四呀!"

"抬起头来。"

"马大人,我是韩海的管家刘四呀!你怎么不认识我了?"

"怎么是你?"

"是我呀!"

黄师爷在马通耳边嘀咕了几句,立即宣布退堂。

刘四被送到了后堂。

马通说:"刘四,我问你,你可要实话实说。"

第二十五章 缉捕张择端

"是!"

"这《清明上河图》是如何到你手里的?"

"回大人,是张择端寄放在孙羊店老板娘那里,小人谎称受张择端之托,让我代取。"

"你怎么知道此图放在孙羊店?"

"那一天,张择端投宿到了韩海家,大人啦,韩海三番五次地追问此图的下落,都被小人设法阻止了,后来,张择端突然脱口说了一个孙字,我断定此画一定在孙羊店中。"

"刘四,你本是韩驸马的家奴,韩驸马待你不薄,你为何要吃里扒外,见利忘义?你是一个十足的小人啦!"

"大人!"刘四说,"老奴本不是韩海的家奴,老东家范恺去世,小姐出走,我留下来,是等待时机呀!"

"此话怎讲?"

"小人当年是烧窑卖炭的,不料积劳成疾,眼看就要死了,是正学范恺老爷可怜我,帮我治好了病,又收留了我,想起范家的恩德,我悔恨不已呀!"

"你悔恨什么?"

"当初,我贪图韩海的小利,不辨善恶,引狼入室,害了恩公一门啦!"

"国画院正学范恺?敢情是被人所害?"

"正是被韩海所害。"

"此话当真?"

"那年金人攻城,大相国寺住持将我家老爷藏在大相国寺内,韩海告密,我家老爷被捕,老爷不甘受辱,撞柱而亡,这是小人亲眼所见。我家小姐正在逃难之中,得知父亲死因,离家出走了。"

"韩海残害忠良,心肠竟然如此歹毒。"

"多年来,韩海就想取代我家老爷翰林画院的正学之职,贪图名利，屈身事贼，卖主求荣，是跟在金人身后的一条摇尾巴的狗呀！"

"刘四，听你所言，倒像是一个正人君子，可为何见利忘义，盗窃《清明上河图》呢？"

"大人，小人不敢将此图窃为己有呀，而是想将此图送到一个清静之地，好好地收藏起来。"

"为什么？"

"此图一旦落入韩海之手，必然会被献给金人，故而我先行将图拿走。"

"送往何处？"

"城外桃花庵。"

"桃花庵？"

"是呀！"

"好了，好了，下去吧！"

马通受金国使臣所逼，不得已抓捕了张择端，而此时见一个下人竟有如此大义，非常感动，便吩咐衙役班头孟龙："此人虽是一个下人，但知恩图报，忠孝为本，我马某自愧不如啊！"

"大人，这……"

"善待此人，不可对他无礼。"

第二十六章 偏安一隅

献身大义

马通看了《清明上河图》后,心潮翻滚,久久不能平静,他从画中感觉到了张择端的拳拳爱国之情,更敬佩张择端的烈烈丈夫气概,心里起了帮助张择端逃离虎口的想法。

"大人!"孟龙沏一杯茶奉上,"还不休息吗?"

"看了此图,犹如惊雷贯顶,张择端虽是一儒子,却能舍生取义,视国难民危为己任,欲以此图唤起民众,果然是肝胆照人,烈烈丈夫,相比之下,真是让人汗颜啦!"

"大人,怎么处置张择端?"

"容我再考虑考虑。"

"大人,要不将他连夜……"

"等一等。"马通想了想说,"要封锁消息,不能让任何人知道此图就在开封府。"

"明白!"孟龙转身离去。

马通万万没有想到,他身边的黄师爷竟然是一个贪图荣华富贵的势利小人。黄师爷见府尹抓到刘四后,没有通知韩海,连夜前往正学府向韩海告密,将开封府抓获刘四,获得《清明上河图》的消息告诉了韩海。

韩海喜出望外:"多谢师爷告诉我实情,看来我要给你回报了。"

"哪里,哪里。"黄师爷说,"黄某一个酸儒,蒙楚帝厚恩,敢不效忠?怎敢言报。"

韩海许愿说:"师爷一片忠心,我要禀报父皇,这开封府府尹之职,非你莫属呀!"

"黄某寸尺之功,怎敢受此大恩啦!"

第二十六章 偏安一隅

"不然,开封府乃京城重地,如果没有自己可靠的人,岂不误了大事?"

黄师爷跪下谢道:"谢大人恩典,黄某愿终身跟随楚帝,赴汤蹈火,在所不辞,绝无反顾。"

"大人!"孟龙说,"韩海来访,说是有要事问大人,看架势好像不怀好意呀!"

"走!"马通站起来说,"看看去。"

马通与孟龙迎出府门,向迎面而来的韩海拱手道:"韩驸马亲自过府,不知有何要事呀?"

"韩某专程前来,是向大人要一个人。"

"要一个人?"马通问,"谁呀?"

"我家的家奴刘四。"

"刘四?刘四不见了?"马通问,"刘四不见了,怎么找我要人呀?"

"世上最聋的人,就是装聋之人,世上最哑的人,就是作哑之人,世上最傻的人,就是跟我装傻充愣之人。如果没有真凭实据,我怎么会以千乘之躯,登你这不测之地呢?"

"堂堂开封府,怎么就成了不测之地?"

"测与不测,你心里清楚。我先提醒你,你如果要是不识时务,可别怪我对你不客气。"

马通冷笑道:"马某愚钝,不懂你话中的意思。"

"你是成心跟我装傻充愣,不交人,是吗?"

"笑话,你家的管家不见了,怎么要我交人?"

"好,咱们走着瞧。"韩海说罢,愤然离去。

孟龙进屋问道:"大人,你叫我?"

马通将《清明上河图》装进锦盒里,说:"我不是让你封锁消息的吗?韩海怎么知道了?"

"我叮嘱了所有相关人员,没有人敢泄露消息。"

"府中一定有奸细。"

"他会是谁呢?"

"先不管这些了,你把此图拿去,交给刘四。"

"欲将此图藏于何处呀?"

"你连夜护送刘四出城,让刘四去收藏,一路上多加小心!"

"明白。"

"送走刘四之后,你马上赶回来,免得让人起疑。"马通将锦盒交到孟龙的手里。

"是!"孟龙问,"张择端如何处置呢?"

"这个你不用管,我自有安排。"

孟龙找一套衙役的衣服给刘四换上,然后骑马送刘四出城,一同前往城外的桃花庵,敲开了桃花庵的大门。

"老管家,怎么是你?"范雯吃惊地问。

"小姐,是我呀!"

"真的是你?"范雯问,"你怎么来了?"

"张公子回来了。"刘四掏出《清明上河图》说,"这是张公子给你的《清明上河图》呀!"

范雯接过长卷问:"《清明上河图》,张公子真的回来了?"

"是呀!是呀!"

马通送走了刘四,《清明上河图》也交给了出家为尼的范雯,心里的一块石头总算落地了。但张择端还在城内,如果不设法营救,

第二十六章 偏安一隅

金人便要将张择端带回五国城,那是必死无疑,思虑再三,终于有了办法。

马通决定亲自押解张择端出城,无奈消息走漏,韩海知道了这个消息,带领金兵在城门口堵截张择端。

马通一行刚走到城门口,金使呼伦站在城楼上大喊:"马大人,你大概是彻夜未眠吧?一大早就把张择端送来了,一路辛苦了。"

马通大吃一惊,向孟龙点点头,大声吩咐:"打开囚车。"

呼伦跑下城楼,骑马跑过来了,大喊:"马大人,你们要干什么?"

"按照我们中原人的习俗,亲人上路,允许亲人送别,烧三炷香。"马通说,"让张择端烧香。"

韩海大声说:"张择端是山东诸城人,在汴京根本就没有亲人。大人,别听马通胡说。"

呼伦听了韩海之言,马刀一挥说:"拿下张择端!"

张择端从囚车上下来了,走到早就摆好的香案前。正在张择端焚香之时,京城百姓蜂拥而至,他们都是来给张择端送行的,致使场面大乱。大家齐声大喊:"张公子,我们是你的亲人啦!我们来给你送行!"

"张公子,我们来给你送行啦!"

此情此景,让张择端激动得热泪盈眶。马通骑在马上,直视着金使呼伦和韩海,脸上露出了微笑。

"马大人!"金使大叫,"香也上了,请打开城门,让我们带张择端上路吧!"

"好!"马通大呼,"打开城门,请张公子上路!"

城门刚刚打开,海伯率先,众人一拥而上,将张择端团团围住,海伯拉着张择端说:"张公子,快跑!快跑!我们这些人都是来助你逃走的。"

· 441 ·

"你们是怎么知道的?"

"是府尹大人派人通知我们的。"

张择端这才知道自己错怪了马通大人,回头冲着马通点点头。马通挥挥手,示意张择端快跑。

张择端不再犹豫,在众人的簇拥下,趁乱逃出城门。

"大人!"韩海大叫,"我们上当了。"

马通、孟龙二人骑在马上,高兴地笑了起来。

韩海气急败坏地说:"马通,你放跑了张择端,你该当何罪?"

金使冲着马通大叫:"把他拿下!"

马通忽然哈哈大笑,抽出佩剑,大声说:"想我马通,一辈子俯首帖耳,今天总算由着我的性子,做了一件值得做的事情。"说罢,横剑自杀身亡。

金使见马通自尽,张择端夹在百姓中间跑了,一时不知如何是好,冲着韩海问:"怎么办?"

韩海指着黄师爷问:"张择端呢?"

黄师爷跑到韩海身边说道:"这不关我的事,不关我的事呀!"

韩海一脚将黄师爷踢倒在地,冲着金使说:"大人,别着急,救张择端那个老头儿我认识,走,我带你去抓张择端。"

张择端跟着海伯及众百姓逃出城后,跑到汴河边的小渔村。海伯建议张择端坐船逃走。

"不行呀!我还没有见到范雯她们呢!"

"张公子,都什么时候了,再不走就来不及了。"

"张公子!"一个人突然从海伯家的院子里跑出来。

张择端见来人是范雯,惊叫道:"范雯!"

"张公子!"范雯跑到张择端面前,心情太激动,一时不知说什么好,突然想起《清明上河图》,立即掏出来说,"画,画。"

第二十六章 偏安一隅

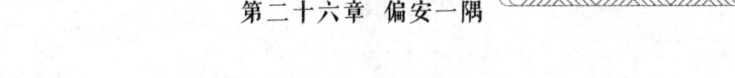

张择端见范雯递上《清明上河图》，不解地问："这是怎么回事？"

"张大哥！"海花跑来了，"快跑，快跑，金兵追来了。"

海伯立即拉着张择端和范雯到河边，跳上船，划船逃走了。

"张大哥！"海花在岸上发出撕心裂肺的叫声。

刘四装扮成张择端的模样，拉着海花，随着众人向相反的方向跑去。

韩海带着金兵紧追不舍，毕竟两条腿的人跑不过四条腿的马，不一会儿，金兵便追上了刘四与海花等人。

"给我拿下！"韩海大喝。

兵丁一拥而上，抓住了海花与刘四。

"怎么是你？"韩海以为抓的是张择端，见是刘四装扮，大吃一惊。

"花姑娘。"塔斯哈看到海花，淫笑道，"怎么又是你？这次可是你送上门来的哟！"

偏安一隅小朝廷

建炎三年（1129），金人大举南侵，宋高宗赵构仓皇南逃，移居临安。张择端和范雯两人相互搀扶，夹杂在难民群中，千辛万苦地逃到了临安。

筋疲力尽的张择端又饥又渴，走到路边向卖茶的摊主讨水喝。

摊主倒一碗茶水递给张择端，张择端将茶碗递给范雯，范雯说：

"你先喝吧！"

摊主问道："二位客官，你们不是临安人吧？"

张择端喝了几口水，将茶碗递给范雯，回答说："我们是从汴京来的。"

"从汴京来的？听说伪朝廷正在搜捕从五国城逃回来的张择端啦！"

"消息真快呀！"张择端问，"临安城也知道了？"

"当然知道。"摊主竖起大拇指说，"张择端可是好样儿的。"

张择端与范雯相视一笑，问道："这位大哥，向你打听一个人。"

"谁呀？"

"你可知当朝宰相李纲大人现居何处？"

"当然知道。"摊主转身指路说，"你们直走，向左转，再一直走，就到了。"

张择端再喝了几口水，连声道谢，然后向摊主指点的方向，找李纲去了。

李府管家带着张择端、范雯二人来到李纲书房门口，李纲闷闷不乐，正在室内弹琴消愁。

管家站在门口说："老爷，有人找你！"

李纲仍然专心弹琴，未予理睬。

张择端与范雯对视一眼，摇摇头，说道："国之将亡，你身为朝廷重臣，竟然如此消沉，醉生梦死，迎风弄月，难怪大宋要亡呀！"

李纲停止抚琴，慢慢抬起头，见是张择端、范雯二人站在门口，站起身，吃惊地问："你不是正道贤弟吗？"

"李大人，多亏你还能认得出我来。"

李纲离座上前说："你不是被金人抓走，送往五国城了吗？"

第二十六章 偏安一隅

"我张某吉人天相,大难不死,又逃回来了!"

"好!好!好!",李纲回头吩咐管家,"快,快,后厅备宴,我与正道贤弟边吃边聊。"

李纲设盛宴款待张择端与范雯,酒过三巡,李纲说:"正道贤弟,你大概还不知道吧!我现在已经不是朝中栋梁,一国宰相了。"

"怎么回事?"

"我现在的官衔,叫作枢密院行走,是一个吃饭不管事的虚职。"

"到底怎么回事呀?"

"奸贼误国啊!"

范雯说:"怎么?山河破碎,二帝被劫,此间教训,还不沉痛吗?"

李纲说:"如果我没有猜错的话,这位就是范正学的女儿范雯吧?"

"是我!"

"你们二位真是一对劳雁啦!历尽磨难,终于走到一起了。"李纲说,"好了,好了,今天是我们团聚的日子,不谈那些不愉快的事,你们二人就在我府中住下来,待老夫选择一个黄道吉日,为你们俩完婚吧!"

"好呀!好呀!"李夫人点头赞同。

"大人啦!"张择端说,"我们俩在路上就商量好了,要等到复国的那一天,我们俩在汴京城举行婚礼。"

"哎,大丈夫成家,不误报国嘛!只要心有所向,何必拘守一隅呢?"李纲说,"待老夫择一个黄道吉日,为你们完婚便是。"

张择端说:"目前我最着急的是面见康王,择端在五国城亲眼目睹了二帝饱受奴役之苦,想据实禀报康王,促使康王早日发兵,迎回二帝呀!"

李纲带着张择端觐见康王,也就是现在的宋高宗赵构。

赵构见到张择端,问:"你就是张择端?"

"臣正是张择端!"

"你是如何从五国城逃出来的呢?"

"回圣上,臣在五国城,名为金太祖绘制神像,暗作《清明上河图》,故有幸与被金将乙刺补霸占为妾的丽妃娘娘相遇,蒙丽妃舍身相救,将金将灌醉,盗得路牌与马,才得以脱离虎口。"

"你走之后,丽妃娘娘将如何应对金贼呢?"

张择端沉痛地说:"丽妃投身依兰河,自尽了。"

"丽妃娘娘何以如此大义呀!"

"丽妃是为《清明上河图》而舍身的,她希望我中原百姓不忘国耻,复国兴邦,挥师北上。"

"朕也听说《清明上河图》有长我士气,灭敌威风之神韵,你不妨呈上来,让朕一观。"

"此图未带在身边,明日呈上,请圣上御览。"

"平身,赐座,赐座!"

"谢圣上!"

张择端、李纲坐定之后,赵构问:"爱卿在五国城,可知二帝近况如何?"

"二帝的处境,惨不忍睹呀!"

"啊!"赵构关心地问,"你仔细说说。"

"二帝身陷沙漠,蒙羞受辱,终日劳役,衣食无着,可恨金贼,视我中原天子如草芥,张口即骂,举手便打,百般凌辱,猪狗不如呀!可怜二帝,终日遥望南方,祈哀告怜,日夜盼望康王挥师北上,报国仇,以解二帝倒悬之苦呀!"

赵构站起来,悲痛地说:"二帝在五国城蒙受非人之苦,此

第二十六章 偏安一隅

家仇国恨,山高海深,叫朕如何是好呀!"

"圣上!"李纲站起来说,"二帝蒙尘沙漠,日夜盼望救兵,以臣之见,先挥师北上,攻克汴京,以此为都,恢复中原,一旦中兴,金贼必还我徽钦二帝,到那时,国恨家仇,一并可报。请圣上三思呀!"

赵构叹息地说:"朕何尝不想挥师北上,攻克汴京,恢复中原,只是担心实力不足,弄巧成拙,反倒激怒了金人,大举南下,到时我等可就无立足之地,死无葬身之处了呀!"

李纲说:"圣上,目前我们江南兵强马壮,士气旺盛,请圣上千万不要挫伤万民敌忾之气,而行东晋覆灭之辙呀!"

张择端说:"臣从汴京而来,深知京中百姓,无不盼望复国兴都,朝中百姓,虽然接受伪诏,屈身金贼,但心里谁也不服呀!不过是权宜行事,以待事变,开封府的马通便是例子。一旦圣上挥师北上,东京几十万军民,便是内应呀!"

"若真如爱卿所言,攻克汴京,不过举手之劳呀!"

李纲说:"圣上,张择端所言极是,机不可失,时不再来,望圣上早作决断,以符万民之望呀!"

赵构想了想,说:"二位爱卿,你们回去休息吧!朕自有主张。"

"这……"李纲觉得赵构是在推托,却又不好再谏。

"另外,那幅《清明上河图》,要尽快呈上来,朕要看看,此图何以让丽妃为此而献身。"

张择端一揖:"臣遵旨!"

"你们下去吧!"

赵构将《清明河上图》铺在案上仔细察看,赞叹地说:"绝世之作,真是绝世之作呀!"

太监张公公说:"圣上,张择端能在险恶之地,完成此图,真可谓是用心良苦呀！"

"鬼斧神工，巧夺天地之造化，朕看完此图，方知汴京竟是如此地繁华，中原竟是如此壮丽，我大宋原来是如此地辉煌。此画是鞭子，策人奋进，使朕自励自强呀！"

"圣上能如此卧薪尝胆，中原复兴，指日可待了。"

"传朕旨意，明天，百官到燕语楼，遥拜徽、钦二帝，亦是鼓舞士气，拟定发兵日期。"

第二天，赵构率文武百官在燕语楼遥拜二帝，当场恢复李纲左相之职，兼北征抚远大将军，择日北上，攻克汴梁，恢复中原。

李纲之死

赵构在燕语楼的祭拜仪式，鼓舞了文武百官的士气。

老将宗泽感慨地说："自二帝蒙尘，老夫激愤到今，若能活着重返东京，死而无憾啦！"

李纲说："多亏择端贤弟与我等说服皇上，下决心发兵，恢复中原，宗老先生为匡扶大宋殚精竭智，呕心沥血，就要起兵了，你应该高兴才是呀！"

"所言极是，所言极是呀！"

两人在凉亭坐下，侍女沏茶送上来，宗泽说："愿李大人这次出兵，旗开得胜，直捣贼巢，老夫在汴京城头上，等着为李大人庆功呀！"

两人饮一口茶，宗泽问道："不知李大人何日出兵？"

第二十六章 偏安一隅

李纲叹口气说:"圣上说,要择一个黄道吉日,我担心夜长梦多呀!"

"老夫也有此顾虑,康王耳根子软,就怕他听信谗言,朝令夕改,别忘了,奸臣误国呀!"

"明早我便进宫,面奏圣上。"

"太好了!"

汴京城里,韩海抓到了刘四,威胁地说:"刘四,按照大金国的法律,你私自放走朝廷钦犯,犯的是死罪,应当五马分尸。但我看你念及旧主,知恩报恩,还算是忠义之人,网开一面,给你一条生路。"

随之,韩海吩咐给刘四松绑,并给刘四一些银两、衣服,叫刘四去临安投他的旧主人去。

刘四心里吃惊,不知韩海葫芦里卖的是什么药,站立当场,没有动。

"去!"韩海说,"他们现在正在临安城李纲的府上。"

刘四骑马赶到临安,正逢李纲为张择端、范雯二人举办婚礼,鞭炮声中,一对新人正在举行拜堂仪式。

刘四被人挡在门外,刘四大叫:"我要找李大人,我要找张择端,李大人,张公子。"

刘四见不让进,只得硬闯,边跑边叫:"张公子,张公子,你在哪儿?"

正在拜堂的张择端听到刘四的叫声,觉得耳熟,站起来四处张望。

"张公子,张公子!"刘四看到了张择端,赶上几步,跪下哭道,"张公子,我是刘四呀!"

范雯听到刘四的叫声，一把掀开红盖头。

张择端惊问："刘四，怎么回事呀？"

"大小姐，你让我找得好苦呀！"

"刘四，快起来。"

"张公子呀！"刘四哭诉，"那一天，是马通大人和海伯他们巧安排，在你被押往金国的路上把你给救出来。"

"原来是这样，我说怎么能那么巧。那后来呢？"

"后来，马大人自刎身亡，我被抓去后遭毒打逼供，让人揪心的是海花呀！"

"海花她怎么样？"范雯紧张地问。

"海花怎么了？"张择端焦急地问，"你说呀！"

"她让金人给强暴了，至今下落不明啦！"

范雯听到这个噩耗，一下子昏倒在地。

"天啦！我怎么对得起逝去的英灵啦！"张择端大呼，"各位大人，各位大人啦！若不能北上收复国土，我们还有何脸面活于世上？天啦！天啦！"

在场参加婚礼的各位大臣，既愤怒，又无奈。

范雯醒来，见刘四还在身边哭泣，说道："老管家，多亏你、马大人、海花、海伯舍身相救，《清明上河图》才会到我们手中，范雯我才有幸与张择端重逢。"

"韩海，韩海。"刘四大骂，"你这个阴险毒辣的奸贼！"

一场婚事，就这样草草收场，所有参加婚礼的忠臣义士，都为国破家亡而义愤填膺。

赵构虽然在燕语楼宣称要起兵北伐，收复汴京，事后又有些犹豫，此时却又传来金兵南下的消息，急得他如同热锅上的蚂蚁，不知如何是好，有些无奈地说："我军尚未北上，金军却挥师南下，

第二十六章 偏安一隅

日前,已再次盘踞汴京,直指两淮,意图江南,这如何是好呀?"

右相黄潜善、枢密院知事汪伯彦二人对视一眼,都没有说话。

"二位爱卿,事关江山社稷,你们有何良策呀?"

"圣上!"黄潜善说,"此次金人南下,乃是李纲、宗泽、张择端三人误国所致呀!"

"你讲,你讲!"

"我朝连年征战,国力空虚,百姓厌战,已无实力北征,本应养精蓄锐,修和求安,况且临安久安,百姓安居乐业,金人并无骚扰,可是,李纲、宗泽、张择端以卵击石,激怒金人,弄巧成拙,才惹出这般天大的祸事来,事关国家社稷安危,臣恳求圣上。"

"你说。"

"若遵从以下三条,或许可以化险为夷。"

"哪三条,快说。"

"一、杀掉李纲、宗泽、张择端,以谢国人;二、派人赴京议和,俯首称臣,接受大金的册封;三、向金人进献金银帛、美女,修好金国,劝其息兵。"

"圣上!"汪伯彦附和说,"黄大人所言极是,唯此才能保全社稷。"

赵构经不住黄潜善、汪伯彦的逸言,动摇起来。

黄潜善说:"据说张择端的《清明上河图》堪称是绝世之作,金人早已垂涎三尺,梦寐以求,若能一并献上,定能使金国退兵。"

"此图鬼斧神工,堪称稀世珍宝,朕非常喜欢,可否……"

"圣上不以社稷为重,欲与此画同焚吗?"

"你拿去吧!"赵构一时无语,摆摆手,接着问,"那二帝?"

汪伯彦说:"圣上好糊涂呀!如果迎回二帝,你身居何位呀?只要能保住半壁江山,圣上就贵为天子,富有四海,将来国富民强时,再收复失地也不迟呀!"

张公公来报,说北征抚远大将军李纲在殿外求见。

赵构将眼光投向黄潜善、汪伯彦,似乎是征求他们二人的意见,二人摇摇头,示意不见。赵构手一挥,说:"不见!"

张公公出殿,对李纲说:"圣上龙体不适,任何人不见!"

"请公公回禀圣上,老臣就在殿外跪着,直到圣上召见老臣为止。"

张公公似乎有些不忍,上前说:"李大人,你这是何苦呀!"

"张公公,圣上果真龙体不适吗?"

张公公回头看了一眼,走近李纲说:"黄、汪二人在里面,李大人常说,小虫毒人,小隙沉舟,小人误国,李大人,你可要小心啦!"

张公公的话也只能说到此,看了李纲一眼,转身离去。

天不作美,突然雷声大作,顷刻之间下起倾盆大雨,李纲跪在殿外,任凭大雨淋身,一动不动。

大殿内,黄潜善、汪伯彦仍然在进谗言。

黄潜善说:"圣上,常言道,弱国无外交,仅凭江南这一隅之地,难以与金人抗衡,为今之计,向金人求和,才是唯一的出路啊!"

"就依你了,就依你了。"

汪伯彦问道:"不知圣上派谁去金邦议和?"

"议和之事,非二位爱卿莫属呀!"

"圣上,黄某愿替圣上独闯龙潭。"

"爱卿忠心有加,待爱卿功成归来,朕一定重重有赏。"

雷雨交加,赵构突然想起李纲还在外面跪着,他走出殿,站在走廊,冲着跪在雨中的李纲叫一声:"李纲!"

"圣上!"

"你在雨中跪了半天,挨冻的滋味不好受吧?"

第二十六章 偏安一隅

"比之中原百姓涂炭之苦,徽、钦二帝劳役之辱,臣不敢言冷。"

"好一个李纲,真是一个忧国忧民的忠臣,可你只逞匹夫之勇,逸言害民,扬名利己,终于惹出这场大祸,叫朕如何替你解脱?"

"圣上,李纲虽然是一个粗人,但也知道,人生在世,忠孝为本,岂敢逸言害主?扬名利己者确实有,那便是黄潜善、汪伯彦之流。黄汪二人,苟且偷安,祸国殃民,臣若缄口不语,明哲保身,则有欺君误国之罪,若直谏犯颜,又有妄言乱政之罪。进则身死,退则心死,身死与心死,请圣上明断。"

"起来吧,进殿说话。"

李纲站起来,跟在赵构后面进殿。

"李纲!"

"臣在!"

"你要求见朕,有何话讲?"

李纲说:"请圣上立即下诏,起兵讨贼!"

"金人已经过了汴京,占了两淮,你知道吗?"

"臣也是刚刚知道。"

"都是你们,让朕起兵北伐,结果弄巧成拙,激怒了金兵,才有今日累卵之危呀!"

"圣上,金人豺狼之心,贪得无厌,早对我南疆国土虎视眈眈,只有富国强兵,才能保家卫国,只有主动出击,以牙还牙,才能制止其侵略的野心。所谓激怒金人,纯属误国之言。圣上,万万不可轻信啦!臣以为……"

"好了,好了。"赵构说,"朕已决定,让黄潜善赴金邦议和,以解江南之危,你回去闭门思过,等候处置。"

"圣上,臣有一事要问。"

"讲!"

"此次议和的条件是什么?"

"朕欲接受大金的册封，另外送金、银、帛、美女若干，以修好金邦，劝其息兵罢战。"

"这么说，圣上为贪位求安，不惜受辱，甘为金人的子臣呀！"

"朕也是为了江山社稷，不得已而为之呀！"

"圣上，你要以天下为重呀！圣上！"

"来人！"

"在！"近卫应声而至。

"革去李纲的官职，永世不得进宫。"

"圣上，你要以天下人为重呀！"

赵构手一挥："拉下去！"

李纲回家之后，急怒攻心，吐血而亡，临终前，他希望张择端用他的画笔唤醒大宋的臣民，他希望汴京城头能挂起张择端那幅《清明上河图》，九泉之下，他也可瞑目了。

第二十七章 还我河山

一幅赝品

李纲猝然而亡，朝野一片震惊，右相黄潜善、枢密院知事汪伯彦两人十分恐慌，他们担心主战派得势，他们富贵荣华不能保，两人又聚在一起密谋。

"汪大人，情况有些不妙呀！"

"黄大人何出此言啦？"

"我们二人在朝多年，树敌甚多，如今又气死了远征大将军李纲，往日无事，那是因为大权在握，一旦失宠，不知道有多少人要落井下石，置我们于死地呀！"

"有如此严重吗？"

"汪大人啦！"黄潜善问，"你知道宗泽他们在忙什么吗？"

"听说他们在打造兵器盔甲，聚集粮草，准备兴师北伐，以慰李纲之亡灵。宗泽还在赶制一幅什么图……"汪伯彦想了想说，"对了，叫什么江南军事防御部署图。"

"这就对了，泽宗老儿是要置我等于死地而后快呀！"

"此话怎讲？"

"你怎么还不明白呀，一旦北伐成功，宗泽等人便是复国兴邦的英雄，我等所谓主降派，便被国人骂为国贼，到时不但荣华富贵不能保，恐怕性命也难保全，甚至还会祸及满门啦！"

汪伯彦着急地说："这如何是好呀？我们一定要阻止他们北伐。"

"眼下朝野群情鼎沸，如果出面阻止，一定会激起公愤，对你我很不利呀！"

"以大人之见？"

"促成此次北征，但要想办法让他们惨败而归。"

第二十七章 还我河山

黄潜善进宫告诉赵构,说因为宗泽和张择端等人煽动北伐,破坏议和,金国已出兵三十万,直逼临安,前锋已经到了徐州地界。

"真有此事?"赵构大吃一惊。

"圣上如果不信,可随便传问宫内的人啦!"

"张公公!"赵构问,"金国出兵临安,你可知道?"

"圣上,金国发兵之事,路人皆知,只瞒着圣上一人。宗泽身为江南四壁防御使,却不知为何知情不报。"

"宗泽害朕,宗泽误国呀!"

"圣上!"黄潜善说,"事到如今,望圣上能尽展英主之智,采取霹雳手段,解江南累卵之危呀!"

"金人来势凶猛,令我们猝不及防,如今,我守则无人,奔则无地,虽知有天狼食日之祸,却无弯弓射天之策呀!这如何是好呀?"赵构问黄潜善,"你怎么不说话?"

"圣上,眼下天狼食日之祸,唯有一人可解。"

"谁?"

"张择端!"

"张择端?"

"圣上可知道,此次金兵南下,主帅是何人吗?"

"谁?"

"此人名叫撒斯,原为金国祠部尚书,号称金国第一丹青高手,此人一生酷爱名人字画,据说他在五国城见到了张择端的《清明上河图》,爱不释手,声称荣华富贵可以不要,唯愿得到《清明上河图》,不料败在丽妃手中,落得人图两空,被革职贬官。撒斯对《清明上河图》垂涎已久,此番带兵南下,名为立功赎罪,实为《清明上河图》而来。如若能将《清明上河图》献上,臣愿往汴京,劝其偃旗息鼓,以解江南累卵之危。"

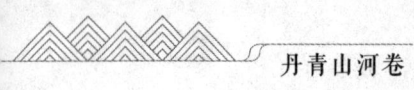

"如果真是这样,则是我江南百姓之大幸呀!"赵构担忧地说,"只是,张择端桀骜不驯啦!"

"圣上,张择端口口声声忠君报国,愿为黎民百姓赴汤蹈火,难道为惜此图,竟忍江南百万生灵惨遭涂炭?如果真是这样,那此人就是一个口是心非、假仁假义、人面兽心之人,如果任由他桀骜不驯,国家的尊严何在?"

赵构终于被说动,立即下令,传张择端进宫。

李纲家里在办丧事,宗泽手捧亲手绘制的"江南军事防御部署图",在灵堂哭祭李纲。传旨太监到了李纲府上,传召张择端进宫。

张择端随传旨太监进宫,刚刚落座,赵构便问:"爱卿可知江南已危在旦夕呀?"

"愿闻其详!"

"金人已起兵三十万,直扑临安,已攻克徐州,你没有听说?"

"金人大兵压境,虎视江南,江南的确是危在旦夕。"

"金人来势凶猛,朝廷守则无人,奔则无地,此天狗食日之祸,唯有一人可解呀!"

"谁?"

"你呀!"

"我?"

"你可能不知道,此次金人率兵南下的主帅名叫撒斯,听说你们在五国城有过交往,有这回事吗?"

"应该是吧!但他是猫,我是老鼠,不同路呀!"

"撒斯此次率兵南下,名曰攻打临安,实则是为《清明上河图》而来。爱卿若能将此图献上,定能使撒斯息鼓罢兵。爱卿此举,不仅能救临安一城百姓免受战乱之苦,还能保江南不失,这可是

第二十七章 还我河山

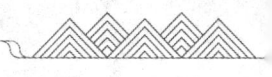

天赐爱卿为国立功的机会呀！"

"圣上，金人连年用兵，夺我城池，杀我子民，占我疆土，谋的是我大宋的锦绣河山啦！亡国之际，岂是一幅图所能挽救的？"

"如此说来，你是不愿交出此图了？"

"此等饲虎之举，徒劳无功，恕臣难以从命！"

"你？"赵构万万没有想到，张择端竟敢当面拒绝于他，愤怒地说，"没有想到，你竟然如此愚顽不化。你口口声声忠君报国，如今，朕用得着你了，你竟然抗旨不遵。为惜一图，竟忍心让江南黎民百姓惨遭涂炭，这便是你的品高德重吗？"

"圣上，你听我说。"

"还有什么好说的？"赵构大喝，"来人，把张择端押下去，关起来。"

黄潜善前往张择端的住处，向张择端的妻子范雯传旨，命她交出《清明上河图》。声称如果不交出《清明上河图》，便将张择端交给金兵主帅撒斯处置。

"不，不能这样。"

黄潜善说："冤有头，债有主，撒斯曾因为他丢职撤职，险些丧命，将张择端交给他处置，也在情理之中。"

"不，不能这样呀！"

"范雯姑娘，在这生死攸关之时，唯一能救张择端者，也就是你了，你看着办吧！"黄潜善说罢，转身就走。

"慢！"范雯大叫，"黄大人留步。"

"怎么，你想通了？"

"想好了，我这就去拿。"

范雯交出了《清明上河图》，随之接张择端回家。

谁识破个中的秘密

黄潜善连夜骑快马赶往汴京,带着《清明上河图》求见金兵主帅撒斯。

撒斯傲慢地问:"你就是南朝右相黄潜善?"

"正是下官!"

"黄大人,你来汴京,有何贵干啦?"

"大人,我是特地来向你报告张择端的下落。"

"张择端?"撒斯吃惊地问,"他还活着?"

"张择端不仅活着,而且还出尽了风头。"

"有这回事,这小子真是命大啊!"撒斯问,"你可知道,张择端身边有一幅图吗?"

"大人是说《清明上河图》吧!"黄潜善献媚地说,"我给你带来了。"

"《清明上河图》?"撒斯万万没有想到,梦寐以求的《清明上河图》又出现了,而且还有人送上门来,惊讶地问,"是吗?快拿过来我看看。"

黄潜善立即将《清明上河图》呈上。撒斯接图之后,铺开看了起来,抬头见黄潜善还站在那里,问道:"你怎么还没走呀!"

"大人,小人还有话要说。"

"下去吧!下去吧!没见我正在看画吗?改日再说,改日再说。"

《清明上河图》失而复得,撒斯一个人仔细地欣赏起来。正在这时,下属来报,说韩海求见。

"不见,不见。"

第二十七章　还我河山

下属正要离开，撒斯又改口说："慢，让他进来。"

撒斯指着《清明上河图》对刚进来的韩海说："韩正学，你来得正好。快来看看这幅画！"

韩海上前看了一眼，说："这不是《清明上河图》吗？"

"你也认识《清明上河图》？"

"《清明上河图》被炒作为当今金石之作，更被一些不识时务的人誉为我朝兴邦的'正气篇'，在下岂能不知？"

"听说你与张择端是同乡，又一起在汴京拜师学画，你看看，此画的笔力如何？"

"容在下细细观之。"

韩海凑近仔细观察《清明上河图》，竟然从中看出了破绽，不由从鼻孔里发出一声冷笑。

"韩正学，你笑什么？难道对张择端的画如此不屑一顾吗？"

"哪里，哪里。"韩海说，"张择端被誉为中原第一怪才，笔法自然在下官之上，只是可惜啊！"

"可惜什么？"

"这幅《清明上河图》，是一幅赝品。"

"什么？你说这是一幅赝品？你有何凭证？"

"大人，你也是大金国第一丹青高手，难道不识画风吗？此图笔法挺秀，着色典雅，章法严谨，疏密有致，可惜的是，这不是张择端的风格。张择端性格豪放，他的画风纵意夸张，笔墨粗犷，浑厚苍劲。此种雕虫小技，只能瞒过……在下不仅知道这是一幅赝品，而且还知道其出自何人之手。"

"谁？"

"范雯！"

"有何凭证？"

"大人你别忘了，我与范雯毕竟是夫妻一场啊！她的画，能逃过我的眼睛吗？"

撒斯气急败坏地召来黄潜善，把赝品扔在地上，大喝："黄潜善，你竟敢用一幅假画来哄骗我？"

"假画？"黄潜善大吃一惊。

"这是一幅赝品。"撒斯怒斥，"你不怕掉脑袋吗？"

"大人，小人真不知道这是赝品呀！我就是吃了豹子胆，也不敢欺骗大人，还望大人饶命呀！"

"你回去告诉赵构小儿，一个月内办不齐贡品，大军一到，玉石俱焚，让他死无葬身之地。"

"大人，奴才此次前来，正是为了此事。"

"你说什么？"

"奴才冒死到汴京，就是恳求大人早日发兵南下。"

撒斯冷笑道："黄潜善，你身为南宋大臣，世代沐浴君恩，为何还要吃里扒外呀？大宋正是因为有你们这些人，才使泱泱大国，不堪一击啊！"

黄潜善不知廉耻地说："大人啦！大宋是昏君当道，穷奢极欲，朝纲不振，国法无度，置百姓于水火之中，我大军狼主乃英明圣主，仁慈君王，此乃上应天意，下合民心，来夺取大宋江山，黄某即使再愚钝，怎敢与上苍作对呀！"

"说下去。"

"当今的宋室，两派纷争，势均力敌，主战派一旦得逞，我等主和派将被唾为国贼呀！大人发兵，大人发兵吧！"

"这才是你此次来汴京的真意？撒某此次率兵，是为江南而来，只是江南关隘险要，地理复杂，不敢轻易出兵。不知你可有什么好主意呀？"

"据奴才所知，宗泽等人正在绘制一幅《江南军事防御部署

第二十七章 还我河山

图》,我回去后,会想办法探明此图,再让枢密使知事汪伯彦与金兵内应外合,不怕赵构不亡。"

张择端获救之后,茶不思,饭不进。他知道范雯为了救自己,交出了《清明上河图》,实在不忍心责怪范雯,但又不能接受这个事实。范雯见张择端痛苦的样子,莞尔一笑,从柜子后面取出张择端的那幅《清明上河图》,笑着说:"择端,你看,这是什么?"

张择端见是《清明上河图》,惊问:"这是怎么回事?"

范雯笑道:"给黄潜善的那幅画,是假的。"

"假的?"

"是我临摹的。"

"哎呀!你怎么不早说呢?"

"早说,这事哪能让宫里的人听见?要是让外人知道了,你我就犯了欺君之罪呀!"

"要是被发现了怎么办?"

"你就放心吧!这事天知,地知,你知,我知。撒斯虽然自称是番邦第一丹青高手,但我敢肯定,他根本就看不出那是赝品,所以,也不用担心皇上降罪。"

"但愿如此!"张择端心中的一块石头总算落地了。

黄潜善返回临安,向赵构报告,说送往汴京的《清明上河图》是一幅赝品。

"什么?"赵构大吃一惊,"是赝品?"

"是,罪臣差点丢了性命。"

"何人所为?"

"范雯!"

"范雯?"赵构说,"范雯笔力并不在张择端之下,能以假乱真。

想不到撒斯竟有如此功力,能看出是赝品?"

"不,看出破绽的不是撒斯。"

"那是谁?"

"国画院正学韩海。"

"是他?这个该死的奸贼。"

"圣上,是罪臣无能,才被范雯蒙骗了,此次去汴京,不仅未能说服撒斯撤兵,反而激怒了金人,他们定要扫平江南,兴师问罪。"

赵构急得团团转:"这便如何是好,这便如何是好呀!"

"张择端谎言欺君,误国害民,才有此等祸事。"

赵构受黄潜善的鼓噪,立即吩咐传召张择端、范雯。

老管家刘四慌里慌张跑回来告诉张择端、范雯,说黄潜善带着《清明上河图》去汴京讨好金人,被金人识破,回临安后,说《清明上河图》是赝品,正带人前来抓捕张择端和范雯。

张择端吃惊地说:"按说,撒斯不可能识破那幅画是赝品呀!"

"张公子,听说是韩海搞的鬼呀!"

"是他?"范雯惊问。

"是他,也只有他能辨别我们二人的笔法。"

"公子,小姐,你们快走吧!临安已没有你们的立身之地了。"

"好!"张择端拉着范雯说,"我们快走。"

"张择端跑了?"赵构说,"下令各关口,缉拿张择端。"

宗泽急忙奏道:"臣以为,金人无信,即使拿到了《清明上河图》,也是不会息兵的,何况此图究竟是真是假,目前尚不能断定。韩海为人奸诈,又素与张择端有怨,故意借此从中作难,也未可知,圣上不可轻信妄言呀!"

第二十七章 还我河山

赵构说:"韩海一贯心术不正,倒也值得怀疑。"

"圣上!"黄潜善正欲启奏。

宗泽抢着说:"圣上,眼下最要紧的是如何迎敌,还望圣上早作决断。"

"金兵来势凶猛,朕猝不及防,当下守则无人,奔则无地,如何迎战呀?"

"我朝用兵,兴的是正义之师。战,则保疆安民,不战,则亡国灭种。请圣上以天下社稷为重,举重兵于牛头山布防,坚壁清野,抵抗金兵。"

"这……这能行吗?"

"自金兵再至,奸佞们整天嚷嚷着议和,从未见朝廷派一兵一卒出战,臣虽不才,愿冒飞箭滚石,率将士抵抗金兵,捐躯报国。"宗泽举起手中画轴说,"圣上请看。"

赵构向张公公示意。张公公上前拿过宗泽手中的画轴,回到赵构身边,拉开画轴,竟是一幅地图。

"这是什么?"

"此乃《江南军事防御部署图》,请圣上御览。"

赵构指着地图问:"宗爱卿,图上这些红点,是什么意思?"

"左边的红点是洪泽湖,右边是高邮湖,前方是洪山口,后面是淮河。当年韩信在此布兵,一举歼灭了数倍于己的楚军主力。"

"啊!想起来了。此役可算得上是以少胜多、以弱胜强的经典战例呀。"

"圣上所言极是,在洪山口以北有一座山,叫牛头山,此峰虎踞龙盘,关隘险要,如果在这里派重兵把守,金兵要想进犯江南,可就没那么容易了。"

"黄爱卿!"赵构问,"你以为如何?"

"圣上,臣向来不赞成与金兵硬碰硬,既然这次金兵来犯,

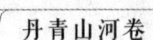

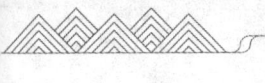

不碰不行呀！臣赞成宗大人的意见。"

金人早已得到黄潜善的密报，对宗泽的军事部署了如指掌，牛头山一战，宗泽率领的十万宋兵全军覆没。

宗泽得悉是朝中内奸泄露军机，自毁家国，泪流满面，叹道："出师未捷身先死，长使英雄泪满襟。"大叫三声，气绝而亡。

还我河山

张择端彷徨街头，看见一个羸弱的少妇跌倒在路旁，欲上前相扶，谁知那个少妇见到张择端，像见到鬼一样，突然掩住颜面，狂奔而去。

张择端非常诧异，先是一愣，猛然惊叫："海花，海花！"瞅着少妇的身影追了上去。

"海花，海花，等一等。"

海花继续在前面奔跑，张择端喊着海花的名字，一路追赶，海花逃到一棵大树后面躲藏起来。

"海花，海花，你快出来呀！"张择端上气不接下气地说，"我知道你是海花，我们都在找你呀！海花。"

海花躲在树后面，偷看张择端，悲痛欲泣。

"你快出来，海老伯到处找你，他都快急疯了，海花，你快跟我们回去吧！海花，你出来吧！海老伯为了你，整天以泪洗面啦！"

第二十七章 还我河山

"不……"海花一声惨叫,继续向前跑,一直跑到河边,站在河边一块石头上。自己的身体被金人糟蹋,她羞于见人,更不敢见她曾经的恋人张择端,心里生起了投河自尽的念头。可是想到风烛残年的父亲,却又犹豫起来。

"海花,海花,你千万不要这样,你听我说。"张择端站在海花的身后,焦急地说,"你要活下去呀!你就这样忍心丢下我们,丢下海伯吗?海花,你回过头来看看我。"

海花慢慢地回过头来,大叫一声:"张大哥!"叫声未落,向后仰倒。

张择端冲上前,一把抱住海花:"海花,你不能这样呀!"

"张大哥,你怎么才回来呀!你怎么才回来呀!"

"海花,我们都在找你,跟我回去吧!"

"张大哥,我看见了你们的婚礼,我祝福你。"

"海花,我知道你吃尽了苦头,一切都过去了,跟我回去吧!"

"为了《清明上河图》,我认了!"海花说罢,大哭。

"回汴京,我们一起回汴京。"

海花梦里喊着张大哥,醒来后第一句话便问:"张大哥,你真的要回汴京吗?"

"什么?"范雯问,"你要回汴京?你这不是去送死吗?"

"不、不、不!"张择端说,"你听我说。"

"你疯了?"

"不,我从来没有像现在这样清醒过。"

"张大哥!"海花叫一声。

范雯说:"你不能这样。"

"张大哥如果是为我回汴京,我现在就死给你看。"海花说罢,欲下床。

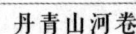

"海花,我要去汴京,是要展示《清明上河图》,我要让所有的人,永远记住汴京。"

"张大哥,你不能再回去了。"

"你怎么还能回汴京呢?那是个狼窝呀!"

"你们让我怎么说呢?"

张择端设了一个灵堂,给丽妃、宗泽、龙泰、海生、马通、阿芳、张小四、李纲等人设了灵位。

张择端跪拜灵位前祷告:"各位英灵在上,《清明上河图》择端终于完成了,我将前往汴京,将这幅画献给你们,献给汴京城的父老乡亲,为了此图,龙泰死了,张小四死了,丽妃死了,阿芳死了,马通死了,还有李纲、宗老宰相,这幅图上涂的不是颜料,而是你们的血呀!是许许多多人的血。眼下国难当头,二帝在五国城受辱,中原几百万父老乡亲在金贼的铁蹄下呻吟。你们再看看临安,这里灯红酒绿,酒池肉林,权贵争权斗势,纸醉金迷,声色犬马。他们心里哪里还有我们百姓的死活,哪里还会想到我们民族的耻辱呀!他们都麻木了。"

张择端随后复制了一幅《清明上河图》,准备前往汴京,以身赴死,唤醒大宋民众,也希望大宋的统治者能觉醒。当天晚上,张择端告别了李纲等人的灵位……要海花珍藏好他的《清明上河图》!这幅画是他的灵魂!

"圣上!"张公公禀报,"张择端抗旨不遵,竟然携带《清明上河图》前往汴京。"

"他这不是去送死吗?"

"张择端此举不仅是去送死。"黄潜善说,"他是要将临安献给金人。皇上坐镇江南,可谓歌舞升平,逍遥自在,不料听信谗言,

第二十七章 还我河山

出兵寻衅金人,多亏大金狼上宽厚仁慈,才将临安辟与圣上安身。临安若失,你我君臣,可就是死无葬身之地啊!"

赵构着急地说:"这如何是好,如何是好呀!"

"请圣上下诏,追回张择端,立即处死,以绝后患。"

黄潜善到了汴京,撒斯派人找来韩海。汪伯彦见到韩海,说道:"韩正学,你最近会见到一位老友。"

"谁?"

"张择端!"

"张择端?"韩海连忙申辩,"回大人的话,我与张择端没有任何联系,他与我有夺妻之恨,此仇不共戴天啦!"

"是吗?"汪伯彦哈哈大笑。

"韩海兄!"撒斯笑道,"想报此仇吗?"

"大人,此话怎讲?"

"不瞒你说,他此时正在来汴京的路上,你报仇的时候到了。"

"他要来汴京?"

"来汴京展示他的《清明上河图》,以此来祭祀死在我大金刀下的亡灵,并想蛊惑人心,鼓动百姓,阴谋造反。"

"他这不是自投罗网吗?"

"这也正是张择端的为人。"撒斯说,"韩海兄,我请你来,是想请你做一件事。"

"大人,什么事?请吩咐。"

"我担心他带来的《清明上河图》仍然不是真迹,到时,还得你费心啦!"

"请大人放心,韩海愿效犬马之劳!"韩海说,"以我对张择端的了解,他这次冒死前来汴京,带来的肯定是真迹。"

"好!"撒斯立即下令,"放张择端进城,张择端来了,任何人不得盘查,让他顺顺当当地进城。"

张择端进入汴京城,没有遇到任何阻拦,于是按既定方案,前往大相国寺,祭奠为保卫大宋河山而牺牲的英灵!

汴京城的百姓倾城而来。

张择端手捧《清明上河图》,范雯紧随身边,走近大铜鼎,拜了三拜,然后将《清明上河图》在案桌上铺开展示,大家在《清明上河图》前唏嘘、流泪、徘徊……

张择端在铜鼎里插上三炷香,祭拜诸位英灵。

撒斯来了,黄潜善、汪伯彦来了,韩海也来了。

韩海见到张择端,面无表情地说:"正道兄,没想到我们又见面了。"

"我早就想到,会在这里碰上你。"

"说实话,我真佩服你的才学,更佩服你的胆略,但我怎么也想不到,你竟然会再来汴京。不过作为同乡,我不想看着你白白送死,只要你把《清明上河图》交给我,在撒斯大人面前,我会替你求情的。"

张择端冷笑几声说:"你替我求情,你别忘了,你在金贼眼里,只不过是一只断了脊梁骨的狗。"

韩海冷笑地说:"正道,把图交给我吧!"

张择端指着案桌上的图说:"图就在这里,可惜你拿不走。"

"别太狂妄,你别忘了,这是什么地方。"

"你也别忘了,这是我大宋的汴京城,这是我们大宋的大相国寺,今天我张择端能以此图唤醒民众,即使是死在金贼的屠刀下,也比你苟且偷生,做金贼的一只狗强。"

撒斯冷笑地说:"张择端,你听清楚了,你不是死在我金人手中,而是死在你为之忧患、为之献身的大宋手里。"撒斯手一挥,"请!"

第二十七章 还我河山

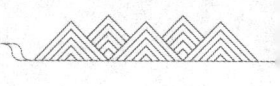

汪伯彦手持圣旨走来，展开圣旨宣读："奉天承运，皇帝诏曰：张择端不遵圣训，妖言惑众，特赐凌迟处死。钦此。"

汪伯彦随之大喝："来人啦！"

"慢！"张择端回身面对大众，慷慨陈词地说，"今天是清明节，是我们中原祭祀亡灵的传统节日，我张择端这次重来汴京，是要祭祀那些为国捐躯的英灵，呼唤大众的忠心，金贼的屠刀，有何惧怕？然而，让我痛心疾首的是，我却要死在自己人的刀下。父老乡亲们，咱们大宋一百六十六年的社稷，就要完全沦丧了，这难道是上天的安排，是神的惩罚吗？不，今天，我终于明白了，这些年来，我目睹了英烈们的鲜血和在金人的铁蹄之下黎民的苦难，正是把国家当儿戏、把人民视为草芥、对金人俯首称臣、认贼作父的大宋王朝，毁了我们的大好河山啦！他们只顾偏安偷生，纵情声色，穷奢极欲，此刻，坐在龙椅上的皇帝，荒淫无度，残害忠良，他们才是大宋江山的掘墓人啦！靖康耻，犹未雪，臣子恨，何时灭。难道我张择端的一腔热血，就这样泯灭了吗？大宋的黎民百姓啊！你们究竟还要承受多少苦难啦？"

张择端走到案桌边，缓缓卷起《清明上河图》，双手捧着《清明上河图》，范雯走到张择端身边，二人并排走到大铜鼎前，突然，张择端双手向前一送，将《清明上河图》投于香炉之中，图随香炉中的烟火，化成一股青烟。

张择端回头看了范雯一眼，平静地说："我们该去了！"话音落下，两人手拉着手，撞向青烟袅袅的铜鼎，血飞溅而出……

张择端和范雯去了，带着永远的遗憾而去。

汴京城的百姓热泪滚滚，顿时沸腾起来，振臂高呼：

还我大宋河山！

还我大宋河山！

还我大宋河山！

……

大相国寺的钟敲响了,悠扬的钟声,在空中久久地回荡!久久地回荡!飞向远方!